서른다섯 전에 만나는
10가지 얼굴의 그녀

서른다섯 전에 만나는 10가지 얼굴의 그녀

펴 낸 날 | 2009년 1월 16일 초판 1쇄
　　　　　2009년 2월 7일 초판 2쇄

지 은 이 | 앨리슨 제임스
옮 긴 이 | 박무영
펴 낸 이 | 이태권
펴 낸 곳 | 소담출판사
　　　　　서울시 성북구 성북동 178-2 (우)136-020
　　　　　전화 | 745-8566~7 팩스 | 747-3238
　　　　　e-mail | sodam@dreamsodam.co.kr
　　　　　등록번호 | 제2-42호(1979년 11월 14일)
　　　　　홈페이지 | www.dreamsodam.co.kr

IISBN 978-89-7381-968-3 03840

● 책값은 뒤표지에 있습니다.
● 잘못된 책은 구입하신 곳에서 교환해드립니다.

서른다섯 전에 만나는 10가지 얼굴의 그녀

The True You

앨리슨 제임스 지음

박무영 옮김

소담출판사

{ 젊은이의 허영을 비웃지 마라.

그녀 자신의 모습을 찾기 위한 과정 중 하나의 얼굴에 불과하니까. }

머리말

　살면서 혹 뭔가 완벽하게만 보이는 여자를 먼발치에서 동경해 본 적은 없는지? 그녀는 아주 세련된 옷을 입고 세상을 다 가진 듯 자신감이 넘치는 걸음걸음을 내딛는다. 한 치도 흐트러짐 없는 그 도도한 몸가짐에 그만 맥마저 탁 풀리는 듯하다. '아, 저 여자는 몸속에 행운을 끌어당기는 자석이라도 품고 태어났나 보다. 뿐이랴, 하는 일마다 뭐든 척척 자기 마음대로 되어갈 테지' 하지만 정말 그럴까?

　이처럼 겉으로는 남부러울 것 하나 없어 보이는 여자들조차도 자신의 삶이 그렇게 평탄하고 또 완벽하지만은 않았노라 입을 모으곤 한다. 그녀들 역시 자기 스스로에 대해 전혀 확신을 가질 수 없었던 시절을 겪어왔다. 이제껏 거울을 들여다보며 얼룩지고 좌절한 스스로의 모습을 수도 없이 보아온 것이다. 그래서 그녀는 옛 사진들과 일기장들을 뒤적이며 '어머나, 내가 이런 꼴로 신나게 돌아다녔단 말이야? 이 말도 안 되는 남자랑은 왜 그렇게 오래 만났었던 거지? 머리는 대체 왜 이 모양이었을까?' 하는 생각과 후회 속에서 허우적대며 이 세상 속에서 자신이 차지하는 위치를 계속해서 확인해간다. 그렇다. 그녀 역시 팔팔한 청춘에서 아줌마란 말을 듣기까지, 잘 나가던 파티걸에서 어머니의 위치에 서기까지, 앳된 소녀에서 "나이가 서른이니 이젠 나도 끝났구나"라는 말을 내뱉게 되기까지의 모든 여정들을 함께 해온, 우리와 하나 다를 바 없는, 똑같은 여자였던 것이다. 이는 자아를 발견해가는 아주 흥미롭고도 도전적인 여행이라 할 수 있다.

착실하고 올곧아 보이면서 동시에 쿨하고 자신감 넘치는 여자가 되는 일이란 생각보다 엄청나게 어려운 일이다. 지금 우리의 어깨를 내리누르는 무거운 중압감의 균형을 맞추며 인생의 보다 '올바른' 길을 향해 외줄타기를 해 걸어가기보다는 차라리 마놀로 블라닉 구두를 신고 에베레스트 산을 오르는 쪽이 훨씬 더 쉬운 일일지도 모른다. 대학 캠퍼스를 떠나는 순간부터 어른(25세? 35세? 아님… 92세?)이 될 때까지, 인생이란 매일 우리를 향해 새로운 도전 과제들을 날려주는 세찬 회오리바람과도 같다. 한무더기의 모호한 관계의 남자들, 다른 도시로 훌쩍 떠나거나 결혼을 해 현실세계 속으로 먼저 들어가버린 친구들, 볼 때마다 간당거리고 있는 은행 계좌, 꼭 도전해봐야 할 각종 다이어트 방법 등 수도 없는 일들에 시달리게 된다. 무엇보다 중요한 건, 우리가 '해방'이라는 단어와 그 복잡한 메시지들이 주는 축복과 저주를 동시에 짊어진 세대의 일원이라는 점이다. ”돈을 벌어라!”, “너만의 커리어를 가져야지!”, “결혼부터 해야지!”, “여자는 자고로 여자답고 귀여워야 해!”, “터프하고 용감한 여자이 되자!” 시대의 요구상이 이러한 만큼, 서른다섯 살이 되기 전까지 우리가 스스로를 수십, 수백 가지의 인물들로 변화해 왔다고 느끼는 것도 무리가 아니다.

그런 점에서 이 책『서른다섯 전에 만나는 10가지 얼굴의 그녀 (The 10 Women You'll Be Before You're 35)』는 우리가 살면서 겪게 되는 수많은 정신없고, 재미있고, 도전해볼 만한 각 시기들을 제대로 인지하고 이해할 수 있도록 도와주는 가이드이다. 이 책을 통해 그 변화무쌍한 시기들을 '완전정복' 하여, 나 자신을 보다 자신감 있고 행복한 사람으로 만들어줄 중요한 교훈들을 이끌어낼 수 있을 것이다.

올 한 해 동안은 일에만 몰두한 나머지 사교생활이 원만치 않은 상태건 혹은 완전히 파산하여 옛 대학 룸메이트와 비좁은 침대에서 자리싸움을 하며 자는 상황이건, 이 가이드북은 그에 관계없이 자신이 지금 현재 처해 있는 시기의 재미있고도 교육적인 면을 들여다볼 수 있도록 도와준다. 나 스스로가 이제껏 견뎌내 왔다는 사실조차 믿지 못할 부분들까지도 놓치지 않고 들여다볼 수 있을 것이다. 만약 “나 말고 남들 역시 이런 시기를 겪게 되는 걸까?”, “이 지긋지긋한 상황도 언젠가는 끝이 날까?”, “매일 핑크색 형광 립스틱을 발라대던 시절, 나는 과연 제정신이었던 걸까?” 같은 질문들을 계속 쏟아내는 상황이라면, 일단 이 책의 첫 장을 펴 읽기 시작하시라. 그러한 모든 질문들의 대답은 똑같이

"그렇다!" 라는 사실을 곧 깨닫게 될 테니까.

약간의 유머 감각과 당당한 태도만 지닌다면, 당신은 이 책에 등장하는 각 시기를 통해 교훈을 얻고 그 지식을 인생 속에 융화해나갈 수 있을 것이다. 그리고 지금껏 자신이 해왔던, 또 앞으로 할 어떤 것도 결코 헛되이 시간을 낭비하는 일이 아니라는 사실도 깨닫게 될 것이다. 각각의 경험들은 모두 어떠한 존재 이유를 가지고 내 앞에 다가왔던 것이고, 결국 오늘날의 나를 만들어준 자양분 역할을 했던 것이니까.

자, 그러니 삶의 단계별로 겪었던 모든 시기들을 이제는 밝은 미소로 떠올려보자. 비록 그중 일부는 유쾌하지 못한 경험이었다 할지라도 말이다. 그러면 어느새 당신은 아무런 후회도 없는, 진정한 나, '이보다 더 멋질 수 없는 나 자신' 을 만나게 될 것이다!

차례

WoRK

사회 초년생 the new graduate

너무 순진해서 탈인 그녀!

닉네임

꼬맹이, (호적에 잉크도 안 마른) 핏덩이, 귀염둥이, 어이, 귀여운 아가씨

외모

열정적인 태도, 신선한 얼굴, 그리고 일하기엔 아직 한참 어려만 보이는 앳된 모습.

패션 모드

싸구려 까만 정장 바지, 포니테일, 흰 블라우스, 데님 재킷. 주말엔 야구모자 눌러쓰기 패션!

생활 모토

"우리 학교 다닐 땐 말이야……."

애정 전선

나와 캠퍼스 커플이었던 그 남자. 나보다 먼저 사회생활에 뛰어들었기에 돈도 좀 벌기 시작했고 신용카드도 몇 개 되는 그는 요즘 들어 비싼 바에도 가끔 들락거리기 시작했다.

애창곡

대학교 때 열심히 구워둔 애창곡 모음 CD들.

이벤트/활동

평소엔 엄두도 못 냈던 비싼 레스토랑, 대학 동창회, 옛 친구들과의 회합을 위한 주말 여행 정도.

대인 관계

이런저런 일로 만나게 된 사람들은 누구나 친구 목록에 등록. 지금은 보다 많은 사람들을 접하는 것이 무엇보다도 중요하니까.

인생 목표

이상적으로는 한 1년 후쯤 이 일을 때려치운 다음, 다시 공부를 계속하는 것.

대학 생활이 끝나갈 무렵, 사회 초년생들은 '어른'으로서의 삶이 대단히 멋지리라는 근거 없는 확신에 빠지곤 한다. 남자들은 철이 바짝 들어 성숙함을 물씬 풍길 것이고, 직장 동료들은 신입인 자신을 성대히 환영해줄 것이며 친구들과의 우정 또한 학교 때보다 한 단계 레벨업되어 그 원숙미를 뽐낼 것이라 자신한다. 매일 반복되던 학생으로서의 자잘한 일상은 이제 완전히 옛일이 되고, 바야흐로 기회의 세계가 그녀 앞에 펼쳐지는 것이다. 그러나 갓 대학생 신분을 벗어난 사회에서의 새로운 삶이란, 불행이도 그녀의 상상처럼 마냥 완벽하기만 한 장밋빛 인생은 아니다.

이제는 어엿한 직업도 있고 매달 월급도 나오지만, 성숙미를 폴폴 풍길 거라 생각했던 남자들은 아직도 대학생 때처럼 맥주 원샷 내기를 해 댄다. 상사는 아직도 그녀의 이름을 헷갈려하고, 각자의 새 직장과 생활에 쫓겨 바쁘기만 한 옛 친구들은 어쩐지 점점 멀어져만 가는 느낌이다. 그리하여 그간 꿈꿔온 '안정적이고 원숙해진 진짜 어른'이 되기는커녕, 마치 초등학교에 첫 등교한 아이처럼 모든 게 두렵기만 하다.

이 '사회 초년생' 단계란 지금껏 경험하지 못한 새로운 상황들과 "인생이 이렇게 힘든 건지 예전엔 미처 몰랐어"란 말을 수없이 되뇌게 만드는 순간들로 가득한, 매우 도전적인 시기라 할 수 있다. 지금 이 시기에 놓인 사람들이라면 여기에 동반되는 여러 복합적인 감정들을 잘 이해할 것이다. 혹 과거에 이런 시기를 겪은 사람이라면 아마도 이런 생각을 할 것이다. '후유, 그 시기를 잘 헤쳐 나오다니 이 얼마나 다행인지……. 하지만 지금 알고 있는 것들을 그때도 알고 있었더라면 얼마나 좋았을까!' 물론 지금 다시 그 시절로 돌아가 그 모든 것을 다시 시작할 순 없겠지만, 그때 품었던 철없고 우스운 감정들을 떠올리며 한번 크게 웃어버리고, 보다 성숙하고 좀 더 깨인 시각에서 그 시기를 음미하는 일은 가능하다. 모든 여자들의 삶에 있어 이 시기는 무한한 가능성이 눈앞에 펼쳐져 있고 또 그를 추구할 넘치는 열정을 지닌 때니까. 한편으로는 두렵기도 하지만 동시에 더없이 근사하기도 한 이 단계는 우리 모두 똑똑히 기억하며 축복해야 할 시기임에 틀림없다.

'사회'에서의 새로운 출발

사회 초년생들의 첫 느낌이란 대략 다음과 같다. 지금 그녀는 어엿한 직업을 가진 20대로서의 화려하고 멋진 삶을 꿈꾸며 깊고 달콤한 잠에 빠져 있다. 그때 갑자기 누군가 방 안으로 들어와 커튼을 확 열어젖히며 그녀를 흔들어 깨우기 시작한다. 그리하여 처음으로 사회의 밝은 빛 아래서 주변 환경을 돌아보게 된 그녀는 발가벗겨진 채 세상 밖으로 내동댕이쳐진 아이처럼 갑작스러운 당혹감에 휩싸이고 만다. '대체 난 지금 어디 서 있는 거지? 그간 미래에 대해 그토록 흥분해 있었는데, 어떻게 다음 순간 바로 이렇게 패닉 상태에 빠져버릴 수가 있지?' 그녀는 마치 대학 신입생의 몸으로 잠자리에 들었다가 다음 날 갑자기 낯선 땅에서 깨어난 듯한 기분이다.

모든 사회 초년생들이 그러하듯 우리의 그녀 역시 열정적이지만 주변에 압도당하고, 설레지만 두려우며, 어른이 된 듯하나 초등학생 때보다도 더 백지상태가 된 듯 느낀다. 흥미롭지만 도전적인 이 시기는 성인세계의 새로운 구성원으로서 맞이하는 상징적이고도 대표적인 단계라 할 수 있다. 이 시기를 통과하며 우리는 때론 스스로를 미치게 만들기도 하는 갖가지 상충되는 감정들을 골고루 경험하게 된다.

미래는 소리 없이 다가오는 방법을 알고 있다.

조지 엘리엇(George Eliot, 영국 여자 작가)

열정적이나 세상에 압도된 그녀

이제 중간, 기말고사는 없다. 대학생 시절의 맥주 뱃살도 더 이상은 없다. 진짜 어른이 되어가는 길목에 선 사회 초년생인 그녀는 앞으로 자신이 멋진 사회인의 모습을 하고 제 몫의 세금을 내고, 뮤추얼펀드가 뭔지도 알며, 또 완벽한 남자와 사랑에 빠질 거란 상상에 들뜬다. 그녀는 이제 한 사람의 성인으로서 당당히 세상에 맞설 준비가, 또 자신만의 인생을 만들어나갈 준비가 된 것이다.

그러나 사회생활이란 그녀가 상상했던 것보다 훨씬 더 어렵기만 하다. 이제 겨우 석 달밖에 안 되었지만 매일 아침 6시면 울려대는 알람이 벌써 지겹게 느껴진다. 대학시절의 남자친구는 새 직장 동료들과 어울려 마치 고등학교 때로 다시 돌아간 양 철없이 몰려다닌다. 친했던 친구들은 다들 뿔뿔이 흩어져 살게 되어 이제 친구마저 새로 만들어야 할 참이다. 사실 예전 대학생 때 들었던 강의들이 앞으로 자신에게 도움이 되기나 할지, 그조차도 도무지 자신 없다. 막상 사회에 발을 들이고 나니 그것들이 너무도 비실용적으로 보이기 때문이다. 차라리 그냥 다시 학교로 돌아가 그 안정적 환경에 안주하는 게 낫지 않을까 하는 생각을 차츰 하게 되는 것도 바로 이즈음이다. 그렇지만 마음속 깊이, 이제부터는 모든 게 똑같진 않으리란 사실을 그녀는 누구보다도 잘 알고 있다.

일에 대한 불안감에 시달리는 그녀

졸업을 하면서, 그녀는 자신이 어떤 종류의 일을 원하는지뿐 아니라 어떻게 하면 그걸 얻을 수 있을지에 대해서도 정확히 알고 있다는 자신감으로 똘똘 뭉쳐 있었다. 어쨌거나 그녀는 똑똑하고, 교육도 충분히 받았을 뿐만 아니라 인생 선배와 친구들의 조언들로 단단히 무장된 상태가 아니었던가. 대학에서 공부도 그리 게을리한 편은 아닌 데다 책도 나름 열심히 읽었다면 읽었다. 교수들로부터 "자네는 꽤 영리한 학생일세", "학생 정도의 재능이라면 사회에서도 크게 성공할 거야" 따위의 말도 자주 들었고, 무엇보다 지금의 그녀로서는 그 말들을 굳게 믿고만 싶다. 물론 당장에야 완벽한 일자리를 구하긴 어렵다는 건 알지만 그녀는 자신이 원하는 바도, 또 그 무엇도 자길 막을 수 없다는 사실도 잘 알고 있는 사람이 아닌가?

그런 한편, 그녀는 똑같은 류의 질문을 반복해대는 사람들과 계속해서 부딪히게 된다. "학교는 어디 나왔어요?", "지금 하시는 일은요?", "그래서, 일은 마음에 들어요?" 이런 질문들은 그녀 자신이 선택한 것들에 대해 의구심을 품게 만들기 시작한다. 사회 초년생에게 있어 이는 실로 어려운 딜레마이다. 그나마 전공과 관련 있는 일자리를 얻었다면 행운이라 부를 만하지만, 사실 그것도 그녀가 생각했던 것만큼 굉장치는 않다. 자신이 이 일에 어울리지 않는단 걸 느끼기 시작하는 그녀. 하지만 이를 위해 지난 몇 년간을 힘들게 공부하지 않았던가! 이대로 물러설 순 없다. 그렇지 않은가? 설상가상으로, 그녀의 귀에는 벌써 자기 살 길을 다 뚫어놓은 인간들의 얘기만 자꾸 들려온다. 그들은 언제나 '친구의 친구' 이거나 혹은 그녀의 엄마가 계속해서 전달해주는 동창회지에 '자랑스러운 동문' 으로 소개되는 성공담의 주인공들이다. 이 사례들은 전부 사실일까, 아니면 말 그대로 졸업생들 사이에 떠도는 전설적인 성공담일 뿐일까? 소문뿐이건 그렇지 않건, 어쨌든 그녀들은 상대적으로 자신을 더 초라하게 느끼게 된다.

사회 초년생의 전설적인 성공담, 과연 소문인가 진실인가?

* 자기 아빠네 회사에 낙하산으로 들어간 여자애 하나는 벌써 억대 연봉을 받는대.

* 일본에서 생물학 박사 학위를 받은 그 남자애는 감기를 완전히 퇴치시켰대.

* 걘 졸업 후 바로 다음 여름에 어느 나라 왕자랑 눈이 맞아 결혼했대.

* 그때 그 앤 저 먼 어느 나라로 떠났대.

* 그 여자애는 〈플레이보이〉지 모델로 성공해서 이미 몇 억을 챙겼대.

* 방송에 진출한 그 앤 벌써 이런저런 시트콤에 게스트로 출연하기 시작했대.

* 조그만 피자 가게로 시작한 그 앤 그걸 몇 백 배로 튀겨서 얼마 전 도미노 피자에 팔았대.

화학 시험 때 내 답안지나 흘끔거리던 그놈은
지금 농구선수로 이름을 날리며 일 년에 백만 달러도 넘게 번다는데,
난? 현재 일자리 하나 구하지 못한 완벽한 백조 상태다.

작자 미상

아직도 내면엔 아이의 모습을 간직한 그녀

사회 초년생 시기에 들어선 그녀는 겉으로 보기엔 완전한 어른이다. 자기만의 공간도 확보했고, 이젠 청구서도 제 이름 앞으로 날아든다. 하루 8시간씩 일하는 데도 슬슬 적응이 되어가고, 심지어 주말엔 정오도 되기 전에 꼬박꼬박 일어나곤 한다. 이젠 어엿한 직책(비록 회사 내 서열 중 제일 낮은 직급일지라도)을 단 진짜 사회인인 것이다. 과거의 삶에 대한 향수는 점점 옅어져만 가고, 모교의 캠퍼스를 방문할 때면 이제 방관자로서의 느낌이 더 크다.

그런 반면, 어느 땐 그녀는 여전히 아이와 같은 마음이 든다. 아직은 그 어느 것도 영원한 듯 보이지 않고, 새로운 삶 속에서 자신은 그저 작게만 느껴질 뿐더러 어떤 땐 아예 길을 잃은 듯하다. 주말이면 상사는 자기 집 구석구석을 수리한다는데, 그녀는 친구들과 바에서 시간을 보낸다. 그녀가 가지고 있는 티셔츠엔 전부 대학 로고가 새겨져 있고, 졸업하는 자식이 그저 자랑스럽기만 한 부모님은 값비싼 명함지갑을 선물해 주셨지만 아직 회사에선 그녀에게 명함조차 만들어주지 않고 있으며 아직도 라면과 맥도널드 치즈버거 세트로 끼니를 때우고 있다. 즉, 그녀는 이미 어른의 세계에 발을 들여놓았지만 미처 그 일부분이 되진 못한 것이다. 이상한 나라의 앨리스처럼, 그녀는 지금 자기만의 혼란스러운 세상 속에 서 있다.

대학생활과 사회생활 사이의 언어 통역기

정장을 빼 입고 사무실을 향해 당당히 걸어가는 여자가 예전 가장 친했던 그 친구였음을 그녀는 하마터면 못 알아볼 뻔했다. 부모님이 보내온 "우린 네가 그립구나!" 하는 내용의 카드는 회사에서 보내온 길고 긴 신입사원 지침서 때문에 구석으로 내동댕이쳐졌다. 설상가상으로, 그녀를 둘러싼 주변의 '어른'들은 그녀가 이제야 새롭다고 느끼기 시작한 말과 단어들을 너무도 자연스레 사용하고 있다. 삶의 가장 친숙한 일부인 언어영역에마저 혼란이 오기 시작한 것이다.

사회에선 사람들이 학창시절 때와는 사뭇 다른 식의 언어를 구사한다는 걸 느낀 적이 있는지? 졸업장을 받아든 지 한 달도 채 못 되어, 그녀는 이 세상 언어가 지금까지와는 다른 의미로도 쓰인다는 사실을 깨닫게 된다.

클래스(class)

대학시절시 정의: 중요한 주제를 두고 심도 깊은 토론을 벌이기 위한 교수 및 몇몇 학생들간의 모임.　*예) 너도 '니체의 철학을 듣는단 말이지? 나도 그 클래스 되게 좋아하는데. 일상에도 적용이 가능한 꽤 실용적인 수업이지 않아?*

사회생활시 정의: 사회 초년생이 만나는 대부분의 남자들에게선 거의 찾아보기 힘든 기질 또는 특성.　*예) 야, 그 남잔 완전 채신머리도 없고, 매너도 없고, 정말 클래스라고는 눈곱만큼도 없더라.*

사각지대(quad)

대학시절시 정의: 기숙사나 각 강의동 사이에 위치한 풀밭 같은 공간. 천쪼가리만 달랑 걸친 여학생들이나 원반 던지기에 열중인 남학생들, 또는 날씨 좋은 날이면

긴 의자 위에 길게 누워 있는 교내 축구 선수들로 가득 차 있는 경우가 많다.

사회생활시 정의: 셀룰라이트로 변하기 쉬운 허벅지의 중하위 부근의 근육 뭉치를 일컫는 말. 매일 헬스장에서 열심히 뛰지 않으면 치마를 입을 때 무척 보기 싫게 변하는 부위.

시험/진단(exam)

대학시절시 정의: 학기말에 한 번씩, 연중 두 번 치르게 되는 수많은 시험들 중 하나. 이를 위해 학생들은 주로 도서관에서 늦은 밤까지 커피를 들이부어가며 열심히 공부한다.

사회생활시 정의: 병원이나 낡은 잡지들, 대기실에서의 길고 지루한 시간을 즉각 떠오르게 만드는 단어.   *예) 올해 정기 진단은 받아보셨어요?*

읽기(reading)

대학시절시 정의: 교수님이 던져주는 과제물로, 대개 평생을 바쳐도 못 끝낼 만한 엄청난 분량의 읽을거리.   *예) 지난 번에 내준 거 다 읽었어? 이번엔 알렉시스 드 토크빌의 〈미국의 민주주의〉에 관한 재기 넘치는 글이던데.*

사회생활시 정의: 그리 길지도, 고통스럽지도 않은 자발적 엔터테인먼트 중의 하나.   *예) 요즘 난 로맨스 소설을 읽고 있어 / 예전에 난 벽에 못 박기랑 가벼운 글 읽기 같은 기본적인 생활 스킬 조차 안 갖춘 남자랑 사귀었어.*

세금(taxes)

대학시절시 정의: 예쁜 옷을 하나 살 때 정가 외에 해당 가게에서 살짝 더 얹는 추가 퍼센트.

현실세계시 정의: 매년 꼬박꼬박 국세청에 제출해야만 하는 가증스럽고, 괘씸하고, 두렵기만 한 각종 길고 긴 증빙자료 및 기록들.

 사회 초년생은 각자가 속한 연령대에 따라 세상을 각기 다른 관점에서 바라볼 수도 있다는 사실을 배우게 된다. 어른으로서 맞이하는 상황들에 점차 더 많이 노출되면서 그녀의 눈에도 이제 부모님 역시 그들만의 괴로움과 문제점을 지닌 인생의 동반자로 보이기 시작한다. 그러는 과정 속에, 부모님은 항시 자녀가 잘되기만을 간절히 원하지만 그런 분들의 말씀이라고 해서 언제나 정답은 아니라는 진실 또한 깨닫게 될 것이다. 결론적으로, 이젠 스스로에게 의지하는 법을 배워가야 할 때란 뜻이다.

어른의 목소리

사회 초년생들은 '한순간 강인하고 다 자란 듯한 기분을 느끼다, 다음 순간 곧 나약하고 아이 같은 기분이 들고 마는' 자신의 모순되고 상반되는 감정들과 한동안 싸우게 된다. 자신이 이 '사회' 란 곳에 잘 녹아들어갈 수 있을지, 또 진짜 어른이 되어가는 이 모든 과정을 과연 확실히 숙지할 수 있을지에 대한 끊임없는 걱정과 근심이 바로 그것이다. 그러나 어느 날, 그녀는 알람이 채 울리기도 전에 자리에서 일어나 새 정장을 차려입고 한 손엔 서류철을 든 채 가뿐한 걸음걸이로 집을 나서게 된다. 그녀는 이제 더 이상 스스로를 어른들 사이에 끼어든 어색한 아이처럼 느끼지 않는다. 갑작스레 그 모든 과정이 조금씩 이해되기 시작한 것이다.

이제 그녀는 어떤 생명보험에 가입해야 할지를 놓고 자기 상사가 왜 그토록 고민하는지 알게 되었다. 팩스를 잘 다루고 각종 택배 관련 업무의 달인이라는 이유로, 더 어린 신참 사회 초년생들은 이제 그녀에게 존경의 눈길을 보내기 시작한다. 그 과정의 어디쯤에서, 그녀는 이제 앞으로 펼쳐질 멋진 인생을 바라보며 보다 자신감 있고 성숙한 워킹 걸로서 차츰 사회의 일부가 되어가는 것이다.

변하지 않는다면 우리는 성장하지도 않는다.
성장하지 않는다면, 우리는 진짜로 살아 있는 것도 아니다.

게일 쉬히(Gail Sheehy, 미국 여자 작가)

그녀의 머릿속에서 속삭이는 목소리들

점차 어른의 세계에 동화되어감에 따라 사회 초년생들은 자신이 지닌 충동적이고 열정적인 면모를 억누르고자 노력한다. '인생을 보다 책임감 있고 성숙하게 받아들이라' 며 자신을 채찍질하기 시작하는 것이다. 아이다운 내면의 에너지가 '꿈을 현실로 만들라' 며 선동할 때조차도, 이성적이고 합리적인 어른의 목소리가 어디선가 나타나 당신의 정신을 가장 부적당한 타이밍에 끼워 맞추려 들 것이다. 그럼에도 불구하고 무언가를 간절히 원할 때만이 그 꿈에 더 가까워질 수 있단 사실을 믿어야 한다. 그 꿈이 자기 이름을 내건 회사를 세우는 것이든 재벌가에 시집을 가는 것이든, TV 스타로 데뷔하는 것이든 말이다. 믿음이 있다는 사실만으로도 이미 절반은 해낸 셈이니까. 그러니 비록 어른으로서 살아가는 매일의 삶이 자신의 에너지와 정신을 유지하기 어렵게 만든다 할지라도 할 수 있단 자신감만은 잃지 말자. 머릿속에서 아이와 어른의 목소리가 계속해서 서로 열띤 혈전을 벌인다 해도, 어른의 목소리가 압도적인 승리를 거둬 자신의 치기 어린 젊은 열정까지 완전히 다 몰아내진 못하도록 노력하는 거다.

🙂 **아이의 속삭임**: "좋은 직장을 구하는 건 나한테는 식은 죽 먹기일 거야."

😊 **어른의 속삭임**: "지금의 잘난 학벌로는 좋은 직장을 가지기 어려워. 좀 더 긴 가방끈이 필요하다구."

🙂 **아이의 속삭임**: "언젠가는 워런 버핏 부럽지 않은 엄청난 부자가 되고 말 거야."

😊 **어른의 속삭임**: "그 사람들이 일거리를 주다니, 정말 운이 좋았어. 그러니까 월급이 쥐꼬리만 해도 꾹 참아야지, 뭐 어쩌겠어."

🙂 **아이의 속삭임**: "누군가 실력 있는 사람 눈에만 띈다면 틀림없이 난 대단한 슈퍼스타가 될 거야."

😊 **어른의 속삭임**: "이제 그만 꿈 좀 깨고 쓸 만한 직장을 찾아보도록 해. 면바지에 선글라스를 눌러쓴 저 남잔 기획사 사장이 아니라 한낱 양아치일 뿐이라고."

🙂 **아이의 속삭임**: "난 앞길이 창창한 전도유망한 젊은이라구!"

😊 **어른의 속삭임**: "직장에서 말꼬랑지 머리는 이제 그만! 머리를 얌전히 틀어 올리고 왠지 똑똑해 보이는 안경을 걸치도록 해. 성숙해 보이는 최신 유행 패션을 선보여야 그에 걸맞은 대접을 받을 수가 있어."

아이의 속삭임: "난 스물다섯 살 때 내 운명의 상대자를 만나서 스물 일곱 살 때 그와 결혼할 거야. 모두 이런 내 인생 스케줄을 기억해둬. 꼭 그렇게 될 테니까."

어른의 속삭임: "서른셋의 전직 슈퍼모델 직장 동료도 아직 솔로인데 하물며 넌 오죽하겠니?"

아이의 속삭임: "대학교 때 제일 친했던 그 친구랑 바로 옆집에 딱 붙어 살면서 평생을 알콩달콩 즐겁게 살아가야지!"

어른의 속삭임: "사회엔 결코 미니홈피 속 폼 나는 사진들이나 여자 친구들끼리의 근사한 주말 브런치 같은 것만 있는 건 아니야. 새로운 사람들을 만나려면 뭔가 나름의 노력을 기울여야만 한다고."

✖ 나 혹시 맨 처음으로 되돌아와버린 거야? 사회에 첫발을 들여놓았을 때 날 자꾸 아이 취급하려 드는 사람들을 보면 왠지 출발점으로 되돌아온 듯한 느낌을 감추기 어려울 것이다. 그러나 생각하는 것보다 나의 능력은 훨씬 뛰어나다는 사실과 그 것을 인정하는 것만으로도 그런 기술들은 유용하게 이용될 수 있다는 사실을 잊지 말라.

꿈을 앗아가는 악마들

제목이 좀 거창하긴 하지만, 그래도 사회 초년생의 인생 속으로 스멀스멀 기어들어와 열정과 낙관주의와 희망을 가지고 매일을 살아가려는 그녀의 적극적인 태도를 말살시키는 그 부정적인 기운을 표현하기엔 어쩜 이 '악마' 란 표현도 부족할지 모른다. 이러한 나쁜 기운들은 늘 비관적인 동료들이랄지 구질구질한 날씨, 혹은 못돼 먹은 상사 등과 같이 외부로부터 뻗쳐올 수도 있지만, 동시에 심리적 불안과 두려움처럼 내부적인 요인으로부터 발생할 수도 있다.

꿈을 앗아가는 이러한 악마들은 창조적인 능력의 목을 죄고 자신이 선택한 인생길에 대해 의심하게 만들며 우리가 지닌 긍정적인 에너지를 야금야금 갉아먹고 만다. 그렇지만 직장에서 매일 일어나는 이러한 부정적 기운들을 인식하는 것만으로도 이에 대한 저항이 가능할 뿐더러 나아가서는 이를 긍정적인 기운으로 바꾸어볼 수 있다. '어른' 이 된다는 것이 꼭 '부정적' 인 뜻을 내포할 필요는 없다.

지긋지긋하기만 한 일상 업무들

느긋한 스파를 즐기는 휴일과는 완전히 상치되는 것. 〈위기의 주부들〉이나 보며 편히 쉬고자 하는 계획에 찬물을 끼얹는, 눈엣가시와도 같은 존재. 이것이 바로 우리의 '일' 이다. '진짜 직장' 을 얻었다는 흥분도 잠시, 매일 반복되는 일상 업무들은 곧 우리를 기진맥진하게 만들고 만다. 어찌어찌 겨우 부스스 잠에서 깨어 사무실로 향하고, 책상 앞에 앉아 컴퓨터를 켠 다음 커피 한 잔을 들이키면 이제 또다시 똑같은 하루가 시작된다. 그러다 대충 6시쯤 되면 컴퓨터를 끄고 지옥 같은 퇴근길 러시아워 속에서 시달리며 집으로 가다 잠시 헬스 한 판, 그렇지 않으면 TV를 보고 저녁을 먹고 다시 잠자리에 든다. 낮이고 밤이고, 마치 그 회사에 등록된 좀비처럼 매일매일 똑같은 역할을 계속해서 반복하는 것이다.

하품이 절로 나는 이런 지루한 일상이야말로 우리의 꿈을 빼앗아가는 악마 넘버1이라 할 수 있지만, 사실 사회 초년생들은 이를 꽤 이상하게 받아들일 수도 있다. 이들은 수시로 광합성을 하는(즉, 햇빛을 정기적으로 보는) 세계에서 빠져 나온 지 얼마 되지 않은 사람들이므로 이 단계에서는 대개 이런 생각이 든다. '어떤 놈이 이런 말도 안 되는 업무 시간을 고안해낸 거야? 그리고 내 여름 휴간 대체 언제쯤 줄 건데?'

그러나 그러던 우리는 곧 이런 일상에 안주하게 된다. 어제 한 일, 엊그제 한 일, 전 주에 한 일, 전 달에 한 일을 반복하는 것도 나름의 중독성을 지니기 때문이다. 일단 일상 업무에만 주구장창 매달리면 다른 위험을 감수할 필요성도, 불안감도 생기지 않는 데다 굳이 삶에 남다른 큰 노력을 기울이지 않아도 되니까. 그런저런 이유로 우리는 얼마간 그렇게 반복적인 인간으로서 살아간다. 적어도 어느 날 아침, '어라, 내가 회사에 어떻게 왔더라?' 라고 자문할 때까지는. 그간 수없이 많은 날들을 매일 똑같은 경로로 이동해왔기에 이젠 집에서 회사까지 어떻게 왔는지조차 기억하지 못하게 된 것이다.

그렇지만 이런 단조로운 생활이 마치 내 운명인 양 무조건 받아들일 필요는 없다. 예전보다 변화가 적고 반복적인 일상이 되었다 해서 즐거운 시간을 보내거나 다른 기회를 찾아보는 것조차 불허되는 건 결코 아니니. 중요한 것은 이따금 안전지대의 테두리를 벗어나 그간 가보지 않은 미개척지에도 손을 뻗어보리라는, 지루한 일상을 깨기 위한 적극적인 태도이다. 사람은 때로 충동적일 필요도 있다. 가끔은 지루한 일상에 잠긴 나를 흔들어 깨우자!

어찌되었건, 사회 초년생들만이 지니는 유쾌한 낙관주의와 열정적인 에너지를 잃지 않는 것이 최우선이다. 일단 한 번 멀어지게 되면 그를 다시 되돌리기란 쉽지 않은 일이기 때문이다. 모닝커피에 넣은 크림뿐 아니라 생활 속의 다른 것들 역시 힘차게 휘저어주어 기분 좋은 긴장감이 유지되는 삶을 만들어가자. 자신이 처한 상황을 정기적으로 점검하며 이런 질문을 던져보라. "지금 난 내가 하는 일에 진정 만족하고 있나? 아님 그저 현재가 편하다는 이유로 다른 것에 도전하길 두려워하고 있는 걸까?"

지금 당장 최선을 다해 내놓은 괜찮은 해결책이
십 분 후에 내놓는 완벽한 해결책보다 낫다.
조지 S. 패튼 주니어 (General George S. Patton Jr, 19세기 미국 장군)

나를 흔들어 깨우라!

지리멸렬하게 반복되는 일상의 늪에 빠졌다고 생각된다면, 지루한 하루하루를 새롭게 만들어줄 만한 다음의 몇몇 일들을 시도해보자.

여행을 떠나자: 주말을 이용해 야외로 나가보자. 나처럼 일에 지친 친구를 골라 눈부신 모래알들이 반기는 해변가, 솔방울들이 딸랑대는 푸르른 숲, 안 되면 공항의 칵테일 라운지로라도 일단 떠나고 보는 거다!

새로운 일을 시도해보자: 꼭 한번 가보고 싶었던 와인 시음 이벤트에 회사 동료를 파트너로 초대해본다. 그를 얼큰하게 취하게 만들어 상사에 대한 뒷담화(!)에 적극적으로 참여토록 유도해보자.

적극적인 모습을 보이자: 예전에 꿈꾸던 일은 무엇이었는지 생각해보고 그 분야에서 성공을 거둔 이에게 편지를 씨서 그녀의 답장을 기대해보자. 혹 답이 없다면 그녀에 관한 글이라도 잘 찾아 읽어보자.

새로운 사람들을 만나자: 새로운 이들을 만나려면? 요즘 점점 더 인기를 더해가는 인터넷 데이트 서비스를 이용하거나 주변 친구들에게 소개팅을 부탁해보자.

옷장 속을 정리하자: 두 달에 한 번씩은 장롱 깊숙이 박혀 있는 것들을 모두 꺼내어 물물교환 장터를 열자. 친구들에게도 각자 안 입는 옷이나 더 이상 이용하지 않는 아이템들을 가져오게 한 다음, 방금 고아가 된 이 물건들에게 새 주인을 찾아주는 거다.

모험을 찾아 떠나자: 나체로 스카이다이빙을 시도해보라! ……아님 수상스키나 래프팅, 공원 내 조깅 등 그보다는 '덜 쇼킹'하지만 '더 합법적'인 야외 활동을 찾아보는 것도 좋겠다.

"내가 정말 알아야 할 모든 것은 고등학교에서 배웠다"

고등학교 시절을 다룬 드라마엔 웬일인지 괜한 거부감이 드는 건 아마도 그 시절이 주는 괴로운 기억들이 많기 때문일까? 그렇지만 그 시절의 신나는 댄스 시간이나 체육시간, 점심시간이면 떨어대는 아이들의 한바탕 익살, 24시간 늘 붙어 다녔던 친구들에 대한 기억들만큼은 현재의 사회생활에도 충분히 적용해봄 직한 값진 교훈들을 선사해주기도 한다.

* 교만을 떠는 남자아이에게 한 번 또는 두 번만 크게 망신을 줘라. 그는 곧 한 마리 순한 양으로 변할 테니.

* 어느 부문에서든 최고가 되고자 할 때는 자신의 인기를 이용하는 전략도 필요하다.

* 일을 빨리 끝마치고 싶다면 똑똑한 아이의 도움을 청해야 한다.

* 끝내주게 차려 입고 다니지 않으면 '범생이' 낙인이 찍히고 만다.

* 매일 얼굴을 마주쳐야 하는 아이와는 절대 사귀지 않는다.

* 원하는 결과물을 얻고자 남의 얼굴에 음식을 내던져서는 안 된다.

* 평소 코치 선생님과 원만한 관계를 유지하면 테스트에서 생각보다 좋은 결과를 낼 수 있다.

* 하교 벨이 울리면 재빨리 집으로 가는 거다. 뒤도 돌아보지 말고!

악명 높은 반대파들

앞뒤 없이 '무조건적인 반대'를 표명하기로 유명한 이들의 요상한 조언들은 종종 사회 초년생들을 미치게 만들곤 한다. 그들의 대단하신 '예언'에 따르면, 우리의 어릴 적 꿈들은 금세 틀어지고 좌절되며 그로 인해 체념에 빠져 결과적으로 재미나 성취감이 결여된 어느 따분한 직업을 택하게 된다. 나 스스로 책임감 갖기를 갈망하는 부모님들, 왠지 미심쩍은 자기들의 '지혜'를 널리 공유하고자 노력하는 수다쟁이 동료들, 그리고 진심이긴 하지만 그렇다고 해서 항상 옳은 해답만을 제시해주지는 못하는 나이 지긋한 선배들이 주로 이런 부정적인 반대파에 속한다. 이들 역시 뭔가 도움을 주고자 하는 선한 의도를 지니긴 하지만, 주의할 것은 이들에겐 '잘못된 길을 알려주는 뛰어난 능력'이 있다는 점이다. 그런 우울한 말들은 머릿속으로 깊이 파고들어 이제껏 가졌던 목표뿐 아니라 스스로에 대해서조차 의구심을 가지도록 만들어버릴 수 있다. 그러므로 이런 이들과의 대면 시에는 보다 당당한 신념과 열정으로써 그들을 물리칠 수 있도록 더 많은 노력을 기울여야 한다.

이 무조건적 반대파들은 "너 같은 사람한테는 그런 일은 죽어도 안 일어나" 하는 식의 태도로써 우리의 꿈을 무참히 짓밟곤 한다. 이럴 때 할 수 있는 최선의 방법은 바로 '언젠가는 좋은 일이 생길 것'이라는 스스로의 직감을 믿는 것이다. 한편, 매사에 부정적인 이들에겐 면전에서 반격의 '말빨 필살기'를 날려 끽소리 못하도록 해주는 것도 제 맛이다. 가장 좋은 방법은, 그들의 친절한 조언에 대해선 일단 감사의 표현을 한

다음 곧장 그것들을 머릿속에서 비워내고 미래의 성공에 대한 행복한 생각들로 즉시 그 자리를 채워 넣는 일이란 사실!

참견쟁이 부모님

세상의 부모들이 우리에게 바라는 바란 그간 받아온 교육을 현명하게 활용하라는 것이지만, 사실 거기에 함축된 뜻은 이거 하나다. "웬만큼 수입이 보장되는 실용적이고 안정적인 직업을 가져라" 우리네 부모님들께서 끊임없이 "미술 따윈 집어치우고 회계사가 돼라. 그림 쪼가리론 돈벌이는 어림도 없다"고 말씀하시는 이유도 다 이 때문이다. 지금 부모로부터 비슷한 압력을 느끼고 있다면 다음 중 마음에 드는 전술을 이용해보자.

* "아, 사촌 녀석 사고 친 거 아시죠? 걔네 부모님이 얼마나 놀라셨겠어요" 등의 말로 부모님의 주의를 흩뜨려 놓는다.
* "잠시만이라도 뭔가 새로운 일들을 시도해보고 싶어요. 실패의 쓴 맛도 보고 또 새로운 걸 먼저 시도해보지 않고서는 도저히 부모님의 기대치를 충족시킬 수 없다는 걸 누구보다도 제가 잘 알거든요" 라는 말로 그들의 자존심을 건드려본다.
* "제가 엄마 아빠를 얼마나 사랑하는지 아시죠? 그간 저를 위해 희생하신 건 정말 감사하지만 이번엔 저도 제 나름의 결정을 내릴 필요가 있는 것 같아서요" 하는 식의 예의 바른 태도로 일단 부모님을

안심시킨 다음, 자신이 선택한 분야에서 성공을 거둔 유명 인사들의 일화를 들려준다.

✖ 난 더 이상 꼬마가 아니예요 사람들은 사회 초년생들을 귀여운 별칭으로 부르길 즐긴다. 그들이 당신을 "꼬마"나 "귀염둥이" 등으로 부른다면 당신도 "아저씨", "아줌마" 등의 호칭으로 맞불작전(!)을 펼쳐라.

> 여러분들 중 명예로운 수상을 했거나 탁월성을 입증 받은 학생들에
> 게는 우선 나는 '아주 잘했다'는 말을 해주고 싶습니다.
> 그리고 나머지 학생들에게도 난 이렇게 말해주고 싶습니다.
> 여러분들 역시 충분히 미합중국의 대통령이 될 수 있다고.
>
> 조지 W. 부시(George W. Bush 미국 41대 대통령)

비관적인 수다쟁이 동료들

동료들과 친해질수록 그들이 내 자리로 모여들어 잡담과 수다를 나눌 확률은 높아진다. 이때, 항상 자기 일에 대해 불평만 늘어놓고 "야, xx씨도 이제 우리랑 한 배를 탔네. 우린 모두 이 지긋지긋한 곳에서 평생 못 벗어날 거라구!" 하는 식의 말로 나 역시 그 불만클럽의 일원으로 포섭하려 드는 수다쟁이 동료들을 주의하라. 그들은 우리의 생활이나 인생 목표 등에 대해서 꼬치꼬치 캐고서는 곧 묻지도 않은 자신의 식견(!)을 피력하느라 입에 거품을 물 것이다. "처음 입사했을 때를 돌이켜보면 내가 얼마나 허황된 꿈을 꿨었는지 알겠어. xx씨도 여기서 조금만 더 지내다 보면 진실이 뭔지를 알게 될 거야" 이럴 때 우리가 기억할

것은 일, 즉 직업이란 스스로가 만들어가는 것이란 사실, 그리고 재치 있는 말대꾸 몇 마디면 수다쟁이 동료에게 멋진 한 방을 날려줄 수 있다는 사실이다.

* "전 이 일이 좋은걸요? 실은 여기서 일하게 된 걸 큰 행운이라고 생각해요" 하는 말로 상대를 놀래킨다. 속으론 당장 회사를 때려치우고 싶은 마음뿐이라 할지라도.
* 동의하는 척하며 그의 입을 닫게 한다. "어머, 너무 맞는 말씀이세요. 어쩌면 그렇게 옳은 조언만 골라가면서 해주시는지……" 속으로는 상대에게 열심히 육두문자를 날리고 있다는 비밀스러운 사실까지 알려줄 필요는 물론 없으리라.
* 완전히 솔직해지자. "회사 생활이 100% 쉽지 않을 거란 건 저도 잘 압니다. 그렇지만 전 이 일을 잘해내서 성공할 자신이 있어요" 그리고 몇 년 후 그가 내 밑에서 일하게 되는 날, 짧은 한마디로 멋지게 마무리를 해주는 거다. "그러게 제가 뭐랬어요?"

현명하고 현명하신 조언계의 대가들

때로 산전수전 다 겪어본 선배나 형제자매들이 은혜로운 충고들을 앞다투어 날려주곤 하는데 여기서의 문제란 바로 이들이 '자신들의' 경험을 바탕으로 '내' 인생이 어떻게 풀려나갈지에 대해 판단하려 든다는 점이다. 이들은 일단 "사람들이 내 재능을 알아보기 전까지, 2년 동안은 나도 주구장창 파일 정리랑 팩스 보내는 일만 했다구. 그러니까 너무 걱정 마. 시간은 금방 흘러간다고" 하는 위로성 멘트들을 남발할 것이다. 다음 몇 가지 방법들로 이런 류의 '의도는 좋으나 부정적인' 조언들을 물리칠 수가 있겠다.

* 이들은 진심으로 나를 돕고자 한다는 사실을 기억하자. 어쨌든 노력하는 모습이 가상하지 않은가. 일단은 고마운 마음으로 그 조언들을 접수한 후, 훗날 그처럼 '나이 들고 현명한 친구' 의 입장이 되었을 때 다른 이들에게 같은 실수(!)를 범하지 않도록 이를 타산지석으로 삼도록 하자.

* 대화의 주제를 바꿔라. 즉, 그 '현명한 친구들' 로부터 얻을 수 있는 실질적인 충고들을 선별해 취하라는 뜻이다. 이를테면 근처 어디서 가장 싼 값에 좋은 가구들을 구입할 수 있는지, 또 필요 없는 물건들은 어떻게 처분하면 좋을지 등등. 일단 그 조언의 대가께서 수다 모드에 접어들기만 하면 내가 어떠한 화제를 꺼내든 그에 맞는 조언을 해줄 거다. 이때도 역시 재치 있게 실리만 취하면 성공!

* 정직이야말로 최선의 방책! 그냥 솔직히 털어놓자. "고맙지만 난 그저 내 방식대로 일을 풀어나가고 싶어. 내가 원래 좀 그렇잖아" 이렇듯 조언을 받아들이지 못하는 부분을 '내 탓' 으로 돌린다면 그들 또한 애써 들려준 현명한 충고를 진지하게 받아들이지 않는 것에 대해 좀 덜 언짢게 생각하고 넘어가게 된다.

괜스레 까다로운 하부 조직원들

사회 초년생들에게 있어 한 회사의 인사부나 헤드헌팅 업체, 직업소
개소 같은 조직들은 때론 도움보다는 오히려 해를 끼치기도 한다. 당신
이 어려 보인다거나 나이가 적다는 이유로 그들은 종종 서류 심사 때 당
신을 한 단계 낮은 등급으로 분류해버리기도 한다. 그러니 비록 그쪽
계통 직원이 "xx씨한테 딱 맞는 일이 하나 있는데, 변기 닦는 법쯤은 물
론 잘 알고 있겠죠?" 따위의 발언을 날리더라도 결코 슬퍼하거나 노하
지 말고 그저 다음의 단계를 차분히 밟을지어다.

* 자신이 지닌 '강점' 을 먼저 소개하라. 이력서에다 학력을 먼저 적
  어 넣고 일 관련 경력을 뒤에 소개하는 것은 "나는야 생짜 초보!" 를
  외치는 격이나 다름없으니 금물. 쓸데없이 까다롭기만 한 이들에게
  좋은 일자리를 놓고 괜히 당신을 탈락시킬 만한 빌미를 제공해줄
  필요는 없다.
* 우선 윗사람부터 공략하라. 인사부나 헤드헌팅 업체에 이력서를 보
  내는 대신 회사의 중책들에게 먼저 편지를 써보자. 쓸데없이 까탈
  스러운 하부조직원들과의 대화는 가능한 한 피하는 것이 좋다.

* 모든 가능성에 도전하라. 모든 에이전시, 웹사이트, 그리고 그 계통
  에서 일하는 지인들에 이르기까지, 될 수 있는 한 모든 기회들을 발
  빠르게 알아보는 것으로 가능성의 폭을 넓혀라. 스스로를 위한 진
  정한 기회를 찾는 데 있어 한 사람, 한 곳에만 의존하려는 생각은 버
  려야 한다.

✖ **열정이 식지 않도록!** 우리들은 대개 대부분의 시간을 함께 보내는 사람들을 닮아가
는 경향이 있다. 줄담배를 피워대는 집시여인과 지나치게 오랜 시간을 함께 보낸 사람
은 자신도 모르는 사이 수가 잔뜩 놓여진 진보랏빛 드레스에 구슬 목걸이를 휘감은 채
맨솔 담배를 끊임없이 꺼내 무는 자기 모습을 발견하게 될 것이다. 그러니 내 주변엔 언
제나 내 꿈을 지지하고 인생에 대한 열정을 함께 해줄 만한 사람들을 많이 두도록 노력
하라.

예민쟁이 연장자들

예민한 연장자란 나와는 다른 시대를 겪어온 선배들로서, 사회 초년
생적 낙관주의를 '순진한' 것으로, 열정을 '반항적'인 것으로 치부하려
는 경향을 보인다. 민감한 반응의 소유자인 이들은 "내가 네 나이였을
땐 세상의 온갖 멋진 일들은 다 이룰 수 있을 줄만 알았지. 아, 다시 그
시절로 돌아갈 수만 있다면!" 하는 류의 말을 즐겨 한다. 이럴 땐 나름
의 입장을 견지하는 가운데 그에 대한 존경심을 표하는 것이 정답이다.

* 먼저 선배님의 애정 어린 충고 말씀에 감사하자. 사실 이들의 조언
  은 인생에서 좀 더 신속한 판단을 내리고 난국에 부딪혔을 때 보다

용감하게 맞서라는 좋은 의미의 경고가 될 수도 있으니까.

* 일단 위기감을 일깨워준 것에 대해 고맙게 생각하되, 시대는 변했다는 사실을 스스로 되뇌도록 한다. 선배는 '어려운 시기' 쪽에 초점을 맞추고 있으니까.

* 나만의 자존심/자부심에 스스로 가치를 부여하자. 어떤 목표를 이루기 위해서는 주변 사람들이 뭐라든 간에 그에 대한 신념을 가져야만 한다. 그러므로 지구 최후의 날이라도 앞두고 있는 듯한 예민쟁이 선배들이 내뱉는 미래에 대한 비관적 조언(?)들로 인해 정신적인 스트레스가 쌓인다면, 스스로에 대한 자부심을 키워나가는 데 더욱 열중하여 남들의 비관적인 견해에 괜스레 휩쓸리지 않도록 노력하자.

경험지수

어려운 수학 문제도 척척 풀어내는 나인데, 잘난 상사는 임원에게 보고되는 정기 리포트의 아주 기본적인 데이터 입력 작업조차 허락하질 않는다. "자넨 아직 경험이 없지 않나" 하는 게 그 주된 이유다. 어릴 적부터 꿈이었던 잡지사 일을 해보고 싶어 안달이 난 나에게 돌아오는 것은 "미안하지만 우린 3~5년 차 경력직을 원한다"는 대답이며, 대륙횡단

여행을 꿈꾸는 나에게 부모님과 친구들은 한목소리로 회의적인 질문을 퍼붓는다. "네 혼자 힘으로 그게 가능한 일이라 생각해?" 이처럼 사회 초년생의 시기를 거치는 동안에는 어느 쪽으로 고개를 돌려도 들려오는 소리라곤 "그런 일을 원하기엔 넌 아직 경험이 너무 부족해!"라고 함치는 메아리뿐인 듯하다.

이 괴팍한 장벽은 이른바 '경험지수'라 불리는 것이다. 사회 초년생으로서 우리가 할 일이란 이 특이한 장애물을 한껏 비웃어준 다음, "당신에겐 더 많은 경험이 필요하다"고 주장하는 이들의 의견을 정중하게 (!) 무시하는 일이다. 경험지수에 관련해 기억해둘 중요한 사실은 바로 '원하는 일을 해보지 않고 경험을 쌓기란 불가능하다'는 것이다. 그러므로 마음먹은 대로 여행 길에 오르고 원하는 일에 지원하며, 꿈꿔왔던 일에 일단 부딪쳐보자. 그러한 기회들을 저버린다면 그 분야와 관련된 '경험'이란 앞으로도 결코 쌓을 수 없으니까 말이다.

한 가지 더, 세상에는 경험이 전무한 사람이 할 수 있는 일들도 얼마든지 존재한다. 먼저 자신의 목표를 명확히 세운 다음, '숙달된 조교'로서만 가능한 일(높은 교육/기술 수준을 요는 직업)과 '신참내기'로서도 가능한 일(사람들의 기대치와 관계없이 할 수 있는 일)들을 구분해 인식하라. 머지않아 어떤 일들은 경험을 꼭 필요로 하는 반면, 목표를 이루고자 하는 굳건한 의지만으로도 충분한 일 또한 얼마든지 있다는 사실을 깨닫게 될 것이다.

그녀의 머릿속에는

　　꿈을 앗아가는 외부의 적들과 마주한 사회 초년생들은 생활 속에 침투한 그들을 밖으로 몰아낼 의무를 지닌다. 그러나 우리 여자들을 무기력하게 하거나 목표 달성 의지를 꺾어버리는 것은 비단 그들뿐이 아니다. 스스로가 자기 내부에 서린 두려움과 불안감 또한 그런 적이 될 충분한 잠재력을 지녔기 때문이다. 때로는 스스로에게 한계를 지우는 일이야말로 우리의 꿈을 빼앗아가는 가장 강력하고도 사악한 적이 될 수 있다는 뜻이다. 그러므로 은퇴까지 얼마나 남았는지 날짜만 열심히 세는 한심스러운 인간이 되지 않기 위해 사회 초년생들은 젊음의 열정이 계속해서 살아 숨쉬도록 노력을 아끼지 말아야 한다. 약간의 용기와 결단력만 지닌다면 우리의 사회 초년생들 역시 이런 장애물들쯤은 쉽게 극복하고 삶을 풍부하게 만들어갈 수 있다.

> 비록 실수를 저질렀다 한들, 또한 그것이 아주 심각한 것일지언정
> 언제나 또 다른 기회가 존재한다. 우리가 '실패'라 부르는 것은 추
> 락하는 것이 아니라 추락한 채로 그냥 있는 것을 뜻한다.
>
> 매리 픽포드(Mary Pickford, 미국 여배우)

옳지 못한 태도

　　천국과 진배없는 대학이라는 곳을 일단 떠난 후, 안타깝지만 우리는 곧장 사회의 실망스러운 면면들을 목도하게 된다. 어릴 때부터 꿈꿔왔

던 직장에 지원서를 낸 친구 앞으로 날아드는 건 무심한 불합격 통지서
뿐이고, 회사에서 잠깐 커피타임이라도 가질라치면 하필 제일 잘생긴 남
자 직원 앞에서 우당탕 대자로 뻗고 만다. 뿐인가, 어떤 놈은 내 신용카드
를 훔쳐가서는 명품, 그것도 중국산 짝퉁(!)에 긁어대질 않나! 현실이 이
러하다 보니, 그간 지녀왔던 희망적 사고와 순진무구한 태도가 지극히
냉정한 현실적 관점으로 대체되는 것도 어찌 보면 당연한 일이리라.

이렇듯 삶의 현실에 직면했을 때는 꿈꿔왔던 목표들을 이루는 일이
란 너무도 어렵게만 느껴져 그냥 잊어버리기 쉽다. 그렇지만 사회 초년
생이 지니는 가장 큰 강점은 바로 열정과 에너지가 아니던가! 이러한 자
산은 우리가 장애물들을 극복하고 꿈을 계속 유지하도록 도와준다. 서
른다섯이 되기 전 당신이 얼마나 변화하건, 언제나 사회 초년생 시기의
이런 강점을 잊지 말길 바란다. 진정 좋아하는 일을 하고 있든 어쩔 수
없이 싫은 일을 하고 있든, 가정을 꾸리고 있든 큰 핸드백 사업체를 운
영하고 있든 간에 이 빠릿빠릿한 정신만은 항상 유지하며 목표를 이루
기 위한 노력을 결코 멈춰서는 안 될 것이다. 세상에 첫발을 내딛는 한
젊은 여자로서 느꼈던 그 열정과 패기를 언제나 간직하자. 그리하여 앞
으로 인생의 어떤 시기를 맞이하든 보다 활기찬 삶을 영위할 수 있도록
동기부여의 한 도구로서 이를 활용하도록 하자.

✖ 현실은 고달파 우리의 인내심을 시험하는 일들은 거의 매일 일어난다. 일어나자마
자 문지방에 발가락을 찧이고(깍!), 300불짜리 구두 굽은 바쁜 출근길에 똑 부러져버리
며(악!), 막판에 허겁지겁 생일선물을 집어 들어 겨우 계산하려는 순간 종업원은 이렇게
말한다. "손님, 이 카드는 유효기간이 지났는데요"(허걱!) 이런 사소한 일들 때문에 괜한

자괴감을 느낄 필요는 없다. 그러한 일들은 그저 삶의 한 부분일 뿐이란 사실을 상기하며 나뿐만 아니라 세상 모든 이들에게 일어나는 일임을 자각하며 스스로를 위로하라. 그리고 한 가지 더 기분 좋은 사실은, 그런 일들은 우리가 미워해 마지않는 그 인간들에게도 똑같이 일어난다는 사실!

실수에 대한 불안감

살다 보면 큰 실수를 저지를지도 모른다는 불안감 때문에 괜스레 망설이게 되는 경우가 많다. 생각해야 할 일이 수도 없이 많은 매일의 삶 속에서, 어떤 하나의 결정으로 인해 내 인생이 송두리째 달라져 어느 날 가판대의 모든 타블로이드 신문 표지마다 '세계 최고의 멍청이'란 제목 하에 내 사진이 실릴지도 모른다는 불안감을 느끼는 것은 어찌 보면 지극히 당연한 일인지도 모르겠다. 그러나 이것 하나만은 기억하라. 미끄러져 떨어져버리면 어쩌나 하는 두려움 속에서만 산다면 성공의 사다리는 결코 오르지 못하리라는 것을.

인간이란 모두 결점투성이들이다. 그간 사귀었던 몇몇 남자들만 떠올려봐도 금방 알 수 있지 않은가! 그러나 대부분의 실수들은 인생에 그리 큰 영향을 끼치진 않는 것들이다. 몇 분만 시간을 내어 사람들이 저

지르는 갖가지 실수들에 대해 한번 생각해보라. 대부분 그저 별것 아닌 해프닝이었을 뿐이란 사실에 가벼운 안도의 한숨을 내쉴 수 있을 것이다. 또한 나 자신이 실수를 저지르는 지구상의 유일한 인간이 아님을 느끼며 마음의 평화(!)까지 찾을 수 있다.

✖ 비록 그 시작은 미흡하였으나 '천 리 길도 한 걸음부터' 이긴 하나, 그 첫 한 걸음을 떼는 일이란 그리 쉬운 일이 아니다. 조금씩 나가다 보면 머나먼 천 리 길 여행도 급격히 쉬워질 것이다.

오늘 졸업을 하고 내일 배움을 멈추는 이는
모레가 되면 이미 교육을 받지 않은 무지한 자일 뿐이다.
뉴넌 D. 베이커(Newton D. Baker, 미국 정치인/변호사)

아, 환상적인 미래여!

사회 초년생들은 때때로 스트레스가 별로 없었던 옛 학창 시절을 더없이 이상적인 시기로 떠올린다. "너도 이 바닥에 들어선 이상, 이제 행복 끝 불행 시작이야! 더 이상 인생이 만만하지 않단 걸 곧 깨닫게 될 거라구" 주변 사람들이 이렇게들 떠드는 걸 듣고 있자면 그녀는 '정말 이제 내 인생도 끝인가' 하는 일말의 자괴감마저 밀려온다. 길고 긴 방학들, 부모님의 도움, 수업 후에 같이 놀자며 날 기다리던 친구들…… 이 모든 것에 안녕을 고하는 게 얼마나 어려운 일일까를 생각하니 눈물마저 핑 돈다. 그러나 이렇듯 현실세계에 서서히 동화되어 가며 '아이'로서 누리던 것들을 얼마간 잃게 된다 해도, 앞으로 그녀를 흥분케 만들 수많은 새로운 기회들과 더불어 변덕스럽던 옛 청춘 시절보다 훨씬 더 반가운 미래가 기다리고 있다는 사실을 기억하자.

이 환상적인 미래를 자축하며 그 신나는 날들의 도래를 기대해보자. 꿈과 열정의 끈을 놓지 않는 한, 당신은 분명 축하할 만한 가치가 있는 굉장한 미래를 소유하게 될 테니까!

알고 보면 '사회'도 꽤 괜찮은 곳이라구! 왜냐하면······

* 드디어 안정적인 수입을 가지게 된 이상, 예전처럼 용돈이나 좀 벌어볼까 하는 생각에 빈 병이나 캔을 모으는 따위의 일은 더 이상 안 해도 되니까.

* 시험 점수에 스트레스를 받거나 '기이한 패션의 역사' 따위의 과목을 수강하며 '혹 누군가 날 이상하게 생각지는 않을까' 염려할 필요 없이, 이제는 강의를 듣는 것도 그저 '재미 삼아' 할 수가 있으니까.

* 앞으론 엄마에게 "제발 하는 일마다 사사건건 간섭 좀 하지 말아주세요!"라는 말을 당당히 할 수 있으니까(물론 그렇다고 해서 엄마가 다신 간섭을 않을 거란 보장은 없지만).

* 새롭고 재미난 인간들을 엄청 많이 만날 수 있으니까.

* 마치 변기 안에서 희석된 듯한 지린 냄새를 풍기는 싸구려 맥주와는
  영영 이별할 수 있으니까.

* 일단 퇴근만 하면 나머지 시간은 완전히 나의 것! 자유시간에도 계
  속해서 날 괴롭힐 쪽지시험이나 과제물 같은 건 이제 더 이상 없으
  니까!

* 항상 눈에 거슬렸던 지저분한 턱수염들을, 이제는 고맙게도 남자들
  스스로가 깨끗이 밀고 출근길에 나서주니까.

* '추천 도서 목록'에는 절대 끼지 못했던 웃기고, 난잡한 책들을 내
  마음껏 읽을 수 있으니까.

* 밤에 데이트를 나갈 때, 더 이상은 예전 남학생 기숙사 바닥에서처
  럼 발밑에 끈적거리는 것들이 묻어날 일이란 없으니까.

* 사회 초년생들이 들려주는 리얼 토크 *

"뉴욕에 처음 일하러 왔을 때 난 꽃무늬 스커트를 입고 나비 리본이 달린 구두를 신었어. 당시 우리 동네에서는 그게 최신 유행이어서 뉴욕에서도 당연히 통할 거라 생각했었던 거지. 요즘은 어떠냐고? 지금은 그걸 〈초원의 집〉의 로라 잉걸스가 즐겨 입던 '서부 개척시대 의상'이라 부르지."

"엄마는 조그만 사업을 시작하겠다는 날 항상 뜯어말리셨지. 사람은 '진짜 직업'을 가져야 한다나. 어찌 되었든 그 사업을 시작한 지 올해로 벌써 10년째인데, 중요한 건 아직까지도 아주 잘 굴러가고 있다는 거야."

"우리 아빤 내가 아파트에 불을 낼지도 모른다며 전자 키보드 사는 걸 크게 반대하셨어. 아니, 키보드가 열 받아서 스스로 폭발하기라도 한단 말이야? 지금 생각해보니 아마도 아빠는 내가 '딴따라계'로 빠져들까 겁을 냈던 것 같아. 뭐, 사실 난 전 세계를 순회하는 밴드의 일원은 아니지만 지금도 음악을 계속하고 있다구."

"솔직히 말해서 난 스물셋이 되던 해, 내 인생은 이제 완전히 끝났구나 생각했어. 동생 친구들이 '스물세 살이면 이제 완전히 노땅 아냐?'고 속닥거리는 걸 들어버렸거든. 지금 돌이켜 생각해보면, 그 찬란했던 나이에 스스로를 늙은이라 느꼈다니, 정말 웃기지도 않는 일 아니니?"

"처음 일을 시작했을 땐 회사에 있는 사람들이 전부 대단해만 보였어. 뭐 걔 중 몇몇에 대해선 지금도 역시 그렇게 생각하는 편이지만, 나머지 사람들에 대해서는 완전히 판단 미스였던 것 같아. 한 달, 두 달이 지나며 일에 점점 자신감이 붙었고, 그제야 난 직장 동료들의 진실된 모습을 있는 그대로 보기 시작했던 거야."

"난 언제나 빨리 자라고만 싶었어. 애들이랑 멍청하게 우르르 몰려다니는 일, 어릴 때 하는 못된 짓거리…… 그런 것들에서 빨리 멀어지고만 싶었지. 하지만 마음속 한쪽엔 만일 그 소원이 진짜 이루어진 후에는 또다시 그때를 그리워하게 될지도 모른다는 두려움도 숨어 있었어. 사실 때론 그 시절이 그리워."

빈털터리 공주 the dollarless diva

시리얼, 참치 캔, 그리고 쌓여만 가는 카드 빚이여!

닉네임

신용카드의 여왕

외모

시종일관 '소박함' 이 무엇인가를 보여주는 털털한 차림새 및 생활상.

패션 모드

세일 때 갭(Gap)에서 산 검정 원피스를 매 금요일마다 5주 연속 입어주는 대기록 달성.

생활 모토

"후유, 내 처지에 저걸 어떻게 사겠어." 혹은 "미안한데 5불만 빌려줄래?"

애정 전선

맥도널드 치즈버거가 아닌, 제대로 된 한 끼를 먹여주는 남자라면 누구라도 ok.

애창곡

마돈나의 '난 물질에 약한 여자(Material Girl)',

도너 서머의 '그녀는 돈벌이를 위해 뼈 빠지게 일하지(She Works Hard for the Money)'

이벤트/활동

야외 하이킹, 공짜 박물관 견학, 공립 도서관 나들이, 테이블 서빙 및 끼니 연명을 위한 그 외 각종 '알바' 활동들.

대인 관계

좁은 방에서 드글거리는 룸메이트들, 그리고 학자금 대출 상담센터 담당자 아줌마.

인생 목표

일주일 내내 겹치지 않고 매일 갈아입을 수 있는 옷을 마련할 수준의 능력 키우기.

한 손에는 졸업장, 다른 손엔 이력서 사본이 잔뜩 든 새 가죽 바인더를 든 채, 우리의 사회 초년생들은 이제 그간 꿈꿔왔던 사회인으로서의 온갖 생활들을 가능케 해줄 '풍요로운' 미래만이 펼쳐져 있으리란 야무진 꿈에 잠기곤 한다. 그러니 자기 앞으로 떨어지는 일자리 중 그나마 제일 나은 게 고작해야 최저임금보다 한두 푼 더 받는 리셉셔니스트 자리란 걸 깨닫는 순간엔 놀랄 수밖에! 그러나 불굴의 의지로 그녀는 인생의 보다 밝고 긍정적인 면을 보고자 애쓴다. "그래, 뭐 까짓 거 얼마간은 싸구려 소시지랑 치즈로 버텨보는 거야. 차비도 아끼고 견문도 넓힐 겸 웬만한 거리는 다 걸어서 다니고 말이야. 그러다 보면 어느새 좋은 날이 올 거고, 그땐 내가 가진 훌륭한 것들에 감사하는 삶을 살게 될 거라고. 안 그래?" 그리하여 '그날'이 오기까지 그녀는 거의 매일 똑같은 추리닝(!) 차림에다 맨밥에 통조림만 뜯어먹으며 껌 하나를 살 때도 신용카드를 들이밀어야 하는 '체념과 초월의 삶'을 감수하기로 하는데……. 바로 이 시기의 여자들을 '빈털터리 공주'라 부른다.

여자의 일생에 있어 이 빈털터리 공주의 시기란, '대체 무슨 죄를 지었기에 내 방에 남자친구 한 번 맘 편히 들이기는커녕, 이 코딱지만 한 침대에서 룸메이트들이랑 이토록 부대끼면서 살아가야 하는가?' 류의 철학적인 고민에 빠지는 때를 일컫기도 한다. 그녀는 심심하면 로또를 긁어대고, 사무실에선 집에서 쓸 티슈 뭉치들을 몰래 집어오느라 바쁘며, 점심은 '사먹는 게 쌀까 vs 싸가는 게 쌀까' 하는 난제를 두고 적어도 하루 10분 이상씩 고민하기 일쑤이다. 그녀의 공식 스토커는 학자금 대출 담당자뿐이고, 부모님한테서 듣는 안부인사란 '내 전화카드 좀 그만 쓰라'는 게 전부다. 하지만 그녀는 조금 더 열심히 일하고 거기에 행운만 따라준다면 얼마 안 가 지금의 생활에서 벗어날 수 있을 거란 확신에 차 있다. '그래, 할인매장 찾아 다니느라 발에 물집 잡히는 이 생활도 얼마 안 남았어. 조금만 더 고생하면 전부터 찜해둔 돌체 앤 가바나 청바지도 곧 내 것이 될 거라고!'

살아가면서 빈털터리 공주의 시기는 여자라면 누구나 한 번은 거치게 되는 단계지만(뭐, 패리스 힐튼 정도가 예외라면 예외일까), 한 가지 다행스러운 사실은 이 시기에 영원히 머무는 사람은 거의 없다는 점이다. 그리고 일단 약간의 안목과 쓸모 있는 몇 가지 팁(부잣집에 시집가기? 돈 많은 친척의 유산 노리기?) 정도만 갖춘다면, 바닥난 은행 잔고에도 기분 좋게 한번 웃어주고 쥐꼬리만 한 예산 속에서도 여왕처럼 사는 안분지족의 미덕을 배울 수가 있다. 그러므로 현재 이 시기를 겪고 있다면 이 글을 계속해서 읽으며 보다 밝고 찬란한 미래가 당신을 기다리고 있다는 사실에 안도의 한숨을 내쉬어도 좋다. 또, 이미 이 단계를 통과한 공주님들이라면 잠시 짬을 내어, 땅콩 한 쪽도 아껴먹고 사용한 휴지도 재활용했던 과거의 암울했던(!) 시간들을 한 번쯤 되돌아보는 것도 괜찮을 듯싶다. 스테인레스로 만든 제대로 된 포크로 식사하는 것에만도 그저 감사하고 4달러짜리 아이스 라테 한 잔으로도 세상에서 가장 행복한 사람이 되곤 했던 그때를 돌아보며, 나를 보다 나은 사람으로 변화시켜주었던 그 시절의 값진 경험들을 추억해보는 거다.

✖ **나의 재정상태를 함부로 떠벌리지 말라** 데이트 중인 남자에게 나의 경제적인 상황을 몽땅 공개하는 일은 절대 삼가라. 그와의 관계가 영원할 거라곤 누구도 장담할 수 없는 거니까. 일단 깨지고 난 후에는 이미 그 남자가 지닌 내 재정적 상황에 대한 정보는 어떻게도 되찾아올 길이 없다는 사실을 항상 상기하자. 뒤늦게 입막음을 하려면 쥐도 새도 모르게 그를 처치(!)해야 할지도 모르는 일이니.

가난을 즐기다?

몸부림칠수록 더욱 더 깊이 빠져버리고 만다는 이 유명한 가난뱅이의 시기는, 세상에서 가장 이성적인 여자들마저도 카지노나 각종 시장표 아이템, 인터넷 대파격 세일뿐 아니라 엄마가 만든 말라 비틀어진 닭요리(사실 이 시기엔 참치 캔 빼곤 뭐든 맛있다)에마저도 집착하게 만드는, 상당히 초현실적인 경험을 선사한다. 이러한 가난의 늪에 빠진 우리 빈털터리 공주들에게서는 다음의 세 가지 유형이 발견된다.

(1) **땅거지형**: 빠듯한 예산 덕에 수지타산을 맞추기 어렵고, 빚에 쪼들리다시피 한다.

(2) **평가절하형**: 어느 정도 돈벌이가 있긴 하나, 제 능력에 비추어볼 때 지나치게 적은 액수이다.

(3) **착각-구라형**: 주말에 유럽 여행을 떠나고 싶은데 현금 사정이 달린다며 불평한다.

예전 혹은 현재의 상황에 비추어 나는 다음 중 어떤 유형의 빈털터리 공주에 속하는지를 가늠해보자.

땅거지형 빈털터리

우리의 가여운 빈털터리 공주들은 수지타산을 맞추기 위해 매 순간 피 말리는 투쟁도 불사한다. 분명 똑똑하고, 정보에 밝으며, 괜찮은 일자리를 얻기에 충분한 능력을 지닌 그녀지만 어쨌거나 현재로서는 혹

자 인생은 꿈도 못 꿀 형편이다. 할 수 없이 그녀는 오늘도 친구들로부
터 이리저리 푼돈을 꾸고, 한 푼이라도 아끼기 위한 갖은 아이디어들을
짜내며, 모든 소비생활은 세일 기간에 맞춘다는 나름의 인생 철칙을 세
우기도 한다. 그녀들은 대개 다음과 같은 생활양상을 보인다.

* 친구가 쏘는 햄버거와 프렌치 프라이 세트를 받아 들곤, 마치 별 다
  섯 개짜리 최고급 레스토랑에라도 온 양 급(!)행복해한다.
* 모든 저녁 모임은 뒤늦게 나타나 물만 한 잔 들이키는 것을 원칙으
  로 한다. 막판 모두에게 회비를 걷을 때 돈을 내지 않아도 전혀 무안
  하지 않기 위해서.
* 스타벅스 커피 한 잔을 아무 때고 맘 편히 사먹을 그날이 오기를 간
  절히 열망한다.
* 각종 할인 쿠폰들을 오려 모아 아예 책자를 하나 만든 다음, 핸드백
  속에다 소중히 지니고 다닌다.
* 바 등에서 공짜로 제공되는 땅콩이나 과자들을 보면 굶주린 고아
  소녀마냥 목숨 걸고 게걸스레 먹어댄다.
* 다른 건 몰라도 행운의 번호를 맞히는 전략들로 가득한 로또 책이
  나 경마, 복권 관련 잡지들은 반드시 소장하고 있다.
* 세탁비 절감을 위해 웬만한 빨랫거리들은 싱크대에서 직접 빨아버
  린다.
* 치킨 요리를 했다 치면 그 후 일주일은 가뿐히 버틸 수 있다. 치킨 수

플레, 치킨 캐서롤, 치킨 파미자냐, 치킨 누들 수프, 롤에 돌돌 만 치킨 커틀렛, 치킨 스튜 등등. 마지막 날엔 물론…… 치킨 서프라이즈!

* 남이 버린 물건들 사이에서 골라내 손을 본 후 재활용하고 있는 가구 아이템이 적어도 하나 이상 있다.
* 새로 구입한 것처럼 보이게 하기 위해 낡은 옛 셔츠에 멋진 새 단추를 달아본다.
* 친구들과 모일 땐 미리 싸구려 알코올을 충분히 섭취하고 나가 비싼 술값을 아낀다.
* 회식이나 결혼식 자리에 열심히 출근 도장을 찍을 뿐 아니라 소개팅은 들어오는 족족 전부 수락해버린다. 왜, 음식이 공짜니까!
* 어쩌다 뷔페식 레스토랑에 간 날이면 가방 안에 닭 날개 튀김을 잔뜩 숨겨온다.
* 3방향 거울을 이용해 집에서 직접 머리를 자른다.
* 이케아(IKEA)에서 나온 ‘무엇이든 내 손으로!’ 란 이름의 요상한 금속 스크류 드라이버야말로 금세기 최고로 요긴한 발명품이라 생각한다.

빈털터리 공주들의 심장을 철렁 내려앉게 하는 것은 다름아닌 은행 잔고일 것이다. 그렇다고 해서 그녀가 언제까지고 적자 인생만을 살게 되진 않는다. 그녀 앞에는 보다 풍요로운 미래가 밝게 펼쳐져 있다.

현재 내가 가난하다는 것만은 엄연한 사실인데,
구체적으로 내 인생의 어떤 부분들에 대해
고통 받고 있는 건지에 대해선 도무지 알 수가 없어.
남들보다 체중이 10파운드나 더 나가니 일단 음식물은 충분히
섭취하고 있는 것 같고, 옷장에 구두들이 넘쳐나고 있는 걸 보니
신용카드 사용에도 별 문제 없는 듯하고. 게다가 밤이면
수많은 양초들이 이렇듯 집 안을 환히 밝혀주고 있는데 말이야,
응?!

작자 미상

펑기절히형 빈털디리

평가절하형 공주들은 현재 그럭저럭 먹고 살 만큼은 벌고 있지만, 스스로 '이보다는 많이 벌어야 한다'는 사실을 항상 인지하고 있으므로 끊임없이 상대적 빈곤감에 시달린다. 평소엔 별다른 문제의식을 느끼지 못하는 그녀지만, 다른 회사에서 현재 자신과 똑같은 일을 하는 어떤 이가 자기보다 두 배 많은 봉급을 받고 있다는 사실을 인터넷을 통해 알게 될 때면 그만 좌절하고 만다.

* 연말 보너스라고 생기긴 하지만 세금이랑 이것저것 떼고 나면 한 달치 먹을거리를 사기에도 빠듯하다.
* 항상 정장을 깔끔히 차려 입고 다녀야 할 직장에 다니지만, 실상은 일주일간 겹치지 않게 겨우겨우 갈아입을 만한 수의 옷가지들이 그

녀가 가진 전부이다.

* 인턴 과정을 밟고 있는 대학생쯤으로 오해 받아 허접스러운 잔심부름을 하게 되는 뭣 같은 경우가 종종 있다.
* 매일 아침, 능력은 그녀의 반밖에 안 되면서도 월급은 두 배로 받는 상사의 지시를 꾸역꾸역 새겨들어야 한다.
* 휴게실에서 앉아 있을라치면 그녀와 똑같은 일을 하면서도 월급은 30%나 더 받는 임원 아들 얼굴에 그저 한숨만 나온다.
* "내가 겨우 이 짓이나 하려고 대학까지 나온 줄 알아?"라며 난장을 부리고 싶은 마음이 적어도 하루 한 번 이상씩 불끈불끈 솟구친다.

평가절하형 공주들은 사실 기회만 있다면 산도 옮길 수 있는 출중한 능력의 소유자다. 하지만 현재 상황에서 그녀가 할 수 있는 일이란 그저 앞으로 주름살이 더 늘고 사감선생 같은 안경을 쓰게 될 때쯤이면 상황이 좀 나아져 있기를 희망하며 그날을 기다리는 것뿐이다.

내겐 지금 평생 쓸 만큼의 돈이 차고 넘친다.
내가 딱 오늘 오후 4시까지만 산다면 말이다.

헨리 영맨(Henry Youngman, 미국 코미디언)

천 원의 행복

진정한 빈털터리 공주라면 버는 족족 한 푼이라도 더 아끼기 위해 최선을 다해야 한다. 먼저 나의 증조 할머니가 예전 대공황 때 어떤 방법들을 이용했는지를 떠올려본다면 자기만의 예산 절감용 아이디어를 만들어내는 일이 한결 쉬워질 것이다.

* 오렌지 주스에 물을 타 먹는다.

* 집에 있는 샴푸와 샐러드 드레싱 통들은 모두 거꾸로 놓아 마지막 한 방울까지 알뜰하게 짜 쓴다.

* 남들이 내다버린 것들 중 혹 쓸 만한 물건이 없는지 살펴본다.

* 화장실용 두루마리 휴지는 종이가 얇고 긴, 값싼 것으로 고른다.

* 기념일을 맞은 지인들에게는 손수 짠 밝은 컬러의 패셔너블한 스웨터를 선물한다.

* 아이스크림은 트럭에서 낱개로 사는 대신 하프갤런들이 한 통과 콘을 따로 구입하는 편이 저렴하다.

* 저녁 폐점 직전, 떨이로 파는 육류를 필요량보다 많이 구입한 후 냉동실에 얼려 두었다가 두고두고 이용한다.

* 케첩 등은 대형 할인매장을 이용해 '세상에서 가장 크고 저렴한' 것으로 구입한다.

* 랩, 티슈, 쿠킹호일, 포장지 등은 깨끗이 써서 몇 번이고 재활용한다.

착각 – 구라형 빈털터리

태어난 날부터 현금더미 위에 앉은 채 살아온 몇몇 팔자 좋은 아가씨
들은 이 '빈털터리 공주'의 느낌에 대한 면역성을 전혀 갖지 못한다. 우
리가 대박인생을 타고 태어난 그네들에 대해 안됐다는 느낌을 갖기 어
려운 것과 마찬가지로, 현실 속 여자들이 '난 가난해, 혹은 난 부자야'
를 판단하는 데에는 어떤 절대적 기준이 아닌, 주변 사람들과의 상대적
인 비교가 우선시된다. 그러므로 그녀가 500불짜리 드레스를 살 만한
능력이 되더라도, 옆에서 친구가 수천 불짜리 드레스를 쉽게 고르는 모
습을 보면 그녀 역시 상대적인 빈곤감에 빠지게 되는 것이다. 우리들
대부분의 여자들에겐 좀 재수없게 보일 수도 있지만, 어쨌든 다음의 착
각–구라형 빈털터리들에게는 스스로가 '불쌍하리만큼 가난한 부류'
로 느껴지는 것이다.

* 친한 친구가 최신형 BMW를 새로 뽑은 걸 보고 우울증에 빠진다.
* 언제나 집에 돈이 없다고 툴툴거리는 그녀, 잘 듣다보면 어느새 자
  기 부모님이 최근 베버리힐스에 새로 마련했다는 별장에 대해 떠들
  고 있다.
* 패션 잡지 속에서나 등장하는 세계적인 유명 디자이너들의 옷을
  '실제로' 구입한다.
* 저녁 먹고 더치페이 할 돈은 없다면서도 요즘 뜨고 있다는 이국적
  인 고급 휴양지로는 두어 달에 한 번씩 꼭 여행을 떠나주신다.

* "요즘 현금이 없어서……"라며 남의 옷을 빌려 입는다.
* 새로 구입한 여름용 별장의 욕실에 고급 자쿠지가 없다는 이유로 큰 사기를 당한 것처럼 펄펄 뛴다.
* 지금 사는 아파트를 감당키 버겁다며 툴툴대더니, 얼마 안 있어 침실 여섯 개와 풀장이 딸린 저택으로 이사 가버린다.
* 자신 역시 빈민가에서 어렵게 자라왔노라고 주장한다.

우습지만, 이런 착각-구라형 빈털터리 역시 과소평가된 빈털터리형 못지 않게 큰 스트레스에 시달린다. 그녀들의 마음속엔 늘 자신의 기본적인 니즈(주말마다 쇼핑의 향연에 빠져주기, 매달 한 번씩은 외국으로 나가주기, 제일 잘나가는 레스토랑에서 매일 밤 식사해주기 등등)를 충족시키기엔 여전히 '가난' 하단 생각이 크게 자리잡고 있기 때문이다.

평소 별명이 '마더 테레사' 일 만큼 욕심 없기로 소문난 여자들마저 예외가 없을 정도로, 빈털터리 공주로서의 삶은 여러 면에서 '돈에 대한 집착' 으로 캐릭터화될 수 있다. 삶의 모든 부분들이 그저 충분치 못하게만 느껴지는 시기에 돈에 대한 생각을 버린다는 건 사실 쉬운 일이 아니다. 그중 다행스러운 건, 인생에서 이러한 시기가 영원토록 지속되지는 않는다는 사실이다. 부유한 남자와 결혼하지 않아도, 복권에 당첨되지 않아도, 개인 경제원칙 중 중요한 몇 가지만 잘 지켜나간다면 머지 않아 이런 가난의 굴레(!)에서 확실히 벗어날 수가 있음을 명심하자.

✖ 신용을 쌓아라 집을 사려 할 때나 혹은 아이들을 대학에 보내고자 할 때처럼, 자신의 신용도가 도마 위에 오를 날이 언젠가는 분명 오고야 만다. 그때를 대비해서라도 평소 신용카드는 제때에 결제하여 신용 거래 내역을 항상 깨끗이 유지토록 하라. 이런 기록들은 내가 과연 믿을 만한 사람인지 아닌지를 판단하는 잠재적인 대출기관에 다름없으니까. 사람들 이마마다 각자의 신용도를 써 붙이고 다닌다면 참으로 편리하련만, 그럴 수 없다는 사실이 못내 아쉬울 따름이다.

돈 없는 젊은이는 괜찮아도

돈 없는 늙은이는 곤란하다.

테네시 윌리엄스(Tennessee Williams, 미국 극작가)

부자가 되는 길

현금 운용에 있어 빈털터리 공주님들에게 필요한 것은 몇 가지 가벼운 교훈들을 예습해두어 앞으로 살아가면서 돈을 제대로 다룰 수 있으리란 확신을 갖는 일이다. 주식이나 투자 관련 용어들이 어렵고 혼란스러운 만큼, 스스로의 재산 관리에 만전을 기하기 위해서는 먼저 다음에 소개하는 '부자 원칙'의 기본에 충실하도록 하자.

* 목표를 가지고 돈을 모으라

* 최선의 투자 방식을 택하라

* 이자가 붙는 빚부터 선처리하라

* 즐길 것은 즐기라

　이 원칙들을 기억하고 고수하고자 노력하는 여자들은 누구라도 머지 않은 미래에 부자가 될 것이다!

목표를 가지고 돈을 모으라

　돈이 그냥 하늘에서 뚝뚝 떨어져주면 얼마나 좋겠냐마는, 불행히도 그렇게 쉬운 돈벌이란 흔치 않다(재벌 아들인 애인과 대판 싸우고 화가 머리끝까지 난 어느 여자가 그의 전 재산을 탈탈 털어와선 고층건물 옥상에서 공중에다 확 뿌려버린다면 또 모를까). 결론은, 돈을 모으기 위해서는 그만큼 노력해야 한다는 것이다. 행복해지기 위해 꼭 도널드 트럼프 회장(미국 최대 부동산·카지노 재벌_옮긴이) 수준의 부자가 될 필요야 없겠지만, 적어도 내 개인적인 목표는 어느 수준이며 그 목표를 어떻게 달성해갈 것인지 정도는 머릿속에 미리 그려둘 필요가 있겠다. 우리들 중에는 교사가 꿈인 사람도, 대기업에 다니고 싶은 사람도, 예술을 하며 먹고 살겠다는 이도, 월 스트리트에서 일하고 싶은 사람도, 혹은 전업주부가 소망인 여자도 있다. 그중 무엇을 택하건, 중요한 것은 그에 따르는 거래 조건을 인지하고 그 일과 삶에 대한 스스로의 만족도나 행복에 확신을 가질 수 있어야 한다는 점이다. 당신이 지금 첫 직장을 위한 인터뷰를 준비하고 있든 이직을 고려하고 있든 간에, 다음의 몇 가지 중요 사항들만큼은 항상 염두에 두도록 하자.

나의 진정한 니즈를 파악하라

'TV에서 보니 멋져 보여서' 또는 '친구들에게 들으니 그럴 듯해서' 직업을 택하는 일은 삼가라. 황금 시간대 드라마 속에서 뽀대나게(!) 보이는 직업들 중 실제로도 그런 경우는 거의 없다고 봐도 무방하다. 그러므로 의사로서의, 또는 사업가로서의 내 미래는 어떨지에 대해 그저 대충 상상하는 대신, 경험이 풍부한 그 분야의 전문가들에게 자문을 구하도록 하자. 이 경우엔 특히 다음과 같은 핵심적인 답을 구하는 데 초점을 맞추자. "봉급은 얼마 정도를 예상하면 될까요?", "매일매일의 일과는 대개 어떤 식으로 이루어지나요?", "평균 근무시간은?", "보통 어느 수준이 되면 승진이 되는지요?" 이런 질문들에 대한 답을 모두 숙지했다면 이제 지식과 경험에 근거하여 어느 정도 합리적인 판단을 내릴 수가 있다.

요구사항을 파악하라

직업 관련정보를 이용, 그쪽 분야에서는 대체 어떤 스킬들을 요구하는지, 시장 동향은 어떠한지 등을 미리 파악해두도록 하자. 만일 이번 시즌 패션시장에선 대담한 여자 패션을 그다지 반기지 않는 분위기라면, 제아무리 똑똑하고 잘나가는 디자이너의 작품이라 할지라도 카프리 팬츠만으로는 돈벌이가 어려울 것은 당연지사. 지식에 근거한 커리어를 택하고 또 그 일에서 자신이 진정 원하는 것을 얻어내기 위해서는 먼저 유용한 관련 정보들로 단단히 무장해야 할 것이다.

가능성이 막힌 직장은 피하라

지금 당장 회사를 하나 차려도 좋을 만큼 탁월한 능력을 지닌 사람이라 할지라도 10년에 한 번쯤, 그것도 딱 한두 사람의 승진만 허락하는 회사에서라면 그 재능은 빛도 보지 못한 채 그 회사 한구석에서 썩다가 끝나버릴 가능성이 크다. 당장의 자리가 편하다는 이유만으로 그에 연연하는 우는 범하지 말자. 이런 경우엔 내 능력을 100% 인정하고 성장의 기회를 제공해주는 곳으로 떠나는 것이 무조건 옳다.

내가 원하는 바를 행하라

좋아하는 일일수록 그만큼 더 잘해내게 되는 법. 어떤 이유로든 내가 즐길 수 있을 만한 일을 찾도록 노력하자. 물론 이 땅 위에 '완벽한' 일자리란 없다지만(대부분 완벽과는 아예 거리가 멀다) 그 안에서 아주 작은 즐거움이라도 찾을 수 있는 일을 택하는 것이 중요하다(하다 못해 그게 '공짜 커피' 수준일지라도). 그런 사소한 것들이야말로 직장에서의 괴로운 나날들을 보다 참을 만하게 만들어주니까 말이다.

처음부터 0이 8개쯤 붙은 연봉을 받으며 방이 6~7개 딸린 럭셔리한 아파트에서 사회생활을 시작하는 사람은 드물다. 그렇지만 돈이나 일자리에 목을 맨 상황이라고 해서 꼭 누군가 툭 던져주는 일자리를 무조건 감사하게 받아들여야 하는 건 아니지 않은가. 먼저 나만의 개인적인 행동방침을 세워 그 계획에 따르도록 하자. 누군가에게 등 떠밀려 별로 마음에 들지도, 적성에 맞지도 않는 분야의 일을 억지로 맡아 할 필요는 없다. 직장에서의 매일매일을 보내야 할 장본인은 바로 나 자신이므로, 스스로의 선택에 후회 없는 확신을 가질 수 있어야만 한다. 일단 내게 알맞다고 생각되는 계획을 찾았다면 그에 전심전력을 쏟자. 그런 후라면 돈을 긁어 모으는 기업가가 되었건, 하루 종일 갓난쟁이를 돌보는 전업주부가 되었건, 분명 자신이 하고 있는 일에서 진정한 만족을 느낄 수 있을 것이다. 궁극적으로 본다면, 이것이야말로 바로 진정한 의미의 '부자'가 아닐까.

✖ 돈 버는 팁 하나 어떤 일을 선택했건, 봉급 인상에 대한 정기적인 요청을 게을리하지 말라(필요하다면 평소 포르노 사이트 서핑이 취미인 상사에겐 그런 그의 모습이 담긴 비밀 동영상이 존재한다는 사실을 넌지시 알려주는 것도 괜찮다).

> 옛말에 이르길, 돈이 돈을 번다고 했다.
> 적은 돈으로 그보다 많은 돈을 버는 것은 쉽다.
> 가장 어려운 것은 바로 그 '적은 돈'을 마련하는 일이다.
>
> 아담 스미스(Adam Smith, 영국 경제학자/철학자)

최선의 투자 방식을 택하라

이 단어를 접하면 왠지 수많은 숫자들이나 증권 시세판에서나 쓰이는 요상한 심볼들, 그리고 두꺼운 안경을 쓰고 정장을 빼 입은 채 엄숙한 회의실 테이블에 둘러앉아 있는 사람들이 떠오르는 까닭에, '투자'라는 말은 그 자체로 어딘가 두렵게만 느껴지는 게 사실이다. 그러나 얼마만큼의 돈을 벌건 간에, 이 투자라는 녀석과 친해지는 건 대단히 중요한 일이란 사실만은 잊지 말고 기억하라. 어쩌면 지금 당신의 머릿속엔 이런 생각이 스칠 수도 있다. '참나, 주제 한번 진짜 지루한 걸로 뽑았네. 지금 먹고 살기만도 빠듯해서 기껏해야 깡통 안에 모은 동전들이 전부인 사람한테 투자는 무슨 얼어 죽을…….' 그러나 그런 상황에 처해 있는 사람도 분명 뭔가에 '투자' 하는 방법만은 알고 있어야 한다. 그것이 비록 하루 1달러가 될지언정, 이 빈털터리 공주의 시기에서 영원히 벗어나고픈 여자들에게 투자란 아주 중요한 문제니까. 금융 분야의 전문가 정도라면 그냥 넘어가도 상관없지만, 회사에서 공지하는 노후 연금법 관련 이메일만 받으면 갑자기 없던 두통이 생긴다면 이 글을 계속해서 읽어나가기를 권한다.

'돈이 돈을 번다' 란 말은 꽤 진부한 표현이긴 하지만, 중요한 건 그 말이 진실이라는 점이다. 수중에 돈이 얼마간 있고 그를 현명하게 굴릴 줄만 안다면 몇 년에 걸쳐 그 돈을 급격히 불릴 수가 있다. 물론 '현재를 즐겨라(Carpe diem)' 는 말에 충실한 나머지, 가진 돈으로 당장 예쁜 구두를 사 신는 것도 그것대로 매우 만족스러운 일이긴 하리라. 그렇지만 우선은 그 돈을 다른 곳에 투자한다는 가정에서 출발해보자. 이때 감당할 수 있는 리스크의 한도 내에서 가장 많은 이익을 낼 만한 곳을 찾아내야 한다. 처음 세상과 부딪힐 때는 이익이나 이자의 개념이 희미하겠지만, 일단 이를 이해하고 나면 어두컴컴한 골목에서 재벌가 딸로 보이는 여인의 핸드백을 터는 것보다는 훨씬 빨리 이 빈털터리 공주의 시기를 떨쳐버릴 수 있는 힘을 얻게 될 것이다.

어떤 타입의 기업, 조직이든 모두 자사 운영을 위한 현금을 필요로 하므로, 그들은 우리의 돈을 '빌린' 다음 이 대부금에 대한 보상 형식으로 우리에게 약간의 돈, 즉 이자를 더 얹어주겠다는 약속을 한다. 다음에 소개하는 것은 얼마간의 이익을 얻을 수 있도록 널리 알려진 투자 방법들이다.

주식

주식은 한 회사의 주인, 즉 주주로서의 권리를 부여한다. 내가 어느 회사의 주식을 사면 그 회사의 일부를 소유하게 된다는 개념이다. 그 회사가 잘 나가게 되면 내가 소유한 그 일부의 가치도 높아지므로 더 이상 빈털터리로 살지 않아도 된다. 그러나 반대로 회사의 실적이 좋지 않으면 지닌 주식의 가치는 떨어지게 되므로 그때부터는 맛난 필레 미뇽에 작별을 고하고 다시금 참치 캔과 더불어 살아가야 하는, 그야말로 '행복 끝 고생 시작' 이 되시겠다. 그런 만큼 주식이란 다소 리스크가 큰 투자방법이라 할 수 있다.

채권

채권을 산다는 건 그것을 발행한 존재에게 돈을 빌려준다는 것이다.
그러면 그쪽에서는 내 돈을 쓰고 그 대가로 이자를 지급한다. 주식과
달리 채권은 회사의 지분을 나눠 갖는 것이 아니다. 채권이란 특정 이
율로 일정 기간 동안만 발행, 사용되는 것이니까. 그러므로 평균적으로
얘기하자면 주식보다는 채권 쪽이 좀 더 안전하다.

뮤추얼펀드

말하자면 이는 개인이 투자할 수 있는 주식과 채권의 포트폴리오 같
은 것이다. 뮤추얼펀드는 '리스크를 분산' 하게 되는데, 이는 당 펀드의
성공이 어느 한 회사나 채권 발행주체에만 의존하지 않고 전체적인 짜
임새가 어떻게 구성, 진행되는가에 달려 있다는 뜻이다. 이는 주로 주
식이나 채권 등에 별다른 전문적 지식이 없는 소액 투자자들에게 있어
상대적으로 안전하고 적합한 투자 방법이다.

당좌예금 또는 보통예금

은행 예금 계좌에는 돈을 넣어둔다 해도 그 이자가 미미하다. 고로
은행 계좌란 가까운 시일 안에 네일케어 받으러 갈 때나 마티니 한 잔
꺾으러 갈 때 필요한 현금 정도를 보관해두는 수준으로 생각하면 무리
없겠다.

머니마켓펀드(MMF: Money Market Fund)

펀드란 채권과도 비슷하지만 그걸 쥐고 있는 기간이 좀 더 짧다는 점에서 다르다. 돈을 회수하는 시간이 훨씬 빠른 만큼, 상대적으로 이율은 적다(어느 기관에든 그쪽에 돈을 오래 빌려줄수록 돌아오는 이율은 높다.) 머니마켓펀드는 돈을 빨리 회수할 수 있고 또 은행에 예금했을 때보다는 보통 이자가 좀 더 높은 편이기 때문에 단시일 내에 쓸 여윳돈을 넣어두기에 편리하다.

양도성예금증서(CD)

레코드 가게에 있는 음악 CD들을 떠올린다면 곤란하다! 경제 생활에 있어서의 CD란 양도성 예금증서(certificate of deposit)를 뜻하는 약자다. 일정기간 동안 고객의 돈을 맡아 그에 대한 이자를 제공하는 거래 은행에서 구입할 수 있다. 이런 타입의 투자는 매우 안정적이나 대개 이율이 높지 않다는 단점이 있다.

확정기여형 기업연금

확정기여형 기업연금은 세금이 공제되기 전에 미리 급여 통장에서 이체되도록 되어 있기 때문에, 무엇보다도 세금 없이 투자할 수 있다는 장점이 있다. 고용주가 직원들의 투자금을 모아 그 총액을 회사에서 선택한 투자기관에 맡겨 돈을 불리면, 그 돈은 직원들이 은퇴할 시점까지 확정기여형 기업연금에 남아 있게 된다. 이런 식의 투자는 고용주의 도움으로 미래를 위한 목돈을 마련하는 방식으로, 수입의 일정 부분에 대해서는 세금을 부과하지 않는 시스템이므로 그만큼의 절약이 가능하다. 결국 이 돈을 인출하게 될 시점에서 정부는 이 확정기여형 기업연금에 대해 과세를 부과하지만, 그때까지는 연금 전액에 대해 면세 받은 이자를 챙길 수가 있다.

성가신 동생들

맨날 돈 좀 빌려달라고 떼를 쓰는 동생들이 있다면, 일단 빌려주고서 어느 정도 이자를 쳐서 받도록 하자. 사실, 형제자매도 다 이럴 때 쓰라고 있는 게 아닌가?

투자의 이런 기본적인 매개들은 빈털터리 공주가 졸업 이후 몇 년간의 경제적인 압박에서 벗어날 수 있도록 해주는 좋은 방법이라 할 수 있다. 어쨌거나 수중의 돈을 굴려보고자 할 때는 주변에서 똑똑한 은행가 타입이나 재테크의 귀재를 물색해 조언을 구하는 것이 좋겠다. 근사한 저녁이나 칵테일 한 잔을 들며 상세한 부분까지도 친절히 조근조근 설명해줄 귀여운 남자라면 금상첨화 아니겠는가!

✖ **세일 & 쇼핑** 다이어트 음료가 초콜릿 쿠키를 상쇄시켜버리듯, 절반 값에 산 바지 한 벌이 제 값을 다 주고 산 셔츠 한 장을 상쇄시키는 효과를 가져오는 법. 그러니 파격 세일 시즌이 오면 그냥 확 질러버려도 좋다!

커피 방정식

1. 매년 자신이 커피에 얼마의 돈을 쏟아붓는지 생각해보라. 예를 들어, 큰 컵에 든 1.5달러짜리 커피를 매일 마시는 사람이라면, 거기에 365일을 곱하면 한 해에 547.5달러라는 돈을 모닝커피에 지출하고 있다는 게 된다.

2. 물론 알뜰계의 대마왕으로 변신해 이 한 잔의 커피를 포기한다 치면, 대신 매일 아침 1.5달러씩을 절약할 수도 있다. 더불어 이를 저축해 거기서 매년 10%의 이율을 얻는다고 가정하면, 앞으로 25년 후면 5,393달러라는 목돈을 손에 쥐게 될 것이다. 대신, 아침마다 쏟아지는 졸음과 한바탕 사투를 벌이고 오후가 되면 세상만사가 다 귀찮아지는 현상만은 피하기 어려울 것이다.

3. 자, 그렇다면 과연 이 일이 그럴 만한 가치가 있는 판단인가를 결정할 때가 왔다. 내년 한 해 동안 매일 한 잔의 커피로 상쾌한 아침을 열 텐가? 아님 은퇴할 시기가 다가올 무렵 5,000달러의 보너스가 생기는 쪽을 택할 텐가? ……사실 이런 방법도 있다. 일단 모닝커피로 하루를 여는 삶을 선택한 후, 짬을 내어 돈 많은 친척을 찾아가 '딱 5,000달러만 내게 유산으로 남겨줄 생각이 없느냐'며 살살 구슬리거나 여의치 않다면 그냥 확 대자로 누워버리기!

지금으로부터 장장 25년 후 수중에 들어올 몇 천 달러 때문에 달콤쌉싸래하기 그지없는 이 카페인 음료 없이 인생의 대부분을 보낸다는 건 분명 그만 한 가치가 없는 일이다. 그보다는 차라리 부자 남편을 만난다든지, 로또에 당첨된다든지 하는 인생의 다른 대박거리들을 노려보는 편이 어떨까. 자, 다들 망설이지 말고 맛난 커피를 맘껏 들이키시라!

✖ 위대한 이자의 힘! 계산기에 한번 아무 숫자나 찍어보라. 여기선 일단 100달러를 예로 들어보자. 7%의 이자율로 투자를 한다고 했을 때. 첫해 말에 받는 돈은 107.00달러가 된다. 이듬해가 되면 7%의 이율이 더 붙게 되는데, 단 이때는 첫 100달러에 대한 것이 아니라 107달러에 대한 이자가 붙는다. 그러므로 우리가 얻는 새로운 총액은 114.49달러가 되겠다. 매해 이런 식으로 보다 큰 액수에 대한 이율을 받게 되므로 우리가 투자한 금액은 기하급수적으로 늘어난다. 때론 죽을 병에 걸린 돈 많은 영감탱이를 찾아 꼬시는 것보다 이런 식의 복리 이자로 돈을 불리는 편이 더 빠를 수 있다는 사실을 기억하자(그렇다고 재벌 영감 꼬시기 시도조차 하지 말란 말은 절대 아니다!).

일단 이자가 나가는 빚부터 커버하라

남에게 돈을 빌려줄 때 이자가 생기는 것과 마찬가지로, 돈을 빌려주는 이들 역시 이자를 요구한다. 마스터나 비자카드, 또 학자금 대출 담당자들에게 스토킹을 당해본 경험이 있는 사람이라면 더 빨리 이 컨셉트를 습득했을 것이다. 카드 빚이라는 악몽 같은 굴레에서 벗어나기 위해서는 열심히 일해 매달 그쪽에서 물리는 이자보다 빚진 금액에 대해 더 많은 액수를 벌어 갚아나가야 한다. 이자가 붙어나가는 '미불 채무'가 있다면 그건 매 순간 돈을 잃고 있다는 뜻이기 때문이다. 반면 이자를 능가하는 액수만큼씩을 갚아나가기 시작해 점차 빚진 원금에 가까워지고 있다는 건 조금씩이나마 빚을 탕감해가고 있다는 뜻이다. 자, 지긋지긋한 빚더미에 이별을 고할 그날은 반드시 올 테니 다들 파이팅!

 어려워 보인다고 해서 모두 피하기만 한다면 빈털터리 공주의 시기를 영원히 벗어날 수 없을지도 모른다. 일단은 뭐든 몸으로 먼저 부딪쳐보는 것이 중요하다. 건강보험증의 약관이 어떻게 되어 있는지, 노후 연금은 어떻게 등록하는지에 대해 차근히 알아보거나 여기서 설명한 방법들을 이용해 소액의 돈을 직접 투자해보는 것도 좋겠다. 맨 처음엔 브래지어 채우는 일조차 두렵게만 느껴졌지만 지금은 모두 브래지어를 잘 입고 다니지 않는가? 이와 마찬가지로, 단지 시도를 해본다는 그 자체만으로도 우리는 인생에서 아주 많은 것들을 배울 수가 있는 법이다.

> 누구든 "돈으로 행복을 살 수는 없다"고 말하는 이가 있다면,
> 그건 분명 어디로 쇼핑을 가야 할지를 모르는 사람일 것이다.
>
> 보 데렉(Bo Derek, 미국 여배우)

즐길 것은 즐겨라

제때 납입금을 내고 매달 일정 소액을 투자하며 전반적으로 돈에 대해 책임을 지는 자세를 가지되, 은행 계좌에 돈뭉치가 한아름 들어 있음에도 그저 돈을 긁어 모으는 데에만 연연하며 살지는 말자. 사실 그 정도 여유가 있다면 곧장 바하마로 여행을 떠나는 게 옳다!

물론 돈이 중요하긴 하나, 그걸 모으기 위해 행복을 박탈당한다면 무슨 소용이랴. 매달 벌어들이는 수입의 일정 부분씩만 저축 또는 투자한다면 나머지 돈으로 좋아하는 뭔가를 즐길 수 있다. 오늘의 행복을 희생한다고 해서, 그것이 꼭 미래의 몇 푼이 되어 돌아오진 않는다는 사실을 잊지 말자.

급전 창출의 묘미

이쯤 되면 이런 생각을 하는 사람도 하나쯤은 있을 게다. '그래, 좋아, 좋다구. 하지만 이 투자 어쩌고 하는 건 너무 장기적이고, 난 지금 당장 현금이 필요하단 말이야. 지금 부엌에 있는 식탁은 우리 이모가 쓰다 버린 거고, 침대도 동생한테 비굴하게 얻어낸 거야. 저 접시들도 전부 엄마가 놓고 간 거고 말이야. 내 소원은 정말 소박해. 남한테서 얻은 중고품들이 아닌, 내 힘으로 산 아이템 딱 하나면 족하단 말이야. 이럴 땐 어떡해야 하는 건데?'

자, 지금 바닥난 화장실 물비누 통의 마지막 거품까지 짜 쓰느라 매일 밤 그 안에디 물을 부어대고 있을 만큼 현금이 절박한 사람이 있다면 계속해서 읽어나가시라. 하룻밤에 백만 달러를 '합법적으로' 벌게 해줄 만한 길은 없지만, 그래도 하루에 다만 몇 달러씩이라도 만지게 해줄 방법 정도는 얼마든지 있으니까. 그러니 로또에 대한 꿈은 잠시만 접어두고 운수 좋은 날이 올 때까지 용돈을 벌 단기적 전략에 대해 보다 현실적으로 접근해보자. 물론, '합법적으로' 말이다.

쇼핑 도우미

토요일 저녁, 소파에 쪼그려 앉아 차디 찬 시리얼을 꾸역꾸역 먹고 있다 보면 문득 안나 니콜 스미스(《플레이 보이》 모델 _옮긴이)의 돈 버는 방법 '나이 많고 병든 부자와 결혼하기' 마저도 참으로 호소력 있게 다가오곤 한다. 하지만 똑같이 '노인'과 관련된 일일지라도, 노인 분들을 위한 쇼핑 도우미가 된다거나 혹은 일주일에 몇 시간만 내도 충분한 노인 복지 관련 일을 돕는 등 보다 고결한(!) 일거리를 찾아보는 건 어떨지. 누구처럼 연세 지긋한 부자 노인과 혼인신고를 하는 대신, 그런 분들을 도울 수 있는 일 거리를 잡는 편이 애정생활에도 훨씬 더 좋은 영향을 미칠지 모른다.

파트타임 웨이트리스

인상된 스낵 바의 가격이 부담스러워 집에서 싸온 음식을 극장 안에 몰 래 숨겨 들어가고 있는 상황이라면, 당장 카지노로 달려가 행운의 잭팟이 터질 때까지 무작정 슬롯머신이라도 당기고 싶은 심정일 것이다. 그러나 그 정도로 돈 몇 푼이 절실한 상태라면 '엔터테인먼트'를 향한 그 열정을 다른 곳으로 돌려 신나는 분위기의 바나 레스토랑에서 시간제 웨이트리 스로 일해보는 건 어떨지. 파트타임제로 주당 몇 시간만 뛰면 되는 곳들도 꽤 있으므로, 가볍고 재미있는 분위기만 유지한다면 이는 힘든 일거리라 기보다는 새로운 사람들을 만나는 하나의 재미난 기회가 되어줄 것이다.

과외 교습

안 그래도 내 닳아빠진 구두 뒷굽이 보기 싫어 죽겠는데 때마침 10대 여자애 하나가 예쁜 프라다 펌프스를 신고 지나간다면, 괜히 한 대 확 갈겨주곤 금품 갈취(구두도 물론이고)를 저지르고픈 충동이 일지도 모른다. 하지만 쇠고랑을 찰 위험을 감수하느니, 차라리 이런 부잣집 아이들을 대상으로 과외 아르바이트를 뛰어 용돈벌이를 하는 편은 어떨까?

온라인 쇼핑몰 사업가

내가 가진 '짝퉁' 케이트 스페이드 가방이 회사 동료가 가진 오리지널과 비교해서 어디가 어떻게 다른지, 열의를 가지고 바느질 선 하나하나까지도 꼼꼼히 비교, 분석, 연구했다면 당장이라도 온라인 상에서 디자이너 제품이나 유명 메이커의 모조품들을 만들어 팔 궁리를 해볼 만도 하다. 그러나 그보다는 차라리 집(또는 부모님이나 동생의 집)을 샅샅이 뒤져 쓸 만한 물건들을 찾아 온라인 경매 사이트에 올리는 건 어떨까? 어렸을 적부터 소장했던 테디 베어 또는 엄마가 한참 노시던(!) 당시 즐겨 입었다는 1970년대 펑키 스타일의 데님 재킷이 혹 '부르는 게 값'인 대박 아이템이 되어줄지, 그건 아무도 모르는 일이니까.

파티 플래너 또는 연회장 도우미

아는 여자 하나가 고급 호텔에서 성대한 피로연을 연다는 소식을 접했지만 정작 내 자신은 장급 여관도 감지덕지해야 할 판인 서글픈 현실을 깨달았을 땐, 당장 그리 쳐들어가 깽판을 놓고 그녀가 받은 고급 선물들까지도 깡그리 쓸어 오고픈 충동이 불같이 일 것이다. 그럴 때, 이벤트 기획사나 연회 도우미 업체에 등록해 남는 시간에 아르바이트를 해보는 거다. 돈도 벌고, 또 행사장의 럭셔리한 분위기도 한껏 즐길 수 있으니 그야말로 일석이조가 아닐는지.

물론 이러한 '급전 창출'을 통해 기쁨에 넘쳐 펄쩍펄쩍 뛸 만큼의 돈방석 위에 앉진 못하겠지만, 순간순간 급한 대로 어느 정도의 현금은 만져볼 수 있을 것이다. 집중력을 가지고 열심히 일하는 가운데 모이는 돈을 계속 저축하고 투자해 간다면, 결국엔 빈털터리 공주의 시기에서 영원히 벗어나게 되어 이런 급전 프로젝트일랑은 완전히 잊어도 좋을, 그런 날이 도래할 것이다. 더불어 '우리 부자 고모가 제발 제게도 유산을 남기게 해주세요'란 기도로 얼룩졌던 나날들도 저 멀리 물러가고, 곧 자신의 경제적 운명을 스스로 통제할 수 있다는 자신감을 가지게 될 것이다!

부자가 되어가고 있음을 알려주는 몇 가지 신호들

필요한 자금을 모으는 덴 어느 정도 시간이 필요하지만, 일단 그 밑천이 마련된 후에는 더 이상 예전처럼 돈 나가는 일에 온통 신경을 곤두세우지 않는다는 사실을 스스로도 깨닫게 된다. 다음의 경우, 자신이 부자가 되어가는 길목에 서 있음을 느낄 수 있다.

* '어떻게 하면 좀 더 저렴하면서도 보기엔 비싸 보이는 걸 고를까' 고민하는 대신, 계산대 앞에서 "여기 선물용 샤워세트 하나 주세요"를 자신 있게 외칠 때.

* 향후 5년간 현재 가지고 있는 아무 옷에나 맞춰 신어도 무난하겠다는 생각에서가 아닌, 단지 '마음에 꼭 들어서'란 이유로 핑크빛 물방울 무늬 구두를 구입할 때.

* 돈 몇 푼 아끼려고 일부러 몇 블록 전에서 내리는 대신, 집 바로 앞까지 와서 택시를 세울 때.

* 물건도 안 사는 주제에 같은 쇼핑몰에 몇 날 며칠 계속해서 나타났다는 이유로 경비원으로부터 '주도면밀한 좀도둑 무리'의 하나로 오해받곤 했던 바로 그곳에서 현금 결제를 하고 있는 나 자신을 발견할 때.

* 근사한 레스토랑에서 식사를 끝내고 계산서를 받는 순간, 가슴속 깊숙한 곳에서 밀려오던 예전의 공포감을 더 이상 느끼지 않을 때. 그리고 다른 사람이 대신 계산서를 집어들 때 느끼던 그 처절한 안도감 또한 더 이상 느끼지 못할 때. 혹여 배려에 대한 감사와 마음속 깊은 고마움일지언정, 절대로 예전의 그 공포감과 안도감은 아닐 때!

* 옷들이 옷걸이에 단정히 걸린 채 말끔히 디스플레이된 가게에서 정기적으로 쇼핑을 할 때(물론 아직도 가끔씩은 세일 중인 매대 위를 초토화시켜놓기도 하지만).

다음 단계로의 도약을 위하여

결국 우리는 언젠가는 빈털터리 공주의 시기를 뒤로 하며 쥐꼬리만한 돈으로 위태롭게 생활하던 그때를 웃으며 추억할 날을 맞게 된다. 그러나 우리가 거물급의 위치에 오른 후에라도 하루 먹고 살기에 급급했던 어렵던 시절에 얻은 교훈들만은 똑똑히 기억해야 할 것이다. 덜커덩거리는 녹슨 고물 차를 끌고 다니며 저녁 한 끼를 때우기 위해 회사 미팅 때 제공된 샌드위치를 슬쩍 숨겨 가곤 했던 그 시절을 완전히 잊지는 말자. 이러한 경험들은 우리를 보다 좋은 사람, 보다 현실적인 사람으로뿐 아니라 세상이 선사하는 모든 훌륭한 것들에 대해 보다 감사할 줄 아는 사람으로 만들어주니까. 수중에 돈푼깨나 생겼다고 해서 그때 배운 교훈들은 깡그리 잊고 프라다 백을 무슨 비닐봉지 사듯 생각 없이 사제끼는 일명 '무개념 된장녀'로 돌변한다면, 그건 정말 부끄럽고도 비극적인 일이 아닐까?

그리하여 종국에 빈털터리 공주의 시기를 벗어나게 되는 그때엔 부디 스스로를 행복하고 편안하게 만드는 방식의 삶을 즐겨보라. 자신이 이룩한 성과에 대해 자부심을 갖고 그 순간을 즐기는 것에 두려움을 갖지 말라. 그건 스스로 노력해 얻어낸 결과이니까. 그렇다고 그 고생스럽던 옛 시절에 대해 완전히 잊어버리란 말은 아니다. 치사하게 싸구려 가게에서 쇼핑하는 사람들을 깔본다거나, 혹은 주변의 또 다른 빈털터리 공주들의 계산서를 대신 슬쩍 집어 들어 그들의 삶을 조금이나마 쉽게 만들어줄 기회를 무심히 지나친다거나 하지는 말자.

정말로 빈곤했던 빈털터리 공주 시기를 벗어나 다음 단계로 나아갈 때, 지출과 저축 사이의 균형을 잡도록 도와줄 다음의 몇 가지 중요 원칙들을 잘 기억하자.

정신적인 가난을 몰아내라

너무 오랫동안 궁하게 지내다 보면 자신도 모르는 사이, 잔돈 몇 푼까지도 지나치게 아끼려 들거나 돈에 대해 지나치게 집착하는 좋지 못한 습관이 생길 수도 있다. 이제 막 걷기 시작한 아이에게 앵벌이(!)를 시킨다거나 집에서 키우는 개에게 아르바이트를 시켜볼 생각을 한 번이라도 한 적이 있다면, 이런 '가난한 정신 상태'를 몰아내기 위한 의식적인 노력이 필요하다. 매일 소소한 푼돈에 얽매이는 삶이란 재미없다. 가끔씩은 나 자신을 위해 고급 스파나 이름난 레스토랑을 찾는 데 인색하게 굴지 말고, 또 몇 푼이 절실한 누군가에게 매몰차게 고개를 돌리지 말자. 그건 바로 '예전 언젠가의 내 모습'이었으니까 말이다.

나의 '쇼핑 권리'를 보다 현명하게 이용하라

돈이 풍족할 때라면 마음에 드는 물건들을 자기 방식으로 사들이는 일은 당연히 쉽다. 그렇지만 빈털터리 공주의 시기를 거쳐온 사람으로서, 물건을 살 능력이 된다고 해서 꼭 그걸 소유해야만 하는 건 아니란 사실을 기억하자. 물론 세일 때 괜찮은 구두를 미리 사두는 정도야 환영이지만, 새 차를 산 옆집 사람이 부럽다는 이유만으로 그와 똑같은 자주색 포르쉐를 덥석 지르는 일 따위는 저지르지 말란 뜻이다.

현금은 왕이다. 하지만 그게 전부는 아니다!

금전상의 목표를 향해 노력한다는 건 우리에게 어떤 목적의식을 줄 수는 있지만, 돈 이외에도 삶에서 진정 우선시해야 할 것들이 있다는 사실은 잊지 말자. 석사 과정을 밟고, 의미 있는 일에 자원봉사를 신청하고, 사랑하는 사람들을 돌보는 일들은 그 무엇보다 큰 마음의 안정을 가져다 주니까 말이다.

그러니 현재의 부유함을 한껏 즐기되, 동시에 내가 가진 것에 대해 언제나 감사할 줄 아는 괜찮은 사람이 되기 위해선 과거의 어려웠던 시절을 항상 상기하도록 하자. 빈털터리였던 시기는 저 멀리 날려버리되, 당시 체득한 교훈만은 평생 안고 갈 줄 아는 똑똑한 여자로 거듭나는 거다.

파티에 초대 받긴 했지만 파티 주인공들과 어울리기보다는 화장실 청소부 아주머니와 더 긴 대화를 나누었던 그 시절, 참치 캔 하나에 딱딱하게 굳은 빵을 씹으며 학자금 대출 담당자 앞으로 수표를 써 보내던 추운 겨울 밤……. 빈털터리 공주 시기란 이렇듯 춥고, 배고프고, 외로운 가운데서도 뭔가 계속해서 노력을 기울여야만 했던 시기였다. 앞으로도 계속해서 열심히 일하고 경제적인 분야에 관한 감각을 유지하는 일을 게을리하지 말자. 그러다 보면 어느새 재정 상태에 대한 안정감과 더불어 스스로의 운명에 대한 통제력까지 느끼는 단계로 옮겨가 있을 테니까. 그 안에 묶여 있을 당시는 빈털터리 시기가 꽤 어렵고 고되게만 느껴졌겠지만, 바로 몇 년 후면 그때를 회상하며 돈이 궁할 때면 자신이 얼마나 융통성 있게 위기의 순간들을 모면하고 대처해나갔는지에 대해 스스로 감탄하며 기분 좋게 웃어볼 수 있을 것이다. 이 시기만큼 공짜 음료수 한 잔에, 10% 할인쿠폰에, 또 대형할인매장의 존재에 대해 그토록 절절히 감사한 마음을 가졌던 때가 있었던가. 이제 내 인생에 다시는 없을 이런 시기를, 우리는 또렷이 기억하고 또 축복해야만 한다.

* 빈털터리 공주들이 들려주는 리얼 토크 *

"한때는 내 핸드폰 요금이 나가는 것조차 두려운 나머지, 친구한테 전화를 걸 땐 공중전화로 달려가 아빠의 전화카드를 이용하곤 했었지."

"한 번은 수선해서 입을 요량으로 흠이 쪼~금 있는 드레스를 10달러 주고 산 적이 있어. 결국 그 옷은 '흠이 쪼~금 있는 10달러짜리 쓰레기'가 되고 말았지만."

"회사에 있는 1회용 설탕 봉지들을 핸드백에 잔뜩 쑤셔 넣어가지고 와서 우리 집 부엌에서 유용하게 쓴 적이 있어!"

"일요일 밤이면 난 수중에 있는 현금을 몽땅 꺼내 그걸 7등분하곤 했어. 그렇게 하면 앞으로 일주일 동안 하루에 정확히 얼마 정도나 쓸 수 있을지를 대충 가늠할 수가 있었거든."

"내 시장표 구두를 보고 예쁘다고 난리인 친구들 질문에 순간적으로 그냥 '프라다' 거라고 말해버렸는데, 글쎄 자기네들도 프라다 매장에 가서 같은 걸 사겠다는 거 아니겠어? 그러니 어쩌겠어, '아, 그거 벌써 다 팔렸다는 거 같던데?' 하고 한 번 더 거짓말을 할 수밖에."

"내가 택시만은 타지 말자고 주장했던 바람에 친구랑 난 결국 새벽 세 시에 인적마저 드문 낯선 곳에 버려지고 말았지 뭐야. 돈 몇 푼 아끼겠단 생각에 전에 한 번도 타 본 적 없는 기차를 타자고 우겨댔던 나의 비참한 말로였지."

"추첨을 해서 경품을 준다는 행사 광고를 보고 간절히 당첨을 원한 나머지, 난 그 앞에 보이는 응모 용지 한 뭉치를 전부 내 가방 속으로 쓸어 담아왔어. 집에 와서 용지들 빈 칸을 모두 채워 넣은 다음, 다시 가서 그 통에다가 몽땅 쏟아 넣었지. 그때 탄 DVD 플레이어는 지금 내 방 안에서 잘 작동되고 있고 말이야!"

"한밤중에 누가 문을 쾅쾅 두드리는데 무서워서 도저히 못 열어주겠더라고. 우리 동네 분위기가 좀 그렇거든. 근데 나중에 알고 보니 우리 집 지하실 보일러가 터지는 바람에 소방관 두 분이 급히 들렀던 거였지 뭐야."

워커홀릭 the worker bee

슈퍼우먼 신드롬에 빠지다

닉네임

슈퍼우먼, 워커홀릭

외모

화려함에는 등 돌린 보수적이고 실용적인 복장(꾸밀 시간 따윈 없다) .

패션 모드

검정 바지 정장 혹은 '앤 테일러' 류의 얌전한 블라우스/스커트 차림.

생활 모토

"그건 제가 할게요." 혹은 "밤을 새더라도 내일 아침까진 끝낼 테니 아무 걱정 마세요."

애정 전선

회의실에서 새벽녘까지 얼굴을 마주 하게 되는 동료 남자 직원.

애창곡

클래식 음악(모차르트의 곡들이 두뇌활동에 도움을 준다는 기사를 읽었거든).

이벤트/활동

오로지 일, 일, 그리고 또 일!

대인 관계

8시 이전에는 사무실 밖을 나설 수 없단 사실을 이해하며 기꺼이 메신저를 통해 대화를 나눠주는, 오늘도 성공을 위해 달리는 또 다른 인생의 도전자들.

인생 목표

내게 맡겨진 모든 업무들을 제 시간에, 그리고 완벽하게 해치우는 것.

얼른 한 푼이라도 더 모아 작금의 경제적 침체기를 극복하기 위해서는 무조건 열심히 일하는 수밖에 없다는 현실을 우리의 빈털터리 공주들은 너무도 잘 알고 있다. 그리하여 일말의 가능성이라도 엿보이는 일자리를 붙잡게 된 그 순간부터, 그녀들 안에 내재된 근면성은 완전히 새로운 국면을 맞이하게 된다. 복사기가 고장이라도 날라치면 스스로 인간 복사기가 되어 내용물을 손수 베껴내 전달하고, 일을 계속할 에너지 충전을 위해 진하디 진한 커피를 쉴 새 없이 들이붓는 그녀들. 눈앞에 펼쳐진 기회의 땅을 바라보며 고속 승진을 꿈꾸는 그녀들은 목표를 이루기 위해서라면 무엇이든 하리라 굳게 다짐한다. 드디어 이들은 의지에 불타는 열정적이고도 헌신적인 워커홀릭으로 변신하기 시작한 것이다.

여자의 일생에 있어 이 '워커홀릭' 단계란, 성공의 핵심이라 해도 좋을 책임감의 중요성을 깨닫고 그와 더불어 때론 "에잇, 될 대로 돼라!"를 과감히 외치는 법 또한 함께 배워가는 시기라 하겠다. 그러나 이 둘 사이의 균형이란, 주 중 주말 할 것 없이 PC 모니터와 하루 종일 눈싸움을 벌이고 정기휴가를 수 차례 반납하는 피곤한 나날들을 무수히 겪은 후에야 비로소 얻을 수 있는 것이지, 하룻밤 사이에 깨우쳐지는 것은 결코 아니다. 더욱 중요한 것은, 그녀들이 이렇게 스스로의 한계에 대해 지속적이고 반복적인 도전을 쏟아붓고 난 후에야 비로소 '평생을 워커홀릭으로 살아갈 수만은 없다' 는 사실을 깨닫게 된다는 사실이다. 인생의 질적인 발전에 큰 의미를 두기 시작하는 것도 바로 이때다. 어쨌거나 이런 깨달음을 얻기 전까지, 그녀들은 책임감이란 무거운 짐을 두 어깨 위에 짊어지고는 '즐기는 삶' 은 일단 저만큼 미뤄둔 채 죽도록 일에만 매달린다.

액션 풀 가동에 들어간 슈퍼우먼

워커홀릭 그녀는 매사에 부지런하고 믿음직하기에 사무실 내에선 항상 사랑 받는 멤버이다. 그녀는 빈틈없고 신속하게, 그러면서도 열정을 가지고 일을 처리하며 이 충만한 에너지는 그녀의 인생 전반에까지 스며든다. 큰 프로젝트의 책임을 맡고, 마라톤 대회에 참가하며, 사내 봉사활동 계획을 짜고, 실연으로 울고 있는 친구를 위로하는 등의 빡빡한 스케줄을 일주일 안에 거뜬히 소화해낸다. 바로 슈퍼우먼, 혹은 그에 가까운 강철 여인이 되어간다는 뜻이다.

이 단계를 예전에 경험했거나 현재 겪고 있는 사람이라면 이 시기가 결코 만만치 않음을 잘 알고 있을 것이다. 모든 일을 완벽히 해내야 한다는 강박관념은 매 순간, 심지어는 심한 폐렴으로 골골대고 있는 순간조차도 우리의 워커홀릭들을 바짝 긴장시키곤 한다. 일단 워커홀릭 모드에 들어선 이상, 그녀는 '해야 할 일' 리스트에 빡빡하게 적혀 있는 모든 일들을 빠르고 완벽하게 처리하기 위해서라면 무엇이든 한다. 비록 심신의 건강을 해치는 희생이 따를지라도.

근면하고 책임감 있는 행동이 분명 존경할 만한 태도라 해도, 워커홀릭들은 대개 달성욕을 지나치게 앞세운 채 매일 자신을 어떤 극한까지 밀어 붙이곤 한다. 다음 워커홀릭 그녀들의 특징적인 습관이나 니즈 속에 혹 나와의 공통점은 없는지 한번 살펴보자.

워커홀릭은 지나치게 부지런하다

화장실 갈 틈도 없는 그녀는 하루 종일 책상머리에 붙어 앉은 채 주구장창 일에만 매달린다. 일을 제때 끝내지 못할까 항상 전전긍긍하며 늦은 퇴근과 이른 출근을 반복하는 우리의 워커홀릭. 덕분에 그녀는 야간 경비를 도는 경비원 아저씨, 그리고 사무실 청소 담당 아주머니와 각별한 관계를 유지 중이다.

워커홀릭은 휴식을 두려워한다

혹 중요한 순간을 놓칠세라 조바심이 난 그녀는 벌써 몇 달째 월차 한 번 쓰지 않았다. 점심시간을 5분쯤 넘길라치면 곧장 죄책감에 시달릴 정도다. 피라도 덜컥 토해낼 듯한 심한 독감 속에서도 그녀는 다시 소매를 걷어붙인 채 오늘 밤도 야근에 매달린다.

워커홀릭은 사람들의 부탁은 무엇이든 들어준다

책상 위로 떨어지는 모든 프로젝트마다 "네, 지시대로 하겠습니다!"를 씩씩하게 외치는 그녀는 모든 고용주들에게 있어 그야말로 '드림팀원'이다. 심지어 사무실 직원들의 로또 번호마저 자발적으로 엑셀 파일에 일목요연하게 정리해주는 우리의 친절한 워커홀릭 아가씨. 회사 야유회 계획 따위야 기본적으로 그녀 몫이다.

워커홀릭은 모든 일에 완벽을 기한다

리포트 위에 날짜라도 하나 잘못 쓸라치면 그녀는 스스로를 바보멍청이똥개말미잘이라 부르며 벽에 머릴 박아댄다. 표지 제목은 정 중앙에 반듯하게 위치해야 하고, 단 한 글자라도 오타가 나는 일은 용납할 수 없으며, 원가견적서와 월말보고서는 하늘이 무너져도 제 시간에 나와줘야 한다. 파일들은 완벽하게 정리되고 휴지통은 항상 말끔히 비워져 있어야 하는 반면, 본인의 아파트 안은 돼지가 울고 갈 지경이다. 깨

어 있는 시간은 모조리 사무실에서 보내는 그녀이기에 집을 돌볼 틈이
란 전혀 없기 때문이다.

워커홀릭은 항상 피곤하고 초췌해 보인다

너무 바쁜 나머지 식사를 거르거나 혹은 일을 계속할 에너지 충전을
위해 정크푸드를 지나치게 섭취하는 등, 그녀의 영양 섭취는 양극단으
로 치닫는다. '해야 할 일' 목록들이 머릿속에서 쉴 새 없이 소용돌이
치는 덕에 밤잠을 제대로 이루지 못하는 건 물론이고 말이다. 옷 가게
폐점시간 전에는 퇴근할 일이 없는 관계로 옷가지는 무조건 인터넷으
로 구입하는 등, 그녀에겐 스스로를 돌보고 관리한 틈조차 없다.

워커홀릭은 정확한 스케줄과 완벽한 통제에 집착한다

언제나 스케줄에 따라 움직이는 그녀이기에 뜻하지 않은 돌발상황은
우리의 워커홀릭을 패닉 상태에 빠뜨리고 만다. 스케줄에 충실하게 움
직이기를 선호하는 그녀는 계획된 미팅이 취소되거나 예기치 않은 일
을 맡게 되었을 때면 잠시 멍한 상태에 빠지곤 한다. 즉, 자신의 일과에
대한 통제력을 갖지 못할 때 쉽게 스트레스를 받는 것이다.

✖ **때론 오버도 필요해!** 얼마 동안 계속 스스로에게 "느긋해지기 위해 최선을 다할 거
야" 라는 말을 되뇌어보자. 그러면서 모든 것을 그저 쉽게 생각하고 받아들이도록 노력
하자(필요하다면 일명 '오버'를 떨어도 좋다). 정반대 편으로 강하게 밀고 나가다 보면
결과적으로 중용과 타협할 수도 있을 테니.

워커홀릭은 오지랖이 너무 넓다

그녀는 일 처리를 꽤 잘해내는 편이면서도 항상 '시간만 좀 더 있었다면 진짜 제대로 된 작품을 내놓았을 텐데' 하는 아쉬움에 시달리곤 한다. 스스로를 스타직원이라기보다 죽도록 일만 하는 마소처럼 느끼는 워커홀릭. 결국 그녀는 한두 가지 일을 완벽히 해내기보다는 오만 가지 일에 조금씩 발을 걸치는 '오지랖 걸'이 되고 마는 수가 허다하다.

워커홀릭은 변화의 필요성을 절감한다

지나치게 일에만 집착하고 있다는 사실을 그녀 자신도 모르는 바 아니다. 그녀에게 버겁다고 느껴지는 건 너무 많은 약속과 스케줄뿐만이 아니라, 바로 자기 삶을 제대로 통제하지 못하고 있다는 무시무시한 생각이다. 마음속으로는 휴식이 절실하다는 것을, 만약 그렇지 않으면 머리가 터져버릴지도 모른단 사실을 그녀 자신은 누구보다 더 잘 알고 있는 것이다.

워커홀릭의 이러한 특성들 중 친숙하게 와 닿는 게 과연 몇 개나 되는지? 평소 "전 마티니로 할래요" 보다 "제가 하겠습니다!" 라는 말을 더 자주 하는 편이라면, 당신 역시 날밤 새는 워커홀릭 시기에 빠져 있을 확률이 크다. 어렵사리 잡은 휴가지에까지 일거리를 싸들고 가며 '인생의 성공이란 역시 이마 위 주름 수에 정확히 비례하는 것' 이라는 생각을 하고 있다면, 일 처리를 위해 현재 자신의 능력 위에 너무 지나친 박차를 가하고 있는 건지도 모른다. 워커홀릭은 일에 치여 완전히 기진맥진한 때조차도 자기의 모든 힘과 시간, 열정을 바쳐 인생의 목표를 향해 전진 또 전진한다. '근면' 의 의미를 지나친 극단으로 몰고 가는 이런 워커홀릭들의 생활이 남의 일처럼 들리지 않는다면, 일단 읽기를 계속하라.

모든 것이 되고자 한다면 그 어느 것도 될 수 없다.

솔로몬 쉐흐터(Solomon Schechter, 유대인 학자)

극단으로 치닫는 워커홀릭

아니 근로자가 열심히 일을 하겠다는데, 그게 뭐가 문제냐고? 부지런히 일한다는 것은 본디 칭찬할 만한 덕목이지만, 문제는 워커홀릭의 근면성은 지나친 극단까지 치닫는 경향을 보여 심한 경우엔 오히려 발전을 저해하기도 한다는 사실이다.

일을 잘한다는 의미는 어떤 '경주에서의 승리' 보다는 차라리 '양질의 요리'를 만들어내는 일 쪽에 가깝다 할 수 있다. 경주의 승자란 말할 것도 없이 가장 열심히, 가장 빠르게 질주한 사람이다. 반면 요리에서의 성공이란 그저 끝없는 노력만을 쏟아붓기보다는 주어진 재료들을 제대로 잘 활용하여 최상의 음식을 만들어낸다는 뜻이다. 남들보다 양념을 많이 넣는다고 해서 더 맛있는 요리가 나오는 것은 아니다(오히려 그로 인해 요리를 망칠 수도 있다). 그렇다고 또 양념을 전혀 넣지 않으면 너무 맹맹한 맛이 되어버리고 만다. 결국 어느 한 극단에 치우침 없이 모든 것을 적당히 조화시키는 것이 핵심이란 얘기다. 일에서의 성공도 이와 마찬가지이다. 워커홀릭으로의 지나친 변신은 오히려 스스로에게 마이너스로 작용할 수 있다는 얘기다.

✖ 완벽한 알리바이　하루쯤 바쁜 업무에서 벗어난 휴식이 필요하다면? 어떤 일거리나 미팅에서도 단번에 빠져나올 수 있을 만한 최고의 변명거리를 이용해보자. "급성발진 때문에 병원에 가봐야 할 것 같습니다. 전염성이 무척 심하다던데……" 몸을 박박 긁어 대며 일찍 사무실을 뜨는 당신에게 딴지를 걸 사람은 아무도 없을 것이다!

똑똑하게 일하기 vs 열심히만 하기

똑똑하게 일하는 대신 열심히만(!) 일하는 워커홀릭의 근면성은, 바로 그 점 때문에 오히려 자가 발전을 저해할 수도 있다. 일을 똑똑하게 한다는 것은 일 처리에 우선순위를 두어, 상대적으로 덜 중요한 일상업무에까지 얽매여 허우적거리지 않는다는 뜻이다.

워커홀릭은 정작 중요치도 않은 일까지 포함해 자기 앞으로 떨어지는 모든 일들을 떠맡느라 정신이 없다. 40여 년 전의 파일까지 뒤져 일목요연하게 정리해내는 까닭에 정작 당장에 그녀를 돋보이게 만들어줄 만한 중요한 프로젝트에 쏟을 시간과 여력은 부족한 것이다. 중요한 것은, 쓸데없는 노력보다는 현명한 일 처리 능력을 키우는 일이다. 회사의 성공에 일조하지 못하는 일이라면 그에 들인 시간과 노력 또한 전부 헛수고가 되어버리기 때문이다.

불안감과 자괴감에 시달리는 그녀

워커홀릭 걸의 지나친 근면성은 스스로를 당당하고 능력 있는 존재로 인식하는 대신 불안하고 부적합한 존재로 느끼도록 만드는, 일종의 역효과를 내곤 한다. 비현실적인 목표를 이루려 열심히 발버둥칠수록 그만큼 자괴감만 커지는 거다. 원하는 일 모두를 완벽하게 끝낼 순 없다는 사실을 깨닫게 된 그녀에겐 이제 어쩔 수 없이 그냥 지나치게 되는 일들과 다른 우선순위가 생기기 시작한다. 그런 식으로 포기하는 일들이 차츰 늘어나면서, 그녀는 슈퍼우먼이 되지 못했다는 이유로 스스로를 심하게 자책하며 나아가 죄책감마저 느낀다.

자존감 부족

워커홀릭의 근면성이 평가절하되는 또 다른 이유는, 남들 눈엔 그녀가 스스로의 삶에 대한 통제력을 갖고 있지 않은 듯 보이기 때문이다.

처음에는 그저 자기 일에 열심인 사람 정도로 여기겠지만, 시간이 갈수록 동료들은 그녀를 지쳐빠진 일 중독자처럼 느끼게 된다. 일의 우선순위를 따르기보다는 필요 이상의 일까지 몽땅 떠맡아선 혼자 힘으로 처리하지 못해 바둥대니 말이다. 자존감이 부족해 보이는 사람을 다른 이들이 믿고 따르기란 꽤나 어려운 법이다.

있는 그대로의 자기 자신에 만족하고

남과 비교하거나 경쟁하지 않을 때

사람들은 비로소 그를 우러르게 될 것이다.

노자(중국 사상가)

✖ 탱고를 추기엔 너무 피곤해? 밤이면 다음 날 해야 할 일들에 대한 고민 따윌랑 모두 잊고 되도록 일찍 잠자리에 들고자 노력하라. 마가리타를 마시며 해변가 선탠용 의자에 길게 누워 있는 모습이나 바람이 솔솔 부는 어느 시원한 여름날, 흔들거리는 해먹 위에 편히 누운 내 모습을 상상해보자. 이런 평화로운 이미지들을 떠올리고 있자면 나도 모르는 새 벌써 편안한 꿈나라로 떠나 있을 테니.

워커홀릭은 쓰레기 처리 부대?

동료들은 점점 그녀를 '다들 꺼려하는 일들도 싹 해치워줄 사람' 쯤으로 여기기 시작한다. 심지어 평소 부지런했던 인간들조차도 그런 생각을 한다. 제게 할당된 일이라도 언제든 그녀에게 맡기기만 하면 만사 오케이란 사실을 잘 알기 때문이다. 이렇듯 일 처리에 있어 선을 딱딱 긋거나 단호한 태도를 보이지 못하기에, 쓸데없는 일들까지도 맡아 하는

‘쓰레기 처리장’ 과 같은 그녀의 역할은 점점 늘어만 간다. 이런 식의 부가적 잡일들은 그녀를 더 많은 일에 파묻히게 만들고, 그럴수록 그녀는 점점 더 깊은 늪으로 빠져들고 만다.

긴장된 근무 분위기 조성

자기만큼 열심히 일하지 않는 주변 동료들을 보며 그녀는 조금씩 분개하기 시작한다. 자신이 노예처럼 일에 묶여 있는 동안 다른 이들은 각자의 인생을 즐기고, 휴가를 떠나며, 더 맛있는 점심을 위해 외출한다는 사실에 화가 치미는 것이다. 그리하여 그녀는 균형 잡힌 삶을 원하는 동료들에게 보란 듯 일부러 더 긴장된 근무 환경을 조성하고, 이런 팽팽한 분위기 속에서 팀워크는 오히려 더 붕괴되기 시작한다.

숲을 보지 못하는 그녀

워커홀릭은 지나치게 세세한 부분에 심취한 나머지, 지금 하는 일이 큰 그림 속에서 대체 어떤 기여를 하게 될지에 대해선 종종 잊곤 한다. 뛰어난 종업원이란 맡은 업무를 제대로 수행해낼 뿐 아니라 더 잘나가는 회사를 만들기 위해 일상적인 업무 이외에 다른 어떤 기회들이 존재하는지를 제대로 포착할 줄 아는 직원이다. 본디 올스타 플레이어란 회사의 총체적인 미션이나 성공에 기여하는 법. 그럼에도 워커홀릭이 종종 이런 ‘큰 그림’ 에 대한 조망에 실패하게 되는 것은, 일상의 단조롭고 고된 일들이, 그녀가 잠시 하던 일을 멈추고 호흡을 가다듬은 후 보다 넓은 주변 세상을 쳐다보는 일을 방해하기 때문이다.

재미도, 친구도, 한잔의 술 맛도 모두 잊은 지 오래

워커홀릭의 지나친 근면함은 자기 인생에서의 즐거움마저 앗아가버린다. 때로는 잠시 일손을 놓고 휴식을 취하는 편이 효율적인 업무처리에 있어 더 큰 플러스로 작용한다는 사실마저 애써 무시하는 그녀는 생일도, 휴일도, 심지어는 주변의 결혼식이나 장례식도 빼먹어가며 그 시간을 모두 일하는 데 투자한다. 사회생활, 친구, 가족, 심지어는 정신(!)까지도 희생한 채, 그저 주구장창 일에만 파묻히는 그녀. 결국 '놀지 않고 일만 하는' 이런 생활은 그녀의 일 처리 능력에도 큰 손실을 가져온다.

워커홀릭들에겐 분명 존중할 만한 능력이 많지만 '열심히 일한다' 는 사전적 의미를 지나치게 극단으로 몰고 가는 경향을 지닌다는 것만은 틀림없는 사실이다. "난 전부 다 해낼 수 있어!" 식의 태도는 궁극적으로 그녀의 발전을 저해하고 만다. 결국에는 심신의 피곤함과 절박함,

그리고 충분히 보상 받지 못한다는 데서 오는 분노만을 남기기 때문이다. 다른 이들 역시 그녀를 '자기 삶도 제대로 통제하지 못하는 나약한 인간'으로 여기게 된다. 그제야 그녀는 삶의 균형의 중요성과 더불어 현재의 워커홀릭 시기를 보다 생산적이고 즐거운 단계로 한 차원 끌어올려야 하리란 필요성을 깨닫는다. 즉, 인생에서 진정으로 중요한 균형이란 어떤 것인지에 대해 비로소 진지하게 생각하기 시작한 것이다.

> ✖ **일 중독의 적신호**　카페인이나 알코올, 니코틴 못지 않은 강한 중독성을 자랑하는 것 중 하나가 바로 일 중독이다. 목표를 달성했을 때는 지나칠 정도로 들뜨지만 그 외의 시간에는 완전히 다운되는 경향이 있다면 '성과달성 중독'을 의심해볼 필요가 있다. 업적 달성에 대해 지나치게 심한 스트레스를 받거나 칵테일 몇 잔으로도 그 증세가 가시지 않는다면, 즐거운 인생을 위해서라도 하루 빨리 전문가의 도움을 구하라.

일 중독자에서 균형 잡힌 일꾼으로

　사실 충분한 휴식이 그녀의 카드 청구서를 해결해주거나 오랜 성취감을 남겨주는 것은 아니다. 열심히 성심껏 일을 하면 대개 그에 따르는 성과가 나타나는 법이니까. 그러나 반대로 슈퍼우먼이 된다고 해서 꼭 큰 성취감을 느끼는 것도 아니다. 한 치의 엇나감도 없이 모든 이들에게 완벽한 존재가 되기란 현실적으로 불가능하기 때문이다. 결국 핵심은 바로 '중용의 미'를 찾는 일이다.

　변화의 필요성을 깨닫고 난 뒤에도 종종 워커홀릭은 대체 무엇을 어떻게 해야 하는지에 대해 갈피를 잡지 못하고 혼란스러워한다. 오랫동안 완벽한 일 처리에 전력투구해온 터라 '균형'에 대한 개념이 그만 꼬여버린 탓이다. 하여 그녀는 손톱을 손질하는 5분이란 시간마저 지나친 사치인 양 여기게 되고 만다. 실제 그녀에게 필요한 건 5주쯤 되는 긴 휴가임에도 불구하고 말이다.

얼마나 열심히 일했는가를 말하지 말고,
얼마나 많이 해냈는가를 이야기하라.

제임스 J. 링(James J. Ling, 미국 작가)

착한 거야, 아님 멍청한 거야?

때로는 심적인 불안함이 '성공하기 위해선 더 열심히 일하라'는 압박감을 부추기기도 한다. 일도 익숙지 않은 데다 팀 내에선 아직 새내기(!)인 그녀는 조직 내에서 자기 위치를 파악하는 데 여태껏 어려움을 겪고 있다. 이런 불안감은 대부분 일시적인 것으로 어느 정도 경험이 쌓인 뒤에는 사라지게 마련이지만, 때로 '착한 여자 증후군'에 시달리는 여자들에 있어선 꼭 그렇지만도 않다.

'착한 여자'는 스스로 불안하기에 더 열심히 일하며 그 불안감은 그녀 삶의 전반을 뒤흔들기도 한다. 자신감 회복을 위한 적극적인 행동을 취해가기 전까지 이런 심적 태도를 떨쳐내기란 결코 쉬운 일이 아니다. '착한 여자' 증후군은 다음과 같은 경우들을 포함한다.

* 괜스레 주위를 시끄럽게 만들고 싶지 않다는 생각에, 회사 건물로 들어설 때마다 '귀엽다'며 엉덩이를 슬쩍 만지는 나이 지긋한 도어

맨을 그냥 내버려두는 그녀.

* 뒤에 서서 기다리는 사람들의 편의를 고려해, 계산을 잘못해 돈을 더 받은 카운터 직원에게 항의를 할까 말까 망설이는 그녀.

* 길 가다 분명 내 쪽으로 먼저 부딪힌 남자에게 오히려 "어머나, 죄송해요"라고 말하곤 다시 조용히 제 갈 길을 가는 그녀.

* 같이 저녁을 먹자며 집 앞으로 데리러 오겠다고 제 입으로 약속한 남자친구가 나타나지 않자 '분명 내가 뭔가 잘못을 했겠지'라 결론 짓는 그녀.

* 직장 내 누군가에게 싫은 소리를 들은 후 연신 눈물을 훔치며 귀가 하는 그녀.

'착한 여자'란 남에게 지나친 배려를 보이는 사람이다. 그녀는 주변 사람들 모두를 행복하게 만들고 싶어 하고, 칭찬 받길 원하며, 되도록 주위에 쓸데없는 풍파를 일으키지 않으려 애쓴다. 신참이라는 이유로 그저 불안에 떨고만 있기엔, 그녀 앞에는 스스로 개척해나가야 할 훨씬 더 크고 많은 일들이 놓여 있다. 워커홀릭 성향을 완전히 버릴 때까지 '착한 여자'들은 제일 먼저 삶의 모든 구석구석에서 자신감을 회복하는 일에 힘써야 한다. 일단 착한 여자 신드롬을 벗어나게 되면 워커홀릭 시기에서 빠져 나오는 일도 그만큼 수월해진다.

현재 자신이 워커홀릭 모드건 아니면 그 시기를 벗어나려는 친구를 돕고자 하는 중이건, 중요한 것은 먼저 여유를 갖고 '균형'의 진정한 의미를 파악해 달성하고자 하는 바가 무엇인지를 정확히 깨닫는 일이다. 능력이 최우선시되는 현대 사회에서는 치열하고도 무의미한 경쟁에 휩

쏠려 진정한 삶을 간과하게 되는 수가 허다하기 때문이다. 누군가는 아침마다 알람 시계를 끄고 좀 더 잠을 청하는 것으로 자신이 균형 잡힌 라이프 스타일을 유지한다고 생각할 수도 있다. 그렇지만 균형이라는 것은 단지 알람을 5분 뒤로 맞추는 일이나 평소 잠깐씩 취하는 휴식시간 그 이상의 의미를 지닌다.

다음과 같은 경우는 균형 잡힌 생활이라 부르기 어렵다.

* 휴가 차 시골 민박집에 도착하자마자 제일 먼저 컴퓨터를 세팅한 다음, 인터넷 연결이 안 된다며 불같이 화를 낼 때.
* '오늘만은 애인/남편이 잠들기 전에 그와 얘기를 나눠보리라' 는 생각으로 칼퇴근을 위해 그날의 스케줄을 이리저리 조정할 때.
* 자신의 주장을 뒷받침하기 위해 국회 도서관에 쌓인 관련 도서들을 깡그리 찾아 읽는 등 주어진 업무를 지나치게 극단까지 이끌어갈 때.
* 이제 막 걸음마를 시작한 아가의 생일 파티 날, 케이크를 먹는 막간의 틈을 이용해 월말 리포트를 끝내고자 할 때.
* 독감에 걸린 사실도 무시한 채 회사 일에 지나친 열성을 보일 때.
* 프리젠테이션이 끝난 후 그 자리에 있었던 상사들의 표정에서 자신의 성공 여부를 읽어내거나 스스로를 평가하려 들 때.
* 고과 점수가 나오기 전날, 밤잠까지 설쳐가며 지나치게 걱정할 때.
* 특정한 날을 골라 일부러 '하루 종일 아무것도 안 하는 날' 로 지정할 때(이런 건 그냥 '자연스럽게' 일어나야 하는 일이 아니던가!).

* 때마침 바쁠 때 월차를 냈다며 동료 직원의 험담을 해댈 때.
* 부하직원이 가져온 리포트에다 돋보기를 들이대며 실수를 찾아내고자 할 때.
* 즐거워야 할 쇼핑조차 하나의 프로젝트 정도로 생각하며, 계획했던 가게들을 전부 둘러보지 못했을 경우엔 죄책감마저 느낄 때.
* 주변 사람들에게 자신이 짠 건강식단을 강요하며, 귀 기울여 듣지 않는 경우엔 분노마저 표할 때.

그저 매월 망치질만 많이 한다고 해서 꼭 열심히 일하는 사람이라
단정짓긴 어렵다. 어쩌면 그는 제대로 된 망치질을 하기에는 배워야
할 것이 너무 많은 사람인지도 모르니까.
잭 핸디(Jack Handey, 미국 작가)

반대로, 진정 균형 잡힌 삶이란 다음과 같은 경우들이라 할 수 있다.

* 친구들의 '실종자 명단'에 끼지 않도록 그들과 함께하는 시간을 자주 갖는다.
* 하는 일이 모두 완료되기만을 기다리는 대신, 주어진 오늘 이 시간을 즐긴다.
* 부하직원들이 일을 망칠지도 모른다는 괜한 두려움 따윌랑 모두 날려버린다.

* 주어진 일이 지나치게 많을 때엔 상황을 널리 알려, 사람들이 내게 너무 높은 기대치를 갖지 않게끔 한다.
* '해야 할 일' 목록 중 어느 하나를 끝내지 못했다고 자책하는 대신, 그때까지 내가 달성해낸 일들에 대해 자축하며 그에 합당한 상을 내린다.
* 동료나 부하직원들에게 휴가를 떠나거나 삶에 대한 시간적 여유를 좀 더 가지라고 독려한다.
* 일의 우선순위를 정하고 그에 따라 업무를 추진, 소소한 일상업무들이 그보다 중요한 작업 수행에 있어 걸림돌이 되지 않도록 한다.
* 대체 그들이 나보다 뭐가 더 잘나서 그런 건지 고민하며 스스로를 책하는 대신, 승진한 동료들에게 진심 어린 축하를 보낸다.
* 일이 생겨 일찍 퇴근하게 될 때는 '변장이라도 하고 몰래 도망칠까' 궁리하는 대신 당당하게 말하고 행동한다.
* 가끔 실수를 저지르더라도 내가 하는 일에 대한 자신감을 잃지 않는다.
* 아무리 바쁠 때라도 5분씩은 꼭 짬을 내 휴식을 취한다.
* 생사를 걸 만큼 중차대한 일이 아니라면 집착을 버리고 보다 느긋한 태도를 갖는다.

물론 균형이란 것이 개개인에 따라 조금씩 다른 의미를 가질 수는 있겠지만, 그래도 내리 18시간 동안 주구장창 일만 한다거나 휴가를 떠날 때 일거리를 싸 짊어지고 가는 일만큼은 분명 누구나 균형 잡힌 삶이라 여기지 않을 것이다. 조화로운 인생에 대한 정의를 내리는 거야 각자의 자유지만, 되도록이면 '따뜻한 목욕' 정도에 만족하지 말고 그 이상의 더 크고 넓은 시야를 갖도록 노력하자. 주어진 삶을 즐기기에도 부족한 이 세상, 이제 힘겹던 워커홀릭 시기를 기쁜 마음으로 영원히 떠나 보내는 거다.

스스로에 대한 통제력 되찾기

지금까지 우리는 열심히 일하는 것도 물론 중요하지만 지나치게 일에만 몰입하는 건 오히려 스스로의 성공과 행복을 저해할 수도 있다는 것을 배웠다. 결국 중요한 건 '삶의 균형'이라는 사실을 말이다. 그러나 할 일이 태산인 우리네 삶에서 어떻게 하면 이런 중용의 미덕을 깨달을 수 있을까? 일단은 잠시나마 모든 일에서 손을 놓아버리는 거다. 충분하다 싶을 정도로 긴 휴가를 떠나보는 것도 좋고, 그저 단순히 며칠간 침대 속에서 뒹굴어보는 것도 나쁘지 않겠다. 그러나 어쨌든 종국엔 일터로 다시 돌아가야 한다는 게 기정 사실인 만큼, 일상의 스트레스를 줄

일 만한 남다른 계획을 갖고 있지 않는 이상엔 곧 예전의 워커홀릭 모드에 다시금 빠지고 말 것이다. 그러니 지금 당신에게 필요한 건 끊임없이 전화벨이 울려대고, 미결 서류함이 꽉 차 있으며, 처리해야 할 온갖 업무들이 머릿속을 맴도는 정신 사나운 사무실로 되돌아갔을 때에도 균형 잡힌 일상을 지속적으로 영위할 수 있을 만한 올바른 계획이다.

✖ **동료들과의 커피 타임** 동료들과 함께 점심을 먹거나 커피 한잔을 들 시간 정도는 언제든 비워두도록 하자. 하루 일과 중 별다른 죄책감 없이도 기분 좋게 쉴 수 있는 시간이니 말이다. 게다가 잘하면 식대를 회사 경비로 처리할 수도 있다. 어찌되었건 '직장 동료'들과 '일' 얘기를 나누는 시간이 아니던가!

중심을 찾을 줄 아는 직장인이 되자

매일의 일상에 적용해볼 수 있는 아래 '안정된 직장 생활을 위한 팁 10'을 잘 기억해두자. 워커홀릭으로서의 지친 삶을 과감히 떨쳐버리고, 정신 없이 바쁜 일상 속에서도 언제나 편안한 마음 상태를 갖는 데 큰 도움이 될 것이다.

안정된 직장 생활을 위한 팁 10

1. 매사에 보다 쉬운 길을 찾아라

워커홀릭의 귀에는 이 말이 마치 고등학교 시절 숙제 따윈 절대 해오는 법이 없이 맨 뒷줄에 앉아 잠만 퍼 자던 학생의 철학만큼이나 이상하게 들릴 수도 있겠다. 그러나 우리는 이런 게으름뱅이의 컨셉트에서 힌트를 얻어 이를 얼마간 삶에 접목시킬 필요가 있다.

워커홀릭들은 대개 물불을 가리지 않고 무작정 뛰어들어 주어진 일에 온 힘을 소진해버리곤 한다. 즉, 그 일의 처리를 위한 가장 쉽고 빠른 길을 정하기 위해 먼저 상황을 파악하고 평가하는 과정을 간과한다는 것이다. "관련 통계 자료를 몇 개 가져와봐" 란 상사의 지시는 "백과사전 한 질을 가져다 처음부터 끝까지 몽땅 정독하고, 정밀한 회귀 분석을 통해 결과를 분석해내라" 는 뜻은 아니다. 내게 필요한 것을 정확히 파악해내고 그를 처리할 가장 쉬운 길을 찾아내, 쓸데없는 초과 근무 또는 초과 스트레스(!)에 시달리지 않도록 하라.

2. 필요할 땐 "No"라고 대답하라

'내가 혹시라도 "No!" 라고 말한다면 사람들은 모두 날 게으르다 손가락질할 거고 그럼 내 인생은 여기서 끝일지도 몰라' 이것이 바로 대부분의 워커홀릭들이 갖는 두려움이다. '싫어요!' 라는 말을 입 밖에 내지 못하는 무능함은 때로 제 인생의 다른 부분들에까지 영향을 미친다. 무슨 일이 생길 때 사람들이 제일 먼저 떠올리게 되는 건 다름아닌 그녀니까. 언니는 애 봐줄 사람이 없다며 그녀에게 전화를 걸고, 지역 바자회에서는 자선 모금 행사의 진행자로 그녀를 추대하며, 친구들은 자기네 골칫거리를 몽땅 그녀에게 맡겨버린다. 거절 못하기로 유명한 워커홀릭 그녀라면 군말 없이 도와주리란 사실을 다들 이미 꿰고 있기 때문이다.

'싫어요', '못 해요', '안 돼요' 란 말에 익숙지 않은 사람이라면 큰 맘 먹고 일단 시도를 한번 해본 후 결과를 살펴보라. '싫어요' 라는 대답을 합리화하는 데 굳이 변명거리라도 대는 게 마음 편하다면 주저 말고 선의의 거짓말이라도 하는 거다. 심신의 건강이 위태로운 상황에서 언제나 정직할 필요는 없는 법이니까. 더 자주 "No"라고 말할수록 그 말을 내뱉기란 한결 더 쉬워지며, 사람들 역시 그 말에 귀를 기울인다는 사실을 곧 깨닫게 될 것이다. 오히려 당당히 '싫다'고 말한다 해서 하늘이 무너져 내리는 일 따윈 결코 없다는 사실을 깨닫고, 지금껏 그렇게 못 해온 것에 대해 땅을 치며 후회할지도 모른다. 게다가 맡은 일에 대해선 그만큼 더 많은 시간과 에너지를 쏟아부을 수 있으므로 더 제대로 된 능력을 발휘할 수 있다.

때론 '아니오' 라고 말하는 것이 최고의 자기 방어이다.
클라우디아 블랙(Claudia Black, 호주 여배우)

3. 삶의 균형을 찾은 동료를 본받아라

워커홀릭들이 깨닫기 가장 어려운 일들 중 하나가 바로 자주 휴식을 취할수록 맡은 일을 그만큼 더 잘해낼 수 있다는 사실이다. '쉬엄쉬엄 하다간 게으름뱅이란 낙인이 찍히고 말 거야'란 작금의 정신상태를 극복하기 위해서는 '균형 잡힌 삶'을 성공적으로 이끌어가고 있는 역할모델을 찾아보는 편이 좋다. 그는 어느 정도 사회적인 성공을 이룬 존경 받는 인물인 동시에 가족을 위한 시간 또한 소중히 여기며, 모든 일에 있어 우선순위를 현명히 매길 줄 아는 사람이어야 한다. 그리하여 '자꾸 균형 따위에 치중하기 시작하면 결국 실패하고 말지도 몰라' 하는 두려움이 앞설 때마다 내 역할모델인 그는 분명

인생의 균형을 통해 큰 효과를 보았단 사실을 스스로에게 상기시키도록 하
자. 지나친 워커홀릭적 요소만 제거한다면 틀림없이 지금보다 훨씬 더 멋진
직장인이 될 수 있다.

4. "난 핸드폰의 노예가 아니야!" 를 외쳐라

전자기기의 발달은 워커홀릭이 어딜 가든 현재 맡고 있는 프로젝트까지
짊어지고 가도록 만들었다. 친구들과의 칵테일 모임 시간 조정을 위한 용도
라면야 핸드폰의 제 기능을 충분히 다하고 있는 것이지만, 즐거운 주말이나
휴가 때 업무와 관련된 일로 자꾸 벨이 울려대는 건 정말이지 있어선 안 될
일이다. 당사자가 귀찮은 건 그렇다 쳐도, 같은 해변가나 레스토랑 안에 있는
다른 이들은 대체 무슨 죄란 말인가?

그러므로 평소 주변 동료들에게 '난 사무실을 나가는 순간, 핸드폰이나 노
트북은 무조건 꺼놓고 PDA에는 눈길조차 안 주는 사람' 이란 사실을 확실히
각인시켜라. 필요하다면 업무 중 2~3시간 정도는 걸려온 전화가 곧장 음성
사서함으로 넘어가도록 해두는 것도 괜찮다. 일일이 답장하는 시간을 줄이고
업무의 집중도를 높일 수 있도록, 메신저나 이메일도 필요할 때만 로그인하
자. 아무리 헬스장, 심지어는 샤워장 안에서도 남들과의 통화가 가능한 세상
이라지만, 꼭 그걸 그렇게 이용해야 할 의무는 없는 거다.

5. 열심히 일한 당신, 떠나라

이제껏 매년 휴가를 미루고 미뤄왔다면 당장 두 손 들고 반성하며 그런 생

활에 종지부를 찍어라. 달력 위 빨간 날들을 무조건 찾아 쉬는 건 물론이고, 가끔씩은 몸이 아프단 핑계로 월차나 병가를 내도 좋다. 회사 선배들에게 묻는다면 그들 역시 '예전으로 되돌아갈 수만 있다면 조금이라도 젊었을 때 월차/휴가를 더 자주 내겠다'고 입을 모을 것이다. 거듭 말하지만, 필요하다면 작은 선의의 거짓말을 보태도 좋다. 산부인과에 들른다거나 고모님 댁에 문상을 가야 한다는 여직원의 뒤를 몰래 밟을 정신 나간 상사는 세상에 없을 테니까.

6. 일 중독에 빠진 상사를 피하라

가장 난감한 경우 중 하나가 바로 상사 자체가 워커홀릭 타입인 때다. 워커홀릭형 상사는 균형 잡힌 삶의 필요성을 이해하지 못할 뿐더러 그런 사고를 바꿀 만한 방법도 별달리 없기 때문이다. 이럴 땐 부서를 바꾸든 아예 지금 일을 그만두고 다른 일을 찾든, 상사 곁을 과감히 떠나는 것밖에는 대안이 없다. 부하직원의 사생활은 물론 자기 스스로의 삶을 소중히 여기는 사람 밑에서 일한다는 것은 직장에서의 행복 요소 중 가장 중요한 것 중 하나다. 회사의 조직 문화나 직장 동료들의 생각이 바뀌리란 기대는 일찌감치 버려라. 차라리 스스로 적응 가능한 상황을 찾아 거기서 살아남을 궁리를 하는 편이 빠르다.

> **✖ 마당발의 지혜**　워커홀릭은 대개 모든 일을 혼자 힘으로 해내고자 애쓰는 경향이 있는데, 그보다는 먼저 동료들과 친해지는 것이 중요하다. 복도에서 혹은 메신저 상에서 항상 먼저 인사를 건네자. 그런 식으로 친해진 사람들은 필요로 할 때 언제든 나를 기꺼이 도와줄 것이다. 더불어 그들의 실제 업무에 대해서도 많은 걸 배울 수 있고, 이는 자신의 회사 생활에도 큰 도움이 된다. 업무뿐 아닌 사내 전반적인 니즈와 성취 과제에 대한 보다 넓은 이해는 회사의 성공에 대한 여러분의 기여도를 더욱 확대시킬 것이다.

7. 치미는 분노를 자책하지 말라

워커홀릭은 때로 자기 주장을 펴는 데 대해 일종의 죄책감을 느끼곤 한다. 이번 지침은 불필요한 일이라며 반박할 때나 직원들에게 업무를 지시할 때 또는 회의실에서 제 아이디어를 소리 높여 주창할 때, 그녀는 괜한 히스테리를 부리는 걸로 비춰지지나 않을까 고민한다. 그러나 내 생각을 얘기하고 주장을 세우거나 혹은 내게 슬쩍 일을 떠넘기려는 이와 맞서게 되는 때라면 절대 스스로를 책할 필요가 없다. 내가 분노의 표출이라 느끼는 것이 남들 눈에는 '훌륭하고 확고한 자긍심의 표현' 으로 비춰지기도 한다. 그러므로 '요놈의 입이 주책이야', '내가 아까 왜 화를 냈을까?' 하는 쓸데없는 자책 대신 자신의 용감무쌍한 면모에 오히려 박수를 보내야 할 판이다. 조직 속에서 일하는 것이 결코 '묵묵히 시키는 대로 다 하는 어리석은 노예' 는 아니라는 점을 명심하자.

8. '1시간의 힘' 을 깨달아라

휴가란 게 꼭 산 넘고 물 건너 지구 반대편까지 가야만 제 맛인 건 아니다. 모든 것을 뒤로 한 채 집에서 1시간 정도 떨어진 곳으로 짧은 주말 드라이브를 떠나보자. 그 정도면 지친 일상을 떠나 편안한 마음으로 세상을 바라볼 새로운 관점을 얻기에 충분하다.

한편, 주 중의 바쁜 일상 속에서도 1시간이란 꽤 대단한 위력을 발휘한다. 전화를 받은 후 적어도 1 시간 동안은 답신을 하지 말아보자. 뭔가를 부탁했던 사람들은 당장에 답을 받지 못하는 경우, 대개 스스로 문제를 해결하곤 하니까. 더불어 '필요한 게 있을 땐 미리미리 요청하라'는 교훈적인 메시지와 함께 상대를 훈련시키는 효과도 얻을 수 있다. 1시간이 지니는 힘이란 이처럼 워커홀릭과 스트레스의 요인 사이에 어느 정도 거리를 두게 해주므로, 이를 자기에게 이로운 방향으로 이용하는 지혜를 발휘하자.

9. 대담하게 생색내고 과감하게 요구하라

워커홀릭 걸의 또 다른 특징은 쉴 새 없이 일하는 반면, 그에 대한 적당한 보상은 받지 못한다는 것이다. 당신은 고용주와 일종의 동업 관계에 있는 동시에 그 회사를 위해 일하고 있으므로, 제 성과에 대해 일정한 보상을 받는 건 당연한 일이다. 그러니 누군가 내 가치를 알아줄 때까지 기다리지 말고, 직접 승급이나 승진을 당당히 요구하라. 맡은 일에 대해 자신감을 지니고 내가 회사의 성공에 기여하고 있음을 널리 알려라. 혹 정기적인 야근에 시달리고 있다면 적어도 그 부분에 대해서만큼은 꼭 합당한 수당을 챙겨라. 삐걱거리는 바퀴에 기름칠을 해주는 법, 때로는 시끄럽게 보챌 줄도 아는 것이 현명한 사람이다.

10. 언제나 '나'를 가장 우선시하라

'이기적'이란 말은 그 자체로 부당한 비난을 많이 받곤 하지만 워커홀릭에게 있어 이기적이라는 건 꽤 좋은 것일 수 있다. 날밤 새는 워커홀릭 시기의 여자들이야말로 그 누구보다도 자신의 이익을 먼저 챙겨야 할 필요가 있는 사람들이니까. 심신이 너무 지쳐 있다면 하루쯤 휴가를 내라. 한 잔의 커피가 간절할 때는 당장 밖으로 나가 몸이 원하는 바를 채워라. 할 일이 너무 많아

정신적 공황 상태에 빠졌다면 휴식이 필요하다고 상사에게 솔직히 말하라. 피로감이 없는 상쾌한 상태에서, 하는 일에 대해 충분히 보상 받고 있다고 느끼며, 모든 일에 만족감을 느낄 때에야 비로소 더 많은 에너지를 원동력으로 하여 맡은 바 일들을 더욱 훌륭히 수행해내기 마련이니까. 그러므로 때로는 자기 자신을 먼저 챙기는, 조금은 '이기적인' 사람이 되는 것도 필요하다.

위에서 말한 팁을 평소 생활 속에 잘 스며들게 한다면, 전화벨이 정신없이 울려대는 바쁜 사무실 안에서도 자기 자신과 업무 사이에 어느 정도의 거리감을 두며 일상의 스트레스를 큰 폭으로 줄여갈 수 있을 것이다. 그러는 가운데 휴식시간을 더 자주 갖고, 당당하게 주장을 펴고, 일의 우선순위를 직접 정하며, 제 시간에 퇴근할 권리가 있다는 사실을 깨닫게 될 것이다. 허나 바쁘게 살다 보면 이런 휴식의 필요성을 그만 깜박할지도 모르는 일. 그러니 책상머리에 이 10가지 조언을 크게 써 붙이고 '균형' 의 미와 '중용' 의 도를 지켜가는 일이 얼마나 중요한지를 스스로에게 상기시키도록 하자. 삶이란 곧 조화니까!

✖ 난처할 때는 개그맨이 되어라 상사에게 물어볼 것이 있지만 왠지 그러기 껄끄러운 분위기라면 농담을 던지듯 말을 꺼내보라. "저 이번에 보너스 200% 받는 거 맞죠, 부장님? 에이~ 진짜로요, 제가 올해 얼마나 엄청난 거액을 기대하고 있는데요~!" 때로는 유쾌한 농담 한마디가 대화의 물꼬를 쉽게 터줄 뿐 아니라 보다 오픈된 커뮤니케이션이 이루어질 수 있는 장을 열어주기도 한다.

✖ **지나친 정확성보다는 신속함이 우선!** 누군가 질문을 던질 때 워커홀릭들은 대개 완벽한 정답지를 제출하기 위해 일단 관련 정보를 몽땅 뒤지고, 제 주장에 대한 명확한 근거를 찾아내는 데 수십 시간을 허비한 후, 결국 3일 후쯤에야 컬러 프린트로 깨끗이 뽑아낸 가죽장정의 답변 리포트를 수줍게 들이밀곤 한다. 그러나 그녀들이 간과한 점이란 바로 이런 경우, 자신의 경험과 지식수준에 근거하여 이끌어낸 '최선의 답변'을 '즉각적으로' 제공하는 일이 그 무엇보다 중요하다는 사실이다! 온갖 노력을 쏟은 답안은 사실 잠시 인터넷 검색 창을 두드려 찾은 수준과 별반 다르지 않을 뿐더러, 질문자가 원하는 바 역시 되도록 빠른 시간 안에 그에 걸맞은 알찬 결과를 얻는 것이기 때문이다. 무엇보다도 장기적으로 볼 때 답을 '신속하게' 찾아내는 편이 가장 능률적이라는 사실!

더 나은 균형의 단계로 도약하며

여자의 일생에서 '워커홀릭' 단계란 심신의 건강을 돌보지 않은 채 죽어라 일에만 매달리는 시기이다. 일하고, 청소하고, 남의 말을 들어주고, 사회생활을 하며, 대학원 수업을 들으면서도 손톱 관리할 시간까지 낼 수 있는 대단한 여자, 즉 슈퍼우먼인 것이다. 그렇지만 그런 그녀도 언제까지나 스트레스로 가득 찬 이 워커홀릭의 단계에 머무를 수만은 없다. 하여 결국엔 그 시기에서 도망쳐 나와 보다 균형 잡힌 삶을 살아가기 위한 방법들을 모색한다. 그녀는 이제 자신의 개인적인 공간을 되찾고, 일에서 자신을 분리해가며, 나아가 사무실 밖에서의 인생을 즐기는 데 필요한 단계들을 차근차근 밟아나가게 된다. 책임감이야 여전하지만 이제 때때로 가족이나 친구, 그리고 즐거운 인생을 위해서라면 일을 버릴 줄도 아는 보다 '균형 잡힌' 인간이 되어간다는 뜻이다. 워커홀릭 시기를 완전히 벗어나게 되는 그 순간, 그녀의 마음속에 깊이 각인되는 건 무엇보다도 이 같은 균형과 중도에 관한 커다란 교훈일 것이다.

✖ 언젠가는, 언젠가는……! 삶 전체가 완벽히 나의 통제 하에 들어올 그 날을 기다리며 무슨 일이든 뒤로 미루는 습관이 있는 사람이라면, 그런 마법 같은 순간이란 평생 오지 않는다는 사실을 지금이라도 철저히 깨달아야 할 것이다. 혼란스러운 이 대우주 속에서 오직 나를 위한 시간을 찾고 주어진 오늘의 삶을 즐기는 데 주력하라.

죽도록 일한다고 진짜 죽지는 않는다.

하지만 일부러 그럴 가능성을 만들 필요도 없지 않은가!

로널드 레이건(Ronald Reagan, 미국 전 대통령)

워커홀릭 걸들이 들려주는 리얼 토크

"미팅에 참석하란 통보가 오지 않아 확 울어버린 적이 있어. 그건 내가 중요인물이 아니란 뜻일 거라 나름의 해석을 내렸던 거지. 지금? 요즘이야 그저 안 부르면 고맙지~!"

"주말에 긴급 연락망으로 사용하시라고 상사한테 별 생각 없이 집 전화번호를 알려줬는데, 생각해보니 그게 내가 그 회사 출근하기 시작한 지 딱 이틀째 되는 날이었지 뭐야."

"비바람이 몰아치는데도 불구하고 난 신새벽부터 열심히 출근 준비를 했지. 세 시간 넘게 걸려 도착하고 보니 글쎄, 나머지 인간들은 아직 집에서 한 명도 나오질 않았더라구."

"예전에 난 라벨 메이커를 이용해 각 폴더들마다 라벨을 정성스레 만들어 붙이는 데 하루 몇 십 분 이상씩 할애하곤 했거든? 요즘엔 귀찮아서 그냥 검정색 네임펜으로 찍찍 갈겨 써버리는데, 중요한 건 어느 누구도 그 차이를 모른다는 사실이야."

"식중독에 걸렸음에도 그땐 그냥 무대뽀로 출근을 했어. 아무튼 회사 간 지 딱 한 시간 만에 조퇴를 했는데, 집에 오는 내내 길바닥에다 열심히 오바이트를 했지 뭐야."

"하루는 보고서 작성 때문에 완전 날밤을 까며 일했는데, 다음 날 사장이 글쎄 버럭 화를 내지 뭐야. 이유가 뭔 줄 알아? 왜 그 하찮은 일에 그렇게 많은 시간을 쏟아부었냐는 거야."

"우리 회사 임원 하나가 자기 걸로 착각을 했는지, 깨끗이 씻어 놓은 내 머그컵을 그냥 쓱 가져가버리는 거야. 그 당시엔 혹여 민망해할까 봐 바보같이 아무 말도 못했는데, 만약 지금 이 자리에서 같은 일이 벌어진다면 그가 커피를 마시고 있는 중이라 할지라도 당장 그 손에서 내 컵을 빼앗아들 수 있을 것 같아."

>> Chapter 4

파티걸 the party girl

닉네임

칵테일 퀸, (‘다아아알리이이잉~’ 에 가깝게 발음되는) 달링

외모

누구에게라도 당장 입 모양 키스를 훅 날려주는 센.스가 배어 있는 자세!

패션 모드

하늘하늘/야들야들/아슬아슬 섹시 컨셉트이기만 하면 어떤 의상이든 OK.

생활 모토

“만나서 반가워요. 오늘 너무 아름다우신데요?”

애정 전선

언제라도 파티 할 준비가 되어 있는 재미있고 유쾌한 남자들(물론 적어도 열 명 이상!).

애창곡

클럽 믹스 CD, 그리고 신나는 최신 유행가라면 일단 콜.

이벤트/활동

럭셔리한 레스토랑, 멋진 바, 신나는 클럽, 파티가 있는 곳이라면 어디든 OK. (물론 주 중 주말 가리지 않고)

대인 관계

파티를 즐기는 쿨한 사람들이라면 누구든!

특히나 사교생활에 목숨 거는 한 무리의 ‘노는’ 여자 친구들.

인생 목표

인생 목표? 그런 거라면 꼭 지금 아니더라도 생각할 시간이 널리고 널렸는데, 뭘.

핸드폰은 언제나 쉴 새 없이 울려대고 와인 정도야 그냥 빨대로 쪽쪽 마셔버리는 그녀. 최신형 휴대폰 속에 방금 저장을 마친 300개가 넘는 이름들은 지난 2주간 새롭게 '따낸' 핸드폰 번호의 주인공들일뿐이다. 숙취에 효율적으로 대처하기, 수면을 세 시간밖에 취하지 못한 날에도 직장에서 티 안 내기, 세련되면서도 장시간 클럽에서 비벼대도 발이 덜 아픈 구두를 식별해내기 등에 있어 그녀는 거의 선수급이라 하겠다. 이렇듯 밤의 세계를 평정한 여자, 그녀는 '파티걸'이다.

나이트 라이프건 데이 라이프건 혹은 그 외 어떤 시간대(클럽, 바, 저녁식사, 영화, 여행, 네트워킹 런천, 브런치, 심지어는 스타벅스 점원과의 정기적인 수다까지도 포함하여!)건에 상관없이, 세상의 모든 여자들은 인생에서 이런 식의 '뭘 해도 충분치가 않은 듯한' 시기를 한 번쯤은 만나게 된다. 음주가무에 몽땅 탕진해버리게 되는 월급과 새로운 이들을 더 많이 만나야겠다는 욕구밖엔 달리 가진 게 없는 우리의 파티걸들. 하지만 일단 선수 입장 후에는 그 무엇도 그녀들을 멈출 수 없다!

✖ **남들의 시선을 끄는 아이템** 바 안에 있는 사람들에게 주목 받고 싶다면? 사탕 목걸이나 카우보이 모자 등 누구나 쳐다볼 만한 아이템을 이용해보자. 재미난 파티 소품들을 활용하는 유쾌한 여자들 뒤엔 그걸 핑계 삼아 말이라도 한 번 걸어보려는 귀여운 남자들이 줄을 설 테니.

약간 경박하거나 가벼워 보일 수도 있지만 그래도 신나는 재미로 가득한 이 파티걸의 시기는 모든 여자들의 삶에 있어 한 번쯤은 꼭 필요한 때이다. 젊음을 불태우고, 섹시한 의상들을 뽐내며, 동틀 때까지 음악에 몸을 싣고 춤을 춰댈 수 있는 유일하다면 유일한 시기니까. 이 순간들을 제대로만 활용한다면 우리의 파티걸들은 품위 있는 사회생활이라는 중요한 교훈은 물론 영원히 함께 갈 귀중한 친구들을 만들어볼 수도 있다. 언젠가는 그녀도 이 흥미진진한 시기를 뒤로 한 채 삶의 다음 단계로 넘어가겠지만 가끔씩은 이 와일드하고 정신없던, 그러면서도 황홀했던 파티걸의 시간을 뒤돌아보며 살짝 미소 지을 수 있을 것이다.

당신도 파티걸?

인기 있는 파티걸의 삶이란 넘쳐나는 술잔과 반짝이는 보석들, 그리고 멋진 남자들로 가득한, 정신없으면서도 신나는 시간이다. 물론 10대 시절 철없는 파티 타임을 이미 경험했지만, 부모님이 여행 가신 틈을 타 몰래 맥주를 훔쳐다 먹던 그 시절이란 대학 졸업 이후 사교계의 여왕으로서 누리는 이 화려하고도 유치찬란한 삶에 비하면 정녕 '새 발의 피'다. 날마다 화려한 외출을 하고, 출근을 앞두고도 새벽녘까지 눈이 빨개지도록 놀며, 제일 잘나가는 바에서 비싼 마티니에 월급을 펑펑 써댄다 해도 그런 그녀를 멈출 이는 아무도 없다. 그녀 인생을 통제하는 건 오로지 그녀 자신뿐이며, 원하는 때에 원하는 것을 택하는 건 전적으로 그녀의 선택이니까(물론 그러다 때로는 통제불능 상태가 되어버리기도 하지만).

그렇담 지금 자신이 이 단계에 머물고 있는지를 과연 어떻게 구별해낼까? 다음의 기준들을 찬찬히 읽어보면서 현재 자신이 '파티의 여왕'인지, 아니면 '행복한 방콕 공주' 타입인지를 파악해보자.

파티의 여왕

파티의 여왕은 같이 나가 놀기로 한 여자 친구들이 모두 한자리에 모이기도 전, 벌써부터 술을 한두 잔(경우에 따라선 서너 잔 이상까지도) 걸치며 워밍업을 한다. 목요일에서 일요일까지는 물론이고 때론 월요일 같은 '완전 평일' 도 괘념치 않은 채, 파티 여왕님께서는 사교계 회동에 그 모습을 가능한 한 자주 드러내신다. 다음과 같은 경우, 당신은 스스로를 완전히 만개한 파티의 여왕이라 생각해도 무방하겠다.

* 조용한 일요일 오후의 차 안에서도 틀어 놓을 만큼, 귀가 찢어질 정도로 시끄러운 음악과 쿵쾅대는 클럽 음악에 푹 빠져 있다.
* 국회의원에 출마해도 손색 없을 만큼 많은 이들을 알고 지낼 뿐더러 어딜 가든 아는 이들과 마주친다. 우체국, 마트, 클럽은 물론이고 심지어는 새벽 네 시경, 자기 집 거실에서조차도!
* 스스로 '마티니 스마일' 이라 명명한, 취중 미소법 하나를 완벽히 마스터해두었다.
* 매달 날라오는 카드 청구서에서 가장 큰 비율을 차지하는 건 단연코 술값이다.
* 직장에서 입을 옷보다 '나가 놀 때' 입을 옷들을 더 자주 업데이트한다.
* '부끄러운 아침' 을 자주 맞는 편이다(부끄러운 아침이란, 그 남자 집에서 하룻밤을 보낸 후 부스스한 얼굴로 어젯밤 입었던 구겨진 원피스를 주섬주섬 주워 입고는 바삐 출근하는 사람들을 헤치며 귀가하는 순간을 지칭한다).
* 바에서 TV를 지나치게 많이 시청한 덕에 자막의 속독이 가능하게 되었다.

* 잘나가는 클럽이나 바의 기도, 경비원들과는 전부 '친구 먹은' 막역한 사이이다.

* 다섯 시간 정도면 충분히 숙면을 취했다고 생각한다.

* 클럽 영업이 끝나고 불이 환히 켜진 후, 접근했던 남자들을 모두 식별해낼 수 있다.

* 그 동네 어느 술집이 퇴근 후 한 잔 꺾기에 제일 편한지, 어느 클럽의 물이 가장 좋은지, 또 어느 바의 바텐더들이 공짜 술에 후한지 등에 대해 줄줄 꿰고 있다.

* 어떤 류의 화장실이건(쪼그리고 앉는, 무릎을 꿇어야 하는? 한쪽 발로 균형을 잡아야 하는, 그냥 털썩 앉는), 일단 있기만 하면 자유로운 이용이 가능하다.

* 허리케인이 몰려오고 있건 바깥 온도가 영하 10도로 떨어졌건, 그에 상관없이 언제라도 나가 놀 준비가 되어 있다.

나는 어떤 파티걸 타입?

워밍업 타입: 이른 저녁 시간, 한두 잔 정도를 즐기며 기분을 가볍게 업(!)시키는 타입. 흥겹고 신나는 긴긴 밤이란 바로 그때부터 시작이다.

술고래 타입: 술잔을 몇 번 채우고 비웠는지 확 잊어버리고 일단 주위가 빙글빙글 돌기 시작한 후에야 기분이 좋아지는 타입. 남의 자리에 털썩 앉아 생전 처음 보는 사람들에게 "사랑해!"를 외치는 난감한 경우가 종종 발생한다.

행복한 방콕 공주

'방콕 공주' 란 과거 한때 잘나갔지만 이제는 은퇴한 파티 여왕이거나, 혹은 지금 자신을 집 밖으로 끌고 나가줄 친구들이나 마가리타 몇 잔을 절실히 필요로 하는 타입의 여자를 지칭한다. 행복한 방콕 공주의 스타일을 살펴보면…….

* 일주일에 한 번 영화 보러 나가는 일조차 버겁고 힘겹게 느껴진다.
* 날라온 초대장에 답변은 하고선 정작 파티에는 절대 나타나지 않는다.
* 최신 유행어나 다른 이들에 관한 정보란 TV와 인터넷 채팅방에서 얻는 게 전부다.
* 약한 칵테일 한 잔의 숙취로 3일 내내 침대에서 헤어나질 못한다.
* 친구의 부탁에 요즘 제일 잘나가는 바를 하나 추천해줬는데, 알고 보니 벌써 2년 전에 문을 닫은 가게였다.
* 퇴근 후 회식 자리가 생길 때마다 "몸이 좀 안 좋아서……"란 핑계를 애용한다.
* 값비싼 최신형 핸드폰을 구입했지만 벨이 울리는 건 고작 일주일에 두 번이 전부고, 그중 한 번은 엄마의 안부전화다.
* '멋진 파티' 하면 떠오르는 건 다섯 살짜리 꼬마들과 풍선, 어릿광대가 전부다.

자신이 행복한 방콕 공주에 해당한다면, 그런 순간순간을 충분히 즐기는 것도 그리 나쁘지 않다. 단, 가끔 한 번씩 크고 작은 모임이나 파티에 모습을 드러내는 일도 잊지 말 것. 신나는 음주가무와 함께 지새는 하룻밤은 조용하고 평화로운 삶에 대해 새삼 감사하는 마음을 가지도록 만들어줄 테니까. 무엇보다도, 파티란 일단 신나지 않던가!

(*글래스(glasses) : 여기선 '안경' 과 '유리컵(술잔)' 의 두 가지 의미로 쓰임 _ 옮긴이)

파티걸 딕셔너리

진정한 파티걸은 현란한 파티의 현장에서 '직접 체험' 을 통해 귀하게 얻은 재미난 언어들을 즐겨 쓴다. 쿵짝이 잘 맞는 단짝 친구들과 최근의 사회적인 이슈에 대해 이야기를 나눌 때, 그녀는 케케묵은 단어들을 한결 새로운 방식으로 활용하곤 한다. 다음의 단어들을 읽어내려가며 고개를 끄덕이는 사람이라면 이미 파티걸 언어에 있어서 만큼은 '네이티브 스피커' 라 할 수 있겠다.

데이트 변장: 이상한 남자들과의 대화를 사전에 차단하기 위해 쓰는 변장용 가짜 코와 수염. 마음에 안 드는 놈들과의 줄줄이 소시지 데이트 후에는 당장 한걸음에

달려가 이 도구들을 구입한다.

데이브: 금요일 밤, 통성명까지는 미처 나누지도 못한 채 급히 내 핸드폰 번호를 '따간' 모든 남자들을 통칭해 부르는 이름.

새아(새벽+아침): 영양이나 위생 면에서는 그다지 추천할 만하지 않지만 광란의 밤을 보낸 후 새벽 4시경 마무리 차원에서 먹으면 끝내주는 먹을거리들. 다만 자고 일어났을 때 속을 뒤집어 놓는다는 게 흠이라면 흠이다.

노는 친구: 주말에 바나 파티에 가서 놀 때만 독점적으로(!) 만나게 되는 친구. 비가 오건 눈이 오건, 우박이 쏟아지건 태풍이 불어 닥치건, 전화를 걸어 때론 부드럽게, 때론 불같이 "빨리 나가서 같이 한잔하자!" 며 파티걸을 꼬드겨대는 것이 바로 이 친구의 일이다.

하이 패션(최신 유행 패션): 불타는 밤을 준비 중인 초저녁에는 일단 '신길 잘했다'는 생각이 들게 하는(그러나 시간이 지날수록 차츰 버거워지고 마는) 10센티짜리 하이힐.

마티니 타임: 파티 중 너무 당황스럽고, 창피하고, 뻘쭘한 일을 당하게 되어, 마티니 몇 잔을 더 마셔서라도 얼른 그 순간을 지워버리고 싶다고 느끼게 되는 시간.

여자용 남자 화장실: 항상 줄이 길게 늘어서곤 하는 여자 화장실의 편리한 대안. 우선 Men의 M자를 슬쩍 거꾸로 돌려놓는다. 그런 다음 '몰래 입장' 을 위해 눈을 최대한 가늘게 뜬 채 틈을 노려 재빨리 안으로 들어가 볼일을 본다. 물론 신속한 '몰래 퇴장' 은 필수.

정글짐: 한때 놀이터에서 그 위용을 뽐내곤 했던 정글짐은, 최근 들어 지적 능력이 약간 떨어지는 원숭이(!)급 남자들이 모여드는 구리구리한 파티 장소를 일컫는 단어가 되었다.

가슴 달린 남자: 말 그대로 (근육이 아닌) 가슴이 나온 남자를 일컫는다. 바 안을 둘러봤을 때 마흔도 안 된 나이에 벌써 육안으로도 확연히 드러나는 축 처진 '가슴' 을 가진 남자가 있다면 무조건 피할 것.

장실이 친구: 화장실 앞에서 줄을 서 있는 와중에 '친구 먹게' 되는 여자를 뜻한다. 그녀는 내 인생역정을 모두 꿰고 있으며, 브래지어를 고쳐 매는 모습까지도 서로 스스럼 없이 보이는 사이인 데다, 문이 고장 났을 땐 볼일을 보는 동안 그 문을 붙잡아줄 만큼 친절하기까지 하다.

본 게임 전 워밍업: 놀러 나가기 전에 미리 살짝 들이켜주는 알코올류로, 진짜 스포츠 이벤트와는 물론 아무런 관련도 없다.

진실: 만취 일보 직전, "야, 솔직히 나 이거 입으니까 완전 뚱뚱해 보이지?" 라는 친구의 질문에 대한 솔직한 대답.

테이크아웃: 바나 클럽을 나올 때 몰래 들고 나오는 1회용 플라스틱 컵에 담긴 시원한 칵테일. 쏟지 않도록 일부러 반만 채워서 코트 따위 안에 살짝 숨겨 나온다.

위의 단어들을 즐겨 사용하고 있나면 이미 당신은 당대 제일 잘나가는 파티걸! 어떤 술을 주문할지, 어떤 옷을 입을지 줄줄이 꿰고 있을 뿐 아니라 못난이/범생이 남과 함께 있는 친구에게 "이놈한텐 네가 너무 아까워!" 란 말을 상대남자가 알아채지 못하게끔 건넬 수 있는 상큼한 센스마저 지닌 진정한 사교계의 챔피언이다.

✖ **바텐더를 테스트하자**   어느 바에 가든 그 집 바텐더가 얼마나 쿨한지를 먼저 테스트해보자. 예를 들면 '스크리밍 오르가즘' 과 같은 므훗(!)한 이름의 칵테일을 주문해보는 거다. 센스 있는 바텐더라면 속으로 욕을 할지언정 겉으로는 즐거운 얼굴로 기꺼이 맛있는 칵테일을 만들어줄 테니.

화려한 사교 트레이닝

사실 파티걸의 시기란 어찌 보면 약간 가볍고 경박해 보이지만, 그렇다고 해서 광란의 파티퀸으로서 이 짧은 단계에 목적의식 같은 게 전혀 없는 건 아니다. 이를테면 손에 칵테일을 든 상태에서 어떻게 하면 보다 우아하게 계단을 내려갈 수 있는지, 어두침침한 만원 바 안에서 거울 없이 어떻게 립스틱을 바를지와 같은, 이때가 아니면 평생 배우기 힘든, 중요한 생활의 지혜를 얻을 수 있는 게 바로 파티걸 시기이니까. 그러므로 외딴 섬이나 깊은 산중의 은둔형 외톨이가 되어 홀로 숨어 지내는 게 인생의 목표가 아니라면, 이 글을 계속해서 읽어 나가며 왜 삶에서 파티걸 단계를 받아들여야 하는지에 대해 함께 생각해보자.

클럽/바 '물' 감식법

찾아간 클럽/바가 금쪽 같은 내 시간을 기꺼이 바칠 만한 곳인지 아닌지, 파티걸이라면 쉽게 식별해낼 수가 있다. 다음은 '물이 별로'인 그저 그런 장소라는 전반적인 신호들이다.

* 바텐더가 술에 물을 너무 많이 타서 술맛이 에비앙과 다를 바 없다.

* 어느 자릴 가든 결국엔 땀에 젖은 두 인간들 사이에 낀 샌드위치 꼴이 되고 만다.

* 바 안에 손님이 달랑 세 명 밖에 없는데도 자릿세를 물린다.

* 다른 데 비해 술값이 턱없이 비싸서 바텐더에게 팁 줄 생각마저 들지 않는다.

* 기껏해야 중학생밖에 안 되어 보이는 '꼬마'들로 가득 차 있다.

* 술을 열 잔도 넘게 시켜 마셨음에도 바텐더가 서비스 음료 한 잔 갖다 줄 생각조차 안 한다.

* 단골들이 노래방 기계를 장악하고 있어 '진짜 음악'은 듣기도 힘들다.

* 화장실 안에 사용 가능한 칸이 딱 하나 있는데, 그마저도 너저분하고 오물투성이인 데다 심지어 문조차 제대로 닫히질 않는다.

✖ 취했을 땐 절대로 다이얼을 누르지 말 것! 술기운만 오르면 핸드폰을 꺼내 드는 드라마 속 주인공처럼은 결단코 되지 말자. 이런 일명 '취중 다이얼러'들은 대개 술이 몇 잔 들어가기만 하면 마치 이때가 그때라는 듯 친구나 가족, 옛 애인(!), 회사 동료들, 심지어는 자기 상사에게까지 신나게 전화질을 해대곤 한다. 술을 마시다 누군가에게 전화를 걸고 싶어 손가락이 근질댄다면 차라리 술집에서 흘러나오는 펑키한 음악에 맞춰 손가락을 튕기거나 박수를 치는 등, 그 손을 보다 생산적인 일에 쓰도록 하라.

파티걸은 난처한 상황도 재치 있게 넘긴다

비좁은 장소에서 다른 이들과 부대끼며 그토록 많은 시간을 보낸 덕에, 그녀들은 이제 사교계에서 파티걸로 살아남기 위해 필요한 세련된 매너들을 대부분 마스터한다. 세상이 빙빙 돌 만큼 술을 마신 후라면 거의 머리를 박다시피 우스꽝스럽게 넘어질 수도 있지만, 그럴 경우 파티걸들은 벌떡 일어나 매무새를 가다듬곤 아무 일도 없었다는 듯 다시 클럽 안으로 우아하게 걸어 들어가는 센스를 발휘한다. 이미 그녀는 알코올과 쿵쾅거리는 음악, 수면부족의 영향 하에서도 스스로를 조절 할 줄 아는 '프로' 이기 때문이다. 술잔에 입을 대기 전 냅킨으로 입술을 지긋이 눌러 립스틱을 닦아낼 줄도, 술이 좀 되었을 땐 다른 친구들을 위해서 되도록 천천히, 큰소리로 말하는 센스까지 두루 갖춘 그녀. 화장실에 다녀온 후 구두 밑에 혹 화장지가 붙어 따라오진 않았는지 체크하기도 잊지 않는다.

파티걸은 자신이 원하는 바를 얻고야 만다

진정한 파티걸은 파티에서 벌어지는 어떠한 상황에도 훌륭히 대처할 줄 안다. 이상한 놈이 슬쩍 몸을 더듬는다면 그를 확 밀쳐내곤 한바탕 시원하게 욕을 하여 따끔히 내치는 그녀. 바텐더가 빨리 주문을 받지 않고 어기적댈 땐 어떻게 그의 주의를 끌고 또 신속히 움직이게 만들지도 확실히 꿰고 있다. 이렇듯 어찌하면 자신이 원하는 바를 얻을 수 있는지에 대해 '빠삭' 한 파티걸의 노하우란 바로 어둑한 조명 아래 부대끼는 클럽 안에서 득실대는 인간들과 경쟁하며 수많은 밤들을 보내는 가운데 직접 체득한 경험에서 얻어진 소중한 결과물인 것이다!

파티걸은 점점 창의력 대장이 되어간다

파티걸들에게 있어 뭔가를 기다리며 줄을 서 있다는 건 다름아닌 '클럽 안에서 보내야 할 피 같은 시간을 낭비하고 있다' 는 뜻. 그리하여 우리의 똑똑한 파티걸들은 머리를 최대한 굴려 쓸데없이 줄을 서지 않아도 될 묘안을 짜내게 된다. 즉, 어느 줄이든 최대한 빨리 맨 앞까지 진출하기 위해 용기와 예리함을 앞세워 갖은 창의력과 상상력을 총동원하는 것이다. 파티걸을 신속히 맨 앞줄로 보내줄 만한 몇 가지 팁은 다음과 같다.

유명 클럽 입장시

문 앞에 버티고 선 어떤 허우대 좋은 기도도 우리 파티걸의 행보는 막을 수 없는 법. 최근 개업한 새 클럽(너무 새것이라 아직 이름조차 없는)의 길게 늘어선 줄 안으로 과감한 끼어들기를 감행코자 할 때는 일단 말수를 줄이는 게 포인트다. 또 하나, 럭셔리한 파티 의상 선정에 특히나 세심한 신경을 기울여야 한다. 그런 다음, 역시 깔끔하게 단장한 측근들을 대동한 채 "난 유명인사야"라고 말하는 듯한, 무표정하고도 도도한 표정을 지어 보이며 당당한 태도로 밀고 들어간다.

화장실에서

화려한 밤을 불사르려는 파티걸에게 있어 화장실에 길게 늘어선 줄만큼 용서 안 되는 것도 없다. 이런 상황에서 지름길을 원한다면 치사한 연기쯤은 불사해야 하는 법. 극단적인 상황에서라면 줄줄이 늘어선 여자들을 헤치고 나가며 '엄청난 생리통에 시달리는 가련한 여인' 역할에 도전해보자. 연기력이 좀 더 향상된 후에는 별다른 대사도 필요 없다. 화장실 빈 칸이 보인다 싶으면 '오바이트 0.5초 전' 연기에 몰입, 입을 틀어막으며 그냥 확 뛰어들어가버리는 거다.

바에서

눈치 백 단 파티걸이라면 남들을 제치고 누구보다도 빨리 바 맨앞까지 진격하는 일쯤은 식은 죽 먹기. "실례 좀 할게요. 저 앞에 있는 남자랑 일행이거든요"란 대사는 이미 식상할 정도. 다른 도전들에 실패했다면 이번에는 바 제일 가까이에 앉아 냅킨을 만지작거리고 있는 심심해 보이는 사람과 친구가 돼라. "여기 애플티니 한 잔이요!"를 수십 번씩 애타게 외치는 것보다 원하는 칵테일을 훨씬 빨리 건네 받을 수 있을 테니.

택시를 잡을 때

아무리 줄이 길게 늘어섰다 한들 때맞춰 핸드폰을 끊으며 "우리 첫 조카가 지금 막 나오려고 한대요!"를 다급히 외치는 파티걸을 막을 자, 그 누구랴? 의심스러운 듯 웅성거리는 소리가 들리더라도 냉큼 맨앞 택시에 올라타곤 빨리 그 자리를 떠라.

휴대품 보관소에서

코트를 맡기라니, 무슨 코트? 클럽 안 어딘가에 제 소지품을 살짝 숨겨둘 만한 비밀 공간 정도는 반드시 확보하고 있는 파티걸로서는 도무지 이해가 안 가는 대목이다. 그 정도의 '임직원급 혜택' 수준은 확실히 누려주는 것이야말로 클럽 단골고객으로서의 도리가 되시겠다.

파티걸을 위한 통역 도우미

사회적인 언어를 해석하는 데 여전히 어려움이 많다면? 사교 모임에서 자주 쓰는 말들과 그 뜻을 풀이해 놓은 다음의 통역 도우미가 적지 않은 도움을 줄 것이다.

사교언어: 실례합니다!

속뜻: 비켜라, 좀.

사교언어: 오늘 아주 멋지신데요?

속뜻: 남들에게 멋지단 소릴 듣고 싶어 아주 작정하고 차려 입고 나온 듯하니, 내 그 정성이 가여워서 한마디 거든다.

사교언어: 어머, 너무 잘됐다~. 정말 축하해!

속뜻: 이런 뒤에서 호박씨나 까는 년 같으니! 대체 뭔 짓거릴 해서 이번 승진을 따낸 거야?

사교언어: 다시 만나게 돼서 너무 반가워요.

속뜻: 당신이 이리로 걸어 들어오는 걸 보자마자 잽싸게 피하려고 했는데 그만 재수없게 눈이 딱 마주쳐버렸지 뭐야. 그래서 할 수 없이 이렇게 인사를 건네는 거란다.

사교언어: 같이 술 한잔할래?

속뜻: 안 그래도 한잔 생각나던 참인데, 바로 옆에 있는 너를 버려두고 혼자 가려니 좀 무례해 보일 것 같아 예의상 한마디 건넨다.

파티걸은 미묘한 신호까지도 재빨리 읽어낸다

매일 저녁 각양각색의 수많은 인간군상들을 접하는 파티걸들은 이제 인간 행동양식의 미묘한 뉘앙스 차이까지도 이해하는 법을 배운다. 이상한 남자와 엮여 어쩔 수 없이 잡혀 있는 친구의 표정에서 "나 좀 도와줘!" 라는 뜻을 잽싸게 읽어낼 줄 아는 그녀. 파티걸은 마치 멋진 남자인 양 허풍을 늘어놓고 있는 별볼일 없는 놈팽이도 귀신같이 구별해낼 뿐 아니라, 얼큰히 취한 주제에 '충분히 운전할 수 있다' 고 박박 우겨대는 친구의 허세 또한 금세 감지해낸다. 세상물정뿐 아니라 밤의 세계 또한 '꽉 잡고' 있는 우리의 파티걸들은 자신의 직관에 충실함으로써 불확실한 상황에서 스스로를 보호하는 것이다.

파티걸은 다양한 얼굴을 지닌다

날이면 날마다 밤의 세계에 빠져 보낸 수많은 날들은 파티걸의 직감을 단련시켰고, 어떠한 상황에서 어느 누가 보더라도 항시 즐겁고 편안하게 보이는 능력까지 갖추게 해주었다. 옷장 정리에서부터 화장실 대장정에 이르기까지, 파티걸은 언제나 우아함과 스타일, 쿨한 태도를 잃지 않고 모든 일을 매끄럽게 처리할 수 있게 된 것이다. 이러한 파티걸로서의 삶 덕분에 이제 그녀는 다음과 같은 일들에도 손쉽게 도전해볼 수가 있다.

* 앞 사람이 나오길 기다리며 어두침침한 화장실 불빛 아래 지저분한 거울을 들여다보는 중에도 테크닉을 요하는 현란한 메이크업이 가능하다.
* 10센티짜리 하이힐을 신은 채로 꼿꼿하고 멋진 워킹으로 40블록 이상 걸을 수 있다.
* 얼음 같은 한겨울 추위 속에서 '멋을 위해' 코트를 걸치지 않고도 살아남을 수 있다.
* 한 손으론 끈적거리는 피자를 들고 먹으면서 다른 손으론 택시를 잡을 수 있다.
* 핸드백 안에서 전화번호가 적힌 오래된 냅킨을 발견한 즉시 그 남자가 누구였는지를 기억해낼 수 있다.
* 필요하다면 파우더, 립스틱, 돈, 탐폰, 신용카드, 운전면허증을 브래

지어 안쪽에 몽땅 다 넣고 나갈 수 있다.

* 다른 한쪽 브래지어에는 비상용 휴지를 돌돌 말아 넣어 양쪽의 균형을 맞출 수 있다.

* 유료입장인 클럽 앞의 기도들에게 애교 작전을 펼쳐 공짜로 들어갈 수 있다.

* 어느 클럽에서건 핸드폰이 잘 터지는 최적의 장소를 미리 물색해 놓을 수 있다.

* 과음한 다음 날 아침, 과일주 등의 '해장술'로도 숙취를 달랠 수 있다.

사교계의 여왕으로 군림하는 동안 습득한 이런 여러 교훈들은 파티걸로서의 전성기가 끝나고 시간이 흐른 후에라도 오래도록 기억되며 입가에 웃음을 머금게 할 것이다. 그러니 부디 파티걸로서의 소중한 순간순간을 놓치지 말고 최선을 다해 즐기자. 다음에 다가올 더 조용하고 평안한 단계로 후회 없이 옮겨갈 수 있도록 말이다.

이방인들과의 만남에서는

사교 활동을 할 때 파티걸들은 스스로의 일들을 처리해나가는 데 꽤 능한 편이지만 그뿐 아니라 다른 사람들과의 만남 역시 잘 핸들링할 줄 알아야 한다. 개 중에는 귀여운 남자도, 쿨한 여자도 있겠지만 더불어 이상한 인간들도 반드시 존재하는 법. 그러므로 언제 말을 걸고 또 언제 말을 끊어야 할지에 대해 신속한 판단이 필요하다. 그런 이유로 우리의 파티걸은 주변에 모여드는 사람들을 판단하는 나름의 잣대와 전략을 발전시키게 된다.

확실한 것에서부터 시작하라

형사 드라마에서처럼 언제나 가장 확실한 단서로부터 출발하라. 상대방의 겉모습, 복장, 몸가짐에 주의를 집중하면 지금 내가 어떤 타입의 사람과 대면하고 있는지 대체적인 윤곽을 잡아볼 수가 있다. '이 남잔 셔츠에 달린 버튼을 지나치게 많이 풀어헤쳤네?', '이 여잔 끈팬티까지 훤히 다 보이는 초미니스커트를 입고 있군?' 그러면 노출을 좋아하는 성격이라는 것이 쉽게 파악되므로 내 스타일이 아니다 싶으면 그냥 피해버리면 된다. 마찬가지로, 어떤 남자가 대형 마트에서 형광 오렌지색 재킷 컬렉션을 구입했거나 군대엔 면회 한 번 가본 적도 없으면서 위장 전투복 같은 옷을 입고 다니길 즐긴다면, 그는 여가에 사냥을 즐기는 사람이라 추측해볼 수도 있다. 다시 말해, 간단한 관찰을 통해서도 주변 사람들에 대한 중요한 정보들을 수집하고 또 그에 알맞게끔 나머지 시간을 어떻게 보낼 것인가에 대한 현명한 선택을 내릴 수 있다는 것!

그가 마시고 있는 술에 주목하라

흥미로운 사람들로 가득 찬 장소에 들어섰을 때는 먼저 각자 들고 있는 음료부터 체크해보자. 그 음료에서 그 사람에 대한 정보를 생각보다 많이 얻어낼 수 있다. 이런 땐 다음의 유용한 가이드 라인을 잘 활용해보자.

마티니

고전적인 세련미를 느끼게 하는 마티니는 베테랑급 파티걸들에게서 널리 사랑 받는 술이다. 마티니를 즐기는 남자란 의외로 찾아보기가 힘드므로, 마티니 맨을 발견했다면 행운에 감사하자. 직접 마티니를 택했다면 그는 술을 고르는 데 있어 꽤 식별력이 있는 남자라 할 수 있으며, 나아가 그 사람의 전반적인 삶의 방식 역시 그러하리라 미루어 짐작할 수 있다. 한 가지 주의할 점은, 그가 이런 사실을 미리 알고 주변 여자들에게 깊은 인상을 심어주고자 일부러 마티니를 주문했을 가능성도 배제하지 말라는 것!

Tip: 마티니 잔을 잘 들고 다니는 사람이라면 균형 감각이 뛰어난 편이다. 한 방울도 흘리지 않으려면 수전증이 없는 꽤나 침착한(!) 손이 필요한 법이니까.

모험은 그 자체로 가치가 있다.

아멜리아 이어하트(Amelia Earhart, 세계 최초의 여자 파일럿)

와인

와인은 꽤 까다로운 엘릭시르라 할 수 있다. 진정한 파티걸은 반드시 선택의 폭이 넓은 괜찮은 와인 리스트가 있을 때에만 와인을 음미하는 법. 산뜻한 소비뇽 블랑이나 클래식한 까베르네를 골라 든 여자를 보면 '와인에 대해 뭘 좀 아는군' 생각해도 무방하겠다.

와인 잔을 든 남자를 발견한다면 그는 유럽인이거나 도시인일 가능성이 크므로 흥미로운 대화를 나눠볼 수 있으리라. 좋은 와인 한 잔은 곧 "난 섬세

한 디테일을 중요시하는 사람입니다" 하는 뜻과도 상통하기 때문이다.

Tip: 단, 화이트 진판델을 마시는 남자는 되도록 멀리하는 것이 좋다. 다른 와인과는 달리, 한 잔의 화이트 진은 대개 "난 지금 딱히 직업 하나 없이 엄마와 단 둘이 살고 있습니다"라는 의미를 내포하는 경우가 많기 때문!

맥주

파티걸들이 신나게 부어라 마셔라 하는 맥주는 군중 속 남자들 각각의 타입을 확실하게 구별해주기도 한다. 여기엔 '마시는 맥주 타입 = 그 남자의 타입'이라는 단 하나의 심플한 룰만이 적용된다. 사실 남자들은 입도 까딱할 필요가 없다. 들고 있는 맥주가 그 사람을 정확히 대변해주니까. 그러므로 다음의 유용한 '맥주 해석' 기를 잘 활용하도록.

쿠어스 라이트(Coors Light) : "대학 졸업한 지 얼마 안 됐고, 아직도 학교에서 놀던 시절이 그리워."
버드 와이저(Budweiser) : "난 고속도로 위에서 트럭으로 질주하는 걸 즐기지."
종이 백으로 둘둘 싼 콜트45(Colt45) : "이 맥주를 제외하면 나한텐 먹고 죽을 돈도 없어."
발효 사과주(Hard cider) :어떤 종류가 되었든 발효 사과주(알코올분이 10% 이하_옮긴이)는 무조건 '잘못된 선택'이라 보면 확실하다.

하비 월뱅어 (Harvey Wallbanger)

보드카 베이스에 오렌지 주스와 갈리아노 리큐어가 상큼하게 믹스된 1970년대의 패셔너블한 드링크였던 이 칵테일을 주문하는 남자들에게는 두 가지 타입이 존재한다. 지나치게 많은 밤들을 부모님과 함께 보낸 이거나 복고풍의 재유행과 관련된 책을 읽고 있는 사람이거나. 그러므로 그에게 핸드폰 번호를 건네기 전, 먼저 그가 이 시원한 칵테일을 택한 이유에 대해 곰곰이 생각해보자.

퍼지 네이블(Fuzzy Navel)

사회 경험이 많지 않은 신출내기들이 많이 주문하는 달콤한 과일향의 칵테일이 뜻하는 바는 "요즘 전 결혼식 리셉션에 정기적으로 참여하고 있어요"다. 즉, 퍼지 네이블을 즐기는 사람은 아직 사교사회의 때가 덜 묻은 쪽으로 분류해도 좋다. 빨리 그 순진남의 손을 이끌어 신나는 밤의 세계로 안내하는 건 어떨까.

럼 & 다이어트 콜라

술에다 다이어트 콜라를 섞어 마시는 건 그만큼 체중 조절에 신경 쓰고 있다는 뜻. 그러니 그가 이미 날씬한 상태라면 까다롭거나 신경질적인 성격일 가능성이 크니 주의하라. 한편 남자가 뚱뚱한 편이라면 몸무게를 줄이려는 노력을 가상히 여겨 점수를 좀 더 후하게 매겨주자.

마가리타

'고상한' 술의 대명사인 마가리타를 마시는 여자라면 그녀는 파티걸 대열에 최근 합류했을 가능성이 크다. 고로 친해지려고 노력하다 보면 곧 그녀와 함께 춤을 추며 끈끈한 우정을 나누고 있는 자신을 발견하게 될 것이다.

만일 마가리타를 들이키는 어느 남자의 모습이 꽤 익숙해 보인다면 주변엔 분명히 그에게 영향을 끼친 여자 친구들이 적잖게 있다는 뜻이며 이는 꽤 좋은 현상으로 해석할 수 있겠다. 물론 특별히 핑크빛이 도는 마가리타를 주문했다면 게이일 확률도 배제하지 말 것.

Tip: 해변이 가까운 장소라면 앞서 말한 규칙일랑 몽땅 잊어버려도 좋다. 바닷가라면 마가리타를 포함한 각종 혼합음료들이 어느 누구에게나 똑같이 '허용' 되는 곳이니까.

잭 다니엘

'진정한 남자의 술'로 꼽히는 잭 다니엘을 마시고 있는 이가 있다면 분명 재미있는 파티남일 것이나, 그의 인생에서 볼 때 지금은 데이트를 즐기기엔 그리 안정적이지 않은 상태일 수 있다. 이런 남자는 술에 취한 채 영업이 끝난 몇 시간 후까지 바 테이블에 얼굴을 박고 곯아떨어져 있을 확률이 높다.

삼부카

섹시한 유럽 남자들의 트레이드 마크라 할 수 있는 삼부카! 불어를 배우고 싶다면 이 불타는 샷잔을 든 남자를 찾아보라.

그의 한마디 한마디에 귀를 기울여라

그 남자의 귀여운 얼굴이나 순간적인 유쾌함으로 인해 그의 입에서 흘러나오는 말들을 귓등으로 흘려 듣는 우를 범하지 말라. 록그룹 '화이트스네이크(Whitesnake)'의 팬이라는 그는 혹 과거에 연연하며 미련을 갖는 타입이 아닐까? 가만, 그의 옛 애인 중 세 명이 현재 실종 상태라고? 그가 한 말 중 왠지 뭔가 꺼림직한 부분이 있다면, 그냥 쉽게 웃어 넘겨버려서는 안 된다. 낯선 남자와의 대화 중 다음과 같은 말들을 듣게 되었다면 당장 술잔을 내려놓고 눈썹이 휘날리도록 도망쳐라.

* "아, 나도 3년 전쯤 거기 간 적이 있어요. 그게 우리 애들을 마지막으로 본 때였지 아마."
* "큰일났네, 마누라가 집에 빨리 오랬는데."

* "그 거지 같은 놈의 경찰들이 우리 집 앞에 자꾸 불쑥불쑥 나타나지
  뭐예요."

* "내 변호사는 그냥 정신분열증으로 밀어붙이더군요. 유식한 말로
  '심신상실의 항변' 이라나 뭐라나."

* "이 가려운 뾰루지들은 지난 번 남아프리카에 갔을 때 생긴 건데 도
  무지 없어질 기미가 안 보이네."

* "그 여잔 입 다물 생각이 전혀 없는 것 같길래 그냥 내 쪽에서 조용
  히 시켜줬죠."

* "전 어렸을 때부터 여자가 되면 어떤 기분일까 항상 궁금했어요."

* "어, 아까 같이 계시던 엉덩이 빵빵한 친구분은 어디 가셨나 보죠?"

* "제 직업이 뭔지는 아직 얘기해 드릴 수 없어요. 비밀이거든요."

* "공원 벤치가 얼마나 편한지 잘 모르시죠?"

* "빨리요, 빨리! 저번에 내가 돈을 꾼 여자가 지금 여기에 와 있단 말
  이에요!"

아버지는 말하셨지, 인생을 즐겨라~ ♬

제일 친한 친구가 어느 날 갑자기 삶의 성가신 존재가 되어버릴 수도,
귀엽다고 생각했던 그 남자도 술이 몇 잔 들어간 후엔 완벽한 악인으
로 돌변할 수도 있지만, 그렇다고 해서 이런 일들이 두려워 주변 사람
들을 피한다는 것은 구더기 무서워 장 못 담그는 격. 이상한 괴짜나
변태 같은 인간들이라면 일찌감치 피하는 게 현명하겠지만 지나친 피

그의 행동에 주목하라

마지막으로, 그가 하는 행동들을 유심히 관찰해 그 남자에 대해 좀 더 깊이 알아본다. 손등에 술을 조금 흘렸을 때 냅킨을 가져다 준다거나 긴 댄스타임을 끝마치고 돌아온 파티걸을 위해 자리를 양보한다거나 하는 식으로, 세심한 부류의 남자들이란 본디 자잘한 행동들을 통해 배려와 관심을 나타내는 법이다. 이때, 취중의 행동과 그렇지 않을 때의 행동들은 나눠서 생각하는 게 중요하다. 지나가다 당신과 부딪혔지만 미안하다는 말을 하지 않았다면 그건 취해서 한 행동이겠으나, 당신의 전화번호를 받아 적은 다음 당신 친구 번호 역시 함께 따(!)갔다면 그 남자는 한참 미심쩍은 사람.

내 자신이 그중 가장 재미있고 흥미로운 인물이 될 것 같다면
그런 파티일랑 애초부터 열 생각도 말라.

미키 프리드먼(Mickey Friedman, 미국 작가)

휴식을 취할 시간!

세상에서 가장 에너지가 넘치는 파티걸에게도 때로는 차디찬 냉수 한 잔과 개운한 낮잠이 필요한 법이다. 푹 쉬고 싶다는 생각이 강렬해질 때면 하루나 이틀 정도 스스로를 위한 시간을 내어 진한 휴식을 취한 뒤 다시금 새로운 스타일로 재정비해 사교계로 되돌아가는 건 어떨까.

'일단 정지' 신호

아침에 눈을 떴을 때 삭신이 쑤시는 듯한 느낌을 받는다면 당장 휴식의 필요성을 절감케 될 것이다. 이런 때에는 내 몸이 스스로에게 보내는 '이제는 휴식을 취할 시간' 이라는 다음과 같은 신호들에 특히나 더 세심한 주의를 기울여야 한다.

* 새벽 세 시경 술이 잔뜩 취한 채 핸드폰을 눌러댈 때를 빼곤 도무지 나와 얘기할 시간이 없다며 온 식구들이 불평을 쏟아낼 때.
* 가지고 있는 옷들이 전부 흐늘흐늘 반짝거리는 섹시 의상인 데다 담배 냄새마저 폴폴 풍겨올 때.
* 한 달 만에 진통제 한 통을 싹 비웠을 때.
* 긴급 상황 발생시 금세 머리를 잡아 맨 채 쉽게 오바이트할 수 있도록 변기 옆에 특별 고무줄 세트가 24시간 대기 중일 때.

*카드 청구서 지출내역 중 식사보다 술 먹는 데 쓴 돈이 더 많을
  때.
*교회 피크닉에 따라가선 최신 클럽 유행곡을 신청할 때.
*출근 전 옷을 고를 때 가장 염두에 두는 것이 '오늘 밤 클럽에 갈 때
  도 이 옷을 입고 갈 수 있을까' 하는 점일 때.
* '분명 당신이 직접 핸드폰 번호를 적어주었다' 고 주장하는 생면부
  지의 남자들로부터 정기적으로 전화가 걸려올 때.
*주로 불빛이 희미한 어두침침한 클럽에서만 죽 놀아온 관계로, 좀
  밝다 싶은 곳 근처만 가도 눈이 부시고 아파올 때.
* 친구들이 내게 '말술' 또는 '주당' 이란 별명을 붙였을 때.

이러한 신호들이 친근하게 들린다면 우선 핸드폰 전원을 끄고 따뜻
한 목욕을 즐긴 다음, 얼마간 진한 휴식을 취해주도록 하자. 사람들과
어울려 광란의 밤을 보낸다는 건 분명 신나는 일임에 틀림없지만, 지나
치면 그 역시 힘든 노동이나 다를 바 없다. 또, '쉬는 시간' 도 없이 '노
는 시간' 만 계속해서 갖는다면 심신이 곧 탈진 상태에 이르게 될지도
모른다. 파티걸이란 타이틀을 걸고 무대 위에 나갔을 때 최상의 모습과
컨디션을 선보일 수 있도록 틈틈이 원기 회복을 위한 휴식을 취하는 일
또한 게을리 말자.

5단계 원기 회복 프로젝트

홍청망청 연이은 파티에 지나치게 치여온 관계로 휴식을 취하는 방법조차 까먹어버렸다면? 혹 휴식에 대한 개념이 '잠깐 클럽 밖으로 나가 담배 한 대 빨아 물기' 정도로 격하된 것은 아닌지? 광란의 나이트 라이프를 얼마나 사랑하건, 삶이 제자리를 찾고 또 필요한 에너지를 회복할 수 있도록 가끔씩은 다음의 5단계 원기 회복 프로그램을 따라해보자.

1단계: 바/클럽에서의 냄새를 몰아내라

늦은 밤 클럽 파티나 바에서 돌아오면 입고 있던 옷에서는 맥주, 양주, 담배 연기, 곰팡이 내, 좁은 공간에 모인 수많은 인간들이 뿜어낸 냄새 등등이 한데 어우러진 독특한 악취가 폴폴 발산되고 있을 것이다. 그러한 클럽용 의상들을 모아 몽땅 세탁기에 넣는 것으로 원기 회복 프로젝트 제1단계의 스타트를 끊어보자. 그런 다음에는 몇 달간 세탁하지 않은 외출용 미니백 또는 세컨드백을 과감히 눈앞에서 치우며 면봉, 종이 성냥, 냅킨 쪼가리 등 그 안에서 막 썩기 시작한 물건들을 구출해내자. 밤 외출용 의상들이 각자의 자리에서 나를 쏘아보고 있다면 곧 그것들을 다시 입고 싶다거나 아니면 또 다른 외출복을 사러 쇼핑을 가고픈 충동에 시달리게 될 테니까. 그러니 잠시나마 달콤한 휴식을 즐길 수 있도록 단 며칠간만이라도 이 아이템들을 시야에서 멀리 치워두자.

2단계: '노는 친구'에게 전화를 걸려는 충동을 최대한 억제하라

노는 친구란 평일 자정에 파자마를 입고 집에서 뒹굴고 있는 나를 꼬드겨 당장 미니 스커트로 갈아입고 밖으로 나오게 만드는, 그런 친구다. 밖에선 나에게 "야~ 조금만 더 있다 가자. 딱 1시간만 있다가, 응?"을 쉴 새 없이 졸라대는 그녀의 모토는 언제나 '딱 한 잔만 더' 혹은 '딱 한 곡 더 들을 동안만'이다. 그러므로 휴식을 취하기로 마음을 먹었다면 핸드폰 전원을 끄고 침대 밑으로 기어들어가는 한이 있더라도 이 친구로부터 몸을 숨기는 것이 우선이다. 어떻게든 연락이 닿게 되면 '밖에 엄청나게 멋진 이벤트들이 널렸는데 집구석에 처박혀 있으면 나중에 눈물을 흘리며 후회할 것'이라며 꼬셔대는 그녀에게 껌뻑 넘어갈 게 분명하기 때문이다. 그 다음은 보나마나 말발 좋은 그녀가 나에게 보아 목도리를 두르고 하이힐을 신기는 데 성공해 함께 나와 바깥 바람을 맞고 있을 게 뻔하다. 그러니 무엇보다도 먼저 노는 친구, 그녀를 엄단하라!

1년간의 대화보다 같이 노는 1시간에서
상대에 대해 더 많은 것을 알아낼 수 있다.

플라톤(Plato, 그리스 철학자)

당연하지.
1년 내내 한 사람하고만 대화를 나누고픈 얼간이가 어디 있겠어?

파티걸

3단계: 뱀파이어로서의 생활에 안녕을 고하라

맨날 늦게 자는 게 습관이 되어버린 당신은 이제 밤 11시 가까운 시각에도 별다른 피곤함을 느끼지 못할지 모른다. 아니, 어쩌면 "뭐야 아직 자정도 안 됐잖아? 이제 오늘 밤을 슬슬 달려볼까나?" 라고 생각할지도. 하지만 때로는 예전의 취침 스케줄로 되돌아가려는 노력을 기울여보자. 이른 아침 벌떡 일어나 상쾌하게 조깅 한 판을 뛰든지, 아니면 좀 더 현실적으로 11시 이전에 침대를 벗어나 정오 전에 하루 일과를 시작한 스스로의 등을 대견한 듯 두드려주는 거다. 단 며칠간만이라도 뱀파이어가 기어 나오는 시간대에 안녕을 고하고 자신의 생체 시간을 '진짜 세계'에 맞춰보자. 일단 그렇게 하기 시작하면 몸이 한결 편안해지는 걸 금세 느낄 수 있다.

4단계: 충분한 수분을 섭취하라(단, 여기서 칵테일은 수분으로 치지 않는다!)

밤이면 술독에 빠져 지내랴 아침이면 숙취를 이기기 위해 커피를 왕창 마셔대랴, 파티걸들은 정기적인 탈수증세에 시달리곤 한다. 요즘 들어 특히 두통이나 피곤함을 자주 느낀다면 혹 탈수증상이 있음에도 그걸 깨닫지 못하고 있는 건지도 모른다. 그러니 얼음물을 자주 마셔 몸속에 쌓인 알코올 기운을 깨끗이 씻어내고, 항시 생수병을 들고 다니며 정기적으로 수분을 섭취해주자. 참, 그 물은 '노는 친구'가 끈질기게 괴롭혀댈 때 확 뿌려서 내치는 데 활용해도 좋겠다.

5단계: 하루쯤은 더 느긋한 시간을 가져라

휴식과 수분을 적당히 취한 후라면 적어도 하루쯤은 집에서 TV를 보거나 책을 읽으며 빈둥거리는 시간을 갖자. 제대로 된 음식 먹기, 엄마한테 안부전화하기, 방 청소 등 그간 노느라 미뤄뒀던 중요한 일들을 이때 함께 해치워버리는 거다. 진정한 파티걸이라면 이런 하루를 보낸 후엔 다시 예전의 원기왕성한 모습을 찾아 더 화려하게 컴백할 수 있을것이다.

✖ ***파티걸, 이것만은 제발!** "예쁜 게 죄라 모두가 나만 쳐다보네~" 하는 표정은 결단코, 절대로 짓지 말 것.

할 수 있을 때 즐겨라

파티걸은 잘나가는 댄서들과 저녁을 먹고, 재미있는 남자들과 마티니를 마시며, 멋진 이들과 함께 클럽을 점령한다. 오지랖 넓기론 국회의원 뺨치며, 어딜 가든 새 친구들을 빨리 사귀는 재주가 있고, 롱 아일랜드 아이스 티를 얼마나 들이붓건 끝없이 샘솟는 칵테일에 대한 갈증으로 항상 목말라한다. 이러한 파티걸 시기는 혼을 쏙 빼놓을 정도로 신나고 화려하며, 세월이 훨씬 지난 후에도 즐겁게 추억할 수 있는 재미난 순간들로 가득 차 있다. 그러니 자신의 파티걸 시기를 애정을 가지고 기억하고, 또 자축하라. 이는 인생에 단 한 번뿐인 신나는 '파티타임~♪' 이니까!

* 광란의 파티걸들이 들려주는 리얼 토크 *

"하루는 클럽에 갈 때 깃털이 잔뜩 달린 보아 목도리를 하고 갔어. 그걸 입고 신나게 춤을 췄더니 글쎄 거기 있던 남자들이 전부 나한테 말 한 번 걸려고 난리들인 거야. 낯선 사람들과 말을 트는 데 겨우 핑크빛 깃털 몇 가닥이면 충분하다니, 놀라운 일 아니니?"

"마실 때는 몰랐는데, 과일 펀치랑 보드카를 너무 많이 마셨던가 봐. 왜 다들 알잖아, 마실 때랑 취할 때랑 시간차가 생기는 거. 아무튼 그 바람에 밤새 화장실 신세를 지게 됐는데, 글쎄 친구들이 변기를 껴안은 채 완전 널부러져 있는 내 사진을 찍어 가지고 지들 홈피에 마구 올린 거 있지!"

"그땐 맨날 술이 떡이 된 채로 새벽 네 시쯤 겨우 기어 나와선 해장하고는 전혀 거리가 먼 곳들에서만 속을 달래곤 했지 뭐야. 맥도널드, 타코벨, 칠리스 뭐 이런 데 말이야. 으웩, 지금은 생각만 해도 쏠려!

"바깥 날씨가 영하로 떨어졌지만 옷을 맡기고 어쩌고 하는 과정도 귀찮고 시간도 아까워서 우린 코트를 그냥 차 안에 두곤 몇 블록이나 되는 클럽까지 덜덜 떨며 걸어가곤 했었어."

"어느 해 여름인가엔 소개팅이다 뭐다 해서 너무 많은 남자들과 문어발식 데이트를 하게 됐지 뭐니. 그러다 보니 어느 순간엔 꼭 내가 면접 온 사람들 인터뷰를 하고 있는 것 같더라고. 호호."

"파티 타임 동안만큼은 최고 신나게 놀아보자는 마음에서 브래지어만 한 채 거기 있는 로데오 기계 말 위에 올라타 한바탕 소란을 떨어줬지. 그랬더니 친구란 인간들이 그 가게의 홍보용 전단지로 쓰도록 그날 찍은 내 반나체 사진들을 돈 주고 팔겠다며 난리인 거 있지!"

Chapter 5

몸짱-워너비 the body-conscious babe

비타민과 생수병은 필수!

닉네임

헬스 중독, 운동벌레, 몸짱, 영양박사

외모

항상 에너지 '만땅'에 스포티한 차림, 언제라도 5킬로미터 정도는 가뿐히 뛰어줄
왕체력까지!

패션 모드

가벼운 스니커즈, 반바지, 스포츠 브래지어, 그리고 생수 한 병.

생활 모토

"음, 저는요, 저지방/저탄수화물/무설탕 브라우니 하나요.
콜라는 물론 다이어트로 주시는 거, 아시죠?"

애정 전선

스포츠 광에 피트니스 센터 드나들길 밥 먹기보다 좋아하는 액티브한 남자.

애창곡

바우 와우 와우의 '난 캔디를 원해(I Want Candy)',
어떨 땐 잭슨 브라운의 '허공에의 질주(Running on Empty)'

이벤트/활동

요가 공원 내 최장거리 조깅 코스, 마라톤 동호회 정기 모임.

대인 관계

헬스장 동료들, 필라테스 강사, 건강식품점의 계산대 점원.

인생 목표

뉴욕/보스턴/런던 마라톤 대회에서 각 2시간 대 주파 기록 세우기.
(정 안 되면 어떻게 3시간 대라도 좀……)

인생을 살아가다 보면 한번쯤은 평소 입에 달고 살던 포테이토 칩과 펩시콜라를 과감히 떨쳐내며 분연히 일어나 **"그래, 까짓 거 나도 몸짱 한번 돼보자!"를 외치며 갑작스레 운동 마니아로의 대변신을 꾀하는 시기가 찾아오기도 한다.** 어느 날 잠에서 깬 그녀는 그간 사족을 못쓸 정도로 즐겨먹던 맛난 과자와 파이를 가만히 쳐다보며 이런 생각을 한다. '이제부터라도 제대로 된 음식을 먹지 않으면 골다공증으로 죽을지도 몰라' 그리하여 그 순간부터 그녀는 자신의 육체뿐 아니라 생활 자체를 완전히, 그것도 단숨에 변화시키기로 굳게 결심한다.

이 시기 동안 그녀는 운동화 밑창이 너덜너덜해지도록 달려대고, 비타민 회사의 매출 증대에 혁혁한 기여를 하며, 심지어는 '피자 토핑으로 신선한 양배추 싹은 어떨까'를 두고 심각한 고민에 빠지기도 한다. 또한, 한시바삐 '몸 만들기'에 들어간 다음 그 상태를 평생 유지해 나가리라는 전의에 불탄다(그것이 비록 평화로운 토요일에도 얄짤 없이 새벽 6시에 기상, 조깅을 나가야 한단 뜻일지라도). 그리하여 그녀는 매일 몇 시에 헬스장으로 향할지 계획을 세우고, 온 집 안 구석구석에 동기 부여를 위한 글귀가 적힌 메모지들을 더덕더덕 붙이며, 균형 잡힌 영양식에 관련된 책이라면 모조리 끌어다 읽어대기 시작한다. 우리는 이런 시기의 여자를 일컬어 '몸짱-워너비'라 부른다.

여자의 일생에서 나타나는 다른 모든 단계들과 마찬가지로, 이 몸짱 워너비 시기 또한 언젠가는 그 최후의 순간을 맞이한다. 맛있는 정크푸드를 한평생 거부할 수 있는 사람이란 세상에 몇 존재하지 않으니까. 어쨌든 '약간의 당분은 오히려 몸에 이롭다'는 사실을 깨닫는 그날까지, 그녀들은 각종 쿠키와 탄수화물, 칼로리를 과감히 줄이고 다이어트를 계획대로 실천하지 못할 때면 죄의식에 휩싸이는 등 '건강한 삶'이라는 인생의 주제를 새로운 극단으로까지 몰고 가는 것이다.

몸짱-워너비의 라이프 스타일

꼭 자신이 아니더라도 주변에 몸짱-워너비의 생활을 추구하는 사람이 분명 하나쯤은 있기 마련이다. 그네들은 마치 종교 의식을 행하듯 운동에 몰두하고, 지하철에선 피트니스 잡지를 정독하며, 최근 인기 있는 새 다이어트 요법에 대해선 전문가보다도 더 해박한 지식을 자랑한다. 하여 때로는 '뭔가 대단히 건강해 보이는' 그들의 삶에 대해 약간의 경외심마저 느끼게 만들기도 한다.

어쩌면 그중에는 이미 몸짱-워너비 시기에 돌입한 사람도 있을 것이다. 매일 아침 눈뜨면 원래의 방식대로 먹고 자고 움직이던 삶에 익숙한 나에게, 어느 날 갑자기 뺑! 하고 누군가(또는 무엇인가)가 나타나 '보다 건강한 삶'을 약속하며 극단적인 피트니스의 세계로 우릴 강력하게 이끄는 거다. 그러면 나 역시 이참에 완벽한 몸매를 만들어보겠다며, 100개도 넘는 예전의 생활방식들을 다 뜯어고치고야 말겠다는 의욕에 불타게 된다(그것도 단번에 말이다). 그리하여 헤어스타일에서 다이어트에 이르기까지, 유명 연예인들의 숨겨진 비법들을 죄다 찾아내 정독하고 최근 유행중인 건강 관리법이라면 뭐든 시도하며 헬스클럽엔 매일 출근도장을 찍는 단골손님이 되어버린다. 그 후 몇 주 혹은 몇 달 동안, 우린 그렇게 '몸짱-워너비'로서의 삶을 살아가게 되는 것이다.

✖ **내겐 너무 완벽한 그녀!** 때로 자기보다 말랐거나 아주 탄력 있는 몸매를 가진 여자들을 볼 때면 우리 몸짱-워너비들은 곧장 이런 생각에 빠진다. "와, 저 여자 몸 진짜 죽이네. 근데 내 몸통은 왜 맨날 요 모양 요 꼴일까?" 그러나 비록 흘끗 훔쳐본 그네들의 몸이 그토록 완벽해 보일지라도, 진정 '완벽'이란 수식어를 붙일 만한 몸매는 세상에 몇 안 된다는 사실을 기억하자(대대적인 현대 의학 기술을 빌린 후라면 또 모를까). 체중이나 머릿결, 피부, 심지어 손톱에 이르기까지, 사람이라면 누구나 제 마음에 들지 않는 신체적 단점이나 남들과 맞바꾸고 싶은 부분들을 지니고 있기 마련이다. 사실 또 그런 감정들이야말로 모든 이들의 삶에 있어 너무도 자연스러운 일부분이 아니겠는가.

'몸짱-워너비' 임을 알리는 각종 신호들

각각 여러 형태의 몸매와 식단들에 집착을 보이는 몸짱-워너비들이지만 이들에게도 한 가지 공통점이 있으니, 그건 바로 '매일 밤낮으로 건강해지기 위해 혼신의 노력을 다한다' 는 점이다. 과연 내 주변의 누가 몸짱-워너비인지를 식별케 해주는 징후란 대개 다음과 같다.

* 점심 대용으로 브라우니 대신 셀러리와 당근을 작은 비닐 팩에 넣어가지고 다닌다.
* 너무 바쁜 나머지 끼니를 건너뛴다(이런 일이 실제로 일어날 수 있단 말인가?).
* 존경하는 올림픽 메달리스트나 늘씬한 수영복 모델의 사진들을 냉장고 앞에 붙여 놓는다.
* 출근은 걸어서, 엘리베이터 대신 계단을 이용하며, TV 시청은 꼭 보디 슬렌더와 함께한다.
* 디저트로는 사족을 못 쓰던 피넛버터 파이 대신 과일을 주문한다.
* 선물로 받은 초콜릿을 직장 동료들에게 전부 나눠줘버린다.
* 레귤러 아이스크림보다는 '무가당' 딱지가 붙은 쪽이 훨씬 맛있다고 주장한다.
* 집들이에 초대할 만큼 평소 스포츠센터 직원들과 친밀하게 지낸다.
* 사내 배구팀과 마라톤 팀의 리더 일에 자발적으로 지원한다.
* 커피 주문 시 옵션은 항상 탈지우유이다.

* 스키니 진이 전혀 부담스러워 보이지 않는다.

* 뷔페식 식당에 가서도 따로 샐러드만 주문한다.

* 신체용적지수니 심장강화운동이니 하는 헬스 전문용어들을 즐겨
  쓴다.

* 해변에 놀러 갈 때 배를 가릴 티셔츠를 따로 준비해가지 않는다.

* 주변 사람들에게 최근 유행하는 오렌지, 포도 다이어트에 동참하도
  록 적극 권유한다.

몸짱-워너비의 팔에는 작고 예쁜 근육들이 살짝 올라오고 그 발걸음
에는 탄력이 넘쳐난다. 항상 기분 좋아 보이는 그녀는 늘 멋진 몸매를
선보이며, 세상 둘째가라면 서러워할 게으름쟁이들조차 1~2마일쯤은
가뿐히 뛰게 만들 영감의 소유자들이다. 이제 그녀는 모두의 존경의 대
상이자 때론 부러움의 대상이다.

> 방금 60칼로리를 연소시키고 오는 길이다.
> 이것으로 지난 1962년도에 집어 먹은 땅콩 한 개 값은
> 족히 치른 것이리라.
>
> 리타 러드너(Rita Rudner, 미국 여자 코미디언)

타입별로 보는 몸짱-워너비

조깅 중독자나 채식주의자에서부터 보디빌더, 등반가에 이르기까지

몸짱-워너비들의 몸매 관리에는 서로 다른 수많은 방식들이 존재한다. 하지만 무얼 하건 열정적인 집중력을 보인다는 점과 그걸 마치 '아주 쉬운 일인 양' 해 보인다는 점에서만큼은 다들 대동소이하다 하겠다.

스포츠맨형

그녀는 일과가 끝난 후면 테니스를 치고 주말이면 소프트볼을, 기분 전환을 위해서는 수영을 즐긴다. 각종 스포츠 장비들을 잔뜩 담은 헬스용 가방을 들고 다니며 긴 머리는 질끈 올려 묶은 그녀는 언제라도 게임의 세계에 뛰어들 준비가 되어 있다.

채식주의자형

레스토랑에 간 그녀는 스스로 창작한 식단대로 각종 희귀한 요리들을 주문하며 "계란 안 돼! 생선도 안 돼!" 를 당당히 외치며 주방 안 요리사의 혼을 쏙 빼놓는다. 일행 중 누가 스테이크라도 하나 주문할라치면 그녀는 곧 '육식을 멀리하는 사람은 왜 장수하는가' 에 대해 일장연설을 늘어놓을 것이다.

암벽등반가형

전통적인 스포츠보다는 광활한 자연을 더 사랑하는 그녀는 암벽등반가형. 고지에서 살아남는 각종 비법과 베이스 캠프로부터 이동하기 시작할 때의 산소 이용법에까지도 완벽히 통달했다. 휴가철이면 세계에서도 위험하기로 손꼽히는 난코스들을 찾아 하이킹을 떠나기도 한다. 산을 그다지 좋아하지 않는 사람들에게 있어 이런 그녀는 진정한 '연구 대상'.

영양학자형

인간의 몸이 에너지 모드로 진입하기 위해서는 지방이나 탄수화물에 대해 단백질이 어느 정도의 비율로 작용해야 하는지에 관해 빠삭한 그녀. 면역체계의 강화를 위해 건강 보조식품을 종류별로 챙겨먹고, 단백질 셰이크를 주기적으로 섭취하며, 항시 허브티를 즐겨 마시는 그녀. 머릿결을 건강하게 하거나 피부를 부드럽게 만들기 위해선 어떤 음식들을 섭취해야 할지 궁금하다면 지금 당장 그녀를 찾아가시라.

에어로빅형

그녀는 강렬한 리듬의 최신 테크노 비트에 맞춰 프로 댄서보다 더 빠르게 몸을 흔들며 땀을 쏟아낸다. 그러면서도 결코 숨 한 번 헐떡이는 법이 없는 그녀는, 두 손에 아령을 든 채 45분 동안 쉬지 않고 PT체조를 한 후에도 마지막 구령을 정확히 올려붙일 줄 아는 멋진 모습의 소유자다. 최근 유행하는 꽉 죄는 스타일의 트렌디한 헬스복을 그녀보다 더 훌륭히 소화해낼 만한 사람은 아무도 없으리라.

마라톤 선수형

이미 트레이닝 그룹에 속한 그녀의 유일한 목표는 올해 유명 마라톤 대회의 출전 자격을 따내는 것이다. 두 다리엔 근육이 보기 좋게 붙었고, 몸매는 날렵하고, 두 발은 수 마일을 달리는 동안 생길 지면과의 마찰을 곧잘 이겨낼 만큼 튼튼하다. 남들에겐 버거운 중노동이지만 그녀에게 있어 운동이란 곧 몸을 이완시키는 편안한 휴식과도 같다.

보디빌더형

다른 건 몰라도 벤치프레스만큼은 데이트 상대보다 훨씬 더 많이 해내는 그녀에게 사람들이 농담 삼아 붙인 별명은 바로 '여자 슈왈츠제네거'. 그녀의 팔과 어깨엔 '여자한테 저런 근육도 있었나?' 할 만한 근사한 잔근육들이 송송 눈에 띈다. 어떻게 그런 몸을 만들었냐 물으면, 그녀는 생각만 해도 머리 아픈 '한 세트를 여섯 번씩 풀로 반복'이니 '두 세트를 각 세 번씩……' 이니 하는 전문 용어들을 아무렇지도 않게 줄줄 내뱉기 시작할 것이다.

조깅 맘형

그녀는 작은 담요로 솜씨 좋게 아기를 둘둘 감싼 다음, 어떤 지형에도 끄떡없는 신형 유모차 속에 아기를 누이곤 곧장 공원으로 돌진한다. 아이가 잠들어 있는 동안 흠뻑 땀에 젖은 채 이리 뛰고 저리 달리는 멋진 몸짱 엄마의 모습을 보여주는 그녀. 최단시간에 산후 부종과 늘어난 체중을 기록적으로 몰아낸 조깅 맘은 이 시대 모든 아기 엄마들의 진정한 로망이다.

파워 워킹형

출근할 때도, 영화를 보러 갈 때도, 약속 장소로 향할 때도 그녀는 무조건 걷고 또 걷는다. 점심을 먹고 나면 남자친구 또는 친한 동료와 함께 또다시 산책길에 나서는 그녀. 퇴근 후엔 식료품이 잔뜩 든 봉투를 든 채 엘리베이터 앞을 그냥 지나쳐 아파트 10층 자기 집까지 그대로 걸어 올라가는 그녀는 이미 최강 체력의 소유자!

익스트림 피트니스

몸짱-워너비 시기의 여자들은 겉모습도 멋질 뿐더러 평상시 기분도 최고다. 물론 지나치게 잦은 운동으로 때론 피로감을 느끼기도 하지만, 어쨌든 기분 하난 끝내준다는 소리. 청바지 사이즈도 한 치수 줄었고, 거리에 나갈라치면 뭇 남자들의 휘파람 소리가 사방에서 들려오며, 어찌된 일인지 모짜렐라 스틱을 주문하려는 강한 충동마저 곱게 잠재워주는 신비하고 불가해한 힘마저도 마구 솟아나는 듯하다. 확실한 동기부여가 되어 있고 힘이 넘치며 런닝머신 따윈 최고속력으로 달릴 준비가 되어 있는, 개인 트레이너들에게는 그야말로 꿈의 고객이라 할 우리의 몸짱—워너비들! 이들이야말로 진정한 '극단적 피트니스 계의 대마왕들' 이다.

그러나 그녀들도 언제나 이렇듯 '멋지게 보이고 싶다' 는 충분한 동기부여가 된 상태였던 건 아니다. 어떤 특별한 계기가 그녀를 결국 이런 극단적인 피트니스의 세계로까지 안내하게 된 것이다. 때론 우스운 이유로, 때론 나름 진지한 이유로, 강력한 특정 자극들로 인해 여자들은 갑작스레 "그래, 나도 완벽해지고 싶어!" 라는 충동에 스스로 불을 지르게 되며, 일단 그렇게 된 이상 그녀들은 그 여세를 몰아 결국 '끝까지' 가게 된다.

나를 자극하는 작은 목소리들

때로는 자기 머릿속에서 들려오는 작은 소리들이 몸짱—워너비에의 갈망을 부추기기도 한다. 스스로 타성에 빠져 있다고 느낀 그녀들은 당장 시작할 수 있는 손쉬운 방법으로서 평소 피트니스 훈련 부위와 방법을 업그레이드하기로 결정한다. 이제 완벽한 에스 라인을 갖기로 결심, 자신의 이름을 내건 피트니스 비디오의 출시마저 꿈꾸는 몸짱—워너비들. 그리하여 거리에서 열심히 조깅하는 사람을 볼 때나 식당에서 샐러드만으로 끼니를 때우는 이들을 목격할 때, 또는 아령을 하루에 몇 번 드는지에 대해 떠들어대는 이웃 여자의 이야기를 들을 때, 이런 작은 목소리들은 그녀의 머릿속으로 스멀스멀 기어들어가게 된다. 이 소리들은 스스로의 몸 관리를 위해선 항상 일정 수준 이상의 노력을 기울여야 한다는 사실을 지속적으로 주입한다. 가끔은 그녀에게도 그런 소리 따월랑 무시하고 눈앞의 쿠키들을 한 웅큼 집어 들고자 하는 강력한 의지가 솟기도 하지만, 인생의 변화를 절실하게 느끼고 있을 때와 같이 좋지 못한 타이밍에 맞춰 오는 소리들은 당장 과격한 피트니스의 세계로 이끈다.

이처럼 자신을 끊임없이 괴롭히는 작은 목소리들로 인해 그녀는 운동을 해야만 한다는 강박관념에 시달린다.

"몸 관리를 하려면 그 정도 가지곤 어림도 없지!"

몇 달째 줄넘기 한 번 안 하던 그녀에게 갑자기 어디선가 등장한 죄의식이 온몸을 엄습해오기 시작, 심지어는 이런 환청들마저 들려오기 시작하는데……. "운동을 좀 더 해야만 해", "밤낮으로 소파에서 뒹굴지만 말고 밖으로 나가 무조건 걸어", "하루에 20마일씩은 뛰어야 20파운드를 뺄 수 있단 말이야" 이런 메시지들을 끊임없이 속삭여대는 나쁜 목소리들을 당장이라도 패대기치고 싶은 맘이야 굴뚝 같지만, 결국 매일 아침이면 출근 전 부스스한 얼굴로 제일 먼저 헬스장부터 향하게 된다.

"고기 대신 야채야, 야채!"

밤이면 밤마다 하겐다즈 없이는 잠자리에 들지 않는 규칙적인(!) 생활이 몇 달 넘게 지속되자, 숨어 있던 작은 목소리가 어디선가 기어 나온다. "당장 그런 생활을 멈추지 않으면 분명 후회할 날이 올 텐데" 하여 맛난 하겐다즈의 빈 파인트 통을 마지막으로 쓰레기통에 던져 넣으며 그녀는 이런 야심찬 계획에 돌입한다. '이제부턴 야채를 많이 섭취해야지. 그리고 앞으론 휘핑 크림이 잔뜩 올라간 캐러멜 마키야토 대신 저지방 라테를 주문할 거라고!' 심지어는 찬장 대정리까지 감행, 포테이토칩들을 몽땅 쓰레기통에 쓸어 넣은 그녀는 새로운 건강식품들로 그 자리를 대신 채워가기 시작한다.

"딱 1마일만 더 뛰란 말이야, 이 게으름뱅이야!"

매일 헬스장에 출근 도장을 찍는 성의를 보이고 있긴 하지만, 그다지 내키지도 않는 걷고 뛰기의 반복은 지겹기만 하다. 그러던 중 호리호리한 몸매의 날씬녀 하나가 홀연히 등장해 바로 옆에서 5마일이나 되는 거리를, 그것도 미칠 듯한 스피드로 '가뿐히' 달려주는 것이 아닌가. 그 순간, 그녀는 이제부터는 있는 힘껏 최선을 다해 뛰고 말리란 굳은 결의를 다진다. 어느새 비집고 나와 속삭이기 시작하는 작은 목소리. "1마일만 더 달리라구, 이 귀차니스트야. 아직은 더 뛸 만하잖아?" 하여 날씬녀와의 경쟁에서 꼭 이기고 말겠다는 집념에 불타는 그녀는 런닝머신 위에 다시 힘겹게 올라선다. 그쪽이야 이런 그녀의 존재조차 모른다 해도.

"저 여자도 하는데 너라고 못할 게 뭐 있어?"

예전에 뚱뚱하다 놀림 받던 동료 하나가 이젠 남들에게 에어로빅까지 가르치며 모델 같은 몸매를 자랑한다. 그러자 다시금 들려오는 작은 목소리. "저 여자는 50파운드도 뺐는데, 넌 고작 5파운드도 못 빼?" 그래서 그녀는 동료가 몸매에, 또 인생에 그토록 커다란 반전을 가져오는 데 대체 어떤 방법을 썼는지 알아낸 다음, 같은 결과를 얻기 위해 엄청난 의지와 노력을 쏟아붓기 시작한다.

"조금만 더! 그럼 작아진 예전 청바지를 다시 입을 수 있어!"

침대 위에 쌓여 있는 한무더기의 옷들. 대부분은 잘 맞아 그런대로 나쁘지 않지만, 유독 몇 년 전에 산 스키니 진 하나만은 그런 그녀를 빤히 쳐다보며 한껏 비웃는 듯하다. "자, 몸부림을 쳐서라도 저 청바지를 한번 입어봐" 하는 작은 목소리가 속삭여온다. 물론 절대 들어가지 않으리란 건 누구보다 잘 알지만, 이대로 포기하기엔 너무 이르다. 동기부여를 위해 그녀는 그 청바지를 옷장 앞에다 잘 보이게 걸어놓곤 언젠가는 꼭 다시 입고야 말겠다는 의지를 불태운다. 그것이 비록 향후 반년 동안은 셀러리만 씹으며 살아가야 한다는 뜻일지라도.

중요 이벤트들

몸짱-워너비가 되는 이유 가운데 적지 않은 부분을 차지하는 것이 바로 중대한 행사들이 다가올 때다. 거기서만큼은 어떻게든 슈퍼스타처럼 돋보이고 싶은 게 여자들의 마음이니까. 일단 '체중 감량' 목표를 세운 그녀는 이제 목표 달성을 위해 헬스 마니아로 변신, 자신과의 사투를 벌이기 시작한다. 중요 이벤트란 이렇듯 우리네 몸짱-워너비들이 아침이면 헬스장에서 달리느라, 오후엔 칼로리를 계산하느라, 또 밤이면 이 옷 저 옷 입어보며 그간의 발전상을 체크하느라 무지 바쁜 하루를 보내게 만든다.

그녀가 바라는 최종적인 목표란 바로 이벤트 장소에 근사한 몸매로 등장해 뭇 사람들의 시선 속에서 끝내주는 기분을 만끽하는 것! 훗날, 힘든 운동에 하루를 꼬박 바치곤 했던 이런 몸짱-워너비 시절을 뒤돌아보면, 당시 지녔던 그토록 강한 의지와 넘치는 에너지에 스스로도 깜짝 놀라게 될 것이다.

그런 영감을 제공해줄 만한 중요 이벤트들이란 대개 다음과 같다.

결혼식

친한 친구의 결혼식에서 돋보이기 위해선 과격한 피트니스도 불사해야만 한다. 친구의 잘생긴 그 사촌오빠도 분명 그날 참석할 테고 신랑 친구들 중 내 인연이 있을 수 있지 않은가! 게다가 '최고로 아름다운 신부'란 찬사를 반드시 들어야만 할 본인의 결혼식 날이라면 뭐 더 말할 나위도 없다. 특히나 웨딩 사진이란 결혼식 당일 이후로도 큰 영향력을 행사하게 되는 중요한 것이므로 그날의 촬영엔 어느 때보다도 신경이 더 쓰이기 마련이다. 그리하여 그녀는 달력을 들춰 '몸 만들기'에 전력 투구할 기간이 얼마나 남았는지를 체크하곤 곧장 운동 마니아 모드에 돌입하기 시작한다.

고등학교 동창회

고딩 시절 매일 그녀를 놀리고 괴롭히던 그 장난꾸러기가 이번에도 똑같은 짓을 하도록 내버려둘 순 없다. 이제 자신이 얼마나 멋지고 당당하게 변신했는지를 그에게, 또 모든 동창생들에게 보여줘야만 할 때! 그녀는 지금껏 망설였던 새로운 헤어스타일에 도전하며 화장법 역시 화사하게 또는 부드럽게, 때론 완전 노메이크업까지도 몽땅 시도해본다. 눈썹을 아치형으로도 그려보고 보다 굵게 혹은 실처럼 얇게도 해보는 등, '예쁘게 보여야 한다' 는 강박관념 하에 모든 가능성에 도전해보는 것이다. 물론 그중 가장 중요한 건 조깅과 칼로리 계산을 똑부러지게 해서, 제일 좋아하는 원피스를 동창회 당일 꼭 맞게 입을 수 있도록 만드는 일이다.

비즈니스 회의

6주 후 열릴 비즈니스 회의에서 중요 프리젠테이션을 맡은 이상, '평소 일에만 매달려 맵시에 신경 쓸 겨를이 없었던 너저분한 여직원' 으로 보일 수는 없는 일. 그녀는 일단 5파운드를 감량하고 태닝을 하며 가장 세련된 정장을 골라 입어, 프리젠테이션 당일 완전히 돋보이는 커리어 우먼으로 거듭나겠다는 결의를 다진다.

데이트

앞으로 일주일 가량 남은 멋진 데이트 약속만큼 몸짱-워너비들을 자극하는 것도 없다. 그는 이미 내게 어느 정도 넘어온 듯하므로 이제 남은 일이란 다음 주말 저녁, 끝내주게 멋지고 매력적인 모습으로 그의 혼을 쏙 빼버리는 일뿐! 하여 그녀는 하루 두 번씩 운동을 가고, 매 끼니를 샐러드로 때우며, 새로운 메이크업과 헤어스타일에 대한 기사들을 찾아 읽기 시작한다. 심지어는 데이트에 어울릴 괜찮은 옷 한 벌을 건지기 위해 엄청나게 다리품을 팔며 강박적으로 쇼핑에 몰두하기도 한다.

이국적인 휴양지로의 여행

만약 올해 휴가로 화려한 뷔페 식단과 칵테일, 비키니 걸들로 가득한 섬으로 일주일간 여행을 떠나기로 했다면, 그에 대한 대비책은 미리미리 강구해 두는 편이 좋다. 일단 탄력 있는 엉덩이와 멋진 복근을 만들기 위한 지속적인 운동을 해야 하며, 선상 위에 나선 첫날 '배 위에서 가장 허여멀건한 여자에게 주는 백돼지 상'을 수상하는 불명예를 안고 싶지 않다면 먼저 약간의 태닝을 받아두는 것도 좋겠다. 한 발 더 나아가, 햇빛에 지나치게 노출되어 촌스런 '빨개녀'가 되지 않으려면 셀프 태닝 제품을 활용하는 센스를 선보이시길.

월경 전 증후군

생리 직전 찾아오는 이 시기는 우리의 가여운 여자들에게 대개 1~2주에 이르는 부종 및 짜증의 시간들을 선사한다. 때로는 사실 이보다 훨씬 더 악랄한 형태로 다가와 여자로서의 삶 자체에 회의를 느끼게 할 만큼의 고통을 무차별 난사하기도 한다. 어떤 달에는 마치 지옥에 끌려 들어가 사는 듯한 느낌이 들 정도로 우리를 괴롭히기도 하는데, 이런 류의 초강력 울트라 월경 전 증후군은 몇몇 여자들을 "이대론 도저히 안 돼. 삶 자체에 변화를 줘야만 해!"를 외치며 과격한 피트니스 모드에 돌입하도록 만들기도 한다. 이 증후군의 고통과 싸워 이기기 위해, 아니면 적어도 그 시기가 끝나갈 무렵 조금이라도 더 빠른 회복을 위해 여자들은 그 어떤 일이라도 할 것이다. 다음과 같은 경우, 여자들은 월경 전 증후군이 피트니스에 대한 새로운 열정에 일종의 도화선 역할을 한다는 사실을 깨닫게 될 것이다.

* 주문한 잡지를 반으로 접었다는 이유만으로 우체부와 한 판 붙고 싶어질 때.
* 가족 나들이 때 수박 한 통을 혼자 다 먹은 게 불어난 아랫배 때문이라 확신할 때.
* 내 전용 쓰레기통에서 50개도 넘는 사탕, 초콜릿 껍데기들이 발견됐지만 그것들이 어디서 난 건지 도통 기억나지 않을 때.
* 직장 동료들로부터 최근 얻은 별명이 '시한폭탄'일 때.
* 〈프렌즈(Friends)〉 재방송을 보며 눈물을 글썽이고 있는 스스로를 발견할 때.
* 없어진 펜 따위를 찾다가 갑자기 울컥하거나 심지어는 아예 펑펑 울어버릴 때.

수많은 다이어트 제품들

매일 새로운 다이어트 제품들과 정보, 또 최신 유행의 피트니스 방법들이 그토록 무수히 쏟아져 내리는데, 몸짱-워너비가 되고픈 충동을 어찌 억누를 수 있을까. 스스로 피트니스 타입이 아니라고 생각하는 여자조차도 살다 보면 한번쯤은 이런 유혹에 빠져들기 마련이다.

여자들이 몸짱-워너비 시기에 빠지게 되는 건 주로 친구들이나 미디어의 영향이 크다. 지인이 특정 운동기구를 애용 중이라거나 지방 연소 제품을 정기적으로 복용하는 등 적극적인 다이어트 활동을 하고 있을 라치면, '그래? 그렇담 나도 한번?' 하는 단순한 마음에서 따라 하게 되기가 쉽기 때문이다. 만일 주변에 극단적인 다이어트 법을 개시한 이가 있다면 머지않아 사람들을 불러모아 놓곤 최근 유행하는 피트니스의 장점들에 대해 일장연설을 늘어놓고 있는 모습을 발견하게 될지도 모른다.

다이어트 요법

다이어트에 대해 한번 얘기해보자. 저탄수화물! 저칼로리! 무가당! 저지방! 이러다가는 어쩌면 곧 "휴지 씹어먹기 요법으로 평생 동안 날씬한 몸매를 유지하세요!" 란 다이어트 홍보 문구를 보게 될지도 모르겠다. 사촌동생은 매일 양배추 수프만 먹어 금방 10파운드를 뺐다 하고, 엄마는 『새로운 다이어트 혁명』으로 유명한 앳킨스 박사의 다이어트법(일명 황제다이어트. 탄수화물을 제한하고 단백질을 권장하는 다이어트법_옮긴이)으로 체중 조절에 성공했으며, 친한 직장동료 하나는 요즘 저인슐린 어쩌고 하는 '사우스 비치 다이어트(인슐린이 적게 분비되도록 유도하는 식이요법_옮긴이)'에 푹 빠져 있다. 이런 와중에 만약 건강 관련 잡지들마다 '최신 피넛버터 다이어트'란 걸 거창하게 광고하기 시작한다면, 과연 이를 거부할 수 있을까? 아마도 대답은 "NO"일 것이다.

각종 헬스 제품들

최신형 초강력 진동벨트나 휴대 가능한 트레드밀(회전식 벨트 위를 달리게 하는 운동기구_옮긴이) 등은 웬만해선 그런 데다 돈을 낭비하지 않는 현명한 소비자들마저도 혹하게 만든다. 사실 말이지, 잘빠진 예쁜 여자가 TV에 나와 "전 이 '허벅지마스터' 덕분에 2주간 14파운드 감량에 성공했어요!"라고 외치는데 그걸 안 사고 버틸 사람들이 얼마나 되랴. 게다가 최신 피트니스 제품은 그저 틈틈이 시도만 해도 살을 쫙쫙 빼준다니, 몸짱-워너비들이야 그저 재빨리 주문 다이얼을 돌리는 수밖엔 별 도리가 없을 뿐이다.

약, 허브, 건강식품들

지방을 완전연소시켜준다는 허브, 식욕 억제용 차, 저칼로리 캔디바 등이 마켓 안에 버티고 있는 한은, 아무리 말라 비틀어진 여인이라 해도 한 번쯤은 그리로 눈길이 가는 게 인지상정. 가만히만 있어도 살을 빼준다는 이 전자동 다이어트 식품들은 실로 위대해 보이기까지 하다. 문제는 물론, 진짜 효과가 있느냐 하는 것. 이에 대해 대부분은 고개를 절레절레 흔들지만, 여전히 논쟁의 여지는 있다. 어쨌든 이런 건강식품 복용에 대한 몸짱-워너비들의 시도는 지금 이 순간에도 계속되고 있다.

✖ **극단적인 '대공사' 돌입?!** 몸짱-워너비 시기의 여자들은 때로 제 모습을 완전히 개조해버리고픈 충동에 사로잡히기도 한다. 안젤리나 졸리 같은 입술을 만들거나 지방 흡입을 위해 병원 문을 두드리기 전, 혹 먼 훗날에 가서 후회하게 될 일은 아닐는지 곰곰이 생각해볼 시간적인 여유를 갖자. 단지 일시적인 기분 때문에 평생 흔적이 뚜렷이 남게 될 극단적인 판단을 내리는 건 어쨌거나 옳지 못한 일이니까.

우리의 뇌가 대부분 지방성분으로 되어 있는 만큼,

그 어떤 다이어트로도 우리 몸의 모든 지방을

제거할 수는 없다.

뇌가 없이도 겉모습이야 멀쩡할지 모르겠지만

할 수 있는 일이라곤 그저 담배 심부름밖엔 없을 게다.

조지 버나드 쇼(George Bernard Shaw)

'무조건 안 된다'는 부정적인 인간들

몸짱-워너비들의 생각이란 다음의 세 가지로 요약될 수 있다. (1)근사한 몸매를 만들고 싶어. (2)그 몸매를 계속 유지하고 싶어. (3)사람들이 달라진 내 몸매를 눈치 챘으면 좋겠어.

누군가 이런 강렬한 의지를 꺾어버리는 발언을 할 때면 몸짱-워너비들은 그들을 시원하게 패주고 싶은 충동에 사로잡히게 되는데, 그녀들의 과격한 주먹을 피해야 할 부류는 주로 다음과 같다.

* "아가씨 신장으로 볼 때 지금 체중은 아주 적정한 상태입니다. 게다가 노화가 진행 중인 걸 고려한다면 이 정도에 만족하셔야죠"와 같은 말을 늘어놓는 의사들.
* "당장 키위 다이어트를 시작하도록 해. 내가 볼 때 너한테는 그게 딱이야"라 떠들어대는 자칭 다이어트 전문가.
* "살이 빠졌다고? 난 그냥 머리 모양 때문에 달라 보이는 건 줄 알았는데……" 라고 내뱉는 무심한 남자친구
* "쯧쯧, 그러니까 수업을 자주 빼먹으면 안 된다는 거예요"라 말하는 에어로빅 강사.
* 심드렁한 말투로 "내 보기엔 맨날 그게 그거구만, 뭘……"하고 내뱉는 엄마.
* "하루하루 지날수록 넌 어쩜 그렇게 엄마랑 똑같아지니? 아무리 운동을 해대도 넌 그냥 엄마의 판박이가 될 운명이야"라고 주장하는 얄미운 언니.

이들은 몸짱-워너비들을 극한까지 몰아넣어 오히려 목표를 향해 더 열심히 정진케하므로, 어찌 보면 나름 도움이 되는 사람들이라고도 할 수 있겠다. 이를테면, 몸짱에의 열정에 불씨를 당겨주는 역할이랄까. 그들의 말이 틀렸다는 사실을 증명하기 위해서라도 몸짱-워너비들은

완벽한 몸을 만들기 위해 더 큰 박차를 가하게 되는 것이다.

✖ **칭찬은 고래도 춤추게 한다**　인생에서 만나는 모든 여자들에게 칭찬의 말을 아끼지 말라. 우리 여자들이 '자부심' 을 가질 수 있도록 함께 노력한다면, 언젠가는 "나도 완벽해지고 싶어!" 와 같은 문구에 영원한 안녕을 고할 수 있을 것이다.

현실세계로의 귀환

몸짱-워너비 시기는 몇 주, 몇 달 혹은 몇 년간 지속될 수도, 혹은 시작과 동시에 그냥 끝나버릴 수도 있는 단계이다. 한 예로, 어느 날 엄마로부터 걸려온 다음과 같은 한 통의 전화로 이 시기는 허무한 끝을 보게 되기도 하니까. "얘, 들어보니까 아이스크림은 끊지 말아야겠더라. 무엇보다도 칼슘이 중요하대잖니" 그 말에 대해 곰곰이(10초간) 생각하던 그녀는 당장 그 길로 뛰어나가 하프갤런들이 초콜릿 아이스크림 한 통을 주문해 그 자리에서 해치워버린다. '그래, 엄마 말이 옳다. 언제까지고 스스로의 권리를 박탈하며 살 순 없는 일이니까' 그리하여 그녀는 극단적인 피트니스 일상에 드디어 종지부를 찍게 되고, 다시금 현실로 복귀한다.

오랜 기간 동안, 것도 지속적으로 초슈퍼울트라메가톤급 헬스 상태를 유지한다는 건 거의 불가능한 일이다. '필' 충만한 이 열정의 시기는 길게 잡아야 약 1년 정도 지속되고, 대부분의 경우 훨씬 더 짧다. 잠시 몸담았던 헬스 마니아의 시기에서 벗어나 원래의 현실세계로 되돌아오는 일은 이렇듯 아주 순식간에 이루어지며, 여기에는 주위 사람들 또는 주변 상황들이 큰 영향력을 행사하기 마련이다.

약한 모습을 보이게 되는 순간들

맛있는 음식의 불온한(!) 기운은 주변 어디에나 뻗어 있다. 거기서 도망치는 일이란 불가능한 일일 뿐더러, 내가 노력한다 해도 결국엔 음식들이 반드시 나를 찾아내고 만다. 비즈니스 조찬 및 각종 점심 약속, 브런치, 생일파티, 주말여행 및 휴가 등등, '음식' 이란 이 모든 이벤트들의 중심에 우뚝 선 존재로서 결국 몸짱-워너비 시기에 최후의 마침표를 찍는 장본인이다. 먹을거리가 우리를 한없이 약한 존재로 만들어버리는 순간들을 모아보자면…….

엄마를 보러 갔을 때

엄마란 내가 정성껏 만든 음식을 앞에 두고 자식들이 깨작대는 모습을 결코 그냥 두고 볼 존재가 아니다. 간식 통들을 몽땅 뒤져서라도 집 안에 있는 초콜릿이며 사탕들까지도 전부 시식하도록 만들고 말 것이다. 그러므로 음식을 들고 스토커처럼 쫓아다니는 이 분으로부터 도망칠 생각이란 아예, 애초부터 안 하는 편이 속 편한 일이다.

직장에서 공짜 먹을거리가 제공될 때

탕비실에 마련되어 있는 과자에서부터 회식이나 공식행사 때 제공되는 보다 격식 차린 음식들에 이르기까지, 어느 땐가엔 결국 결단을 내려야 하는 순간이 찾아오고야 만다. 남들이 먹는 모습을 그저 먼발치에서 지켜보느냐, 아님 주어진 음식물들을 맘껏 즐기느냐 하는!

친구들과의 즐거운 회동 때

약속 장소인 멕시칸 레스토랑에 뒤늦게 나타난 그녀. 기름진 메인 요리 코스는 이미 지나갔기를 간절히 바라보지만, 그래 봤자 와인 몇 잔과 함께 바구니 안에 한가득 담긴 토르티야칩들로 계속해서 입을 달래지 않고 그 자리를 버텨내기란 쉽지 않을 일이다. 그런데 이왕 그렇게까지 할 거라면, 차라리 평소 좋아하는 치즈 부리또와 스트로베리 마가리타까지 함께 주문해 맛나게 먹고 마시며 그 자리를 한껏 즐기는 편이 훨씬 낫지 않을까?

마냥 즐거워만지는 달력 속 '빨간 날'들!

아무리 대단한 내공의 소유자라 해도 설탕이 잔뜩 뿌려진 쿠키, 근사한 에피타이저, 그리고 우유와 설탕이 듬뿍 든 에그노그(달걀, 설탕, 우유, 등을 섞어 알코올을 첨가하여 만드는 크리스마스 음료_옮긴이) 등이 차고 넘치는 연이은 휴일 파티 상차림에 대적하기란 심히 어려울 터. 앙증맞은 럼볼 케이크를 들이댈 때 과감히 "NO"를 외칠 사람은, 글쎄, 잘해봐야 스크루지 영감 정도?

남자친구가 피자를 주문할 때

남자친구가 아이스크림을 한 통 싸 들고 놀러 왔다거나 어느 비 내리는 추운 밤, 중국음식을 잔뜩 주문했을 때 냉정히 "난 싫어!"를 외치며 런닝머신 위로 뛰어 올라갈 '못된' 여자친구가 과연 몇이나 될까? 아마 대부분은 그와 함께 새콤달콤한 치킨 맛을 음미하고 있을 거다.

신나는 휴가철에

매일 밤 외식을 즐기고 바닷가를 거닐며 감자튀김과 솜사탕을 끝없이 집어먹게 되는 휴가철. 방값에 저녁식사까지 포함된 호텔 패키지를 선택했다면 더 말할 것도 없을 것이다. '값을 치른 만큼 즐겨주는 게 휴가지 예절'이라 스스로를 합리화하며 저녁식사로 나온 랍스터를 양껏, 맘껏 먹어주는 센스!

피곤에 지쳐 있을 때

누적된 피로로 완전히 녹초가 되었을 경우, 우리 몸은 영양분을 공급받기 위해 더욱 음식을 탐하게 된다. 좀비마냥 무기력한 상태에서 탈출하기엔 달콤한 초콜릿 몇 조각과 카푸치노 한 잔 정도면 일단 충분할 것이다.

몸이 노곤할 때면 어딜 가든 음식들이 우릴 노려보고 있다. 한밤중엔 "제발 날 먹어줘" 하는 도넛들의 속삭임이 귓가에 맴돌고, 설탕, 크림을 잔뜩 뒤집어쓴 빵들이 가득한 제과점 앞을 지날 때면 그 유리창 안으로 확 머리를 들이밀고 싶은 욕망에 사로잡히게 된다. 결국 얼마 지나지 않아 음식의 그 강렬한 힘 앞에 무릎을 꿇고, '스낵을 줄이고 물을 많이 마시며 빵에는 손도 대지 않겠다' 던 스스로와의 약속은 조용히 휴지통 안으로 들어가고 만다. 이렇듯 다이어트에 대한 과도한 집착은 오히려 우릴 더욱 허기지게 해 결국 더 쉽게 포기하게 만든다. 이럴 때 누군가 초콜릿 한 상자와 피넛버터 쿠키들을 한아름 안고 눈앞에 나타난다면, 우린 당장 아무런 부끄럼도 없이 달려들 것이다.

✖ **내게 무리한 감량을 요구하는 남자라면**   여자의 체중이나 몸매에 대해 끊임없이 코멘트를 다는 남자와는 데이트를 삼가라. 6개월 내내 아이스크림을 입에 달고 산다 해도, 상대가 그 문제에 개입할 수 있는 건 오직 내가 그에게 도움을 요청했을 때뿐이다. 나를 진정으로 아끼는 남자라면 내게 힘든 PT체조를 시키거나 슈퍼모델의 몸매를 강요하진 않을 일. 그래도 그의 사랑을 얻는 게 절실하다면 길고 혹독한, 그렇지만 건강에 좋은 하이킹을 떠나라고 권해보자. '그 혼자서' 말이다.

다이어트를 시작한 이튿날이 첫날보다는 항상 견디기 쉽다.
왜냐, 둘째 날엔 포기가 가능하니까.
재키 글리슨(Jackie Gleason, 미국 영화배우)

다가오는 최후의 날

매일 디저트를 건너뛰고 주구장창 런닝머신 위에서 달려대는 삶이란 지루하기 그지없다. 아니, 솔직히 그런 일상만을 고집한다는 건 차라리

고통에 가깝다. 하여 우리는 여기저기서 조금씩 이 룰을 어기기 시작하고, 그러던 어느 날 몸소 그 모습을 드러낸 사탄께서 성대한 풀코스 이탈리아식 정찬에 우리를 초대함과 동시에 우리는 몸짱-워너비로서의 생활에 영원한 안녕을 고하게 된다.

첫째, 무엇보다도 배고픔이 먼저 사라진다. 그런 후, 이 '상실의 시대'가 끝나간다는 사실에 기꺼이 안도의 한숨을 내쉰다. 그간 허리춤에 매달고 다녔던 만보기를 쓰레기통에 처박아버리면서 한바탕 즐거운 비명을 지르기도 한다. 이제는 소머즈 같은 초능력자가 되지 않고서도 자기 체중쯤은 조절해 나갈 수 있다는 사실을 스스로 깨닫게 되며, 그것이 곧 지금부터의 새로운 몸 관리 계획이 되는 것이다. 다음은 몸짱-워너비로서의 유효기간이 끝나감을 알려주는 실질적인 신호들이다.

* '29:30'이란 타임이 찍히자마자 속으로 슬쩍 반올림을 하며 런닝머신에서 내려서면서도 별다른 죄책감을 느끼지 않는다.
* 주변의 헬스 중독자들을 보면 얼추 맛이 간 사람들이라 생각하기 시작한다.
* 서브웨이 샌드위치와 버거킹 햄버거를 매일 먹으면서도 '언젠가 살이 빠지리라' 믿었던 망상 따윈 이제 영원히 날려버린다.
* 헬스장에 사는 대신 걸어서 출근하는 것만으로도 충분한 운동이 되리라 믿는다.
* '사실 남자들은 약간 통통한 여자를 더 선호한다'라는 얘길 들으면

맞는 말이란 생각이 든다.

* 옷을 고를 땐 '그냥 한 치수 더 크게 입지 뭐' 하며 마음을 편히 먹는
  다.
* 보이는 대로 다 먹어 치우면서도 별달리 신경 쓰지 않는 친구를 존
  경하기 시작한다.
* 체중계를 옷장 깊숙이 처박거나 아예 내다 버린다.
* 내 앞으로 배달된 초콜릿에 먼저 손을 대는 남자친구를 보면 짜증
  이 밀려온다.
* '잠이 보약' 이라며, 운동보다는 차라리 잠을 충분히 자는 편이 건
  강에 더 이롭다는 자기 합리화에 주력한다.

결국 우리는 짧디 짧은 삶에서 그토록 오랜 기간 동안 육체적, 정신
적으로 완전하리만큼 완벽한 상태를 유지하기란 사실상 불가능하다는
사실을 깨닫는다. 그리하여 이제 초콜릿 브라우니를 과감히 베어 물고
는 씹는 순간순간의 쾌감을 온몸으로 느끼며, "몸짱따윈 다 없어져버리
라 그래!" 를 소리 높여 외치게 되는 것이다.

다이어트 계를 하산하며

엄격한 다이어트를 포기한 후 이제 어느 것과도 '사투'를 벌일 필요 없이 그저 몸이 원하는 대로 할 수 있다는 사실은 분명 커다란 안도이자 기쁨일 것이다. 게다가 난 더 이상 '항상 배가 고프다며 징징대고, 밥 한번 같이 먹을라치면 이것저것 가리며 유난 떠는 친구'가 아니므로 주변 이들에게도 훨씬 유쾌한 사람으로 받아들여질 테니 이 또한 더할 나위 없이 즐거운 일이다. 최근 죽음의 다이어트 계를 하산한 사람이라면 그 일을 축하할 이유란 수도 없이 많다. 그러니 쓸데없는 죄책감일랑 멀리 던져버리고 충만한 행복감만을 한껏 맛보시라! 이렇듯 새로운 단계로의 도약을 축하할 만한 주된 이유들을 살짝 살펴보자.

* 다이어트에 찌든 사람보다는 잘 먹고 다니는 사람들이 언제나 더 좋은 기분상태를 유지한다.
* 허기에 시달리지 않을 때는 어느 사람이건 훨씬 건강하고 에너지가 넘쳐 보인다.
* 더 이상 "이 집엔 도대체 먹을 만한 게 없단 말이야"라는 식의 말로 동행한 친구들의 입맛을 떨어뜨리지 않아도 된다.
* 다이어트 식품보다는 일반음식이 훨씬 맛있고도 경제적이다.
* 회사에서 먹는 각종 '불량식품'들이야말로 지겨운 하루를 보다 아름답게 만들어준다.
* 앞으로는 허기져서 생기는 두통은 사라질 거다.

* 그간 다이어트 룰에 어긋나는 일을 저지를 때마다 느끼곤 했던 죄
  책감에 영원한 이별을 고할 수 있다.

자, 이제 몸이 원하는 바를 자연스럽게 따르는 데서 오는 자유와 해
방감을 마음껏 즐겨보자. 몸짱-워너비로서의 힘겨웠던 나날들에 종지
부를 찍었다는 사실, 그리고 평범한 음식들의 섭취가 주는 온갖 좋은 점
들, 이 모든 것들에 자축해보는 거다.

깨달음의 시기

다이어트와 운동에 마니아처럼 매달리는 게 과연 건강에 긍정적인
영향을 미치기는 하는 걸까? 이 질문에 대해 우리의 몸짱-워너비들은
'아니오'란 답을 얻게 되었다. 결국 삶의 다른 부분들과 마찬가지로 무
엇이든 '중용'이 그 핵심이라는 것! 조깅으로 인해 관절이 받는 무리한
압력이란 그냥 참아 넘기기엔 과하다. 빠듯한 일상의 스케줄 속에 운동
시간을 억지로 끼워 넣는 것도, 목구멍으로 넘기는 것들에 대해 매번 일
일이 신경 써야 한다는 것도 나름의 스트레스다. 결국, 이런 식의 삶이
란 왠지 옳지 않다는 걸 깨닫기 시작한 것이다.

몸짱-워너비로서의 나날들이 끝나갈 무렵, 우리들은 제 몸과 인생에
대한 특정한 진실들을 깨닫게 되는데 이는 대부분 우리 자신도, 그리고
세상 어느 누구도 완벽해질 수는 없다는 점에 집중된다. 이렇듯 '완벽'
이라는 것이 불가능한 목표라면, 과도한 피트니스 및 다이어트 계획을

수행하는 데 그토록 많은 시간과 정력을 투자한다는 것 역시 그만 한 가치가 없는 일인 것이다. 그리하여 마침내 다음과 같은 진실을 받아들이기 시작한다.

* 내 본연의 몸매를 완전히 바꿀 순 없는 일. 나는 그냥 나일 뿐, 다만 운동으로 본래의 자연스러운 몸매를 좀 더 돋보이게 만들 수 있다.
* 살을 뺐다고 인생의 모든 문제가 해결되리라 생각한다면 큰 오산! 물론 내게 어느 정도의 자신감은 심어줄 수 있겠지만 결국 중요한 것은 얼마나 자주 헬스장에 가느냐에 상관없이 내 자신, 그리고 스스로의 가치를 믿어야 한다는 사실이다.
* 한마디로 다이어트는 구리다! 다이어트용 식품 중에 사실 먹을 만한 건 하나도 없을 뿐더러 그 맛은 그야말로 구역질이 날 수준이다. 맛난 음식도 우리 인생의 매우 중요한 일부분이므로 일부러 그걸 피해 다니는 건 정말이지 가여운 일이다.
* 대부분의 다이어트는 그 효과가 미미하다. 나름 계획을 잘 세운 몇몇은 어느 정도 성공을 거두기도 했지만, 이제껏 '모든 것은 적당히!' 라는 것보다 더 효과적인 원칙은 없었다.
* 다이어트에도 최적의 수준이란 게 존재한다. 지나친 스케줄 속의 과도한 운동은 어느 순간 우리 몸의 관절을 완전히 박살내버릴 수도 있다. 운동이나 다이어트만큼 '과유불급' 이란 말이 잘 어울리는 것도 없을 것이다.

* 남자들은 여자들의 넘치는 자신감과 에너지에서 매력을 느낀다. 대
  부분의 남자들은 애인이 이왕이면 좋은 몸매의 소유자길 바라지만,
  그렇다고 해서 지나치게 깡마른 모습에 집착하지는 않는다.
* 여자들은 자연스러운 체중을 지녔을 때 가장 예뻐 보인다. 우리 몸은
  체중계 바늘이 어디쯤 놓일 때가 제 타입에 가장 적합한지를 알고 있
  으며 또 그 수준에서 가장 아름다워 보이기 마련이다. 그보다 너무
  마르거나 지나치게 체중이 불면 본래의 자연스러운 미는 반감된다.

몸짱-워너비 여자가 일단 이러한 깨달음에 이르고 나면, 그녀는 마
침내 '완벽해지고 싶어!'의 단계를 벗어나 보다 평범하고 균형 잡힌 삶
으로 복귀할 준비를 한다. 그녀는 체중이 1~2파운드 늘 때를 대비해 보
다 날씬해 보일 만한 블랙 팬츠를 몇 개 사들이고, 그간 신주 단지처럼
모셨던 다이어트 책은 친구들에게 넘기며, 무엇보다 과도한 '몸짱 만들
기 대작전' 주인공으로서의 힘겨웠던 날들이 완전히 끝났음에 감사와
안도의 한숨을 내쉬게 된다.

장기적인 안목에서 보는 건강한 삶

몸짱-워너비로서 우리가 배운 건 바로 과도한 피트니스 방식을 영원
히 유지할 수는 없다는 사실이다. 그렇지만 현실로 돌아왔다고 해서 건
강해지려는 노력을 완전히 끊거나 포기하란 뜻은 결코 아니다. 빵엔 절

대 손도 대지 않는다든가, 최면 다이어트를 시도한다든가, 혹은 물구나무를 선 채 하루에 당근 두 봉지만 먹는다든가 하는 극단적 방법 대신, 지나치지도 부족하지도 않는 '중용' 의 미덕을 찾으라는 의미다. 극단의 다이어트나 피트니스 모드로 돌입할 때면, 우리는 긴 안목에서 볼 때 더 건강한 삶을 유지할 수 있는 '매일매일의 작은 변화' 에 관심을 두는 대신 오랫동안 지속하기 어려운 '단기적인 큰 변화' 들에 집착하는 경향을 보인다. 그러나 일상의 소소한 습관과 작은 변화들이야말로 극단적인 변신보다 훨씬 효과적이며 달성도 역시 높으므로, 편안한 마음으로 이를 함께 시도해보도록 하자.

식습관의 작은 변화들

입 안에서 씹히는 먹을거리마다 일일이 신경 쓰고 조절해야만 한다면, 인생에서 음식물이란 참으로 피곤한 존재가 되고 말 것이다. 삶의 적지 않은 부분이 음식을 중심으로 돌아가고 있다는 사실을 상기할 때, 스스로를 그토록 엄격히 절제하면서 어떻게 평범한 삶을 꿈꿀 수 있겠는가. 어려운 일이겠지만, 집착으로 보일 만큼 식습관에 과도한 생각과 노력을 쏟지 않고도 우리는 얼마든지 '지나침' 없는 건강한 식생활을 꾸려나갈 수 있다. 어떻게?

* 저녁을 먹으러 나가거나 식료품점에 가기 전에는 약간의 스낵을 먹어두자. 허기질 땐 눈에 보이는 건 몽땅 먹어 치우거나 전부 사들이

게 될 가능성이 크므로, 배가 고픈 상태에서 음식물이 가득한 장소에 가는 일은 피한다.

* 뜨거운 음료를 마셔라. 따뜻한 차는 포만감을 느끼게 해주므로 출출한 한밤중, 뭔가 자꾸 입에 당긴다면 거한 음식 대신 차 한 잔으로 허기를 달래는 것도 좋다.

* 확실한 건강식들을 그냥 지나치지 말라. 신선한 야채류와 같은 훌륭한 저지방 식품들을 많이 먹을수록 만족도도 커진다. 아침식사는 거르지 말고, 일과 중에는 거한 음식보다는 소량의 음식을 여러 번에 걸쳐 먹도록 하자. 그러면 안정적인 혈당량을 유지할 수 있을 뿐더러 간식에 대한 욕구도 어느 정도 감소될 테니. 일단 두어 달 정도 시도해본 후 그 효과를 살펴보라.

* 정크푸드는 되도록 적게 사라. 찬장 안에 쿠키나 포테이토칩들이 없다면 일단 먹는 양도 그만큼 줄어들 수밖에 없으니까. 살 때도 이왕이면 되도록 작은 봉지의 것을 고르자.

* 음식물 포장지에 쓰여진 자잘한 활자들을 꼼꼼히 읽어보고, 적어도 저지방/저탄수화물이라 선전하는 식품들의 진실(!)만큼은 제대로 보려 노력하자. 광고에서 몸에 좋은 음식이라고 떠든다 해서 꼭 그러리란 보장은 없다. 결국 건강 관리와 몸매 유지의 핵심이란 그 칼로리들이 어디서 오든 상관없이 '섭취한 양보다 더 많은 칼로리를 연소시키는 일'이다.

* 소량의 초콜릿이나 선호하는 디저트 정도는 정기적으로 섭취해도

좋다. 좋아하는 음식들을 완전히 멀리하면 오히려 언젠가는 자제력을 한순간에 잃어 초콜릿 상자에 머릴 처박고 있는 자신을 발견하게 될지도 모르니까. 보다 거시적인 안목에선 소량의 정크푸드를 일정량씩 먹어주는 편이 위험 요소가 훨씬 적다.

가벼운 운동

몸매 유지를 위해 꼭 보스턴 마라톤 대회에 나갈 필요는 없다. 헬스장에 가서 최선을 다해 뛰되 런닝머신 위에서 죽어버리지는 말 것. 아무리 작은 것이라도 뭔가를 조금씩 하는 게 아예 운동을 하지 않는 것보다는 낫다는 사실을 기억하라. 매일 운동할 시간을 내기 어렵다면 여분의 칼로리를 연소시킬 만한 자잘한 일이라도 시도하자.

* 친구들과 수다를 떨고자 할 때 이따금 저녁 약속 대신 함께 산책하는 시간을 갖자.
* 심부름을 할 때 차를 몰고 가는 대신 도보를 이용하자.
* 개를 키워보자. 그러면 개를 산책시켜야 하므로 정기적으로 집 밖

을 나서게 된다.

* 직장 내에서 동료에게 전할 말이 있을 땐 인터폰 대신 직접 그 자리
  까지 걸어가라.

* 무엇보다도 많은 이들이 애용하는 '계단'을 활용하자. 하지만 상쾌
  한 아침에 뻘뻘 땀을 흘리고 싶은 사람은 없을 테니, 출근시엔 그냥
  엘리베이터를 이용하고 대신 퇴근 후에 몇 블록씩 걸어주는 거다.

기타 소소한 습관들

건강하고 균형 잡힌 식습관 및 피트니스에의 접근을 위해 몇몇 기본
생활습관에의 변화를 시도해보자.

* 몸에 딱 맞는 의복을 고르자. 언젠가 살을 뺀 뒤 입겠다는 욕심으로
  원래보다 하나 작은 사이즈를 사는 우는 더 이상 범하지 말자(비록
  저항하기 힘든 유혹이긴 하지만). 옷을 살 땐 언제나 오늘, 지금 이
  순간 내게 예쁘게 잘 맞는 것을 택해야 한다.

* 자기 몸에 대해 건강한 태도를 지닌 사람들과 어울려라. 무리한 다
  이어트나 운동에 빠진 친구들이 있다면 '중용의 미'를 설파하며 도
  움을 주도록 하자. 그들과 닮아가는 대신, 적당한 음식 섭취와 건강
  한 이미지를 통해 오히려 그들의 역할 모델이 되자.

* 항상 바쁘게 움직여라. 자신이 좋아하는 일들을 하느라 몸이 바쁠
  땐 음식을 많이 챙겨먹는 게 꽤 어려워지는 법. 테니스를 치거나 아

령, 역기를 드는 등 두 손을 필요로 하는 일들을 자주 행하자. 하루를 바쁜 일과로 채운다면 자꾸만 스낵으로 향하는 손을 충분히 억제할 수 있다.

이런 '매일 행하는 소소한 습관들' 은 한때 몸짱–워너비였던 여자들이 계속해서 건강과 외모를 유지하는 가운데 행복하고 만족한 삶을 이끌어나가도록 만들어줄 것이다. 자신의 목표를 향해 작은 단계들을 차근히 밟아나가도록 하자. 스트레스나 고통 없이 매일 꾸준히 반복할 수 있는 그런 단계를 말이다. 결국엔 이루지도 못할 '단숨에 삶을 바꿔줄 방대한 계획' 에 대한 미련을 버리고, 그보다는 실천 가능한 사소한 것들에 신경을 써나가는 거다.

몸짱–워너비 시기가 끝남과 동시에 우리는 우리 몸에 대해 보다 현실적인 시각을 갖고, 순간순간의 미봉책 대신 긴 안목에서 실현 가능한 습관들을 받아들이기 시작한다. 이는 완벽을 위해 괜한 시간을 허비하는 대신, 스스로에 알맞은 목표를 세워 그에 도달코자 노력하고, 적당한 운동을 즐기며, 평범하면서도 건강한 식습관을 들이는 데 집중하게 된다는 뜻이다. 몸짱–워너비 시기는 언젠가 완전히 뒤로 하게 될 테지만 궁극적으로 자신의 건강과 행복만은 계속해서 유지하게 될 것이다.

몸짱-워너비들이 들려주는 리얼 토크

"한때 난 몸매를 다듬거나 새롭고 펑키한 헤어스타일을 찾는 일에 완전 목매다시 피 했었어. 어느 날엔가는 헤어숍 언니를 닦달해 머리 전체에 온통 층을 넣게 하고 나선, 그 심하게 층진 머리가 다 자라도록 3개월 내내 집에 처박혀 운 적도 있었지."

"대학교 다닐 때, 난 무슨 종교 의식이라도 치르듯이 매일 아침 5시 45분이면 정확히 기상해선 5마일을 쉬지도 않고 달리곤 했어. 그땐 대체 무슨 생각에 그랬던 걸까?"

"다이어트 도중에 집중력을 잃고 초콜릿에 손을 댈 때의 내 모습이란 완전히 3년 굶은 인간 진공 청소기 그 자체였어. 그런 위기의 순간을 난 마치 '보이는 건 뭐든 먹어 치워도 좋다'는 일종의 허가증마냥 이용했던 거지."

"예전 스스로 뚱뚱하다고 자책했던 때가 있었는데, 지금 돌아보면 아무리 생각해도 그렇게 심한 정도는 아니었거든? 그땐 내가 도대체 무슨 생각에 그랬을까……."

"난 마켓에 가면 '당신을 최고로 만들어드립니다!'라고 써있는 건 전부 사 모으는 버릇이 있어. 집에서 직접 하는 파마약이라든지, 셀프 태닝 제품, 헤어 파워 비타민 등등 뭐든지 말이야. 지금은 비록 그것들 모두 욕실에 얌전히 틀어박힌 채 먼지만 잔뜩 뒤집어쓰고 있지만."

"아무리 연습을 해도 계단 오르내리는 일만은 절대 적응이 안 돼. 내게 있는지조차 몰랐던 근육들이 몇몇 동작들로 인해 움직이게 된다는 사실이 아직도 그저 신기할 뿐이야."

"난 '내일은 꼭 시작할 거야'라는 말로 평생을 허비해왔어. 하지만 '내일 시작하는 다이어트'란 절대 불가능하다는 걸 알았어. 매일 그저 작은 일을 하나씩 시작해가야 한다는 진리를 이제야 깨달은 거지."

카멜레온 the chameleon
"전 그와 같은 걸로 주세요"

닉네임

    ____의 여친

외모

    남자친구 스타일 무조건 따라잡기.

패션 모드

    그의 대학 로고가 새겨진 반바지, 그와 제일 친한 여자 친구가 입은 것과 똑같은
원피스.

생활 모토

    "오빠 뭐 먹을 건데?", "우리 자긴 뭐 입을 건데?", "넌 어떤 걸로 주문할 건데?"

애정 전선

    오로지 하늘처럼 떠받들며 존경해마지않는 나의 왕자님 한 분뿐!

애창곡

    그를 만나기 전까지는 절대 듣지 않았던 류의 노래들.

이벤트/활동

    그가 좋아하는 거라면 무엇이든지.

대인 관계

    내 남자친구, 내 남자친구의 친구들, 내 남자친구의 친구들의 여자친구들.
(이게 만나는 사람들의 전부다.)

인생 목표

    그와 결혼에 골인해 영원히 행복하게 잘 먹고 잘사는 것!

등산을 사랑하는 암벽 등반가 타입인 남자의 여자친구가 된 그녀는 깃털 달린 샌들 대신 기꺼이 투박한 등산화를 신는다. 3주 후, 그녀는 밤이면 별들을 벗 삼고 낮이면 가쁜 숨을 몰아 쉬며 킬리만자로를 오르고 있다. 은행원인 한 남자는 퇴근 후면 항상 피트니스 센터로 달려가 운동에 심취하는 습관을 가졌는데, 그의 여자친구 역시 그런 그의 스케줄에 동참코자 일부러 늦게까지 사무실에 남아 있다가 밤이면 함께 런닝머신 위를 죽도록 뛰는 생활을 벌써 6개월째 계속하고 있다. 이처럼 자신의 일부 혹은 거의 전부를 최근 만나고 있는 그 남자에게 맞추려 하거나 아예 그와 같아지고자 하고 있다면, 당신은 지금 '카멜레온' 시기를 겪고 있는 것이다.

사랑하는 그이가 금발을 좋아한다는 이유로 본래의 갈색머리를 확

염색해버리거나, 탐험가 타입인 그가 즐기신다는 까닭에 평생 겪어온 고소공포증도 뒤로 한 채 스카이다이빙을 따라 나서는 등, 카멜레온 시기의 그녀들은 현재의 데이트 상대와 닮아가고자 온갖 노력을 기울인다. 이는 자신만의 취미나 다른 일거리가 없기 때문이 아니다. 사실 그녀에게도 하고픈 것들이 차고 넘치지만, 마음에 드는 남자를 만날 때마다 이상하게도 머릿속 무언가가 그녀 내면의 '강한 자아' 스위치를 살짝 꺼놓도록 만드는 것 같다. 하여 그녀는 점차 자신의 취미들에 작별인사를 고하며, 대신 그의 것들을 하나둘씩 받아들이기 시작한다. 왜? 이 남잔 진짜 멋지고 재미있는, 그야말로 괜찮은 사람이니까!

어떤 면에서 보면 카멜레온 시기란 여자들에게 계속되는 새로운 역할을 연기해내기 위해 의상들을 갈아입으며 무대에 서는 듯한 느낌을 주기도 한다. 깨물어주고 싶도록 귀엽고 심장을 두근거리게 만드는 매력덩어리란 이유로, 남자친구는 그녀가 느끼는 모든 세상의 중심이 되어버린다. 다행히도 이러한 변신의 시기를 충분히 겪고 난 여자들은 이제 그런 생활에 종지부를 찍어야 한다는 사실을 깨닫고 결국엔 원래의 자기 위치로 되돌아가고자 한다. 즉, 그 후론 누구와 데이트를 하든 그에 상관없이 원래 자신의 모습과 역할에 충실하고자 하는 노력을 기울이게 된다. 그러나 이러한 통찰력이 뇌리를 후려치는 그날까지, 그녀는 자신이 만나는 남자들의 세계 속으로 빠져들어가 그 속에서 얼마간 헤어나오지 못한다. 즉 '카멜레온'으로 변신!

지금 이 순간 카멜레온의 시기를 겪고 있든 혹은 과거 한때 이 시기를 거쳐왔든, 이 장은 그때를 되돌아보며 시원하게 한껏 웃고 털어버리는 데 도움을 줄 것이다. 그런 다음, 우리는 이 단계를 영원히 뒤로 하며 보다 밝고 독립적인 단계로 발을 옮기게 된다.

변태(變態)와 변신의 시기

카멜레온들은 최근 만나고 있는 남자친구를 위해 겉모습, 더 나아가선 자신의 몸 자체를 바꾸려 하거나, 그가 좋아하는 일들을 배우기 위해 무엇이든 할 자세가 되어 있다. 평소 즐겨 입던 보수적이고 단정한 정장들을 가죽재킷이나 레이스가 잔뜩 달린 원피스와 과감히 맞바꿀 정도로, 그 변화상이란 때론 대단히 명확하게 드러나기도 한다. 성격이나 분위기, 친구들과의 우정 등의 변화는 사실 그보다는 알아채기 어려운 편이나, 어쨌든 이들 역시 카멜레온으로의 변신에 따른 미묘한 변화상이라 하겠다. 그렇다고 해서 상대와의 관계 속에서 맞이하게 되는 변화가 모두 나쁘다는 뜻은 아니다. 사실, 어느 관계든 그 안에서 보다 좋은 팀워크를 이루기 위해선 어느 정도의 타협과 양보란 반드시 필요한 법이니까. 그러나 카멜레온들의 문제점은 그 정도를 지나치게 넘은 나머지, 평소라면 절대 하지 않을 우스꽝스럽고 정신없는 짓마저 저지른다는 데 있다.

스스로 이 시기를 거치고 있는지를 확인하기 위해서는 우선 다음에 소개되는 카멜레온 그녀들의 다양한 모습들을 체크해보는 편이 좋겠다.

그가 좋아하는 모습으로 변신하기

애인이 터프한 여자들을 좋아한다는 이유로 그녀는 기꺼이 아령, 역기들과 친구를 먹는다. 또, 섹시해 보인다는 그의 한마디에 제 눈썹을 '놀란' 모양으로 과감히 밀어버리기도 한다. 자기에게 어떤 옷이 잘 어울리는지에 대해 그가 코멘트를 달 때마다, 그녀는 그 말을 가슴 깊이 새기며 '이 사람이야말로 패션의 달인이자 변신의 천재'라 제멋대로 선언해버린다. 만일 지금 카멜레온의 시기를 겪고 있다면, 당신 역시 이처럼 우스꽝스러운 짓들을 '웃지도 않은 채' 저지르고 있을 게 분명하다.

* 꼬마 요정 스타일에 끌린다는 그의 한마디에 당장 긴 머리채를 싹둑 잘라버린다.
* 카탈로그에서 그가 찍었던 펑키한 스타일의 새 녹색(!) 바지를 구입한다.
* 골프 애호가인 그와 어울리기 위해 카키색 바지와 흰 폴로 티를 꺼내 입는다.
* 섹시해 보인다는 그의 말에 등에 문신을 새긴다.
* 청순한 여자가 좋단 그의 말에 당장 화장을 옅게 하기 시작한다.
* 커플끼리 있을 때에는 남자 키가 큰 편이 보기 좋다는 그의 말을 듣고 곧 하이힐 신기를 포기한다.
* 빅토리아 시크릿 매장에서 그가 눈을 떼지 못했던 깃털이 잔뜩 달린 요상한 속옷을 기꺼이 '돈 주고' 사 입는다.

그의 취향 닮아가기

사랑하는 이 남자를 만나기 전까지는 자신이 록 음악을 얼마나 좋아하는지 '그저 깨닫지 못했을 뿐'이라 여기는 그녀. 사실 아직까지도 정말 자신이 록을 사랑하는지 확신은 없지만, 얼마 전 도움이 될 만한 록 CD를 세 장이나 샀고 점점 더 그런 스타일에 익숙해지는 중인만큼 뭐 그런대로 괜찮을 것 같긴 하다. 게다가 음악, 영화 DVD, 가전 제품, 그리고 자잘한 가재도구에 이르기까지 무엇을 사러 가도 괜찮은 물건으로만 척척 골라내는 멋진 그이를 보라! 사랑에 눈 먼 그녀는 그가 사들이는 제품마다 모조리 족족 따라 사버린다. 카멜레온 그녀들은 대개 다음과 같은 짓들을 잘 저지른다.

* 좋아하던 꽃무늬 샤워 커튼을 버리고 대신 그의 욕실에 달린 것과 비슷한, 남성적인 줄무늬 노티카 커튼을 사서 단다.
* 레코드 숍에 가 그의 차 안에서 자주 흘러나오는 남미 맘보 음악CD를 구입한다.
* 사실 별 필요도 없는 MP3를 당장 구입한다. 왜? "이 세상 인간이라면 반드시 갖추고 있어야만 할 필수품 중 하나"란 하늘 같은 그의 말씀이 있었으므로.
* 그의 와인랙에 무려 다섯 병이나 꽂혀 있는 걸 본 후론, 이탈리아산 고급 적포도주 키안티에 왠지 자꾸 필이 꽂힌다.
* "시대의 흐름에 따르라"는 그의 말에 냉큼 지른 고화질 TV가 무

척 자랑스럽다.

그가 좋아하는 스포츠 동참하기

평소의 그녀라면 황금 같은 휴가를 알프스에서의 행글라이딩이나 태평양 한복판에서의 패러세일링, 황무지에서의 트래킹 등으로 보내는 일이란 상상도 못했을 일이다. 그렇지만 최근 자신을 뿅 가게 만든 귀여운 남자친구의 제안에 그녀는 그만 ok를 연발하며 서둘러 깜찍한 핑크빛 하이킹 부츠를 구입, 오지로 떠날 준비를 당장에 끝낸다. 사실 하고픈 다른 일들도 많지만, 그녀는 일단 그가 좋아하는 일에 전념하기로 결심하곤 다음과 같은 액션에 들어간다.

* 호텔이나 암만 못해도 캠프용 트레일러에서는 자야 하는 그녀지만, 그를 위해 기꺼이 바닷가 옆에 대충 쳐놓은 텐트 안에서 억지 잠을 청한다.
* 케이블 TV쇼에 나오는 고양이처럼 생긴 여주인공이 섹시해 보인다는 그의 말에, 틈날 때마다 고양이 같은 짓을 연습하곤 한다.
* 술도 잘 못 하는 편이지만 생일파티 땐 맥주 수십 박스와 함께 깔때기까지 준비한다. 왜? 그분께서 "맥주와 깔때기가 없다면 그건 파티도 아니다"라고 정의하셨으니까!
* 오토바이에 대한 그간의 공포심을 극복하려 애쓰며, 6시간 동안 빗속에 떨면서도 그의 뒷좌석에 매달린 채 "오빠 달려!"를 외쳐본다.

* 이른 기상도, 달리기도 싫어라 하지만 매일 새벽 5시면 벌떡 일어나 그의 마라톤 연습에 기꺼이 동참한다.

쿨한 여자친구 되기

멋진 친구들에 대한 그녀의 우정과 사랑이야 언제나 한결 같다. 다만 최근 들어 자주 친구들을 만날 시간이 없을 뿐. 그녀는 요즘 새로 맡은 '쿨한 새 여자친구' 역할에 최선을 다하느라 바쁘기 때문이다. 다정한 카멜레온 역할에 더욱 충실하고자 그녀는 다음과 같은 성격 변신을 꾀한다.

* 갈 곳이 없다는 남자친구의 옛 룸메이트를 몇 달간 그녀의 소파에서 재워주고 먹여주며, 여기저기 아무렇게나 널려 있는 그의 더러운 옷가지들도 꾹 눈감아 주기로 한다.
* 여자친구들끼리의 저녁 모임을 (또!) 취소하고 남자친구의 무리들과 함께 농구 빅매치를 관람한다.
* 그의 친구들의 여자친구들과 어울리기 시작한다. 남자친구로 인해 이런 식으로 엮이지만 않았다면 평생 절대 친해지고 싶지 않은 부류의 여자들이라 할지라도.
* 그의 형으로부터 '그다지 교양 있어 뵈진 않는다'는 평가를 받은 후, 여자문화센터 및 인간관계 관련 세미나에 등록한다.
* 그의 컴퓨터 게임이나 포커 게임 시작 전 손수 간식을 챙겨주는 등 남자친구와 그의 친구들에게 엄마 같은 역할을 한다.

그가 선호하는 성격으로 개조하기

그와 데이트를 시작하기 전까지 그녀는 거침없고 자기 주장이 강한 스타일이었지만, 조용한 여자가 좋다는 그의 말을 듣고 난 후엔 되도록 입을 열지 않으려 애쓴다. 한때 연상의 여자에 푹 빠져 있었다는 남자의 말에, 또 다른 우리의 카멜레온은 자신의 세련되고 원숙한 면을 부각시키려 노력한다. '이 관계가 발전하길, 그리고 무엇보다 그가 기뻐하길' 빌면서, 그녀들은 그가 이끄는 대로 고분고분 따르기 시작한다. 내가 그에 대해 생각하는 것처럼 그 역시 날 쿨하다고 여겨주길 바라면서 말이다. 그리하여 그녀는 그를 웃게 하고, 그의 관점을 이해하고, 또 자신의 장점을 그에게 부각시키기 위해서라면 무슨 일이든 다 하리라는 각오로 덤벼든다. 특히 성격과 관련된 면에서 카멜레온 시기를 겪고 있는 그녀라면 다음과 같은 일들을 아무렇지도 않게 행하게 된다.

* 원래 별명이 '외식의 제왕', '테이크아웃 퀸' 이었음에도 불구, 현모양처 풍의 전업주부 타입이 좋다는 그의 말에 매일매일 새로운 요리를 시도해보느라 바쁘다.
* 실은 어느 대목에서 웃어줘야 할지조차 모를 그의 썰렁한 농담에 깔깔거리느라 바쁜 건 물론, 심지어 다른 이들 앞에서 그 농담을 반복실행하기도 한다.
* 예민한 본래의 성격을 버리고, 한없이 느긋하기만 한 그의 성격을 닮고자 노력한다.

* 그 말을 내뱉을 때의 내 모습 따위야 신경도 쓰지 않은 채, 그가 평
 소 즐겨 쓰는 '이 자식', '저 새끼', '오, 베이비' 등의 표현을 따라
 쓰기 시작한다.
* 내용이 무엇이든 일단 그가 일장연설을 시작하면 그저 조용히 경청
 하려 애쓴다.

만일 위의 변화상 가운데 자신과 비슷한 행동을 발견했다면 당신도
현재 데이트 상대와의 관계 속에서 '변태와 변신'을 경험하고 있는 중이
다. 그저 애인을 기쁘게 하기 위해 누구나 행하는 자잘한 양보나 타협
따위를 뜻하는 게 아니다. 여기서 지적하고자 하는 부분은 스스로에게
중요한 것들마저 잊게 만드는, 보다 큰 변화들에 대한 것이다. 카멜레온
의 단계에 들어선 여자들은 얼마간 자신이 누구인지조차 잊은 채 사랑
하는 그의 모습만을 점점 더 닮아간다. 도데체 어쩌다 그토록 위태로운
상태로까지 발전하게 된 걸까? 그건 무엇보다도, 그가 너무너무 멋지기
때문이다! 그녀에게는 이처럼 귀여운 남자를 행복하게 해주고 싶단 생
각이 들지 않는 여자가 오히려 더 이상스러울 지경이다. 그러나 카멜레
온 시기의 여자들이 보이는 변신에는 몇 가지 다른 원인들도 존재하므
로, 과연 왜 이러한 단계를 경험하게 되는지 그 이유를 알아보자.

✖ 남의 이야기에 귀를 기울여라 친한 친구들로부터 '새 애인과 사귀기 시작한 후부터
사뭇 달라진 느낌이 든다'는 말을 듣게 된다면 일단 귀를 쫑긋 세우고 경청하라. 비록 방관
자의 입장이라 해도 어느 정도 통찰력만 있다면 그는 카멜레온의 시기에 완전히 빠지기 전
재빨리 당신을 붙잡아 원래의 생기 넘치고 독립적인 자아를 되찾는 데 도움을 줄 테니까.

변신 욕구와 그 원인

때론 주변에서 소위 말하는 '강인한' 여자들조차 카멜레온 시기를 겪는 걸 목도하게 된다. 여자는 왜 이토록 쉽게 이 시기에 빠져드는 걸까? 남녀 관계에 있어 주체적인 생각 없이 그저 이리저리 움직이는 로봇이 될 필요는 없다. 특히나 상대가 인생 최고의 남자라 생각될 때는 더더욱 그렇다. 또, 살다 보면 아예 다른 한 특정인으로의 변신을 꾀하기도 하는데, 이는 틀에 박힌 생활에 염증을 느껴 자신과 달리 '뭔가 제 인생을 잘 풀어나가고 있는 듯한' 친구나 동료들을 닮아가고자 노력하려는 심리이다.

그러면 대체 '무엇'이 이러한 카멜레온 시기를 촉발시키고, '왜' 평소 같았으면 그렇지 않을 여자들의 자아정체성마저 혼란스럽게 만드는 걸까? 이런 시기를 양산하고 여자들을 그 안으로 밀어 넣는 데는 사실 꽤 여러 가지 원인들이 존재한다.

그의 반짝이는 눈동자

귀엽고, 똑똑하며, 유머감각까지 겸비한 그를 보고 있노라면 진정한 내 남자란 확신만 점점 커져갈 뿐! 우수에 젖은 그의 반짝이는 눈동자와 백만 불짜리 미소에 그만 그녀는 곧 눈 멀고 귀 먼다. 이럴 때 여자들이 취할 다음 단계란 무얼까. 말할 것도 없이 '무슨 수를 써서라도 이 남자의 마음을 얻는 일' 아닐까?

새로운 데이트가 시작될 즈음, 여자들은 '자기랑 닮아갈수록 그는 날 더 좋아하게 될 거야' 라는 생각에 휩싸이게 된다. 그러나 얼마 지나지 않아 그녀들은 다시금 이런 비명을 지른다. "잠깐, 잠깐. 가만 보니 남자들은 좀 튕기고 까다롭게 구는 여자들에게 더 큰 매력을 느끼던걸?" 마치 순간의 큰 깨달음을 얻고 나서야 그녀는 고분고분했던 카멜레온의 모습을 버리고 비로소 '까탈스럽고 새침한 여자' 모드로 돌아설 수가 있다. 중요한 건, 진정한 연애의 묘미를 맛보기 시작하는 게 바로 이 즈음부터라는 사실!

의뭉스러운 자아 개념

이 복잡한 세상 속에서 '내가 진정 원하는 건 뭘까? 또 그걸 어떻게 이루어야 하지?' 란 문제를 깨닫고 해결해가기란 결코 쉬운 일이 아니다. 게다가 대체 어떻게 알았는지, 남자란 인간들은 꼭 방향을 잡지 못해 갈팡질팡하고 있는 바로 그 순간 우리 눈앞에 나타나곤 한다. 더구나 그가 세상의 온갖 해답을 다 쥐고 있는 듯 보이기라도 할라치면, 우리가 할 수 있는 일이란 그저 '모두 님의 뜻대로 하소서' 모드로 변신하는 것뿐이다.

이러한 의뭉스러운 시기의 자아가 카멜레온으로의 변신을 재촉할 때에는 연애뿐 아니라 다른 중요한 일에서도 남의 리드에 따라 움직이는 경향을 보인다. 패션에 대한 제 안목을 신뢰치 못하기에 그저 친구들이 입는 스타일을 따라하고, 제 실력에 대한 불안감 때문에 옆 동료의 PT

포맷을 그대로 가져다 쓰는 일처럼 말이다.

아무리 좋게 포장한들, 카멜레온들의 이런 '따라쟁이' 심리는 대개 나태와 게으름에서 기인한다. 어찌되었건 나만의 고유한 무언가를 창조하고 키워나가는 것보다야 남들 사는 방식을 그대로 받아들이는 편이 에너지 절감 차원에선 훨씬 이득이니까. 게다가 때론 남들의 조언을 구하고 그들의 스타일을 따라함으로써 얻는 결과가 꽤 쏠쏠하기까지 하다. 그러나 만일 남의 인생을 그대로 답습해 살고자 하는 사람이 있다면, 지금이야말로 나만의 길을 개척해나가려는 마음을 굳건히 할 때이다. 다른 이들에게 맞는 인생이라고 해서 그게 꼭 내게도 어울리는 건 아니라는 사실을 언젠가는 깨닫게 될 테니까. 자신감을 갖고 나만의 독특하고 적극적인 면을 발전시켜가는 쪽이 훨씬 행복한 인생이란 사실을 항시 잊지 말자.

모방으로 위대해진 자는 이제껏 아무도 없었다.

사무엘 존슨(Samuel Johnson, 영국 작가/학자/비평가)

불안한 주변 환경

졸업을 하고, 새 직장을 잡고, 다른 도시로 이사를 가고……. 인생은 어찌 보면 스트레스의 연속이다. 이 안에서 우리는 성공을 갈망하기도, 새롭게 만나는 이들과 잘 어울려 지내길 바라기도 한다. 이런 전반적인 변화들은 무엇보다도 인생의 방향성에 대해 재고하게 만든다. 원하는 일자리는 무엇인지, 어디에 터전을 마련하고 싶은지, 나아가 이 땅에 태어난 목적은 과연 무엇인지에 이르기까지, 스스로에게 수많은 질문을 던지게 되는 거다. 이런 때, 나보다 먼저 현실세계에 뛰어들어 벌써 많은 것들을 깨우쳤을 뿐 아니라 나름의 자기세계마저 구축한 듯 보이는 남자친구가 있다면? 앞으로 얼마간이라도 그의 리드를 따르는 편이 이험한 세상을 헤쳐 나가는 데 훨씬 더 도움이 되리라 생각하게 될 게 당연하다. 이런 이유로 카멜레온으로의 변신을 시도하는 여자들은 그렇듯 '기댈 어깨'가 있는 동안만큼은 삶에서 스스로가 원하는 것에 대해 좀처럼 생각하려 들지 않는 경향을 보이게 된다. 그러므로 자신이 지금 이런 상황에 서 있다고 판단된다면 그의 손에 의지하는 대신, 일단 한 걸음 물러서서 '내가 원하는 대로의 나만의 세계'를 만드는 일에 더 많은 에너지를 쏟도록 하자. 그런 준비가 갖춰진 후엔 어쩌면 그가 전혀 멋지지 않다는 사실을 깨닫게 될지도 모를 일. 스스로의 힘으로 내 인생을 구축하기에 앞서 현재 잠시나마 안정된 환경이 보장된다는 이유로 그의 곁에 머물려는 건 아닌지, 한번쯤 생각해볼 일이다.

독재자 같은 애인

구세주 콤플렉스라도 지닌 건지, 나에 대해 사사건건 시비를 걸어오는 이 남자. 어쩜 그다지 심각한 상태는 아닐 수도 있지만, 어쨌든 그가 나에게 '보다 더 풍만한 가슴과 더 작은 엉덩이, 쓰레기 잡지들에 나오는 야한 속옷들로 가득한 옷장'을 바라고 있다는 느낌만은 좀처럼 지울

수 없는 상황이라면? 처음에는 그의 요구사항들도 도를 넘는 수준으로
는 느껴지지 않는 까닭에, 그녀는 자기의 옷을 대신 고르고 자기가 만든
요리에 대해 점수를 매기는 등 그녀가 하는 모든 일에 대한 결정을 도맡
아 하려는 그를 그냥 내버려둔다. 그러나 갈수록 태산이라고, 끝을 모
르고 높아만 가는 이 남자의 욕심에 어느 순간 그녀도 그만 울컥하고 만
다. 그의 요구사항들이 점점 커지고 심각해져 가는 탓에 결국 큰 감옥
안에 갇혀 있는 듯한 느낌마저 받게 된 그녀. 군림하길 좋아하는 이런
류의 남자들은 '시간이 지나면 내 말이 옳단 걸 알게 될 거야' 는 등의
말로써 자신감 넘치던 여자들마저도 한없이 나약한 인간으로 만들어버
린다. 만약 지금 이런 남자가 당신 인생을 좌지우지하고 있다면 더 늦
기 전에 그에게 작별을 고하고, 스스로의 힘으로 자신이 원하는 세계를
만들어가는 데 주력하라.

모방이 좋게 평가되는 유일한 순간은
형편없는 원작을 꼬집어 비웃을 때뿐이다.
프랑수아 드 라 로슈푸코(Francois de La Rochefoucauld, 프랑스 작가)

위기 후 찾아오는 변신에의 욕구

가까운 지인이 세상을 떴거나, 가슴 아픈 이별을 겪은 지 얼마 지나
지 않았거나, 혹은 설명키 어려운 우울증에 시달릴 때면 여자들은 당장
직면한 위기감으로 인해 인생의 그 어느 때보다도 불안한 상태를 맞는

다. 이런 위기의 순간들은 마지막 남은 에너지까지도 완전히 소진시켜 버리므로 이때는 그저 방구석에 틀어박혀 주변 사람들이나 갖가지 책임감들로부터 몸을 숨기고 싶어질 뿐이다. 이런 타이밍에 강인하고 중심 잡힌 듯 보이는 남자가 짠하고 나타났다면, 지푸라기라도 잡는 심정으로 그에게 매달리게 되는 건 인지상정일 것. 고로 이런 타입의 변신이란 사전 예방(!)도 어렵거니와, 사실 어떤 측면에서는 일시적인 치료 효과마저도 보일 수 있다. 그러나 일단 그 위기의 순간들이 지나갔다면 이젠 "나=그"라는 요상한 등식 또한 재빨리 함께 버려야 한다.

사이코 같은 여자들 이야기

아는 남자 친구들이 모여 가십처럼 씹어대는 주변 '스토커 여자친구'에 대한 이야기를 들으면, 대다수의 여자들은 행여나 자신도 그렇게 비치지 않을까 하는 두려움에 휩싸인다. 그리하여 지나치게 쿨하고 자신만만한 모습으로 남자를 옥죄는 드센 여자란 오해를 받느니, 차라리 남자친구의 모든 변덕을 받아주며 그의 말에 순응하는 쪽을 택하고 만다. 즉, '타협을 모르는 강경한 사이코' 딱지를 붙이느니 아예 '멍청한 아메바' 쪽이 마음 편하다는 심산이다. 그러나 사실 그런 남자들의 얘기를 자세히 들어보면, '어수룩하게 잘 속아넘어가는 여자' 또한 똑같이 비웃음을 당하고 있다는 사실을 깨닫게 된다. 그러므로 자기중심적인 남자들의 이중적인 의견에 장단을 맞춰주는 것으로 연애생활을 지속시켜가고자 하는 방법은 옳지 않다. 어떤 관계에서건 '스스로를 잃지 않는다' 라는 원칙의 고수가 관건인 법. 진짜 괜찮은 남자라면, 자기 애인이 유순한 현모양처 타입이든 터프한 여전사 스타일이든 상관없이 있는 그대로의 그녀를 아끼고 사랑할 것이다.

관계를 망치지 않으려는 노력

진정 좋아하는 남자를 만난다는 건 꽤 오랜 시간을 요하는 일인 만큼, 어렵게 찾아온 그 기회를 망치고 싶은 이는 없을 것이다. 그런데 사실 남녀간 데이트란 게 재미있고 흥미진진한 반면, 어딘가 사람을 지치게 만드는 구석도 없지 않다. 커피숍, 바, 클럽, 우체국, 은행, 마트, 그리고 온/오프라인 데이트 서비스 등 수많은 경로를 통해 우리는 새로운 남자들과 수없이 만나게 되지만, 결국 그들의 면면 어딘가에서는 '이건 아닌데' 라 생각되는 부분이 발견되기 마련이니까. 그런 오랜 산고 끝에 비로소 제 짝을 만났다는 생각이 들 때, 우리는 드디어 안도의 한숨을 내쉰다. 이후 〈어색한 몇 번의 초기 데이트 및 통화 → 그가 보낸 문자의 숨은 뜻 해독 → 그의 행동들에 대한 분석 및 고찰 → 전보다 익숙해진 데이트 및 통화〉라는 짧지 않은 일련의 연애 과정을 거쳐 드디어 본격적인 관계에 돌입했다면, 이젠 이 '공든 탑' 을 무너뜨리고 싶지 않다는 생각에 여자들은 자의 반 타의 반인 카멜레온으로의 변신을 꾀하게 되고 만다. 다시 말해, '솔로부대로의 복귀 없이 이 관계를 계속 유지하려면 이 남자를 행복하게 만들어줘야만 한다' 는 강박관념에 시달리기 시작하는 것!

✖ **자발적인 변신**　자발적, 비자발적 변신의 차이점을 인지하라. 나의 아주 기본적인 부분까지도 전부 바꾸려 드는 애인이라면 되도록 그에게서 멀리 도망쳐라. 그런 사람은 설령 내가 그 변화에 따른다 해도 끝내 만족하지 못할 가능성이 크다. 사실상 그들은 불안감을 감추기 위해 그런 식의 트릭을 쓰는 것뿐, 당신을 진정 더 나은 사람으로 만들기 위해 노력하는 게 아니다. 그러나 만일 변신하고자 하는 주체가 나 스스로인 경우라면 애인과의 관계는 그대로 잘 지켜나가되 그 안에서 자신을 다스리기에 힘써야 할 것이다.

연애에의 집착

때로 여자들은 현재의 관계가 그리 좋지 않다는 걸 인지하면서도 어떻게든 그 관계를 지속시키고자 노력하기도 한다. 왜? 상대가 누가 됐든 연애란 반드시 계속되어야 한다는, 그래서 솔로 인생만은 어떻게든 피해야 한다는 일종의 강박관념 때문! 추운 금요일 밤 집에 가면 따뜻이 날 맞아줄 누군가가 있다는 것, 따분하거나 지쳤을 때 전화할 상대가 있다는 것, 그리고 오늘 하루를 어떻게 보냈는지 시시콜콜한 내용까지도 귀찮아 않고 들어줄 남자가 있다는 건 사실 꽤나 기분 좋은 일이니까. 다음의 경우들은 지금 옆에 있는 사람이 진정한 내 짝인지에 대한 강한 의구심에도 불구, 일단 아쉬운 대로 이거라도 붙잡아 '연애시대'를 지속시켜 나가야 한다는 보이지 않는 압력을 느끼고 있는 상태라 하겠다.

* 그간 테이블에서 이를 쑤시거나 트림을 해대는 몰지각한 남자들과의 계속된 데이트로 인해 피폐해진 정신상태 탓인지, 오늘 만난 (그들보다 쪼오오금 나은) 이 남자랑 당장 결혼해야겠다는 마음이 들 때.
* 커플용 목욕가운 광고를 볼 때마다 '더 늦기 전에 그냥 아무한테라

도 정착해 살아야겠다' 고 생각할 때.

　*벌써 다섯 번째 신부 들러리 드레스를 고르며 '언젠가는 나도 다른 친구들에게 촌발 날리는 라임색 드레스를 입혀 오늘의 원수를 꼭 갚고 말리라!' 며 주먹을 불끈 쥐고 굳게 다짐할 때.

　*백화점 거울에 비친 굵은 제 팔뚝을 보곤, 지금 데이트 중인 이 남자 말고는 세상 그 누구도 날 좋아해주지 않을 거라 처절하게 확신할 때.

　*피클 통조림 뚜껑을 혼자 힘으로 따지 못해 또다시 쩔쩔매게 될 때.

　*싱크대 밑 연장통 안에 든 기구들 중 그 절반 이상의 사용법을 모를 때.

　*매년 봄마다 혼자 힘으로 에어컨을 설치하는 일에 신물이 났을 때.

　결혼식이나 파티를 갈 때 옆구리에 남자를 대동하고픈 여자의 욕심은 그가 아무리 황(!)일지언정 현재 만나는 남자와의 관계라도 일단 이어가고 보자는 생각을 부추긴다. 이런 경우 차라리 핑크 플로이드의 '더 월(The Wall)' 같은 괴상한 노래를 사랑하는 편이 더 쉽다면 쉬울까, 아무리 못난 남자라 해도 그를 밀어내는 일이 도통 쉽지가 않다. 하여 그녀는 그와의 관계에 더 큰 집착을 보이며 이를 유지하기 위해 점점 더 그와 닮아가고자 애쓰는 것이다.

　여자들이 꼭 기억해야 할 사실은, 누군가를 더 잘 알게 될수록 그 앞에서 마음을 열고 자기 자신을 지켜가는 일은 더욱 쉬워진다는 것이다. 데면데면한 사람들과의 관계 속에서 카멜레온처럼 변신하려는 건 오히려 더 정상에 가깝다. 그들과의 사이에선 아직 내 위치를 확실히 알 수 없으니까. 농담을 주고받고 서로의 견해와 태도를 자연스레 나누게 되기 전까지, 우리는 되도록 상대에게 맞춰주기 위해 노력하는 경향이 있다. 그러다 만약 그들이 불편한 존재란 결론에 이르게 되면 그 접촉을 최소화하면 그만이다.

지금 몇 달째 만남을 가져오면서 아직도 서로를 알아가기 위한 진실게임만 계속하고 있다면 그 관계는 옳다고 보기 어렵다. 진심으로 좋아하는 남자와 있으면서도 자꾸만 이런 사람처럼 보여야지, 저렇게 변신해야지 하는 압박감에 시달리는 것은 분명 잘못된 일이니까. 남녀 관계란 '그가 날 어떻게 대하느냐' 뿐 아니라 '그와 함께할 때 내가 어떤 사람이 되느냐' 하는 문제도 포함한다. 그런 관계가 제대로 정립되기 위해선 그가 내 옆에 있을 땐 '한층 더 행복한 버전의 나' 가 되는 것이 정답에 가깝다.

카멜레온을 둘러싼 토론

카멜레온의 시기를 거치며 우리는 일시적으로 스스로의 모습을 잃기도 하지만 그렇다고 해서 진정한 자아마저 영원히 잃어버리는 건 아니다. 결국 언젠가는 다시 제자리로 돌아가게 되며 동시에 우리는 좀 더 현명해진 자신을 발견할 수가 있다는 뜻이다. 훗날 이 시기를 돌아보며 우린 이런 생각에 잠길지도 모른다. "그땐 그런 일이 일어나는 걸 왜 그 냥 보고만 있었을까? 나란 사람은 혼자만으로도 충분히 가치 있는 존재 인데 말이야!" 그러나 그 과정을 세세히 돌이키며 숙고하다 보면, '변 화와 변신으로서 사랑하는 남자와 같아지고자' 노력했던 그 기간 동안 스스로 아주 값진 교훈들을 터득했음을, 또 그런 교훈들이야말로 지난 경험을 더 값지게 만들어준다는 진리를 깨닫게 될 것이다.

레슨 1: 카멜레온은 자립적인 자아에 대해 보다 감사하는 마음을 갖게 된다

얼마간 자아를 완전히 상실한 경험이 있는 사람이라면, 훗날 제자리로 돌아오게 되었을 때 되찾은 자신감과 독립심에 대해 어느 누구보다도 큰 감동을 느끼고 또 감사하는 마음을 갖게 된다. 다음과 같은 과정들을 거치며 카멜레온 그녀들은 서서히 자신을 되찾는다.

스텝 1: 시야를 넓히고 새로운 일들을 시도한다

욕망과 사랑이 연결될 때, 그녀는 그만 원한다면 엠파이어스테이트빌딩에서 번지점프라도 하리라는 강력한 의지를 내보이기도 한다. 평소 싫어라 하던 이상한 음식에 입을 대고, 병가를 꼬박 일주일에 한 번씩 쓰며, 허드슨 강에서 이너 튜빙을 즐길 뿐더러 심지어는 내일이라도

세계 평화봉사단에 가입해 오지로 당장 떠날 듯한 기세다. 멋진 남자의 "뛰어!" 한마디면 제아무리 자립심 강한 여자라 할지라도 별다른 이의 없이 "저, 얼마나 높은 데서요?"하며 비행기 문을 열고 점프를 강행한 다는 것. 이제껏 살아오면서 단지 교제 중인 그 남자의 요청이란 이유로, 혹 그를 즐겁게 해주거나 감동시키기 위해, 또 그냥 그와 보다 유쾌한 시간을 보내기 위해 이렇듯 평소 하지 않던 일들에 과감히 도전해본 적이 있었는지? 그런 부끄러운 기억들이 새록새록 떠오른다 해도, 그로 인해 내 흥미의 폭을 넓히고 어느 정도 삶의 다양성을 갖추게 되었으며 단조로운 일상에 재미난 추억거리가 생겼다는 점을 상기하며 오히려 그에게 감사하는 마음을 가져보는 거다(지금은 비록 그가 꼴도 보기 싫어진 후일지라도).

　스텝 2: 의식(!)을 되찾고, 자신을 재정의하며,
　　　　　호불호(好不好)를 스스로 결정한다

　혼란의 카멜레온 시기 동안은 비록 비행기에서 점프를 하고 그가 이끄는 공중그네 곡예의 일부가 되고자 죽음의 노력마저 불사하는 그녀라 해도, 마침내 언젠가는 이런 일련의 일들이 자신과는 어울리지 않음을 스스로 깨닫게 된다(이 얼마나 다행스런 일인지!).

　게다가 때론 그런 남자들을 통해 새롭고 재미있는 세계와 접하게 되는 뜻밖의 행운을 얻게 되기도 한다. 노래방 죽돌이인 남자친구가 그녀를 매일 노래방으로 끌고 가지 않았더라면 마이크를 붙잡고 그토록 목청 터지게 노래를 불러볼 기회도 없었을 테고, 또 그랬다면 자신이 그런 파워풀한 무대 카리스마의 소유자임을 평생 모르고 살았을지도 모르니까. 그러나 대부분의 경우, 카멜레온 여인들은 지금 자신이 원치 않는 일을 하고 있으며 내가 아닌 다른 사람의 삶을 살아가고 있다는 사실을 깨닫는다. 그리하여 그녀는 단지 몸치인 남자친구 때문에 자신이 그토록 좋아하는 춤을 멀리한다는 건 어리석은 일이라 생각을 고쳐먹곤 곧장 댄스활동을 재개하게 된다. 즉, 그는 결코 이해하지 못하는 자신만의 독특한 면에 대해 그녀는 기쁜 마음으로 감사하며, 원래 방식대로의 삶으로 복귀하려는 의식적인 노력을 기울이기 시작하는 것이다.

스텝 3: 카멜레온적인 성향을 버리고 스스로의 주장을 펴기 시작한다

카멜레온들은 이제 있는 그대로의 자신을 사랑하고 존중하는 남자들과만 데이트를 하겠노라 선언한다. 그간 수없는 우여곡절을 겪어온 카멜레온은 이제 자기만의 주말을 되찾고 그간 등한시했던 자신의 일을, 남자친구는 또 그 나름의 일을 하도록 독려한다. 나 아닌 다른 사람의 모습으로는 진정한 내 삶을 살아갈 수 없다는 기본 진리를 몸소 체득한 것이다. 그리하여 그녀는 이제 잘 맞지도 않는 남자와 어떻게든 잘해보려는 쓸데없는 노력을 버리고, 내 진실된 모습 자체를 받아들이며 뜨개질보다는 구두 수집이 취미인 진짜 내 모습까지도 조건 없이 사랑해줄 남자를 만나기 시작한다. 또한 원하던 짝을 만나 연애 운이 술술 풀리는 시기가 오더라도 그녀는 스스로에게 중요한 일들을 놓치지 않고 유지해가기 위한 노력을 결코 게을리하지 않는다.

사람이란 본래 성격이나 기호에 맞지도 않는 삶을 살아가려 애쓰다 보면 이내 지치고 마는 법. 집에서 뒹굴며 책을 읽거나 맛있는 아이스크림 먹는 일을 제일로 좋아라 하는 사람이 "난 테니스와 여행, 그리고 이국적인 음식들을 사랑해!" 라며 스스로를 설득시키는 일은 지나치게 소모적인 일일 뿐더러 효과가 있을 리도 만무하다. 난 아이들을 귀여워하는 편인데 그는 꼬마라면 무조건 질겁한다면, 또 그는 하이킹 광인 반면 난 산이라면 딱 질색인 타입이라면……. 이러한 이슈들은 계속해서 두 사람 사이의 문젯거리로 남게 될 것이다.

자신들이 이런 크고 작은 변신을 경험하고 있다는 걸 깨닫게 되기까지, 많은 여자들이 이 카멜레온 시기 동안 한 명 이상의 남자들을 만난다. 그러다 그 남자들 사이에서 원래의 제 모습을 잃고 있다는 사실을 깨닫는 순간, 그녀는 그것이 잘못된 관계라는 사실을 받아들이게 된다. 그런 후에야 비로소 그녀는 스스로 독립을 선언하고, 자신을 독특하고 특별한 존재로 만들어주는 자신의 모습들을 그 어느 때보다도 더 아끼기 시작하는 것이다. 마침내 카멜레온 시기를 완전히 벗어나게 되었을 때, 그녀는 드디어 애정 관계란 미명 하에 스스로를 놓쳐버리기란 얼마나 쉬운 일인지를 깨닫고, 그 시절을 뒤돌아보며 자신의 고유한 자립심과 개성을 잃지 않기 위해 전보다 더 큰 노력을 쏟아붓는 것이다.

레슨 2: 카멜레온은 남자에 대한 새로운 이해심을 갖게 된다

삶에서 자기가 진정 원하는 바에 대한 깨달음과는 별개로, 카멜레온의 시기를 겪은 남자들의 불평불만 사항들을 보다 깊이 이해하게 되기도 한다. '남자를 파헤친다' 류의 세상 모든 남자 가이드 서적들을 몽땅 섭렵한다 해도 진짜 경험에서보다 더 큰 배움을 얻기는 힘든 법이니까. 이미 스스로 '남자들과 같아지려는 노력'을 몸소 경험했기에, 남자들의 습관, 기호, 치명적 약점, 결점 등에 대한 새로운 지식은 모두 제 것이나 다름없다(물론 부스스한 수많은 체모는 제외하고). 그의 입장에 서서 생각하는 것만으로도 그녀는 '남자의 관점에서 바라보는 세상'이란 새로운 시각을 하나 더 얻게 된 거고, 그럼으로써 그녀가 남자라는 괴이한 생물체와 오랜 시간을 보내기로 결심했을 때 자신이 평생(왝!)을 대체 무엇에 '맞서' 혹은 '맞춰' 나가야 하는지를 미리 알고 그에 대비할 수 있는 이득을 얻은 셈이다. 그 이득이란 대개 다음과 같다.

* 대부분의 남자들에겐 그들이 받아들이는 것 이상의 훨씬 더 귀여운 구석들이 있다.
  · 자신의 소유물들에 대해 몰래 자기만의 애칭을 붙여 부르곤 한다.
  · 내가 보지 않을 때는 강아지를 품에 안은 채 마치 아기를 다루듯 어르고

달랜다.

* 남자들은 고통에 대한 개념이 없다.
 · 온몸에서 겨우 턱에 있는 털 하나 미는 주제에 '면도란 참 귀찮고 힘든
   일' 이라 생각한다.
 · 아기 낳는 일과 화장실에서 응가 하는 일의 차이점을 전혀 이해하지 못
   한다.

* 체중 문제에 있어서는 남자들도 여자들만큼이나 민감하다.
 · 허리 치수란 튀어나온 '배 둘레' 까지 다 감안해서 재는 거라 아무리 설
   명해도, 자기는 33 사이즈라며 바락바락 우긴다.
 · 저녁엔 샐러드만 먹는 편이 좋겠노라고 그냥 스치듯 한얘기하면 갑자기
   민감한 반응의 소유자로 돌변한다. "왜? 내가 다이어트라도 해야 될 것
   같아 보여?"

* 남자들은 나름의 소신이 있는 자립심 강한 여자들을 존경한다.
 · 제가 입을 옷을 스스로 고르는 능력조차 잊어버리고는 내가 대신 골라
   줄 때면 금세 눈이 초롱초롱해진다.
 · "이쁜이 너만 좋다면 난 뭐든지 좋아"라 대답하는 법을 금방 익힌다.

* 운동을 전혀 하지 않는 남자라 해도 은근히 '선수' 처럼 불리고 대
  우 받길 좋아한다.
 · 근 10여 년간 잔디 한 번 밟아본 적 없으면서도 항상 자기 친구들은 '우
   리 팀', 또 그간 이뤄낸 성과는 '멋진 한 방' 또는 '골인' 이라 부른다.
 · 스포츠 경기를 볼 때면 마치 자기가 감독이라도 되는 양, 선수들이 움직
   이는 매 순간마다 제 나름의 평가와 코멘트를 달아대느라 바쁘다.

* 남자들은 항상 자신을 쓸모 있는 존재로 느끼고 싶어 한다.
 · '이 상자 정도는 내 힘으로 들 수 있다' 는 여자친구의 얘기를 듣자마자,
   자신과 역기 들어올리기 내기를 해서 이기면 그 말을 믿어주겠노라 큰

소리를 친다.

· 이케아(IKEA) 캐비닛을 하나 사 조립하라고 시켰더니, 그때부터 자기 스스로를 '해결사' 라 부르며 자랑스러워한다.

* 남자들은 집중력이 무지 짧을 뿐더러 기억력 같은 건 아예 없다.

· 리모컨을 점령한 채 하루 종일 채널을 돌려대다가 여자친구가 좋아하는 채널에 딱 5분을 할애해주는 자신을 무척 자비로운 사람이라 여긴다.

· '마트에 다녀오겠다' 고 100번도 넘게 얘기하고 나갔는데, 그 사이 전화를 걸어온 언니에게 '어딜 갔는지 모르겠다' 고 대답한다.

* 세상 어떤 남자든 짜증나는 구석을 반드시 가지고 있기 마련이다.

· 마치 꽃가루로 가득 찬 통에 잠수라도 했던 양 끊임없이 코를 훌쩍거리거나 시트콤에 더빙되어 나오는 최악의 관객들처럼 이상한 소릴 내며 웃어댄다.

· 휴지 롤 갈기가 귀찮으면 끝에 일부러 휴지 반 장을 남겨둔 채 화장실을 나온다.

카멜레온 시기 동안 여자들은 무엇이 남자들을 투덜거리게 만드는지를 직접 체험하게 되고, 이로서 비록 쉬지 않고 농구경기 25게임을 연달아 시청하는 그의 정신상태까지야 공감하지 못할지언정, 적어도 어느 타이밍에 말을 걸어야 함께 쇼핑을 가줄지 정도는 미리 파악할 수 있게 된다. 즉 그가 내 세계의 중심에 서게 되었을 때, 난 그의 세계가 움직이는 방식을 맨 앞줄에서 구경하고 판단할 수 있다는 뜻이다. 이러한 남성심리에 대한 파악은 이 시기에 얻을 수 있는 가장 가치 있는 성과 중 하나다.

레슨 3: 카멜레온은 다른 이의 눈을 통해 세상을 바라보게 된다

우리가 닮고자 노력했던 많은 남자들은 이 세상의 각기 다른 면들에 감사하는 법을 가르쳐주기도 한다. 아티스트였던 남자 A는 자기 침실 벽에 걸린 얼룩덜룩한 붓터치가 인상적인 앙상블 화에 숨겨진 깊은 뜻을 설명해주었고, 이 시대 메트로섹슈얼의 대표주자였던 B씨는 스킨케어의 새로운 테크닉들을 내게 전수해주었으며, 또 백수였던 C 덕에 꼬박꼬박 나오는 월급에 대해 감사한 마음을 가지게 되기도 했으니 말이다.

고로, 카멜레온 시기란 여자의 삶에 있어 매우 교육적이고 뜻깊은 시간이기도 하다. 그간 사귀었던 각기 다른 타입의 남자들에게서 배운 것들은 앞으로도 영원히 각인될 테니 말이다.

♂ 산 소년 타입

그는 독성식물과 식용작물의 차이점을 가르쳐주었다. 또, 하이킹을 통해 그러지 않았다면 평생 그 존재조차 몰랐을 숨막히게 아름다운 경관의 산봉우리에까지 날 인도해주기도 했다. 함께 별빛을 바라보며 잠들곤 했던 이 남자와의 한때는 아마도 내 일생에 다시 없을 경험으로 남을 것이다.

♂ 래퍼 지망생

래퍼가 꿈인 이 남자와 사귀기 전까지, 내게 있어 슬림 쉐이디(slim shady

힙합 가수 에미넴의 애칭_옮긴이)란 그저 TV 스크린 속에서 시끄럽게 떠들어
대는 소년이었을 뿐이다. 결국 그를 만나기 전까진 전혀 이해할 수 없었
던 음악 장르에 대한 새로운 감동을 선사 받은 셈이다. 요즘도 가끔 난 차
안에서 힙합 비트를 흥얼거리는 내 모습을 발견하곤 한다.

↥ 백수

단지 나에게 풀 타임의 일자리가 있다는 이유만으로도 스스로 슈퍼
스타 같은 느낌을 만들어주었던 그 남자. 백수인 그와 데이트하던 시절
만큼 스스로를 '쓸모 있는 인간' 이라 느꼈던 적은 평생 별로 없었다. 그
의 옆에 있으면 어쩐지 한없이 편안한 느낌을 받곤 했는데, 그건 내가
아무리 구리고 이상한 짓을 벌인다 해도 적어도 난 어엿한 직장이 있는
몸이란 사실을 자각하고 있기 때문이었을 거다.

↥ 준재벌

한때 '온라인 증권거래의 신화' 라 불리던 찰스 스왑도 울고 갈 정도
의 포트폴리오를 자랑했던 그 남자. 그는 매일 증권 시장을 살피며 몇
몇 대형주들을 마치 제 자식이라도 되는 양 손쉽게 주무르곤 했다. 그
를 만나기 전까지 나에게 있어 '투자' 란 개념은 그저 은행에 몇 달러를
박아두는 정도였지만, 지금의 나는 어떠한가. 나이 마흔에 멋지게 은퇴
할 계획마저 점점 현실화 시켜가고 있지 않은가.

☝ 해외유학파

해외파인 그와 데이트를 하기 전까지 다른 나라들에 대한 나의 지식은 거의 전무한 상태였고, 저녁식사는 대개 햄버거와 감자튀김 세트로 점철돼 있었다. 어쨌거나 그와의 만남 이후 갑작스레 나는 이국적인 진미들을 접하게 되었고, 심지어 세계정치에 대해서도 논하게 되었다. 그는 세상에 대한 나의 안목을 키워줬을 뿐 아니라 보너스로 몇 가지 재미난 불어 단어와 표현들까지도 가르쳐주었다. 드디어 나도 이 지구촌의 진정한 일원으로 거듭나기 시작한 것이다.

☝ 컨트리보이 스타일

이런 남잔 대개 소와 말이 차고 넘치는 곳에서 태어나 자랐거나 적어도 그러기를 희망했던 타입이다. 다른 때라면 콧방귀도 안 뀌었겠지만, 왠지 이 남자가 쓰는 사투리는 어쩐지 전혀 유치하게 들리지가 않았다. 그는 나에게 시골의 '단순한 삶'을 백배 즐기는 법을 가르쳐주었다.

어디서건 우리가 뭔가를 배우는 건
오직 사랑하는 사람들로부터뿐이다.
괴테(Johann wolfgang von Goethe, 독일 문학가/정치가)

☝ 사내 커플

그 전엔 회의를 빼먹거나 월차를 쓰기에 바쁜 나였지만, 그와 사귀기 시작한 이후론 전과는 180도 달리 완전 '에너지 충만' 한 상태에서 이른 아침에도 상쾌한 마음으로 출근길에 오르곤 했다. 사내 커플이 된 후 그는 회의실 탁자 밑의 작은 발장난만으로도 충분한 커뮤니케이션이 가능하다는 사실과, 좋아하는 사람과 함께 일을 할 때는 그 어떤 프로젝트도 절대 지루하지 않다는 점을 내게 가르쳐주었다. 그러나 그가 준 깨달음 중 가장 대박은 뭐니뭐니 해도 '직장 동료와 사귀다 깨지면 회사 다니기가 더럽게 힘들어진다' 는 사실이다.

☝ 알 수 없는 인간형

지금 생각해도 그때 그와 진짜 연애를 했던 건지, 아니면 그저 내게 끊임없이 전화를 걸어대는 텔레마케터를 잠깐 만났던 건 아닌지 몹시 헷갈린다. 가끔 이 애매모호한 남자와 데이트를 하는 날이면, 그가 보내오는 각종 혼란스러운 신호들에 고통 받으며 매번 그와 끝낼 거라 다짐하기 바빴으니 말이다. 그 당시엔 정말 그 남자 목이라도 확 조르고 싶었지만, 생각해보니 그는 '노력 여하에 상관없이 잘 진척이 되지 않는 관계는 지체 없이 정리하라' 는 교훈을 남겨주고 떠난 듯하다. 어쨌든 그 후론 내게 적합한 대우를 해주지 않는 놈들과는 가차없이 연을 끊는 법을 배웠으므로, 그에게 고맙단 인사를 해야 할 것 같다.

☝ 창의적인 요리사

이 창의력 있는 요리사를 만나기 전까지 난 버섯 종류를 세 가지도 채 말하지 못하던 여자였다. 그와 몇 주간의 데이트를 즐기는 동안 나는 찬장 안에 있는 향신료들을 전부 구별할 수 있게 되었고, 식육용 온도계의 사용법도 알게 되었다. 또 그의 도움으로 수플레를 만들어보는 등, 세상에 태어나 '요리'란 걸 직접 해보는 값진 경험을 쌓았다.

☝ 자신감 UP

어떤 불안감에 휩싸여 있건, 그는 항상 날 지지할 뿐 아니라 몸소 자신감에 가득 찬 모습을 보임으로써 그 늪에서 벗어나도록 도와주었다. 세상에 반격하는 그의 열정 어린 모습을 보며 나 역시 그런 사람이 되는 법을 배운 것이다.

자기 자신만큼 확실히 의지할 수 있는 곳은 없다.

존 게이(John Gay, 영국 시인/극작가)

☝ 스포츠 광

스포츠 펍에서 각종 경기들을 관람하며 목이 터져라 응원했던 그 수많은 밤들이 내 인생에 대체 어떤 교훈을 남겼을지 생각하자니 머리털이 빠질 지경이다. 하지만 무슨 경기라도 있을라 치면 사람들을 소집하고 대대적인 응원전을 준비하느라 나까지 덩달아 바쁘게 했던 덕분에, 이제 그런 준비라면 어느 정도 이력이 붙긴 한 것 같다. 게다가 앞으론 그 어떤 남자를 만난다 해도 그가 스포츠에 너무 지나치게 집착한다며 고민할 일은 없을 듯싶다. 어쨌거나 예전 그 스포츠 광에 비해서는 상대적으로 아주 '귀여운' 수준일 테니까.

이렇듯, 지금껏 연애해온 각각의 남자들은 모두 인생에 뭔가 새로운 교훈을 하나씩 선사해주었다. 물론 어떤 만남에서는 단순히 '다음 번에는 더 잘하리라' 주먹을 불끈 쥐게 만드는 고통스러운 추억만 남기도 했지만. 그러나 보다 밝고 긍정적인 면에 집중한다면, 우리는 이들과 함께하지 않았더라면 결코 알 수 없었을 세상의 많은 부분들을 경험하는 행운을 지녔던 셈이다. 그러니 과거의 데이트 상대들을 모두 좋은 추억으로 간직하는 건 어떨까. 때때로 그들이 삶 속에 남긴 크고 작은 공헌도를 깨닫고 그로부터 얻은 많은 교훈들을 음미하면서 말이다.

✖ **남자들의 이상형** 대개의 남자들은 주관과 취향이 뚜렷한 여자들과의 데이트를 선호한다고 한다. 즉, 자신감 넘치며 어느 정도는 '튕길 줄 아는' 여자를 더 좋아한다는 뜻이다. 그러므로 늑대들 앞에선 때로 도도한 모습을 보이며 나만의 독특한 스타일을 마음껏 뽐내는 센스도 잊지 말자.

레슨 4: 카멜레온은 이 남자와의 관계를 발전시키겠다는 다짐을 한다

카멜레온 걸들도 결국엔 남녀 관계에 있어 극단적인 타협만은 피해야 한다는 사실을 깨닫게 된다. 스스로가 얼마나 특별한 사람인지를 깨달은 그녀는 옛 생활을 되찾고 자신만의 빛나는 개성을 축복하기로 결심한다. 바로 그 시점부터 그녀의 데이트 상대는 있는 그대로의 나를 사랑할 줄 아는 남자여야만 하며, 그렇지 않다면 그 관계는 당장 끝을 보는 편이 옳다. 그녀는 이제 스스로와 이런 약속들을 한다.

* 나만의 흥미나 취미 활동 등은 절대 포기하지 않는다. 스스로에게 충실한 일이야말로 남자와의 관계를 더욱 강하고 건실하게 만들어주기 때문이다.
* 초조함을 버리고 내게 진정으로 어울릴 만한 남자를 기다린다. 나를 독특하고 특별한 존재로 만들어주는 내 모든 모습들을 사랑할 줄 아는 멋진 남자를!
* 불편한 옷을 입거나 좋아하지도 않는 노래들을 들으면서까지 지금 만나는 그 남자에게 무조건 모든 걸 맞춰가고자 노력하진 않는다.
* 본래의 내 자신을 믿고 스스로에게 중요한 것들을 우선시하며, 설령 좋은 관계를 유지 중이라 할지라도 보다 자립적인 인생을 살기 위한 노력만은 아끼지 않는다.

카멜레온으로 지낸 시간 동안 우리는 '남녀 관계에서는 어느 정도의 양보도 필요하지만 너무 많은 걸 베풀기만 하는 건 전혀 베풀지 않느니만 못하다' 는 교훈을 얻게 된다. 결국 이런 깨달음을 통해 그 시기에 영원한 작별을 고하며, 보다 자신감 넘치는 다음의 단계로 옮겨갈 수 있는 것이다.

더 높이, 더 멀리 날아올라

이러한 대대적인 변신의 시기가 한바탕 지나가고 나면 여자들은 이전 어느 때보다도 큰 행복감과 만족감에 휩싸인다. 더불어 내 속 어딘가에는 스스로도 어쩔 수 없는 타협 불가능한 부분이 존재한다는 것, 그리고 내 기호와 신념만이 진정한 내 모습을 만들어 간다는 사실을 깨닫게 된다. 상대가 아무리 잘나가는 사람일지라도 나와는 분명 맞지 않는 사람일 수도 있다는 것, 그리고 나와 여러 면에서 찰떡궁합인 상대를 만나기까지는 인내심을 가지고 기다리는 게 중요하단 사실 또한 배운다.

그리하여 카멜레온 그녀는 이 변태와 변신의 시기를 거쳐 종국엔 번데기 시기를 거친 나비와 같이 새롭고 발전된 모습으로 거듭 태어난다. 이제 삶에서 진실로 원하는 바, 이상적인 내 모습, 그리고 진정 나아가고자 하는 방향에 대한 보다 깊은 통찰력과 지식을 지니게 되며, 이러한 성찰은 그녀가 보다 높이 날아오를 수 있도록 만들어준다. 비록 지금은 홀로 날고 있을지라도.

카멜레온 시기가 지나면 많은 여자들은 자신이 떠나온 옛 남자들을 뒤돌아보며 추억에 잠기곤 한다. 그 과정에서 그녀는 그들과 데이트를 즐기던 시절, 내 자신보다는 오히려 상대방에 대해 더 많은 것을 알고 있었다는 사실을 깨닫는다. 더불어 그 시절 그들로 인해 억지로 했던 많은 일들(달팽이 요리 먹기, 협곡 사이에 아슬아슬 걸쳐 있는 밧줄사나리 타기 등)에 대해서도 되싶어보며, 단지 그에게 잘 보이고자 그토록 노력했던 스스로의 모습에 소리내어 웃어버리게 된다. 이제 그녀는 그 시기를 쓸데없는 시간 낭비였다 생각하는 대신, 되도록 좋은 추억으로 간직하고자 한다. 그때가 아니었더라면 절대로 경험하지 않았을 그 우습고 어리석은 일들을 소중한 인생 경험으로서 남기려는 것이다. 카멜레온으로 지낸 시기는 때론 어이없고 때론 힘들기도 했지만, 그래도 지금의 현명하고 자신감 넘치는 여자로서의 내 모습을 만들어주는 데 다방면에서 혁혁한 공헌을 했음을 그 누구보다도 잘 알고 있기 때문이다.

아름다운 '고공 비행' 중임을 알려주는 신호들

스스로의 필요나 그 가치에 충실하기로 이미 진지하게 마음 먹은 후라면, 하나의 관계 안에서 지나치게 극단적이지 않은 '적당한' 타협을 맺는 일이란 더 이상 어렵지 않다. 다음과 같은 경우라면 당신은 이제 더 이상 카멜레온이 될 걱정에 시달리지 않아도 좋다.

* 내 믿음을 저버리지 않은 기본 위에서 남자친구의 관점을 충분히 이해하며, 때론 그가 주장하는 '주류 세금 철폐를 위한 캠페인'에 적극적인 지지를 보내기도 한다.

* 야외 스포츠 광인 애인에게 '아무리 비싸고 질 좋은 구명조끼를 가져다 준들 급류 래프팅엔 절대 동참하지 않을 것'이란 내 생각을 똑똑한 목소리로 확실히 알려둔다.

* 그가 원하는 (맛도 기괴할 뿐 아니라 영양가도 없는)음식을 주문하도록 그냥 내버려둔다. 이젠 그와 어떨 때 싸워서 이기고, 또 어떨 때 져줘도 되는지를 잘 아니까.

* 마음에 드는 남자랑 데이트를 시작한 지 벌써 3개월이 다 되어가지만, 적어도 일주일에 한 번씩은 꼭 친한 친구들과의 모임을 갖는다.

* 이번에 만난 그는 흠잡을 데 없이 근사하고 아까운 남자긴 하지만 의견의 일치를 보기가 너무도 힘든 사람이기에, 나중에 더 좋은 사람을 만날 거라 믿으며 그에겐 그만 작별을 고한다.

* 카멜레온 시기를 겪고 있는 다른 여자들을 보면 비슷한 경험을 통해 내가 얻은 교훈들을 전파해주고자 애쓴다.

* 혼자인 삶에서도 최고의 기분을 느끼며, 남자란 필수불가결한 존재가 아니라 같이 다니면 기분 좋고 편안하고 재미있는, 하나의 부수

높이 날아오를 수 있는 자유를 되찾았을 때, 카멜레온 걸들은 비로소 진정한 관계란 그 안에서 스스로의 존재를 완전히 망각할 정도로 압도적이거나 부담스러운 것이어선 안 된다는 사실을 깨닫는다. 즉, 남녀 관계에서 정당한 타협과 절충안을 찾는다는 것이 제 모습을 완전히 잃는다는 것과 얼마나 다른 의미인지를 새롭게 재발견하게 된다는 뜻이다. 이 귀중한 발견과 함께, 이제 우리는 한층 강한 자아로 무장한 채 슈퍼스타와 같은 자신만의 독특한 태도를 견지하며 앞으로 나아갈 수 있다. 내 인생에 남자가 있든, 그렇지 않든 간에 상관없이 말이다.

> 우리에게는 특별한 사람이 될 '권리'뿐 아니라
> 그럴 '의무'도 있음을 늘 기억하라.
>
> 엘리너 루즈벨트(Eleanor Roosevelt, 루즈벨트 전 미국 대통령 부인)

카멜레온 같은 그녀들이 들려주는 리얼 토크

"옛날 남자친구가 암벽 등반을 좋아한다기에 나도 엄청 좋아한다고 거짓말을 했는데, 그게 화근이 됐지 뭐야. 신이 난 그가 글쎄 우리의 첫 등반 날을 콱 잡아버린 거지. 물론 내가 등산할 타입이 전혀 아니란 사실은 현장에서 그대로 들통이 났고 말이야."

"남자친구가 화장 안 한 수수한 얼굴이 좋다길래 그 때부터 완전 생얼로 다니기 시작했지. 〈꼬마 유령 캐스퍼〉의 그 꼬마 유령을 생각하면 당시 내 모습이 딱 상상될 거야. 흠, 한마디로 산 송장 그 자체였지."

"이때까지 월 스트리트가 아니면 일하지 않겠다고 버틴 건 대학 때 애인이 그 쪽에서 재정과 관련된 일자리를 잡았기 때문이야. 그랑 똑같이 되고 싶은 마음, 오로지 그 한 가지뿐이었던 것 같아."

"그 당시 사귀던 남자가 현모양처 스타일을 좋아한다고 해서 거의 매 주 쿠키를 구워다 바쳤어. 그런데 알고 보니 그놈은 그걸 직장에 들고 가선 나 몰래 만나고 있던 다른 여자랑 나눠먹곤 했던 거야! 요즘은 새 남친이 나한테 직접 쿠키를 만들어 주고 있지. 호호."

"집들이 선물로 그이 어머니께 뭘 선물할까 고민하다 '볶는 걸' 좋아하신단 말을 언뜻 들었던 기억이 나서 볶아먹기 좋은 고기 종류를 잔뜩 사갔어. 그런데 알고 보니 사람을 들들 볶는다는 뜻이었지 뭐야. 게다가 중요한 건 그이 어머님은 완전 채식주의자셨단 거지."

Chapter 7

위기의 여자 the crisis chick

정크푸드와 잠으로 얼룩진 나날들

닉네임

생리 중, 혼란계의 대마왕

외모

창백하고, 피곤하고, 우울하고, 금방이라도 분노를 터뜨릴 듯한 태세 .

패션 모드

한 달째 매일 똑같은, 너절한 티셔츠 & 무릎 늘어난 레깅스 세트.

생활 모토

"후유, 대체 이 험한 세상을 어찌 헤쳐나가야 할까……?"

애정 전선

애완동물 하나면 열 남자 부럽지 않다.

애창곡

엄청 슬프거나 극단적으로 감상적인 사랑의 발라드 모음집.

이벤트/활동

자고, 먹고, 좀 더 자고…… 그러다 생각나면 뭐, 가끔 샤워도 하고.

대인 관계

엄마, 언니/여동생, 그 밖에도 나의 이런 변덕스럽고 더러운 성격을 기꺼이 받아
주고 끊임없는 하소연에 귀를 기울이면서도 아무런 보답도 바라지 않을 정도로
나와 가까운 몇몇 지인들뿐……!

인생 목표

"계속 그렇게 물어보면 그냥 확 죽어버릴 테야!"

그녀는 나름 리드미컬한 인생을 살아가던 참이었다. 일하고, 운동 갔다가, TV 보다가, 잠들고. 또다시 일하고, 운동하고, TV 좀 보고, 그러다 잠들고. 그러던 어느 날 아침, 그녀는 한 통의 전화를 받는다. "엄마다. 막내 날 잡았다" 혹은 "아까 전화 왔는데, 고모 딸이 이번에 회사에서 이사로 승진이 됐다지 뭐니" 그러자 그녀의 머릿속엔 갑자기 수많은 생각들이 소용돌이치기 시작한다. "도대체 난 지금 뭘 하며 살고 있는 거지? 사실 매일 아침 마음에도 안 드는 회사로 출근하는 것도 괴로워. 또 지금 만나는 남잔 어떻고? 이 사람이 진짜 내 짝이란 보장도 없잖아? 혹 운이 좋아 천생연분을 만난다 해도 지금 내 모습을 좀 봐, 완전히 빵점짜리잖아!" 그래서 그녀는 다시 침대로 기어올라가 이불을 푹 뒤집어쓴 채 그날 하루를 완전히 잠으로 보내버린다. 허나 그렇게 지겹도록 자고 일어난 후에도 기분은 여전히 개운치가 않다. 왜냐고? 바로 '위기의 여자' 단계에 들어섰으니까!

20대 중반의 소심한 방황이든, 아니면 '내가 벌써 30대란 말이야?' 하는 진지한 위기의식이든, 이 같은 위태로운 시기란 사춘기 이후부터 중년이 되기 전까지 그 어느 때고 찾아올 수 있다. 사실 여자들에게 있어 이 시기란 미래에 대한 약간의 흥분과 함께 커리어와 결혼, 자녀, 혹은 그간 인생에서 꿈꿔왔던 것들에 대한 계획을 세우게 되는 때이다. 그러나 불행히도 '위기의 여자'는 그렇지가 못하다. 대신 그녀는 마음속이 혼란스럽고 모든 게 그저 우울해 보이기만 하다. 매일 단조로운 일상에 얽매인 채 마지못해 하루 일과를 시작하고, 그녀의 유일한 팬인 야간 근무조 청소원 아저씨를 보며 그날의 행운을 점치며, 언젠가 사무실의 서류분쇄기가 자신의 치맛자락을 확 끌어당겨 이 괴로운 삶을 조용히 마감시켜주길 기도하는 이 위태로운 심리상태의 여인들.

어떻게 살아가야 할 것인가에 대한 복잡다단한 메시지들에 직면한 이 위기의 여자들은, 이 중 과연 어느 길을 택할 것인가를 두고 크나큰 부담감에 짓눌린다. 그러다 결국 하나의 길을 선택했을 때조차 그녀는 '혹 더 나은 길을 놓쳐버린 것이 아닌가' 하는 두려움에 사로잡히고 만다. 그리하여 그녀는 다른 사람들의 삶을 흘끔거리며 그들의 발전상과 비교해서 스스로를 평가하기 시작하면서 자기가 진정 원하는 것, 또 스스로를 행복하게 만드는 건 과연 무엇인지에 대해 점점 더 큰 혼란 속으로 빠져든다.

위기의 순간들이란 이렇듯 우리를 압도하는 힘겨운 시간이기도 하지만 적합한 무기로 올바르게 무장만 한다면 스스로를 위한 유익한 시간으로 바꾸어볼 수도 있다. 충분한 자기 성찰의 시간을 거친 후, 그녀는 비로소 선택의 기로에 서게 된다. 계속 그렇게 우울의 늪에서 허우적댈 것인가, 아니면 더 나은 인생을 만들기 위해 필요한 단계들을 밟아가며 앞으로 전진할 것인가! 이 장은 물론 후자에 도달하도록 당신을 도울 것이다. 우울증을 극복할 만한 확실하고 현실적인 방법들을 배워 고단한 일상을 흥미로운 모험으로 변화시키는 법을 체득하여, 이 '위기의 여자' 시기를 영원히 떠나보낼 수 있게 될 것이다.

✖ **33세란 바로 새로운 30세!** 자기 나이 앞에 커다란 '3' 자를 다는 데 있어, 세상 남녀들은 이제 더 이상 예전처럼 두려워할 필요가 없다. 갈수록 졸업도 늦게, 결혼도 늦게, 아이도 늦게 갖는 등, 인생의 중대사들을 행하는 데 있어 이 세대의 인간들이란 어쩐지 모든 걸 뒤로 조금씩 미뤄가고 있는 추세니까. 그러므로 요즘의 삼땡, 즉 33세의 나이란 다시금 맞이하는 새로운 30세이며, 그런 고로 30세는…… 곧 27세와도 같은 것이다(만세!).

휘몰아치는 소용돌이 속에서

당신은 지금 '위기의 여자'의 시기에 놓여 있는가? 온갖 미묘한 기분과 광기들이 정신없이 소용돌이치는 태풍 속에서의 삶이란 힘들기만 하다. 일정 시간 동안, 위기의 여자들은 좀처럼 침대를 벗어나려 들질 않는다. 그러다 드디어 이불 밖으로 기어 나왔을 때에도 그저 다시 무미건조한 일상이 시작될 뿐이고, 매일 한 치의 오차도 없이 똑같기 만한 출근길 덕에 막상 회사에 도착했을 땐 대체 여길 어떻게 왔는지 기억조차 해낼 수 없다. 이성적으로는 현재의 인생이 최악의 상태까지는 아니란 걸 잘 알지만, 감정적으로는 스스로가 너무 못나고, 지쳐서 죽을 지경에다, 틀에 박힌 구린 삶에서 벗어나지 못하는 가엾은 중생이라는 느낌만은 어쩐지 지울 수가 없다. 친구들과 수다를 떨고 화려한 삶을 사는 TV 속 사람들을 보며 나보다 훨씬 행복한 인생을 사는 듯한 동료들의 이야기를 엿듣는 동안, 그녀는 결국 '괜찮은 인생 계획 하나 없이 살아가는 건 이 세상에서 오직 나 하나뿐!' 이라는 극단적인 판단을 내리고 만다.

이런 그녀의 모습이 다름아닌 지금의 내 모습처럼 느껴진다면, 지금 당신도 '위기의 여자'. 이제부터 소개하는 위기 경보 신호들에 주의를 한번 집중해보라.

모든 게 다 잘못되어가고 있어!

어찌된 일인지 위기의 여자는 가는 곳마다 문제에 봉착한다. 찜통 더위 속에 지하철을 탈라치면 정전 사태가 발생하고, 하고 많은 차들 중에 꼭 내 차에만 누군가 찍 긁어댄 자국이 있다. 길 가다 실수로 부딪힌 할머니는 사람들 앞에서 민망할 만치 호통을 쳐대고, 하소연 차 제일 친한 친구에게 전화를 걸면 위로는커녕 더 못되게 굴 뿐이다. 주변의 일들이 정말로 다 잘못되어가고 있는 건지 아니면 그냥 그렇게 보일 뿐인지, 그저 혼란스럽기만 하다. 여하튼 간에 지금 그녀는 우울증 치료제 한 병을 다 비워서라도 한시바삐 이 시기를 벗어나고픈 마음뿐이다.

그럴 가치도 없는 남자들과의 계속되는 데이트

계속 이 남자 저 남자들을 만나보고 있긴 하지만, 하나같이 어딘가 모자라는 놈들뿐이다. 때론 남자친구가 생기기도 하지만 그가 정말 내 평생의 짝인지 도무지 확신이 서질 않는다. 이제 나에게 있어 데이트란 신나는 레저 활동이라기보다는 점점 의무 방어전 같은 피곤한 일상이 되어갈 뿐이다. 왜 빨리 백마 탄 왕자님이 문 앞에 나타나 날 데려가지 않는지, 언제고 맨발로 뛰어나갈 준비가 되어 있는 그녀로서는 도무지 알 길이 없다.

회의(懷疑)는 지혜의 종말이 아니라 시작이다.

조지 일즈(George Iles, 미국 작가)

자꾸 맞짱 뜨려는 세상

백화점 가는 길, 계속 걸리적대며 거북이 운전을 하는 앞차에 경적을 울려대다 못해 결국엔 중지를 확 치켜들어 보이며 유유히 그 차를 앞질러버렸는데…… 다음 날 회사에 가보니 문제의 앞차 운전자는 다름아닌 상사였다. 또, 버스 안에서는 노약자 석에 앉았다는 이유로 웬 할아버지로부터 지팡이 세례를 받으며 쫓겨나질 않나 급할 땐 그 흔하던 화장실이 단 한 개도 눈에 띄지 않을 뿐더러, 그녀가 이용하려는 화장실엔 언제나 줄이 길게 늘어서 있다.

늘 어긋나기만 하는 타이밍

느긋한 휴일, 간만에 치킨이나 시켜먹을까 하면 BBQ는 꼭 그날에 맞춰 '오늘은 쉽니다' 간판을 내건다. 약속시간에 맞춰 서둘렀음에도 병원에 도착한 그때부터 족히 한 시간은 대기실에 앉아 기다려야 한다. 하필 그날따라 열린 마라톤 대회 덕에 교통대란에 갇혀 친한 친구의 결혼식마저 놓치고 만다. 중요한 행사에 시간 맞춰 참석하기 위해 노력하거나 제아무리 아침 일찍 일어나려 해도, 태양과 그녀의 스케줄은 어쩐지 궁합이 썩 좋지 않은 것만 같다. 모든 일에 있어 그녀는 그저 너무 늦거나 혹은 너무 빠를 뿐이니 말이다.

테크놀로지, 여자들의 친구인가, 적인가?

본디 테크놀로지란 필요 시에 다른 이들과의 접촉을 돕는 기능을 한다. 그렇지만 그것이 진정 여자들의 문제 해결을 돕고 있기는 한 걸까? 오히려, 여자의 인생을 더 불행하게 만들고 있는 건 아닐까? '위기의 여자' 시기를 겪는 동안은 깜박이는 가로등 불빛마저도 마치 "네 인생 진짜 구리구나, 쯧쯧" 하며 날 마음껏 비웃는 모스부호처럼 느껴지기 마련이다. 이처럼 테크놀로지란 절망에 빠져 있는 여자들을 때로 더욱 괴롭게 만들어, 결국엔 해변가 외딴 오두막으로의 도피를 꿈꾸게 만들기도 하는데…… 그런 위기의 시기란 다음과 같다.

* 간단한 질문 하나 하려고 고객 서비스 센터에 전화를 걸었는데, 마
  치 세상에서 가장 거대한 음성사서함에라도 연결된 듯 1시간이 넘도
  록 이 번호 저 번호들만 엄청나게 눌러대다 마지막 순간에 가선 결
  국 '뚜뚜뚜……' 연결이 끊어져버렸을 때.

* 수백 개도 넘는 케이블 채널들이 온통 '돈 많고 행복한 사람들이 멋
  진 사랑에 빠지는' 내용의 영화/쇼들만을 하루 종일 방영할 때.

* 스팸 메일 중 그만 잘못 클릭한 인터넷 포르노 사이트가 팝업 창을
  이백만 개쯤 띄워대며 날 괴롭혀올 때.

* 항공사의 새 수하물 트래킹 시스템의 사소한 오류로 인해 현재 내
  여행가방이 3,000 마일 밖에 가 있다는 소식을 접했을 때.

* 순간적인 실수로 극히 개인적인 내용의 이메일이 사내 전 직원들에
  게 전송되었을 때.

* 시간 조절을 하려 할 때마다 전자레인지가 그냥 작동을 시작해버릴 때.

* 기차 안 바로 옆자리에서 세 시간 논스톱으로 자신의 화려한 웨딩
  플랜에 대해 떠들어대는 여자의 핸드폰 통화 덕에 두통이 생기다 못
  해 머리에 쥐가 나려 할 때.

회사 가기 정말 싫어!

아침마다 눈을 뜨고 어찌저찌 출근은 한다지만, 판에 박힌 듯 단조로
운 일과를 보내야 하는 매일매일이 그저 괴롭기만 하다. 지금 하고 있
는 일이 스스로에게 걸맞은 진취적인 일이 아니란 사실을 잘 알고 있는
그녀는 점점 더 안정된 생활에 안주하려는 자신에게 화가 치밀기도 한

다. 지금쯤이면 유명인사가 되어 있으리라 믿어 의심치 않았건만 현재
내 모습은 어떤가, 침대에서 뒹굴며 인터넷 상에 제 이름을 내걸고 웹
디자인 회사를 창업한 열여섯 살짜리 남동생보다도 더 적은 월급에 허
덕이고 있지 않은가. 그렇다고 온라인 상에서 다른 일자리를 찾는 것도
그리 호락호락한 일은 아니다. 이메일 상의 커리어 관련 뉴스레터 팝업
창들만 보면 속이 마구 뒤집히니 말이다.

평소 싫어하던 사람을 닮아가는 내 모습

점점 비대해져 가는 몸뚱이를 가리기 위해 나는 오늘도 신축성 있는
바지와 스니커즈 차림에 크고 헐렁한 땀복을 뒤집어 쓴다. 매일 예쁜
핸드백 대신 다 헤진 백에 물건들을 대충 쑤셔 담은 채 사무실로 향하기
바쁘고, 계절에 맞는 깔끔한 새 옷들을 사러 가거나 굽이 닳은 구두를
제때 수선하기엔 너무 지치고 게으르기만 하다. 뿐인가, 주위에 떠들썩
하게 노는 아이들이라도 있을라 치면 '오냐, 너희 잘 걸렸다' 는 얼굴로
당장 조용히 하라며 고래고래 소릴 질러대기도 한다. 이제 때때론 그녀
에게도 가끔씩 그녀가 어릴 적 그렇게도 싫어라 했던 타입의 할머니들
과 같은 말과 행동이 배어 나오기 시작하는 거다. 특히나 그토록 닮기
를 거부했던 엄마의 모습과 점점 똑같아지고 있는 모습을 깨달은 그녀
는 그만 후르르 좌절하고 만다.

다른 사람들이 완벽해 보이기 시작한다

다른 여자가 하나 걸어 들어오는 찰나, 그녀는 스스로가 못난 의붓자식이나 되는 양 자격지심을 느끼기 시작한다. 마음속으로 다른 여자들의 삶은 어떤지에 대한 가상의 시나리오들을 줄줄 써내리는 그녀. 옆자리 동료는 다섯 살 때 놀이공원에서 아마 큰 상을 받았을 거라 상상해보며, 그 시절 그저 플라스틱 반지 따위에나 집착했던 한심한 자기 모습과 비교한다. 또 인기 많은 여대생인 사촌동생이 자기 꽁무니를 졸졸 쫓아다니는 남학생들을 떨궈내느라 바쁠 모습을 상상하며 부러워하기도 한다. 이렇듯 위기의 여자들은 스스로를 다른 여자들처럼 행복이나 사랑 따위를 누릴 만한 가치가 없는 사람이라 비하해버린다.

마구 헝클어진 세상

집 안은 그야말로 온통 난장판인 데다 그것들을 치우고 자시고 할 여력조차 없다. 아무렇게나 던져 놓은 빨랫감들은 천장에 닿기 일보 직전이고, 묵은 때가 잔뜩 낀 욕조 안은 누가 들여다볼까 두려울 정도다. 게다가 방 안을 아무리 뒤져봐도 내일까지 반품해서 반드시 환불 받아야 할 비싼 스커트의 영수증만은 그 어디서도 발견되지 않는다. 뿐인가, 다른 허섭스레기들은 몽땅 찾아낼 수 있음에도 정말 꼭 필요한 플라스틱 쪼가리 하나가 모자라는 바람에 새로 산 커피메이커로 커피 한 잔을 못 내려 마시며 쩔쩔 매곤 한다.

✖ **인내로써 위기를 넘길 줄 아는 센스!** 위기의 여자 모드일 때에는 주변 사람들이 미치도록 성가시게 느껴질 뿐만 아니라, 내가 지닌 심각한 사안들과 비교해볼 때 그들이 말하는 문젯거리들이란 내 발톱의 때만도 못해 보이기 마련이다. 그런 생각이 꼭 틀리지만은 않겠지만, 어쨌든 이 시기에는 보다 큰 인내심을 가지고 친구들과 가족, 동료들을 대하고자 최선을 다하자. 괜스레 다른 이들에게 까탈스레 굴어봤자 분위기만 악화될 뿐, 상황이 더 좋아질 리는 만무하다.

인생을 분석하느라 머리가 터져버릴 것만 같아!

그녀에겐 아이디어로 가득 찬 각종 차트와 그래프, 스케줄, 노트북 등이 다양하게 구비되어 있다. 인생에서 진정 원하는 것들은 과연 무엇인지를 자산화하느라 바쁜 그녀는, 각 옵션의 장점과 단점들에 밑줄을 긋고 자아 발견과 관련된 서적들을 잔뜩 사다 읽으며 지인들에게 조언도 구해보지만, 사실 아직도 뭘 해야 할지 확신이 서질 않는다. 오랜 세월 동안 그토록 사력을 다해왔음에도 불구하고, 그녀는 내가 일하는 분야나 애정 전선에 있어 어떠한 발전상도 느끼지 못한다. 차라리 태국으로 건너가 영어 교사를 시작해볼까? 아이를 입양하는 건? 일단 그냥 고양이라도 한 마리 길러볼까? 이런저런 생각들로 번뇌하기 시작한다. 아무리 고민해봐도 과연 무엇을 해야 행복할 수 있을지에 대한 답이 나오질 않는 지금, 머릿속은 폭발 일보 직전이다.

이상한 짓을 하기 시작한다

그녀는 웹 서핑에 수십 시간을 허비하고, 채팅 룸에서 만난 일면식도 없는 사람들에게 파란만장한 인생사를 주절주절 떠들어대기도 한다. 갑자기 기타를 배우기도 하고, 요상한 문신을 새기기도 한다. 어떤 날은 해변가에 있는 오두막에 살고 싶다며 집을 알아보기도, 또 머리를 빨갛게 염색하곤 잡지에서 본 레트로 드레스와 납작 구두까지 세트로 구입, 완전한 변신 모드에 들어가기도 한다. 좀 더 극단적인 경우, 위기의 여자는 성적인 부분에 있어 색다른 변화를 시도해보기도, 또 온라인에서 만난 낯선 남자와 훌쩍 여행을 떠나기도 한다.

초월적인 세계의 문을 두드린다

그녀는 문득 지금 사는 곳을 떠나 일 년쯤 나를 올바른 방향으로 이끌어줄 하늘의 계시를 찾아 나설까 하는 생각을 해본다. 철학과 과학 관련 전문서적이나 TV 프로그램에 커다란 관심을 쏟기 시작하고, 거기서 알게 된 종교로의 개종을 고려해보기도 한다. 더불어 자신이 환생을 경험했다고 믿거나 인간이란 본디 외계 종으로부터 시작된 존재라는 생각에 빠지기도 한다. 그리고 유명한 점쟁이나 심령술사, 또는 손금이나 타로 카드 점을 보는 사람들을 찾아다니는 데 많은 시간을 들인다.

위의 상황들이 '엇, 이건 내 얘긴데!' 라고 생각된다면 당신은 지금 '위기의 여자' 단계를 겪고 있는 중이다. 만약 이 모두(!)에 해당되는 사람이 있다면, 당장에 긴급 공습경보를 발령한 후 이 글을 더욱 열심히 읽어내려가도록 하라.

완벽한 인생 개조를 꿈꾸다

자기와는 전혀 다른 인생을 살아가는 여자들을 목도한 그녀는 그들처럼 되고 싶은 마음에 잠시나마 대대적인 변신을 고려하기도 한다. 현재 경영진의 일원이라면 교사가 되어보기로 결심하고, 교사라면 다시 학교로 돌아가 변호사 공부를 시작하기로 마음먹는다. 어쨌거나 지금 자기가 하고 있는 일보다는 라이프스타일에 드라마틱한 변화를 주는 편이 훨씬 매력적으로 보인다는 것이다. 이윽고, 가여운 우리 위기의 여자들은 전에는 생각조차 해보지 않았던 위치에 있는 여자들마저 부러워하기 시작한다.

부잣집 마나님

수입이 두둑한 괜찮은 남자 하나를 물어 이 징글징글한 일상을 예쁜 앞치마랑 바꾼 다음, 광고에 나오는 현모양처들처럼 가벼운 요리나 만들며 편안한 여생을 보내는 건 어떨까. 아니지, 요리야 요리사에게 시켜놓고 하루 종일 스파나 즐기고 마사지나 받으면 되지, 암. 잠시나마 이는 아주 환상적인 인생 계획처럼 보일지도 모른다. 그렇지만 저녁식사를 하는 내내 쿵쿵거리며 방구까지 뿡뿡 껴대는 돈 많은 아저씨를 만난 후, 그녀는 이런 남자와는 여생은커녕 단 1분도 더 못 버틸 거란 사실을 깨닫고 만다. 전업주부의 삶은 어떨지, 시집간 언니와도 통화를 해보지만, '아이들이 아프고 개들이 짖어댈라치면 정말이지 확 죽어버리고 싶다' 며 주부 나름의 괴로움을 토로한다. 이윽고 정신을 차린 그녀는 원래의 삶으로 돌아가고자 한다.

세상의 구원자

다니던 회사를 때려치우고 멀리 짐바브웨쯤으로 날아가 기아들을 거둬 먹이고 헐벗은 자들에겐 옷을 입혀볼까? 혹은 생활 패턴이나 일과가 편안하다고 알려진 곳에 자원해 적어도 돈에 상관없이 봉사활동을 펼쳐볼까? 쿠바에서 온 이민자들을 대변하며 24시간을 꼬박 무료로 봉사한다는 변호사에 대한 기사를 읽은 그녀는 당장 멋지게 사직서를 쓰기로 결심한다. 그러나 곧 그들의 라이프스타일도 생각만큼 그다지 멋있지만은 않으며 무엇보다도 그녀는 그런 활동에 100% 헌신할 자세가 되어 있지 않다는 사실을 깨닫게 된다. 그래서 완벽한 테레사 수녀로서의 삶을 택하기 전, 먼저 매 주 몇 시간씩 작은 봉사활동부터 시작해보기로 마음먹는다.

컨트리걸

우선 아늑한 오두막이 있는 시골로 이사를 가 그곳에서 땅을 갈고, 정원을 가꾸며, 가축을 키우는 컨트리걸로서의 삶을 시작한다. 아니면 가까운 곳에 가족끼리 작은 가게를 하나를 열고 매일 들르는 단골들과 수다를 떨며 사는 건 어떨까? 상상만 해도 소박하고 평화스럽기만 한 그 풍경에, 왜 진작 이런 생각을 못했을까 화가 날 지경이다. 그래서 일 단 시골에 사는 친구 집에 놀러 가 현재 계획중인 새로운 삶을 먼저 조 금 맛보기로 한다. 그러나 도착 이후의 약 48시간 동안을 '이 남아도는 시간을 대체 어떻게 때울까' 란 문제로만 주구장창 고민하던 그녀는, 결 국 북적거리는 도시의 인파 속을 떠나 있는 시간은 평생이 아니라 딱 일 주일이면 충분하겠다는 깨달음을 얻고 돌아온다.

이제 무서운 매가 나타났으니,

보다 더 생기 있는 모습으로 승부할지어다.

스텔라 리딩(Lady Stella Reading, 영국 여성학자/사회운동가)

프로 고독녀들의 조언

지금 필요한 건 오직 갖은 잡념들을 날려버릴 시간뿐? 잠시나마 복작 거리는 인간들 틈을 떠나고 싶다? 그렇다면 여기 '프로 고독녀' 들로부 터의 값진 조언 몇 개가 준비되어 있으니 참고하시라(단, 다음의 충고 엔 아주 잠시 동안만 의지하고, 기분이 풀린 후엔 사람들과 어울리는 원래의 삶으로 곧 복귀하시길).

* 엘리베이터에 혼자 타고 있는데 귀찮게 어떤 남자가 오고 있다면 그가 당신을 볼 수 없도록 구석자리로 몸을 숨긴 후 문을 닫아버려라 (앗, 안타깝지만 다음 엘리베이터를 이용하셔야겠군).

* 회사를 일찍 떠나라. 이때 코트는 의자 뒤에 걸쳐놓고 책상 위는 각종 서류들로 어지럽혀 마치 '잠깐 자리를 비운 듯한' 인상을 주는 것이 주요 포인트.

* 발신자 표시 서비스를 신청하거나 자동 응답기를 이용해 전화들을 걸러 받아라.

* 차를 몇 블록 떨어진 곳에 주차해 남들이 집을 비운 상태라 생각하게 만들어리.

* 타인과의 의사소통이 필요할 땐 웬만하면 이메일을 이용하고, 핸드폰은 바로 음성 메시지로 넘어가도록 해두어 사람들이 신속한 응답을 기대하지 못하도록 하라.

* 평소 사람들을 '못 본 척하는' 표정을 꾸준히 연습해뒀다가 보기 싫은 인간과 마주쳤을 때 이를 유용하게 써먹도록 하라.

* 주변 사람들 모두에게 '2주간 해외여행을 떠난다'고 소문을 내어 나만의 조용한 시간을 보장 받자.

성공한 전문직 여자

다시 공부를 시작해 MBA나 박사 학위, 또는 CPA 자격증을 따는 거다! 〈포춘〉지가 선정한 500대 기업에 취직하여 권력에의 꿈을 키워보는 것도 좋겠다. 성공만 하면 폼나는 요트나 럭셔리 맨션, 고급 빈티지 와인 컬렉션이 보장되고 잘하면 바하마 쪽에 땅을 보러 다니는 인생도 꿈꿔볼 수 있을 테니. 그리하여 그녀는 여기저기 전화를 넣고, 각종 아카데미 프로그램들을 체크하며, 인생에 있어 이런 식의 커다란 변화가 가져올 장단점에 대해 애인과 신중히 의논해보기도 한다. 그러나……! 비즈니스 스쿨을 이수하는 데 드는 엄청난 비용과 시간에 대해 알게 되는 순간, 작금의 계획에 대한 전면수정에 들어가기로 한다. 지금도 미련이 남지 않는 건 아니지만, 어쨌거나 완전한 결정을 내릴 때까진 좀 더 시간을 두고 생각해보기로 마음먹는다.

어린 시절로 되돌아가기

다시 부모님 밑으로 들어가 최소한의 집세 정도만 보태며 집 근처 곳에 일자리를 얻는편이 좋겠다. 그럼 다른 건 몰라도 부모님의 지지와 그리웠던 예전의 친숙한 삶을 가까이 느낄 수 있을 테니까. 하여 당장 짐을 싸 주말 동안 가족을 방문하기로 하고 '내가 돌아간다!' 는 뉴스를 모두에게 공지한다. 그런데 공항으로 마중을 나온 엄마는 집으로 가는 내내 예의 그 엄청난 잔소리들로 벌써부터 귀를 얼얼하게 만든다. 아빠도 이에 질 세라 집에 도착하기가 무섭게 지하실에 있는 커피 테이블을 가리키며 사포질을 해놓으라 달달 볶아댄다. 밤에는 그리웠던 옛 침대에서 잠을 청해보지만 어쩐지 매트리스가 편칠 않다. 결국 그녀는 두 분을 진심으로 사랑하긴 하지만, 그렇다고 부모님 집으로 돌아가는 게 인생의 해답은 될 수 없단 사실을 깨닫는다.

'위기의 여자' 시기에는 인생 전반이 그저 지루하고 엉망진창으로만 느껴지며, 다른 삶이나 선택은 그게 어떤 것이건 현재의 자신의 삶보다는 훨씬 매력적으로 비쳐지기 마련이다. 스스로는 볼품없고 실패한 인생에다 동기부여조차 되지 않은 삶을 사는 한심한 인간으로만 느껴 질 뿐더러 주변 사람들의 삶은 그와는 정반대로 술술 잘만 풀려가는 듯 보인다. 결국 자신은 어둡고 저주 받은 운명을 타고 났으며 그간 어렵사리 쌓아온 경력들은 전부 헛된 것이었다고 확신하고는 국제 평화봉사단 신청서에 제 이름을 써넣을 각오를 하게 되고 마는 것이다.

우울 유발자들

과연 무엇이 행복하고 안정된 생활 속의 여자들을 '위기의 여자' 로 몰아가며, 또 그녀들은 왜 그 시기를 벗어나는 데 그토록 큰 어려움을 겪는 걸까? 가족 구성원의 죽음이라든가 실연의 아픔 등 확연한 원인이 있는 경우도 있지만, 대개는 그런 분명한 이유도 없이 이 시기를 겪게 되곤 한다. 여느 때와 똑같이 잠에서 깬 어느 날, 새삼 자신이 인생에서 원하는 바는 무엇이며 지금 어디로 가고 있는지에 대해 전혀 확신이 들지 않는 거다. 우리를 더 미치고 팔짝 뛰게 만드는 건, 사실 그 어떤 것도 그리 잘못되어가고 있진 않다는 거다. "야, 있을 건 다 있으면서 대체 뭐가 부족해서 우울하다는 건데?" 란 친구의 핀잔처럼 말이다.

비록 어린 아이의 투정 같기만 한 이 시기에 대한 명쾌한 설명은 없지만, 그 우울증의 원인들에 대해서는 몇 가지 가설이 존재한다.

너무 많은 선택의 길

선택이란 본디 좋은 것이고 그런 선택의 기회들이 존재한다는 것만으로도 행운이지만, 지나치게 많은 선택의 길은 오히려 위압적일 뿐더러 잘못하면 우리를 '위기의 여자' 모드로 밀어넣을 수도 있다. 현대 사회에서는 많은 이들이 진로 선택에 있어서 꼭 돈이 아닌 자기 만족과 삶의 질 향상에 더 큰 비중을 두고 있다. 이렇듯 앞으로 일이 어떻게 풀려나갈지 알 수 없는 상태에서 '올바른' 길을 선택하는 일이란 상당히 두렵게 느껴지는 법이다. 원하는 아티스트의 길을 가느냐 아니면 보수가 높은 안정된 직업을 택하느냐, 또는 연극을 공부하느냐 변호사가 되느냐를 두고 고민에 휩싸일 때, 위기의 여자들은 자기 앞에 놓여진 수많은 선택의 갈래들로부터 엄청난 부담과 스트레스에 시달린다.

전부 다 잘 해내리라는 태도

대개의 여자들은 오만 가지의 일을 한꺼번에 해내는 재능을 지니고 있어 일이나 가정, 학교, 자기 관리 등 떠올릴 수 있는 모든 것들에 있어

제법 균형을 맞추며 살아간다. 특히 그중 몇몇은 창조적인 직업에다 괜찮은 부업거리, 몸매 관리에 이르기까지 그 곡예와도 같은 일들을 전부 훌륭히 소화, 지속해가기도 한다. 그러나 거기에다 애인, 남편, 아이들, 또 나이 지긋한 부모, 시부모 문제까지 더해진다면 그땐 제아무리 슈퍼 우먼이라 해도 두 손 두 발을 들어버리고 말 일. 그 모든 것들 사이에서의 아슬아슬한 외줄타기란 끔찍한 악몽인 동시에 커다란 스트레스로 작용, 우리를 '위기의 여자' 모드로 몰아넣게 된다.

우리는 근심거리로 인해 우울증에 빠질 게 아니라
어떤 행동을 취해야 한다.
자신을 통제할 수 없는 사람은 결코 자유로울 수 없는 법이니.

피타고라스(Pythagoras, 그리스 철학자/수학자)

자아비판과 다름없는 자가평가

위기의 여자들은 대부분 자기 인생이 적당한 속도를 맞추지 못하고 있다고 생각하는 경향이 있다. 또래의 누군가가 결혼의 첫 테이프를 끊는 순간, 아직 변변한 데이트 상대조차 구하지 못한 그녀는 새삼 커다란 충격에 휩싸이고 만다. 평소 연락도 잘 하지 않던 지인이 전화로 자신의 고속 승진 소식을 알려오자, 올해만도 벌써 세 번째 일자리를 바꾼 그녀는 스스로를 실패한 인생이라 여기기 시작한다. 결국 그녀는 다른 사람들의 발전상에 비추어 자신을 평가하곤 현재 자기는 그에 훨씬 뒤쳐져 있다고 판단해버린다.

일탈을 꿈꾸는 순간

　태어나서부터 졸업할 때까지 우리들은 초, 중, 고등학교를 거쳐 대학에 이르는, 서로 상당히 엇비슷한 길을 걷게 된다. 졸업 후에도 우리 대부분은 아직 젊고, 미혼이며, 별반 큰 소속감 없이 여러 일자리에 도전해보는 시기를 꽤 오랜 시간 공유한다. 문제는 그 다음 순간부터다. 비로소 우리가 인생에 있어 중대한 결정을 내리고, 각기 다른 모습으로 살아가게 되며, '삶이란 두려운 것' 이란 생각에 일탈을 꿈꾸기 시작하는 게 바로 이즈음부터이기 때문이다. 어떤 친구들은 일찍 결혼을 해 아이들을 갖기도, 어떤 이들은 세계여행을 떠나거나 벌써 제 이름을 내건 회사를 차리기도 한다. 또 학교로 돌아가 공부를 계속하는 친구들도 있다. 이렇듯 지금껏 비슷한 모습으로 살아왔던 한 무리 안에서 급작스레 조성되기 시작한 '변화' 의 전반적인 분위기는 많은 여자들을 위기의 시기로 몰아넣는다. 그토록 많은 이들이 각자의 인생에서 크고 작은 결단을 내리고 있을 때, 내 스스로의 인생을 분석하며 모든 것이 원래의 목표대로 가고 있는지에 대해 걱정하는 것은 사실 매우 자연스러운 현상이다. 때로는 호르몬의 변화나 선천적인 우울증 같은 자연적인 원인이 우리에게 위기감을 불어넣기도 하므로, 참을 수 없을 만큼 분노가 치밀거나 그런 증상이 점점 심해지는 듯싶다면 빨리 의사를 찾아 일단 물리적인 원인부터 제거해내도록 하자. 그러나 대부분의 경우 이 같은 '위기의

여자' 시기란 젊은 시절 누구나 한 번쯤 겪게 되는 단계이므로, 그를 뛰어
넘으려는 열정과 노력으로써 이를 현명히 극복해가야 할 것이다.

신속한 위기 관리

그러면, 위기의 여자들은 대체 어떻게 해야 하루 빨리 이 시기를 벗
어나 더 행복한 단계로 옮겨갈 수 있을까? 첫째, 이는 대부분의 여자들
이 경험하게 되는 시기이므로 이런 순간들을 겪는다고 해서 스스로를
정신적으로 불안정하다거나 '난 좀 이상한 여자가 아닐까' 의심할 필
요는 없다. 혼란스러운 순간들을 거치며 자기 인생을 평가하는 일은 사
실 자신감 있는 인간이 되기 위한 자연스럽고도 유익한 과정이다. 아무
리 현명한 여자들이라 할지라도 때로는 자신이 내린 결정이나 그에 따
라 흘러가고 있는 인생의 방향에 대해 의문을 가지고 회의를 느끼게 마
련이다. 그러므로 조금 혼란스럽게 느껴지는 이 숙고의 시간이야말로
우리가 삶에서 진정 원하는 것이 무엇인가 하는 문제와 직접 맞닥뜨리
게 해주고, 결과적으로는 스스로 선택한 결과에 대해 더 큰 자신감을 갖
도록 만들어준다. 미래에 대해 좀 더 심각하게 생각해볼 필요가 있겠다
는 압박감을 느낀다면, 보다 구체적인 목표들과 실행 가능한 계획들을

세우는 데 주력해보자.

　위기의 순간들을 경험하며 얻게 될 이런 확실한 장점들에도 불구하고, 일단 이 시기에 봉착한 여자들은 거기서 헤어나오기 위해 갖은 안간힘을 쓰게 될 것이 분명하다. 좋은 약이 입에 쓰듯, 나를 성장시키는 시간이란 대부분 불편하게 느껴질 때가 많다. '위기의 여자' 시기를 겪는 동안 영민한 정신력과 인생의 방향을 잃지 않기 위해서는 다음의 몇 가지 중요 사항들을 마음 깊이 새겨두자.

선택의 번복에 있어 두려움을 갖지 말라

　미래와 직면한 결정을 내리는 데 있어 큰 부담감에 시달리던 '사회초년생' 의 기분을 잠시 기억해보라. 더불어 그때부터 지금껏 마음의 결정을 얼마나 자주 바꾸어왔는지에 대해서도 생각해보라. 28세가 되었다고, 또는 이제 34세가 되었다고 해서 스스로를 '늙었다' 고 생각하는 사람들이 있긴 하지만 자신의 인생 행로를 바꾸는 데 있어 너무 '늦거나' 너무 '늙은' 때란 없다. 물론 지금은 책임감이 보다 무거워진 만큼 예전 22세 때와 비교해 결정이 더 쉬울 리는 없겠지만, 대신 현재 나는 모든 면에서 훨씬 성숙했고, 관련 정보나 지인들도 늘어났으며, 해결 능력의 범위도 한층 넓어지지 않았던가! 현실적으로 말해 내가 내린 어떤 결정도 영원히 돌에 새겨지진 않는 법. 이는 스스로의 인생 여정을 바꾸고자 하는 의지만 있다면 지금 나이가 95세라 해도 여전히 그 방법을 찾아볼 수가 있다는 뜻이다.

위기의 여자들은 자신이 현재 삶의 방식이란 틀에 갇혀버렸다고 느끼며 그로 인해 행복감을 얻지 못해 우울해한다. 스스로 인생을 뒤바꿀 만한 충분한 힘을 지녔다는 사실을 깨닫는 순간, 그녀는 즉시 안도감을 느끼며 다시금 세상에 도전하려는 마음의 준비를 하게 된다. 그러므로 이런 위기의 시기에 봉착했을 때에는 인생에 재미와 흥취를 더해줄 만한 뭔가를 시도하고 행동으로 옮겨야만 한다. 비록 완벽하지 않으리란 걸, 그 뒤엔 수많은 도전이 따르리란 걸 알더라도 일단 시도하라. 그것으로 원하는 결과를 가져오지 못했다 해도 또 어떠랴, 언제라도 다른 방도를 강구해볼 수 있는 게 바로 인생인 것을! 그 길이 훨씬 안전하다는, 또는 새로운 시도가 두렵다는 이유만으로 결코 반복되는 평범한 일상에 안주하려 들지 말라. 목표에 다가가기 위해 선택이란 액션을 취하기 시작하는 순간, 그것만으로도 이미 우린 '위기의 여자' 시기에서 조금씩 벗어나게 된다.

나는 오직 나 자신과만 비교하라

세상에는 동기부여가 확실하게 된 잘나가는 성공 남녀들이 너무나도 많은 관계로, 그들이 이룬 인생의 업적들에 비추어 내 자신을 돌아보면 그야말로 스스로를 '인생의 낙오자' 라 폄하하기 쉽다. 이런 무조건적인 상대적 비교야말로 우리 여자들을 위기의 나락으로 밀어 넣는 주범이므로, '나와 남들' 대신 '첫 출발할 당시의 나와 지금의 나' 를 비교하도록 하자. 지금껏 내가 배운 교훈들과 이뤄온 업적들, 그리고 그 먼 길을 얼마나 힘겹게 걸어왔는지에 대해 초점을 맞추는 거다. 오늘날 나의 성공 여부를 판단하는 기준은 오직 스스로의 출발점뿐이란 사실을 잊지 말라.

나이가 몇이건 무슨 상관이랴? 언제든 다시 시작할 수 있는데!

* 작은 단계들을 천천히 밟아가라. 인생 전체를 일주일 만에 와장창 뒤바꿀 필요는 없지 않은가. 관심 있는 새 분야에 관련된 강의를 듣거나 취미를 업그레이드할 만한 여유를 가져보자. 하룻밤 사이 뭔가를 이뤄낼 수 없다고 해서 아예 노력을 기울일 필요가 없는 것은 아니니까 말이다.

* 뭔가에 도전하는 동안 아무런 장애물도 없기를 기대하지 말라. 평생 꿈꿔온 일생일대의 숙원사업에도 하기 싫거나 귀찮은 과정은 반드시 존재한다. 삶에서 어떤 결정을 내리건 거기엔 언제나 좋은 점과 그렇지 못한 점이 생기는 법이다. 지금 하는 일이나 타인들과의 관계, 가외 수업 활동 등 무엇이 됐건 모든 게 완벽하길 기대하지 말며, 또 완벽하지 않단 이유로 그걸 무조건 내쳐서도 안 될 것이다.

* 시도해보기 전까지는 "어차피 안 될 일이었어"란 말은 삼가자. 의심이나 두려움 때문에 '어쨌거나 시간 낭비일 테니 그 꿈을 추구할 필요는 없어'라며 자기 합리화하기란 쉽다. 계속해서 시도하고 노력하기 전까진 괜한 확신으로 그런 말을 내뱉어서는 안 된다.

* 자기 인생을 성공적으로 변화시킨 사람들의 이야기들을 찾아 읽어라. 유명한 배우, 정치가, 작가, 사업가들 중 40~50세가 되어서야

담장 저 너머의 풀이 언제나 더 푸르게 보이는 법이지만

그건 단지 그렇게 멀리서는 잘 보이지가 않기 때문이다.

작자 미상

30대 콤플렉스를 버려라

빡빡하게 짜인 인생의 타임테이블일랑 창문 밖으로 던져버려라. 그
리고 만일 그런 식의 사고방식을 나에게 주입시키는 이가 있다면 당장
연락을 끊어버려도 무방하다. 때로 위기의 여자들은 어떤 일정한 '계
획'에 매달려 살아야 할 것 같은 압박감에 시달린다. 23세에 졸업을 하
고, 28세면 결혼을 해 33세 이전에 첫 아이를 갖는다는 식의 '판에 박
힌' 인생 계획 말이다. 이런 인공적인 스케줄은 여자들이 스스로를 행
복하게 만들어주지 못할 관계나 일, 생활 방식 등에 그냥 정착해 살도
록 어깨를 짓누르는 일 외엔 아무런 쓸모가 없다. 사람들은 모두 제각
각 다른 나이에 일자리를 갖거나 가정을 꾸리며 변화를 주기 시작하는

법. 그러니 "이 나이엔 적어도 여기쯤엔 와 있어야지" 하는 신호 따월랑 무시하고, 어떤 단계든 자기에게 알맞다고 생각되는 바를 스스로의 필요에 따라 행하면 되는 것이다. 어차피 모든 일이란 본래 운명 지워진 대로의 결과로 나타난다. 우리가 할 일이란 어느 단계에 있든 그 안에서 가장 즐겁고 행복한 삶을 찾기 위해 최선을 다하는 것뿐이다.

✖ 나쁜 기운을 몰아내라 마음속의 부정적인 생각을 몰아내는 일이 어렵게만 느껴진다면? 긍정적이고 확신에 찬 문장을 하나 택해, 20일간 매일 아침 거울 앞에서 그 문장을 반복해서 외쳐보라. 그러면 조금씩 천천히, 마음을 보다 행복한 생각들로 채워갈 수 있을 것이다. 물론 주위에 사람들이 있다면 일부러 큰 소리로 티를 낼 필요까진 없다(괜히 그들을 놀래켜서 좋을 일이 뭐 있겠는가).

언제 다시 시작해도
완전한 무(無)의 시점으로 되돌아가는 건 아니란 걸 기억하라

'사회 초년생'으로부터의 교훈 중 여기서도 적용 가능한 '완전히 아무것도 없던 처음으로 되돌아 가는 것은 아니다'라는 사실을 떠올려보자. 새 일이나 새로운 관계를 시작할 때 또는 인생에 있어 큰 변화를 시도할 때, 혹 '지금부터 모든 걸 완전히 새로 시작해야 하는 것은 아닌가' 하는 두려움에 빠질 수도 있다. 만약 몇 년 동안 똑같은 길로만 걸어온 사람이라면 다른 것에 대한 새로운 시도는 사실 상당히 힘에 부치는 듯 느껴지기도 한다. 그러나 새로 선택할 길이 지금까지와 얼마나 다를 지는 몰라도, 적어도 아무것도 없는 상태에서 완전히 처음부터 시작해야 하는 것은 아니란 사실만은 기억하자. 우리 안에는 그간 인생을 살면서 알게 모르게 쌓인 경험과 어느 누구도 갖지 못한 나만의 재능이 숨어 있기 때문이다. 누구에게든 과거란 자신만의 독특한 자산이다. 그것은 값으로 따질 수 없을 만큼 소중한 것일 뿐더러 단순히 다른 새로운 일을 시작한다고 해서 갑자기 사라져버리는 일회성 재산은 아니다.

임시방편의 미봉책들은 삼가라

기분이 얼마나 다운되어 있건 간에 '우울증 탈출' 을 구실로 삼은 극단적인 방법들은 피하자. 대부분의 경우, 감정에 치우친 극단적 행동은 문제의 해결이 아니라 오히려 부가적인 문제 발생만 야기할 뿐이다. 순간의 우울한 기분에서 헤어나오기가 정 어렵다고 판단된다면 도움을 줄 만한 권위 있는 정신과 의사를 찾도록 하자. 고통을 최소화할 만한 조치를 취하되, 다음과 같은 것들에 의지하는 일은 절대 없도록 하라.

알코올 복용

가끔씩 즐기는 한 잔 정도야 오히려 건강에 좋다지만, 매 시각 칵테일 한 잔씩을 들이켜야만 정신이 든다면 그건 도움이 절실한 상태라고 말할 수밖에. 항상 얼큰하게 취해 있는 상태라면 현재 갇혀 있는 우울의 덫에서 헤어나오기는 더욱 어려워진다.

신용카드 마니아

'새 원피스, 새 구두, 침실 새 단장' 이 의사 선생님의 처방전이라면 얼마나 좋을까마는, 그렇듯 지름신의 강림에 신나게 부응하는 것으로 현재의 문제들이 해결되길 기대하는 건 무리다. 두툼한 카드 청구서가 날아들 때 그 엄청난 숫자들을 감당할 길이 없다면 오히려 더 큰 문제를 야기하는 꼴이 될 테니까. 그저 적당한 쇼핑을 즐기고 좀 과하다 싶으면 재빨리 지갑을 닫아버리는 것이 상책.

수면 마라톤

잠시의 달콤한 낮잠은 기운을 되살리고 몸을 추스리는 데 필요한 에너지를 공급해주지만, 매일매일의 귀중한 시간들을 잠으로 허송세월하는 일은 금물이다. 조금씩이나마 적극적인 행동을 취해가지 않는다면 인생에서 변화를 기대하기란 쉽지 않다. 특히나 머리가 베개에 푹 파묻혀 있는 상태라면 '변화' 란 내게서 더욱 멀어질 뿐이다.

거식증 혹은 폭식증

살다 보면 때로 쿠키 한 상자와 아이스크림 한 통이 우릴 '해피' 하게 만들어줄 수도 있지만, 그 쿠키 한 상자와 아이스크림 한 통의 행복이 매일 밤, 석달이 넘도록 계속된다면 우리를 충분히 '언해피' 하게 만들 수도 있다는 사실! 자신의 식탐을 건강하게 즐기되, 먹고 먹고 또 먹는 악성 식습관의 구렁 속으로 빠져들고 있다 판단된다면 일단 냉장고에다 자물쇠를 채운 후 친구나 카운슬러를 찾아 도움을 청하자.

운동하기, 달콤한 사탕 먹기, 친구와 수다떨기, 정신과 의사와 상담하기 등, 우울한 기운을 업(!)시키는 방법은 생각보다 많다. 단, 인생의 변화를 추구한다는 미명 하에 훗날 후회할 짓을 해서는 안 될 일. 그보다는 한 발자국 물러서서 현 상황이 진정 그렇게 좋지 않은 것인지, 삶을 보다 객관적으로 바라보도록 노력하자. '위기의 여자' 란, 여자로서 그리고 젊은이로서 누구나 한 번쯤 겪는 정상적인 시기라는 사실과, 최선의 선택을 위해 계속 노력한다면 무난히 헤쳐나갈 수 있다는 깨달음을 얻는 것이 무엇보다도 중요하다.

누군가에게 털어놓아라

우울한 시기를 겪게 될 때는 내 인생의 중요한 사람들에게 손을 뻗어라. 제일 친한 친구에게, 언니나 여동생에게, 혹은 엄마에게 자신의 심정을 솔직히 털어놓고, 그들의 시각과 조언을 구해보자. 도움의 손길들이 존재함에도 불구, 세상의 짐을 모두 짊어진 채 홀로 이겨나가려는 것은 무모한 짓이다. 때로는 속에 있는 말들을 쏟아내는 과정 자체가 하나의 직접적인 치료법이 되기도 한다. 내 안에 담겨 있던 생각들이 내 입을 통해 이야기될 때, 자기가 지닌 문제들에 대한 해답을 스스로 깨달게 되기도 하니까.

　'오늘 하는 그 어느 것도 결코 영원한 과제는 아니다' 라는 낙관적인 생각만으로도 위기의 시기를 보다 빨리 벗어날 수 있다. 보다 적극적인 태도로 새로운 일을 시도하라. 그러면 곧 인생의 행로가 보다 명확해지기 시작할 것이니. 다른 이들 역시 나와 다름없이 이 같은 위기의 순간들과 자기평가의 단계를 겪어왔음을 기억하라. 인생이 던지는 의미와 미래에 대해 의문을 가지는 사람은 하늘 아래 나 혼자가 아니므로, 이런 불확실성에 지배당하는 대신 오히려 이를 동기부여의 기회로 삼아 새로운 일들에 도전하고 더 나은 단계로 도약할 수 있는 발판으로 삼아야 할 것이다.

성공이 중요한 이유는
우리에게 자신이 좋아하는 일들을 더 많이 할 수 있는
지위를 선사하기 때문이다.
사라 콜드웰(Sarah Caldwell, 미국 오페라 지휘자/연출가)

뒤늦게 만개한 역사 속의 꽃들

쉽지 않은 다른 길을 택하고 그로 인해 뒤늦게나마 인생의 꽃을 활짝 피운 사람들의 이야기에 귀를 기울여보자. 이들 모두는 우리에게 다음과 같은 큰 희망을 선사해준다. "사람은 누구나 원하는 것을, 원하는 때에 도전해볼 수 있다. 그것이 비록 나이 일흔에 직업을 바꾸는 일일지라도."

* 토니 모리슨(Toni Morrison)은 30대가 되기 전까지는 펜을 집어 들지 않았다. 그녀는 현재 존경 받는 소설가이자, 노벨 문학상을 수상한 최초의 아프리칸-아메리칸이기도 하다.

* 시트콤 스타로 더 유명한 팀 알렌(Tim Allen)은 배우로서 성공하기 전까지 11년 이상의 시간을 감옥에서 보내야 했디(그렇다고 해시 '스타덤에 이르는 디딤돌' 로써 철창 행을 권장하는 것은 결코 아니다!).

* 존경 받는 노배우 돈 노츠(Don Knotts)는 캐스팅 감독으로부터 '이 바닥에선 절대 못 뜰 사람' 이란 말을 듣곤 했다. 하여 그는 잠시 할리우드를 떠나 군에 입대해 애국자로서의 소명을 다 마칠 때까지 쇼비즈니스의 세계에 발을 들이지 않았다.

* 할리우드의 유명 시나리오 작가인 론 배스(Ron Bass)는 변호사란 타이틀로 사회에 발을 들였지만 결국 영예의 아카데미 각본상 수상자가 되었다.

* 많은 사람들이 약 10~20년 후에야 비로소 자신이 옳지 않은 짝과 결혼해 살고 있었음을 깨닫는다. 그들은 자신의 잘못된 선택을 반성하고 다음 단계로 나아가 진정한 천생연분과 다시 인연을 맺기도 한다.

위기의 순간들을 되돌아보며

대부분의 여자들이 이 '위기의 여자' 시기를 경험하고 또 그로부터 살아남는다. 다시금 새로운 행복을 되찾고 스스로의 결정에 평온을 느끼게 되는 것이다. 그리고 이때를 '인생에 있어 내가 진정 원하는 것이 무엇인지에 대해 보다 깊고 넓게, 그리고 진지하게 성찰해볼 수 있었던 좋은 기회'로 회상한다. 어떠한 결정을 내리고, 그 결과에 승복하며, 다가오는 매일을 성실하게 맞이하는 법을 익히게 된 것이다. 이 시기에서 살아남은 여자들에 따르면, 다음과 같은 경우 비로소 '위기의 여자'에서 벗어났음을 인지할 수 있다고 한다.

더 이상 전처럼 깊이 근심 걱정 하지 않을 때

이는 성공을 원치 않는다거나 올바른 결정을 갈망하지 않는다는 의미가 아니라, 어쩐 일인지 현재의 상황과 다가올 미래에 대해 전보다 좀 더 편안한 태도를 취하게 된다는 뜻이다. 즉, '이 문제만큼은 오늘 안에 꼭 해결해야만 해'라는 불안한 심리를 벗어나 '뭐 어떻게든 될 테니 너무 걱정하지 말자'는 느긋한 마음가짐을 지니게 된 것이다.

모든 것이 예전보다 즐겁게 느껴질 때

인생의 쓰디쓴 맛에 고도로 단련되어 때론 그를 향해 조소를 보낼 만큼 대단한 내공의 소유자가 된 그녀. 이제 다음과 같은 삶의 몇몇 '현실' 쯤은 있는 그대로 받아들이는 경지에 이르렀다.

* 제 값을 다 치르고 산 옷은 얼마 안 가 가까운 가게에서 파격적인 세
  일 가격으로 팔리고 있기 마련이다.
* 화장실에 들어선 순간, 하루 종일 한 번도 울리지 않던 핸드폰으로
  중요한 사람에게서 전화가 걸려온다.
* 세상엔 언제나 나보다 예쁘고 날씬한 인간이 존재한다(하지만 언제
  라도 그 삐쩍 마른 그녀를 한 대 갈겨줄 순 있으니 그것으로 위안을
  삼자).
* 컵을 든 채 몇 미터만 움직일라치면 항상 어디엔가 커피를 쏟고 만다.
* 나이가 들수록 몸매 관리는 기하급수적으로 어려워진다.
* 평소엔 잘만 작동하던 회사 프린터는 내가 사진만 뽑을라치면 꼭
  고장나 수리공을 부르게 만들고, 결국엔 사무기기를 개인적 용도로
  이용했다는 사실이 회사 전 직원들에게 퍼지고 만다.
* 시간에 쫓겨 약속 장소로 급히 향할라치면 그 길에는 반드시 도로
  공사가 한창이다.
* 평소 이용하지 않는 아이템을 구세군에 선뜻 기부한 다음 날이면
  꼭 그 물건이 필요한 일이 생긴다.
* 세수도, 화장도 안 하고 대충 집을 나서는 순간 몇 년째 코빼기도 안
  보이던 옛 남자친구가 불쑥 나타난다.
* 혼자 영화라도 좀 볼라치면 TV는 꼭 아빠가 '할 말이 있다' 며 방문

을 여는 그 순간에 맞춰 섹스 신을 내보낸다.

* 내가 죽도록 싫어하는 인간들 중 한 사람은 반드시 이 사회에서 성
　공과 커다란 부를 누리게 된다.

* '사내 최악의 입 냄새'로 꼽힌 그 남직원은 아침 회의 때면 꼭 내 옆
　자리에 앉는다.

* 인사를 매번 씹는 게 미안한 나머지, 딱 한 번만 인심 쓰는 셈치고
　한 공사장 인부에게 손을 흔들어줄라치면 그는 내 바로 뒤에 있는
　다른 여자에게 말을 건네는 중이다.

다른 여자들이 '위기의 여자' 시기를 겪고 있음을 알아차릴 때

친구나 직장 동료가 최근 자신이 겪고 있는 혼란에 대해 얘기하는 걸
듣는 순간, 그들도 예전의 나와 똑 같은 시기를 경험하고 있다는 사실을
깨닫게 된다. 하여 그들에게 그 어려운 시기를 어떻게 극복할지에 대해
현명한 조언과 경험담을 들려주며, 그들이 스스로의 힘으로 일어서도
록 돕는 관련 서적들도 빌려주는 등 나름의 지원을 아끼지 않는다.

문젯거리들이 존재한다는 건 문제가 아니다.
진짜 문제는 그렇지 않은 것을 기대하면서
문젯거리가 생기는 걸 문제라고 생각하는 것이다.
테오도르 루빈(Theodore Rubin, 미국 심리학 박사)

안도감을 느낄 때

혼란에 휩싸여 있던 자신의 옛 모습을 돌아보며 대개는 이런 생각에 잠기곤 한다. '일이 이렇게 풀릴 줄 진작에 알았다면 그렇게까지 걱정을 달고 살진 않았을 텐데' 현재의 새로운 힘과 자신감을 얻기 전까지는 대체 어떻게 살았을까, 이제 기억조차 희미한 그녀들. 지금껏 얼마나 먼 길을 걸어왔는지를 생각하면 그저 감사한 마음뿐이다.

인생의 모든 걸 다 해결할 수는 없단 사실을 깨달을 때

예전에 내가 과연 올바른 선택을 했던 건지, 지금도 가끔 의심과 회의가 들 때가 있다. 그러다 결국엔 오늘날 가진 것을 위해서는 당시엔 반드시 뭔가를 포기했어야 했음을 깨닫고 고개를 끄덕이는 그녀. '과연 그때 그게 옳은 결정이었을까?' 하며 방황하다가도 지금의 일자리, 아이들, 또는 남편을 바라보곤 이내 "그래, 역시 잘한 일이었어!" 를 외친다.

'위기의 여자' 시기란, 자신의 인생 행로를 돌아보며 재평가하는 길고도 험난한 자기성찰의 과정이라 할 수 있다. 가끔은 이런 생각도 들 것이다. '예전에 내가 원한다고 생각했던 모든 것들……. 과연 난 진정으로 그 모두를 원했던 것일까?' 그러나 어찌되었건 모든 것의 운명이 정해진 후라면 이제는 그 시기를 툭툭 털어버리고, 전보다 현명하고 결정력 있는 사람으로 거듭나 '더 행복한 나' 를 찾은 것을 자축하자. 현재 지닌 모든 에너지를 그러모아 삶이 던지는 갖가지 도전과제들에 정면승부를 걸며 더 밝고 행복한 나날들을 향해 쉬지 않고 전진해 가자.

"한때는 그 드라마 시리즈에 완전 사이코처럼 집착했었지. 심지어는 그 여주인공의 일생을 정말 내 것인 양 느꼈다니까! 그때를 생각하면 정말이지 민망해서 살 수가 없다, 얘."

"약속을 잡겠다는 일념에 거짓말 안 보태고 정말 하루 종일 점쟁이들한테 전화만 했었던 같아. 족히 20군데는 넘게 전화를 했던 것 같은데, 문젠 예약이 전부 꽉 찼다는 거야. 끝내는 그냥 포기를 하고 말았지만, 그럼 당장에 점쟁이가 너무 절실한 사람들은 대체 어떻게 하란 말인지 난 아직도 궁금해."

"주말이면 난 사람들한테 데이트나 가족 모임이 있다고 대충 둘러대 집에 있단 사실을 감추곤 했어. 실은 주말 내내 집에 혼자 틀어박힌 채 하루 종일 파자마 차림으로 옆에 간식들을 잔뜩 쌓아놓곤 인터넷 서핑을 즐겼더랬지."

"그땐 내 얘기를 들어주겠다는 사람에겐 누구를 막론하고 내 문제를 마구 쏟아냈던 것 같아. 한 번은 바에서 어떤 남자를 만났는데, 어떻게 하다 보니 직장을 때려 치고 멀리 이사를 갈 계획들까지도 그 남자에게 다 털어놓은 후더라고. 심지어 어떨 땐 인터넷 게시판 같은 데다가 글을 남기기도 했어. 누군가 내 상태를 이해하고, 그에 공감하는 이로부터 조언을 얻을 수 있길 바랐던 거지."

Chapter 8
독립녀 ms. independence
세상의 중심에서 자립을 외치다
I'm every WOMAN~

닉네임

여왕, 여신, 왕언니

외모

쿨하고 자신감에 넘치며, 심할 정도로 바쁘다.

패션 모드

깔끔한 정장 등 프로 내음이 물씬 풍기는 의상.
곧 세계 정복에라도 나설 듯 강인해 보이나 어딘가 여자의 매력도 느껴지는 복장.

생활 모토

"지금은 그럴 시간이 안 돼." 혹은 "안 까먹게 이메일로 한 번 더 보내줄래?"

애정 전선

그녀만큼이나 바쁜 남자가 아니라면 아무도 없음.

애창곡

'아임 에브리 우먼(I'm Every Woman)' '보그(Vogue)' 같은 여자 파워가 넘치는 곡들.

이벤트/활동

혼자 하는 쇼핑, '에너지 회복을 위한 짧은 커피타임, 미래를 위한 계획 짜기, 그리고 나의 조언과 인생 가이드를 필요로 하는 친구들과의 회동.

대인 관계

네트워킹 이벤트를 통해 만나는 사람들, 그리고 내가 항상 바쁘다는 사실을 알면서도 지금껏 내 옆을 지켜주고 있는 든든한 친구들.

인생 목표

세계 정복, 지폐에 내 얼굴 새기기, 유럽 럭셔리 패키지 여행(물론 1인용짜리!).

광란의 파티걸로서, 금요일 밤을 화려하게 불태울 수 있단 소문만 들려오면 그녀는 그 어떤 초대에도 OK를 날리며 친구들과 함께 이리저리 몰려다니며 신나는 인생을 즐기곤 했다. 그러다 문득 두려움 내지는 회의를 느낀 그녀는 자기 인생을 분석하다가 이내 초콜릿과 잠의 세계에 빠져들고 만다. 그러나 이런 위기의 시기도 잠시, 다시금 뭔가 거대한 에너지가 몰려와 그녀를 그 멜랑꼴리한 순간에서 구출해준다. 이제 그녀는 자신이 할 수 있는 일은 열정을 가지고 전진하는 것이란 사실을, 그리고 삶의 성취감을 위해 최선을 다해 노력해야 한다는 사실을 깨닫는다. 스스로를 '독립녀' 라 명명함과 동시에 바야흐로 세상의 중심에서 자립을 외치게 된 것이다.

강인한 우리의 독립녀는 이제 인생의 큰 밑그림을 그리고, 올해 꼭 이뤄야 할 열 가지 목표를 정하며, 그를 성취하기 위해 취해야 할 각각의 단계들을 정의 내린다. 그런 다음, 그녀는 무조건 계획 실행에 집착하기 시작한다. 친구도 만나지 않고 전화도 걸러 받으며, 오로지 삶에서 달성코자 하는 목표에만 매달리기 시작하는 그녀. 화려한 사교생활 따위는 이제 안중에도 없다. 오직 나와 내 인생에 집중하는 일뿐!

독립심으로 무장한 이 시기는 여자들로 하여금 스스로의 힘으로 삶에서 뭔가를 성취해낼 수 있다는 자신감을 느끼게 하는, 매우 자유롭고 많은 동기부여가 이루어지는 단계이다. 한때 열광했던 파티걸로서의 삶도 이제는 그저 시큰둥하게 느껴질 뿐인 그녀. 스스로의 삶에 충분히 만족하는 화려한 싱글 혹은 매일 애인과 만나야 할 필요를 느끼지 못할 만큼 안정적이고 편안한 관계를 누리고 있는 자립적인 여자로 거듭난 것이다. 그래서 그녀는 이제 매 순간 자기 방식으로, 그것도 혼자 힘으로 모든 걸 헤쳐나가기로 굳게 마음먹고는 실제 그렇게 해나가기 시작한다.

원맨, 아니 원우먼 쇼

독립녀들은 스스로의 일을 처리하는 데 있어 두려움이 없다. 직장에서, 애정 관계에서, 그 밖의 삶의 모든 부분에서 자신이 원하는 바를 확실히 알고 그것을 얻고자 최선을 다하기 때문이다. 그녀는 당당하고 자신감에 넘치며 중심이 확고하다. 현재 이 시기를 겪고 있는지 궁금하다면, 독립녀의 프로필들을 한번 살펴보자.

독립녀는 혼자만의 시간을 소중히 여긴다

홀로 되길 원하는 때가 오리라곤 이제껏 상상조차 못 해본 이도 있을 테지만, 지금 그녀는 자기만의 시간을 갖는다는 사실이 소중하기만 하다. 혼자 긴 산책길에 나서기도 하고 '나 홀로 쇼핑'을 즐기며, 자기만의 상념에 젖은 채 시간을 보내기도 한다. 또 마음도 편안할 뿐더러 좋아하는 음악을 남의 눈치 보지 않고 마음껏 들을 수 있기에, 혼자 떠나는 장거리 드라이브가 마냥 즐겁기만 하다. 혼자 보내는 시간을 아끼는 독립녀들의 행동 양식을 살펴보자.

* 밥을 먹으러 갈 때 혼자서도 당당하다. 홀로 자리를 잡고 앉아 책을 읽거나 지나가는 사람들을 구경하면서도 전혀 어색하지가 않다.
* 토요일 밤, 친구들과 놀러 나가는 대신 집에서 좋아하는 영화를 본다. 그래도 신나는 주말을 흘려 보내고 있다는 느낌은 들지 않는다.
* 내 일을 하느라 무지 바쁜 관계로 핸드폰은 바로 음성사서함으로 넘어가도록 해둔다.
* 이미 단독 여행을 다녀온 적이 있거나, 현재 홀로 떠나는 여행을 계획 중이다.
* 룸메이트를 두는 일은 상상도 할 수 없으며, 과거엔 대체 어떻게 그들과 한 장소를 공유할 수 있었는지 모르겠다.
* 혼자 놀거나 낙서하는 것만으로도 꽤 즐겁게 몇 시간이고 보낼 수가 있다.

* 애인/남편을 진심으로 사랑하긴 하지만, 때론 그가 자기 친구들과
   놀러 나가는 날 밤만을 손꼽아 기다리기도 한다.

독립녀는 자신이 원하는 바를 따른다

직장에서나 집에서나, 그녀는 이제 더 이상 '내가 원하는 것'이 무엇
인지 자문하는 일이 두렵지 않다. 이미 똑 부러지는 인생 계획을 세웠
고, 또 그것을 달성키 위한 적극적인 단계를 밟아가는 중이기 때문이
다. 그녀는 연봉 인상의 근거로 내세울 합당한 자료들을 파워포인트로
5장에 깔끔히 정리한 뒤 상사에게 건네고, 집을 살 때는 사전에 시장 조
사를 완벽히 한 다음 중개인에게 자신이 원하는 바를 정확히 관철시킨
다. 워커홀릭 시절의 그녀는 그저 유순하고 말 잘 듣는 다루기 쉬운 타
입이었지만 이제는 상황이 달라졌으므로 대충 낭비할 시간이란 존재치
않는다. 하여 이제 그녀는 자기 앞으로 떨어진 많은 일 가운데 인생에
득이 되지 않는다는 판단이 들면 가차없이 "NO!"를 날리기 시작한다.

* 연휴 세일 때 백화점에 몰려든 수많은 인파를 교묘히 헤치며 앞으
   로 나아가, 몇 달간 마음속으로 찍어두었던 캐시미어 스웨터를 확
   낚아챈다.
* 반짝 아이디어로 소규모 창업을 하는 일에서부터 여배우, 건축가,
   혹은 CEO가 되는 일에 이르기까지, 남들이 뭐라 하든 흔들리지 않
   고 자신의 계획을 뚝심 있게 추진해간다.

* 강의를 맡거나 작은 가게를 여는 등 지난 몇 년간 생각해왔던 바를
  실행에 옮긴다.

* 거실을 재정비할 계획을 세운 후, 지체없이 낡은 양탄자를 끌어내
  고 소파 천을 갈아 씌우며 거실 전체를 새로운 색으로 페인트칠하
  기 시작한다.

* 불가능하다던 배관공의 말을 뒤로 한 채 혼자 힘으로 화장실 안에
  스파 욕조를 설치하는 데 결국 성공하고 만다.

인생을 살면서 "네 전화야!" 하는 소리에 행복해지는 일은
10대 시절이 마지막이란 걸 기억해.

F. 리보위츠(Fran Leibowitz, 미국 여자 작가)

독립녀는 자기 의견을 당당히 내세울 줄 안다

그녀는 이제 마음에 있는 말을 밖으로 솔직히 꺼내 놓고도(물론 어느
선까지) 그로 인해 질타 대신 존중을 받는다는 사실을 인지하기 시작한
다. 가기 싫은 이상한 클럽으로 나오라며 친구가 자꾸 재촉해대지만,
이제 그녀는 '난 안 가' 라는 말을 하는 데 두 번 생각하는 일도 없다. 혹
남자친구가 내 정치적 견해에 동의하려 들지 않는다 해도 예전처럼 그
걸 '관계가 끝나가는 징조' 라 확대 해석하지 않으며, 이견의 존재에 동
의할 뿐이다. 다음에서 보는 것처럼 그녀는 자신의 의견을 자신 있게
개진하고도 남들이 어떻게 생각할까에 대해 더 이상 고민하지 않는다.

* 이견이 있을 때 쉽사리 물러서거나 포기하지 않고 주장의 핵심을
  증명하고자 노력하며 자기 주장을 고수한다.
* 계산대 점원이 덤탱이를 씌웠다고 생각되면 가차없이 거래 취소를
  요청한다.
* 직장에서는 자신감 있는 당당한 태도로 회의를 이끌어간다.
* 흥분해서 소릴 질러대는 남자 직원에게 '목소리를 낮추지 않으면
  더 이상의 대화는 없다'고 침착하게 말해준다.
* 주변의 부탁이 있을지라도 내 삶에 부가가치를 창출하지 못한다고
  판단되는 추가적인 업무는 정중히 거절한다.
* 극장 안에서 필요 이상으로 떠들어대는 사람들에게는 조용히 하라
  고 주의를 준다.

독립녀는 남자 앞에서도 당찬 모습을 견지한다

그 어떤 면에서도 그녀는 자신이 현재 데이트 중인 그 남자에 의해
좌지우지되고 있다는 생각은 전혀 들지 않는다. 지난번 소개팅남은 그
후 전화 한 통 없었지만, 그로 인해 안절부절했던 예전과는 달리 이제
그녀는 며칠 후 그의 이름조차 까먹어버린다.

자신이 어느 한 사람에게 완전히 정착하기엔 아직 이르다는 사실을
깨달은 독립심 강한 그녀들의 특성은 다음과 같다.

* 어떤 관계가 너무 급속히 발전되기 전, 나름의 적당한 속도를 정한

다. 내가 원하는 바를 이미 잘 알고 있기에 그것을 얻는 데 조바심을
  내지 않는 것이다.

* 어떤 면에서건 나를 제대로 대우하지 않는 남자가 있다면 곧장 결
  별을 선언한다.

* 상대방이 나에게 별 흥미를 보이지 않는다 해도 그것을 사적으로
  받아들여 마음 상해하지 않는다. 스스로에 대해 늘 자신 있으므로
  그럴 필요를 느끼지 못하기 때문이다.

* 스스로가 멋진 연애/결혼 상대란 사실을 알고 있으므로 마음이 동
  (!)할 땐 가벼운 데이트를 즐기거나 재미로 남자들을 만나기도 한다.

* 멋진 남자와 목하 열애 중일지라도 내 취미나 우정만은 굳건히 지
  켜나간다.

독립녀는 자기만의 스타일에 자신감을 가진다

  비록 친구들이 다른 유행 아이템들을 권할지라도 그녀는 자기 마음
에 드는 옷을 집어든다. 다른 이들의 의견이나 최신 트렌드를 좇는 일
이란 더 이상 최우선의 과제가 아니기 때문이다. 집, 옷, 가치의 선택에
있어 그녀는 현재 제 모습을 진실되게 반영하는 것을 선택한다.

* 주변 사람 모두 유행 중인 단발머리를 할 때도 긴 생머리를 그대로
  고수한다.

* 침실 벽을 불타는 빨강이나 상큼한 오렌지 색으로 칠해본다.

* 펑키한 느낌의 스커트에 하이힐 부츠를, 혹은 청바지에 스니커즈를
  매치하는 등 의상으로써 스스로를 다양하게 표현해본다.
* 특이한 사상이나 남다른 정신세계를 소유한 사람들을 가까이하며
  제 각각의 사람들이 갖는 차이를 인정하고 그 다름에 대해 감사하
  는 마음을 갖는다.
* 내 말투나 환경, 또 살면서 선택해온 길에 대해 결코 부끄러워하지
  않는다.
* 내가 믿고 택한 일이라면 타인들이 혹평을 가할지라도 끝까지 신념
  을 고수한다.

작은 일들을 잘 해냈다면 충분한 자신감을 가져라.
그건 그보다 큰 일도 똑같이 잘해낼 수 있다는 뜻이니.
— 데이비드 스토리(David Storey, 영국 소설가/극작가)

독립녀는 스스로를 위해 현명한 투자를 아끼지 않는다

정기적으로 네일 케어를 받기 시작하고, 좋아하는 아이스크림은 꼭
챙겨먹고, 가끔씩 마사지를 받으러 가는 그녀. 이제껏 먼 길을 오느라
수고했으니 지나친 낭비만 아니라면 때론 스스로를 위한 작은 사치 정
도는 누려도 좋은 때가 온 것이다. 그녀는 돈을 써야 할 때와 절약해야
하는 때를 현명하게 구별한다. 다만 삶을 풍족히 즐기고 원하는 바를
충분히 행하고 싶을 뿐. 오로지 자기만을 위한 시간인 '독립녀' 시기에

들어선 만큼, 다음과 같은 일들도 한번 고려해봄 직하다.

* 그토록 원했던 일주일짜리 서핑 패키지를 신청한다. 물론 비용이 좀 세긴 하지만!
* 몇 푼 더 내더라도 때로는 고급 델리의 커피와 베이글을 즐긴다. 왜, 그만큼 더 맛있으니까!
* 가끔은 직장에 월차를 내고 해변으로 달려가 빛나는 태양 아래서 자유로운 시간을 만끽해본다. 물론 죄책감 없이!
* 때론 퇴근길에 버스나 지하철 대신 모범택시를 이용한다. 왜, 피곤하니까!
* 다른 데서 비슷한 걸 더 싸게 구입할 수도 있지만, 지금 눈앞에 마음에 쏙 드는 구두가 있다면 확 사버린다. 왜? 그냥!

독립녀는 더 이상 '적당한 때' 만을 기다리지 않는다

그녀는 더 이상 '이 다음에 돈을 더 많이 벌게 되면…', '결혼을 하면…', '로또에 당첨된다면…' 하며 그날이 오기만을 무작정 기다리지 않는다.

"현재를 즐기며 오늘을 산다"는 모토를 앞세워 원하는 일은 오늘 해치우고 마는 것이 독립녀다.

* 몇 년간에 걸친 셋집 인생을 끝내고 드디어 내 집을 마련한다.

* 같이 갈 사람이 없다 해도 카리브 해행 크루즈 여행을 예약하곤 홀
  로 훌쩍 떠난다.
* 낡은 차를 팔고 가장 좋아하는 컬러의 신형 모델을 장만한다.
* 주말이면 일에 대한 압박감일랑 던져버린 채 혼자만의 달콤한 휴식
  을 즐긴다.
* 계속 미뤄오던 친구들과의 모임 날짜를 당장 잡아버린다.

독립녀는 스스로 판단하고 결정한다

이제 사회 초년생 시절처럼 남들의 의견에 끌려다닌다거나 하는 일
은 거의 없다. 일단 원하는 대로 이끌어나가되, 주변 사람들의 조언에
대해선 취사 선택을 하고 무엇이 옳은지를 결정하는 데 있어선 누구보
다도 스스로를 가장 신뢰하는 것이다.

* 여동생이 '너무 바쁜 척한다' 며 삐죽거릴지라도, 원치 않는 때의
  저녁 초대는 거절할 줄도 안다.
* '그건 필요 없을 것 같은데' 란 남편의 말에도 굴하지 않고 마음에
  쏙 드는 옷이 있다면 당장에 구입한다.
* 리스크가 크다며 말리는 동료가 있지만 현재의 공격적인 포트폴리
  오를 그대로 밀고 나간다.
* 친구들의 의견이나 동의를 구하지 않은 채 보이시한 헤어스타일을
  감행해버린다.

독립녀는 자기 문제에 대한 해결 방안을 알고 있다

이제 더 이상 엄마한테 전화를 걸어 조언을 구할 필요도, 아빠한테 재차 확인에 들어갈 필요도 없다. 독립녀들은 장애물이 생기면 스스로 맞서고, 자기 힘으로 해결하며, 그를 바탕으로 인생을 더 옳은 방향으로 이끌어 나가고 있으니까!

* 차에 문제가 생기면 예전처럼 오빠나 남동생을 부르는 대신, 전문 업체나 기술자를 직접 물색하여 괜찮은 수리센터에 차를 맡기는 등 모든 과정을 알아서 처리한다.
* 현재의 것과 비교해 내게 더 적합하다고 생각되는 은행 계좌를 새로 개설한다.
* 매뉴얼을 샅샅이 탐독한 다음 부품 몇 개를 갈아 끼워보는 등, 낡아서 고장이 난 진공 청소기를 스스로 수리해본다.
* 시어머니의 간섭이 사사건건 너무 지나치다고 여겨지면 공손하지만 당당한 태도로 내 주장을 펼쳐본다.
* 직원을 해고할 때, 변호사를 선임할 때, 또는 회계사를 구할 때, 언제라도 부모님과 상의하는 대신 혼자 힘으로 일을 처리하고자 노력한다.
* 미안하다는 말을 하기를 부끄러워하지 않고, 친구에게 전화해 지난번 내뱉은 심한 말에 대해 정중히 사과한다.

독립녀는 신뢰감 있는 존재이다

사람들은 이제 조언과 도움이 필요할 때면 그녀를 찾기 시작한다. 친구들은 자기 애인에 대해 어떻게 생각하느냐고 묻고, 직장 동료들은 맛있는 레스토랑을 추천해 달라 하며, 자신의 문제에 대한 해결사가 절실한 사람들은 그녀에게 전화를 걸어댄다. 당당한 자신감을 한껏 발산하는 그녀의 기운에 매료된 그들은, 그녀가 그 모든 것에 대한 정답을 알고 있다고 굳게 믿게 된 것이다(때로는 그녀 스스로도 그렇게 믿어버리곤 한다)!

* 회사에서의 일 처리 방법이나 이력서 쓰는 법에 대해 묻고, 직업에 관련된 조언을 요청하는 지인들의 전화가 쇄도한다.
* 부모님의 보험 문제 해결과 여동생의 대출 학자금 정리를 돕는다.
* 직장에서는 수 명의 팀원을 거느린 리더로서 맡은 프로젝트들을 훌륭히 수행해낸다.
* 장거리 여행 길에서 운전대를 잡고, 파티를 위한 예산과 장소를 정하며, 친한 친구의 결혼식에선 대표로 축하 인사를 한다.
* 회사 남자 동료에게서 자기 딸의 대학 진로 상담을 부탁 받는다.

세상의 중심에서 자립을 외치는 이 시기는 여자의 일생 중 스스로를 해방시키는 자유로운 단계라 할 수 있다. 자신이 원하는 방식의 삶에 대한 청사진을 그려보는 데 아무런 문제가 없을 뿐더러, 난생 처음 누구의 도움도 없이 주변의 모든 것들을 제 힘으로 정리, 통제하며 스스로의 힘으로 무엇이든 해낼 수 있다는 자신감이 샘솟으니까 말이다. 독립녀는 몸을 꼿꼿이 세운 채 자부심을 가지고 당당히 걸으며 "난 정말 괜찮은 여자야!" 라는 기운을 마음껏 발산한다. 앞길을 가로막는 것이라면 그 어떤 것과도 맞서 싸울 각오가 되어 있으며 또 그렇게 하고 있다.

해방감을 만끽하는 순간들

살면서 살이 쪘다거나, 우울하거나, 외롭다거나, 미친 듯한 기분을 느끼는 순간들이 있는 것과 마찬가지로 내 스스로의 힘으로 얼마나 잘 해가고 있는지를 자랑스럽게 느끼게 해주는 순간도 분명 존재한다. 나만큼 자신감을 가지지 못한 누군가를 볼 때, 혹은 만일 몇 년 전이었다면 엄청난 스트레스를 받았을 일을 지금은 척척 잘해내고 있는 내 모습을 볼 때가 특히 그럴 것이다. 이런 해방감 넘치는 자유의 순간들을 경험할 때, 우리는 행운의 여신이 도운 듯한 현재의 스스로의 멋진 모습에 감사하는 마음을 갖게 될 것이다.

옛날 그녀들 vs 요즘 그녀들

독립녀들은 때로 어머니나 할머니로부터 과거의 이야기를 들으며 지금 이토록 많은 기회를 지닌 자신이 얼마나 큰 행운아인지를 깨닫는다. 이전 세대 여자들과 비교해볼 때, 그녀는 당장에라도 자신의 브래지어

를 태워버리거나 아님 적어도 "여자 만세!"를 크게 외치고픈 충동을 느
낀다. 다음과 같은 경우, 우리 여자들은 해방감 넘치는 현재의 순간을
만끽하게 된다.

* 그저 '소심운전' 만을 일삼는 겁 많은 아주머니와 마주친 후, 저런
식으로 운전해서 어떻게 쇼핑을 하러 백화점엘 가고 또 약을 사러
약국에 가는지 자못 궁금해진다. 그런 다음 제 차에 올라탄 나는 자
신의 두려움 없는 '엑셀 밟기 신공' 을 자축이라도 하듯 신들린 레
이서마냥 달리고 또 달린다.

* 엄마와 할머니는 꿈을 쫓을 만한 기회나 여유가 없었던 예전 자신들
의 신세를 한탄하곤 한다. 할머님께선 지금도 당시 당신께 기회만
있었더라면 업계에서 가장 뛰어난 속옷 디자이너가 되었을 거라 자
신하신다. 할머니가 만든 속옷이라니, 생각만 해도 끔찍하긴 하지만
그래도 난 그분들은 제공 받지 못한 교육의 기회를 지닌 자신이 얼
마나 행운아인지 깨달으며 지금의 삶에 감사한다.

* 세상 어딘가에서는 아직도 정략결혼이 행해지고 있다는 말을 듣고
는 아버지가 골라주는 남자와 결혼하는 내 모습을 상상하다 그만
몸서리를 친다. 그날 저녁 나는 "자유연애를 위하여!"를 기쁘게 외
치며 친구들과 건배를 한다.

* 시대적 배경이 19세기 말인 영화 속에서 나는 엄청나게 불편해 보이
는 드레스를 입은 채 어려운 법도를 따르는 여인들의 모습을 본다.

순간 자유롭게 청바지를 입고 가끔씩 '여자답지 못한' 복장도 즐길 수 있는 자신이 얼마나 행복한 사람인지를 깨닫는다.

* 성공한 대기업가들 중에는 꽤 많은 여자가 있음을 알게 된다. 자신의 꿈을 이루기 위해 그들이 이제껏 해온 일들을 읽어가며, 그 과정과 결과 모두에 크게 고무된다.

지금껏 우린 얼마나 먼 길을 걸어왔는지……

독립녀들은 이따금 예전 어리고 순진했던 시절로의 플래시백을 경험하곤 한다. 어떤 특정한 환경에서 자신이 얼마나 소심하고 두려움 많은 존재였는지를 돌이켜봄으로써 현재 자기기 지닌 안정감과 자신감을 더욱 소중하고 감사히 여기게 되는 것이다. 다음과 같은 경우, 그녀는 이같은 자유로운 해방감을 느끼게 된다.

* 꽤 풍요로워진 자신의 은행 잔고를 확인하고는 때마다 부모님께 손을 벌리곤 했던 옛 시절을 떠올리며 현재 스스로의 힘으로 경제적인 문제를 해결하고 있다는 점에 나름의 자부심을 느낀다.
* 완전히 노예처럼 일하며 상사들이 시키는 일이라면 무조건 '네'라고밖에 대답하지 못하는 한 신입 여사원을 보고는 입사 때와 비교해 자신이 얼마나 '주장이 강한' 여자가 되었는지를 깨닫는다.
* 사람들이 나에게 귀찮고 힘든 과제를 떠넘기려 들 때마다, 이제 당당히 "싫어요"라고 말하는 데 익숙하다.

* 원하는 아파트에 입찰 신청을 내고, 맨 처음 혼자 살 곳을 알아보러 다니며 중개인에게 전화 한 통 거는 일조차 어려워했던 옛 시절을 웃으며 회상한다.

* 별로 마음에 들지 않는 남자와 소개팅을 한 뒤, '만일 솔직하게 털어놓는다면 그가 상처를 입을지 모른다' 며 걱정하면서 괜스레 두 사람 모두에게 괴로운 시간을 연장시키는 대신, 그의 다음 번 데이트 신청을 정중히 거절한다.

* 5년 혹은 10년 전 일기를 꺼내 읽고는 그런 글들을 썼던 장본인이 바로 나 자신이란 사실이 도무지 믿기지가 않는다. 그 당시와 지금을 비교해볼 때, 자신감의 적나라한 차이가 스스로를 놀라게 하기 때문이다.

* 낯선 대도시를 홀로 방문한 나는 거기에 머물 동안 가봐야 할 곳들을 직접 표시하거나 검색해본다. 그러면서 과거 초짜 신입생 시절, 캠퍼스 곳곳의 건물들이나 주변 지리를 잘 모른다는 사실에 지레 겁을 먹고 항상 두려운 마음으로 길을 나서곤 했던 자신의 옛 모습을 떠올리며 한바탕 크게 웃어버린다.

나도 할 수 있어!

현재의 당당한 독립녀들 역시 초기에는 사회적으로 더 성공하고, 힘 있고, 똑똑한 여자들에게 다소 위축되기도 했다. 그렇지만 지금은 자신 역시 그런 여자들 중 하나임을 몸소 느끼며 남들로부터 존중과 존경을 받을 자격이 충분함을 믿어 의심치 않는다. 다음과 같은 경우, 독립녀들은 이 같은 해방감을 체험한다.

* 월 스트리트에서 일했던 최초의 여자들에 관한 글을 읽고 그네들의 정신과 인내심에서 스스로의 모습을 떠올려본다. "나였더라도 그저 화장실에 가서 질질 짜는 대신 이들처럼 모든 남자들 사이에서 당당히 살아남을 수 있었을 거야."
* 자신이 속한 선거구 안에서 의원으로 선출된 여자의 이야기를 듣고 "와, 이제 그녀는 다른 세상 사람이 된 거네!" 하는 대신 "흠, 어떤 과정들을 거쳐 저 자리에 오를 수 있었을까? 저 케이스를 연구해서 나도 저 자릴 한번 노려봐야겠는걸?" 하는 생각을 먼저 한다.
* 친한 친구의 승진 소식을 들어도 일말의 질투심도 느끼지 않은 채 진심으로 축하의 인사를 건넨다. 스스로의 발전상에 충분히 만족하고 있기에 언젠간 나도 그 친구만큼 좋은 날을 맞게 될 거라 확신하니까.
* 상사로부터 '최고 중역진들 앞에서 선보일 프리젠테이션을 준비하라'는 지시를 받았지만, 그로 인해 잠을 설칠 만큼 과도한 고민을 하진 않는다. 나는 이미 그들이 무릎을 탁 칠 만한 굉장한 PT를 해내겠다는 의욕과 자신감으로 충만하기 때문이다.

이제는 나도 다른 이들의 역할 모델!

독립녀들은 회사의 신입 직원들 또는 모교 신입생들의 환영 연설을 요청 받거나, 성공 사례의 하나로서 지역 신문에 얼굴을 내기도 한다. 바야흐로 그녀는 젊은 여자들이 존경해마지 않는 역할모델의 위치에까지 오른 것이다. 그녀는 현재의 위치에 자부심을 느끼는 동시에 자신을 바라보는 주변의 시선을 존중한다. 이 같은 자유로운 해방감에 젖게 되는 순간들은 다음과 같다.

* 막내 여동생의 친구를 만나 자신의 '멋진' 인생을 닮고자 하는 그 아이로부터 100가지도 넘는 질문 공세에 시달린다.
* 남자친구 문제로 전화를 걸어온 사촌에게 적지 않은 도움을 준다.
* 모교 졸업생들을 대상으로 현재 몸담고 있는 분야에 대해 강의를 해달라는 요청을 받는다.
* 어린 조카로부터 '얼른 커서 이모/고모처럼 되고 싶다' 는 말을 지겹도록 듣는다.
* 부하 직원들이 일에 관한 조언을 구하러 자주 찾아온다.

살면서 겪게 되는 몇몇 경험들은 현재 얻은 자립심이나 성공에 대해 그 어느 때보다도 감사하게끔 만든다. 그런 체험들이야말로 자신을 더 강하고, 현명하며, 똑똑하게 만들어줬다는 사실을 일깨우기 때문이다. 이러한 순간들은 여자들이 당당하게 세상에 도전하며 꿈을 추구하는 데 필요한 에너지를 충전해주며, '결국 인생의 주인이란 나 자신이며 지금껏 해온 만큼 앞으로도 충분히 잘해나갈 수 있다' 는 믿음을 심어주게 된다.

내가 만나는 자유, 그 다양함 속으로

예전처럼 금전적 문제나 허락, 격려나 지원 등의 문제에 있어 더 이상 남들의 도움을 필요로 하지 않게 된 독립녀들은 이제야 비로소 자신의 시대가 도래했음을 한껏 느낀다. 어떤 일이든 스스로의 힘만으로도 어느 정도 성공을 이끌어낼 수가 있다는 결론에 이르렀으니까. '독립녀' 라는 타이틀을 지닌 여자들이 느끼기에 남자란 곁에 두기엔 나쁘지 않으나 필수불가결한 존재는 아니며, 친구들 또한 좋은 동반자이긴 하나 자신만의 시간보다 우위에 서진 않는다. 부모님 역시 오히려 가끔씩 찾아 뵙는 쪽이 편하지, 한지붕 아래서 주구장창 같이 지내기엔 어쩐지 좀 부담스러운 게 사실이다. 바야흐로 그녀는 '솔로로서의 인생' 을 충분히 즐기기 시작한 것이다.

이 시기의 좋은 측면은 바로 여자들이 자기 주장을 멋지게 펼치며 스스로의 인생에 대한 강한 관리 능력을 보인다는 점이다. 선택의 문제에 부딪칠 때면 그녀들은 자신에게 있어 가장 중요한 것이 무엇인지에 초점을 맞추고 마음속에 있는 말을 기탄없이 털어놓는다. 반면 좋지 않은 면이 있다면 그건 바로 혼자가 되기 쉽다는 점이다. 자기네들 없이도 잘 살아가고 있다고 판단한 친구들은 이제 그녀에게 전화조차 잘 걸지 않고, 남자들 또한 '가까이하기엔 너무 먼 그녀'에게 다가가기를 꺼리며, 식구들마저도 그녀의 소식 듣기가 하늘의 별 따기인 생활에 익숙해지고 만다. 나름의 노력을 기울이다 지친 주변 사람들은 결국 그녀로부터 그렇게 거리를 두고 마는 것이다. 그러므로 자신의 강한 독립심을 한껏 끌어안되, 가장 친한 친구마저 무너뜨리기 힘겨울 높다란 벽을 쌓는 일은 없도록 해야 한다. 중요한 건 바로 '건강한 수준의 독립심'과 무섭고도 외로운 버전의 '천상천하유아독존' 사이의 차이점을 구별하고 배워가는 일이다.

독립심, 강하거나 혹은 나쁘거나

당신은 지금 솔로 퀸으로서 쿨한 자립심을 선보이고 있다고 생각하는가? "뭐든 다 내 힘으로 하고 말 거야!" 하는 지나친 태도가 오히려 역효과를 내고 있는 건 아닌지? 다음의 예문들에서 자신의 독립심의 정도를 점검해보자(Yes는 건강한 수준, No는 조금 지나친 경우).

yes: 직접 상사를 찾아가 '이번 프로젝트는 다른 도움 없이 혼자 한번 해보겠노라'고 얘기한다.

no: 내 프로젝트에 이래저래 간섭을 하는 상사에겐 바로 가운데 손가락(!)을 날려준다. 이는 '옳다고 생각하면 무조건 지른다'는 내 새로운 인생 모토에서 기인한 액션이다.

yes: 주말엔 가끔 홀로 쇼핑을 즐기고 영화를 보는 등, 완벽한 혼자만의 시간을 갖는다.

no: 한 달 이상 친구들을 만나지 않았더니, 내 사진이 박힌 '사람을 찾습니다’ 전단지가 주변에 배포되고 있다.

yes: 큰 컨설팅 프로젝트 건의 착수를 앞두고, 아래 직원들에게 각각의 업무를 분장하기 전에 먼저 혼자 사전조사 및 초기업무에 착수해본다.

no: 팀이 맡은 프로젝트 전체를 나 혼자만의 힘으로 모두 해내려고 들며, 다른 직원들에겐 ‘이 일에 관여 말라’ 며 미리 엄포를 놓는다.

yes: 혼자 커피를 마시러 가거나 여자 친구들끼리만의 여행을 떠나는 등, 가끔씩은 남자친구와의 사이에 어느 정도의 거리를 두고자 한다.

no: 남자친구가 ‘너보다 너희 집 개를 더 자주 보는 것 같다’ 며 투덜거릴 때가 많다.

이처럼 독립심 역시 너무 지나치면 못 미침만 아니하다는 사실을 잊지 말자. 결국 중요한 건 자신감 있는 태도와 감성적인 면 사이의 균형을 찾아내는 일. 일단 이러한 균형미를 찾은 후라면 주변 세계와의 연결고리를 놓치지 않으면서도 자신이 지닌 자립심을 충분히 즐길 수 있을 테니 말이다.

독립녀가 지니는 어두운 얼굴들

사람들은 각기 다른 방식으로 자신을 표현한다. 자립심과 자긍심이 정점에 이르렀을 때, 어떤 여자들은 혼자만의 시간을 더 많이 확보하거나 평소보다 강한 자기 주장을 펼치고, 또 어떤 여자들은 10센티짜리 하이힐을 신는 것으로 자신감을 드러내기도 한다. 한편, 우리의 독립녀들은 대개 조용하고 침착한 태도를 견지하나 때론 ‘지킬박사와 하이드

씨’ 처럼 그녀 안에 숨어 있는 ‘그다지 환영 받지 못할 면모’ 를 드러내기도 하는데……. 일진이 사나운 날이면 그녀들은 가끔 다음과 같이 돌변하기도 한다.

이기적인 슈퍼스타

그간 너무 오랫동안 자기 힘으로 모든 걸 해온 까닭에 이제 그녀는 다른 사람들의 존재마저 잊는 수준에 이르고 만다. “아, 그럼 제 얘긴 그만하기로 하고……. 근데 오늘 제 헤어 스타일 괜찮아요?” 하는 식의 대화가 주를 이루는 것이다. 바쁠 땐 노인 분들이고 뭐고 없이 마구 밀치며 지나가고, 아이스크림 가게의 맨 앞줄로 가기 위해 길게 늘어선 아이들의 줄 따위는 무시해버리기도 한다. 온 세상이 그녀 자신을 중심으로 돌아간다는, 꽤 위험한 발상을 하기 시작한 것이다.

어머니가 ‘어떻게 된 게 안부 전화 한 통 없냐’ 며 섭섭해하거나 내가 뻔히 바로 뒤에 있는데도 문을 쾅 닫고 들어가버리는 회사 동료들을 보게 된다면, 자신이 차츰 ‘이기적인 슈퍼스타’ 가 되어가고 있음을 느낄 수 있을 것이다. 직장에서의 성공담이나 최근 열애 중인 멋진 남자에 대해 떠벌리고 싶을 때면 사실 내 일에 대해 함구하기란 쉽지 않은 일이 될 수도 있겠다. 그렇지만 이기적인 슈퍼스타로 낙인 찍히고 싶지 않다면 항상 주변 사람들의 안부를 부지런히 물을 줄 아는 사람이 되어야 한다.

거만한 꼴불견쟁이

사무실에 들어서는 순간부터 그녀는 자신이 '짱' 이라도 되는 듯 오만 가지 거만을 떨며 잘난 척하기 시작한다. 남의 대화에 끼어들거나 말을 가로채기는 예사고, 회의 중에도 제멋대로 굴기 일쑤이다. 어차피 남의 말엔 귀를 기울이지 않기 때문에 사람들은 온갖 방법을 동원해서라도 그녀와의 대화를 피하려 든다. 일단 자기 입장을 피력한 후에는 완전 '배 째라 등 따라' 식의 고집으로 일관하는 그녀를 잘 알기 때문이다.

나에게 좋지 않은 일이 생겼을 때 사람들이 고소해한다면, 나는 이미 거만한 꼴불견쟁이라 해석해도 무방하다. 이 꼴불견쟁이는 이미 충분히 거만하므로 그녀가 제발 현실을 직시하길 원하는 이들은 누구도 그녀의 성공을 원치 않는다. 어떤 일로 인해 그녀의 코가 납작해지는 순간, 사람들은 속이 후련한 듯 환호한다. 그러므로 평소 다른 이들이 이룬 성과나 행운에 기쁨을 함께 나누고자 하는 노력을 아끼지 말며, 다른 이들에게도 모두 각자의 강점이 있다는 사실을 잊지 않도록 하라.

히스테리 걸

히스테리 걸은 자길 성가시게 만드는 사람들에 대해 일일이 반응하며 소중한 에너지를 낭비한다. 길을 걷다 누군가 실수로 구두 뒤축을 밟으면 "대체 눈은 어디다 팔아먹은 거야?" 고함을 버럭 지르고, 사람들이 앞에서 좀 걸리적댈라치면 벌써 짜증으로 얼굴이 벌겋게 달아오르는 그녀. 인생에서 뭔가를 이뤄내야 한다는 압박감에 시달리는 그녀로서는 세상 일들이 그저 마냥 짜증스럽게만 느껴지기 때문이다. 그녀에게 지금 절실히 필요한 것은 한걸음 물러나 보다 넓은 시야에서 세상을 바라보며 불완전한 이 세계에 한바탕 시원하게 웃어주는 일인데 말이다.

내가 가까이 다가갈 때 사람들이 왠지 움찔거리며 두려워한다면 나도 이런 히스테리 걸일 수도 있다는 뜻이다. 평소와 달리 사람들만 보면 짜증이 복받치는 스스로의 모습을 발견했다면 달아오른 열을 보다 건설적인 일로 식히고자 하는 노력을 기울여보자. 격렬한 운동이나 조용한 산책을 시도해보고, 그래도 안 된다면 내 분노를 감당해낼 만한 가장 친한 친구에게 하소연을 쏟아붓자. 그리고 주변 사람들로 인해 스트레스를 받거나 그들에게 괜한 짜증을 내지 않도록, 하루 일과 중 차분히 마음을 다잡을 만한 시간을 한 번씩은 꼭 내도록 하자.

외로운 고독녀

그녀는 집에 멀건이 앉아 왜 요즘 친구들로부터 통 연락들이 없는지 궁금해한다. 모임에 자신이 초대되지 않은 걸 알고 상처를 받기도 하는 그녀. 그러다 결국 용기를 내 '왜 날 무시하느냐' 고 물으면, 그들은 정색을 하며 이렇게 대답한다. "어, 우린 네가 엄청 바쁜 줄만 알았지~!" 그렇다, 그간 그녀가 너무 오랫동안 자기 자신에게만 집중해 왔기에 친구들은 급기야 이제 '나오라고 하면 분명 그녀가 귀찮아하리라' 고 섣불리 판단하기에 이른 것이다. 친구들의 연락이 끊긴 이유는 그렇게 단순하다.

몇 달간 받은 이메일이란 게 고작해야 스팸 메일들이거나 어쩌다 울
린 전화벨이 잘못 걸려온 거였다면 당신 역시 외로운 고독녀라 하겠다.
그러므로 아끼는 이들에게 가끔씩 연락하는 일을 잊지 말고 한편으론
새로운 친구들을 사귀려는 노력 또한 멈추지 마라.

도도한 공주과

이런 류의 여인들은 집에 혼자 있을 때도 항상 귀부인처럼 갖은 우아
를 떨며, 계단을 내려갈 때면 한 번에 꼭 한 층씩만 천천히 내딛는 버릇
이 있다. 그런 그녀는 누군가 혹 자신을 실패자라 여기지 않을까 하는
두려운 마음에 남들에게 도움조차 제대로 청하지 못한다. 이 '도도한
공주과' 의 여인들은 어느 누구에게도 의지하지 않아야 한다는 굳은 신
념에 사로잡혀 있기 때문에 자신의 삶을 발전시켜줄 훌륭한 기회와 조
언들을 그만 놓쳐버리곤 한다.

다른 이들의 도움을 받는 건 자존심 상한다는 이유로 무슨 일이든 혼
자 하려는 경향이 있다면, 당신 역시 이 도도한 공주과에 속한다. 이런
이들에게 중요한 것은 세상의 어떤 사람도 전부 만능일 수는 없단 사실
을 빨리 직시하는 일이다. 내게는 나만의 강점이, 또 타인에게는 그들
만의 강점이 존재하므로 필요한 때 사람들에게 도움을 주고 반대로 누
군가 도움의 손길을 뻗어올 때엔 그 손을 붙잡으면 된다. 도움을 청하
는 건 결코 나약함의 상징이 아니다. 오히려 그렇게 하지 못하는 것이
야말로 나약함을 더욱 드러내는 일일 뿐.

자신감 있고 당당하며 또 그런 가운데 행복감을 느끼는 건 분명 좋은 일임에 틀림없지만 도를 지나쳐서는 안 된다. 진정 자신감 넘치는 여자는 지나친 독립심을 버릴 때와 사람들의 손을 잡을 때를 현명하게 구분할 줄 안다. 삶에 있어 타인이란 꼭 필요한 존재이며, 그들을 내 삶 안에 들인다 해서 나약하거나 실패한 인간이 되는 것은 결코 아니다. 독립심의 건강한 수준이란 세상으로부터 자신을 가두어 잠근 채 인생의 모든 문제들에 대한 해답을 구하라며 스스로를 다그치는 것이 아니라, 자기일을 스스로 처리할 줄 아는 능력을 키우되 언제나 꼭 그래야만 하는 건 아니라는 사실을 깨닫는 일이다. 때로는 자신만의 작은 섬에서, 때로는 남들과의 연결고리 속에서 인생의 진정한 균형을 찾는 방법을 배워나가자.

하나보다는 둘이 좋아!

자립심이 강하다고 다른 이들을 필요로 하지 않는 건 결코 아니다. 이 말이 별로 와 닿지 않는 사람이라면, 반드시 두 사람 이상을 필요로 하는 멋진 일들에 대해 함께 생각해보자.

* 마주 보고 앉아서건 혹은 전화나 이메일을 통해서건, 어쨌든 커피 한잔을 나누면서 함께하는 길고 긴 수다 한 판.

* '블루마블'이나 '젠가', '트위스터'처럼 다같이 모여 즐기는 각종 재미난 보드 게임들.

* 동심의 세계로 돌아갈 수 있는 숨바꼭질 놀이.

* 박빙의 승부, 테니스 매치.

* 수상스키 또는 요즘 뜨는 이너 튜빙.

* 레스토랑이나 바, 여행사 제공의 '두 분을 한 분 가격으로 모십니다!' 이벤트.

* 시원한 커플 마사지.

완벽한 균형의 미학

'남자들은 개와 비슷하다'라는 말은 그간 수없이 많이 들어왔다. 모든 남자가 그런 건 아니겠지만, 어쨌든 그런 습성을 어느 정도 공유하고 있는 것만은 사실이다. 항상 어딘가를 가려워하고, 긁고, 침을 질질 흘리고, 발발거리는 모습 등. 그렇다면 '여자는 고양이와 같다'는 유추도 한번쯤 해볼 수 있지 않을까? 진실이 꼭 그렇든 아니든, 고양이의 습성에서 뭔가 실마리는 찾아볼 수 있을 듯하다. 가만히 들여다 보면 우리의 야옹이들은 '사교적인 시간'과 '홀로 보내는 시간'을 조화시키는 능력만큼은 얄미울 만큼 완벽히 마스터한 듯 보인다. 그들은 세상과 동

떨어진 어두컴컴한 구석에서 혼자만의 휴식을 갖는다. 그러다 어느 순간엔 또 가까이 있는 사람에게 안아달라며 시끄럽게 야옹대느라 바쁘다. 이러한 자잘한 움직임들이 모여 결국엔 세상 모든 독립녀들의 궁극적인 목표라 할 수 있는 그 '완벽한 균형' 을 이루어내는 것이다! 진정한 독립녀들은 스스로를 위한 시간을 소중히 여기지만 동시에 다른 이들에게도 손을 내밀어 그들을 깊이 아끼고 있다는 사실을 알리는 일 또한 게을리하지 않는다. 그녀는 항상 활기 넘치고 당당하지만 그렇다고 부드러운 면을 드러내는 일을 꺼려하지도 않는다. 이처럼 독립적인 여자와 야옹이들 사이의 공통점이란 남자와 개 사이의 그것만큼이나 다양하다. 자, 그러면 귀여운 키티들에게서 얻은 힌트를 통해 그들이 제공하는 '인생의 균형' 에 대한 교훈들을 함께 배워보자.

자유로운 영혼을 지닌 야옹이

별달리 돌아다닐 곳도 없는 집고양이조차도 제 주위를 샅샅이 뒤져 자신만의 아지트를 찾아내곤 한다. 구속을 꺼리고 자유를 사랑하는 우리 야옹이들은 때로는 다음과 같이 세상으로부터 몸을 숨긴 채 혼자 힘으로 스스로를 돌보곤 한다.

* 홀로 조용히 따뜻한 햇볕을 쬐는 등 원하는 일을 할 시간만큼은 매일 꼭 챙긴다.
* 혼자 시간을 보낼 만한 자신만의 특별한 장소를 가지고 있다.
* 제 영역에 속하지 않는 다른 동물들이나 제 시간을 빼앗고 괴롭히는 사람들이 있으면 겁을 주어 쫓아버린다.
* 자신의 영역을 표시한다. 사람들로부터 스스로에게 알맞은 합당한 대접을 받기 위해 어느 정도의 경계선을 긋고 자신을 보호하는 것이다.
* 원하는 대로의 스타일을 즐기며 독특한 걸음걸이를 선보이는 등 저만의 개성을 당당히 표출한다.
* 스스로에게 어느 정도의 까탈스러움을 허용한다. 주어지는 일정한 음식이나 친구들에 무조건 정착하지 않고 자신의 기호에 맞는 선택을 하며, 싫은 것들을 피해가는 일에 쓸데없는 자책감을 갖지 않는다.
* 무언가를 원할 때는 큰 소리로 야옹거리며 울어댄다. 자기 주장을 펴는 데 주저함이 없고 자신이 원하는 바를 정확히 따른다.
* 음식과 수면은 항상 충분히 취한다. 남들을 생각하기에 앞서 자신에게 필요한 것들을 먼저 챙길 줄 안다.
* 필요하다면 혼자 힘으로 해낸다. 다가오는 어떤 상황에서도 어떻게 처신하면 되는지를 본능적으로 잘 알고 있다.

친근하고 귀여운 야옹이

하지만 어떤 고양이도 항상 100% 독립독행하진 않는다. 영리한 우리의 야옹이들은 밥을 나눠먹거나 가끔씩 다정하게 제 머리를 쓰다듬어줄 손길을 받기 위해선 적어도 어느 때 주변 세상에 손을 뻗어야 할지 정확히 알고 있다.

* 편안함이나 우정을 원할 때면 누군가의 따뜻한 무릎 위를 찾아간다. 자신에게 필요한 포옹과 관심을 제공해줄 만한 다정다감한 친구를 찾는 데 있어선 절대 머뭇거리는 법이 없다.
* 냄새 나는 것이 있으면 곧장 묻어버린다. 나쁜 기억을 자꾸 돌이키거나 누군가에게 케케묵은 유감을 품지 않으며, 즐기며 사는 삶의 행복을 절대 다른 이들로 인해 방해 받지 않으려는 것이다.
* 행복할 때는 만족스러운 듯 그르렁 소리를 낼 줄도 안다. 칭찬을 아끼지 않고, 사람들로 하여금 그녀가 그들을 필요로 하고 또 고마워한다는 걸 알린다.
* 장난하기를 좋아한다. 하루에 얼마간씩은 꼭 빈둥대거나 장난을 치는 등, 주변 사람들과 즐거운 시간을 함께 나눈다.
* 주변에 대해 점점 더 많은 것을 알아간다. 모험과 친구 사귀기를 즐기고 자신을 둘러싼 세상과 관계를 맺어가길 좋아한다.

다른 시기들에 비해 도전이나 시행착오가 적다는 점에서 이 독립녀의 시기는 비교적 무난하면서도 멋진 단계라 하겠다. 그러나 이 시기에 꼭 배워야 할 교훈이 있다면 그건 바로 다른 이들과의 공존공생을 즐길 줄 알고 때때로 얻게 되는 그들의 조언이나 도움에 대해 진정으로 감사할 줄 알아야 한다는 것이다. 남자친구/남편, 부모님, 또 친구들 없이 스스로의 힘만으로 뭔가를 해냈다고 느끼는 시점에 도달할 때면 스스로에 대해 마음껏 자랑스러워해도 좋다. 그러나 그와 더불어 쿨하게 '삶의 균형'을 유지할 줄 아는 고양이의 교훈 또한 잊지 말아야 할 것이다. 독립심 강하고 당당한 슈퍼스타도 좋지만, 전화 한 통이면 득달같이 달려와줄 고마운 도움의 손길들이 가득한 삶 또한 그 못지않게 행복한 인생이 아닐까?

인격의 성장에 있어 첫 번째로 오는 것은 독립 선언이며
그 다음이 바로 상호 의존에 대한 인식이다.
헨리 반 다이크(Henry Van Dyke, 미국 성직자/시인)

독립녀들이 들려주는 리얼 토크

"우리 둘 다 길은 잘 몰랐지만 어쨌든 난 친구랑 세 시간 정도 떨어진 곳까지 자동차 여행을 떠나기로 했어. 어찌저찌 목적지까지 잘 도착하긴 했는데 문제는 돌아오는 길이었어. 완전히 샛길로 빠져선 원래 길에서 100마일 이상 떨어진 곳까지 흘러가 버린 거야. 그것도 우리가 좋아하는 라디오 채널 주파수가 잡히지 않기 시작한 후에야 겨우 깨달았지 뭐야."

"창문에 에어컨을 놓는데 남의 손을 빌리기 싫어서 그냥 내가 하기로 마음을 먹었지. 결과가 상상이 가? 무릎엔 지도 위의 어느 나라만 한 시퍼런 멍을 남긴 채 결국 그 다리로 에어컨의 균형을 잡고 서 있어야만 했다구. 하마터면 보도 쪽으로 에어컨을 떨어뜨려 길가던 사람들 목숨 몇을 그냥 앗아갈 뻔한 건 물론이고 말이야."

"사실 시리얼에 우유 붓는 것도 서툴던 주제에 그땐 그래도 '저녁만은 꼭 내 손으로' 라는 나만의 철칙을 고수하곤 했었지. 한번은 계란을 삶을 작정으로 전자레인지에 넣었다가 폭발하는 바람에 그만 문짝이 부엌 저 쪽까지 날아가는 대형사고를 치지 않았겠어? 하하하."

"몇 주 전 토요일엔가, 컴퓨터 프로그램 하나가 작동이 되질 않아서 하루 온종일을 꼬박 사무실에 처박혀 거기에 매달려야만 했어. 도저히 안 되겠다 싶길래 월요일 날 출근하자마자 남자 직원한테 도움을 청했더랬지. 그랬더니 그가 손 댄 지 겨우 5분도 안 돼 컴퓨터가 멀쩡히 가동되기 시작하는 거 있지!"

"난 남들 귀찮게하는 걸 천성적으로 싫어해서 웬만하면 남들한텐 도와달란 말을 잘 안 하는 편이었어. 그러던 어느 날, 동료 하나가 와서 나한테 도움을 청했는데 그걸 돕는 내내 내 기분이 너무 좋은 거야. 마침 내가 잘 아는 분야이기도 했지만 남에게 뭔가 보탬이 된다는 게 그렇게 신나는 일일 줄은 예전엔 미처 몰랐던 것 같아. 그 후론 내가 질문을 하거나 도움을 요청할 땐 남들도 아마 그런 기분을 느낄 거라며 생각을 고쳐먹었지."

미시 – 아가씨 + 아줌마
the wirl–half woman/half girl

한 번만 더 아줌마라 불렀단 봐라!

*** 닉네임**

때론 '아가씨', 어떨 땐 '아줌마'

*** 외모**

그날의 의상이나 전날의 숙면 정도, 또는 조명발에 따라 16세에서 40세까지 다양하게 커버.

*** 패션 모드**

월요일에는 깔끔한 정장, 주말이면 반짝이가 잔뜩 달린 요란한 탱크톱.
즉, 다음 날이 어떤 날이냐에 따라 매번 달라지는 의상들.

*** 생활 모토**

"내가 아는 여자애 하나는…… 아니, 참 애가 아니라 그 여자는 말이지……"

*** 애정 전선**

평소에는 믿음직하고 안정된 성숙한 면모를 보이다가도 때로는 병나발 부는 대학생 모드로 급변하는 남자.

*** 애창곡**

지금은 라디오의 '그 시절 그 노래' 코너에서나 소개되는, 소싯적 좋아했던 옛 음악들.

*** 이벤트/활동**

친구의 결혼식 줄줄이 참석하기, 대학생 때 썼던 낡은 침대를 내다버리고 새로운 '진짜' 가구들 사들이기, (언젠가는 본인도 집에서 명절 음식을 만들어야 한다는 사실을 깨닫고) 각종 요리 배우기.

*** 대인 관계**

현재 데이트 중인 남자, 그리고 소수의 아주 친한 친구들.

*** 인생 목표**

일과 사생활 사이의 균형을 마치 마법을 부리듯 똑 떨어지게 맞춰내는 일.

"죄송해요, 아줌마" 길 가던 남자가 실수로 그녀에게 부딪힌 후 내뱉은 말이다. '그런데 잠깐, 아.줌.마.라고……?' 순간 급(!)패닉 상태에 빠져버리고 마는 그녀. '아니, 내가 벌써 그렇게 불릴 나이란 말이야?' 그렇지만 신분증을 제시하라는 클럽 기도의 엄명 앞에, 그녀는 열아홉 소녀로 돌아간 기분이 된다. 그녀는 아가씨일까, 아줌마일까? 종종 갭에서 쇼핑을 하고 고등학생처럼 포니테일로 머리를 질끈 묶는 것을 즐기는 걸 보면 그녀는 평범한 소녀이자 아가씨임에 틀림없어 보인다. 그러나 그녀가 PT를 멋지게 해내길 바라는 직장 동료들의 기대치는 분명 소녀의 책임 한도를 넘어선 일이다. 스스로의 느낌은 대학생 때와 비교해 별반 달라진 것이 없지만, 그녀의 겉모습만은 확연히 달라졌음을 부인하기 힘들다. 이젠 그녀를 딱히 소녀나 아가씨, 그렇다고 아줌마라 부르기도 난감해졌다. 우리의 그녀는 바야흐로 '미시' 단계에 발을 들여놓은 것이다.

사람들로부터 어느 정도의 책임감을 부여 받는 미시로서의 삶이 살짝 버거운 한편, 신나는 청춘에의 미련 또한 여전히 버리기 힘든 그녀. 애는 언제쯤 가질 예정이냐는 친척들의 쓸데없는 질문 앞에서, 지금도 가끔 자신이 아직 '애' 라는 생각을 지우기 힘든 그녀는 그저 당황스럽기만 하다. 때때로 고급 이탈리안 레스토랑에서의 우아한 저녁을 만끽하는 그녀지만, 가스레인지에 데워 먹는 인스턴트 스파게티도 여전히 맛있다. 미시 단계에 접어드는 시기는 여자들마다 각기 다르지만, 일단 이 시기에 도달하게 되면 그녀들은 '아이도 아니고 그렇다고 완전한 어른도 아닌' 이 낯설고도 당황스러운 시간을 헤쳐나가는 가운데 거의 모두들 똑같은 문제에 부딪히며 똑같은 질문을 던지게 된다.

이 장에서는 미시 시기에 나타나는 많은 문제들과 이 기간을 거치게 되는 여자들이 던지는 흥미로운 질문들을 함께 공유하고자 한다. 결론을 얘기하자면, 소녀와 성인여자 중 꼭 한 가지의 모습만을 선택할 필요는 없다는 것. 즉, 내 속에 존재하는 두 가지의 모습을 모두 즐길 자격이 충분한 그대들이므로, 삶을 보다 즐겁고 흥미롭게 만들어줄 '아이스러운 면모' 를 완전히 버릴 필요는 없다는 뜻이다.

옆집 사는 미시

여자의 인생에 있어 '미시' 시기란 소녀에서 성인으로 변모해간다는 느낌이 가장 확연함과 동시에 또 가장 어색하게 느껴지는 단계이다. 젊음과 노화, 자유와 책임감, 그리고 탱탱한 피부와 첫 주름살(물론 그녀는 새로 산 클렌저의 부작용이라 굳게 믿어보지만) 사이에 꼼짝없이 갇혀버리는 것이다. 소녀와 어른 사이의 느낌을 계속해서 오가는 동안, 그녀는 대체 자신이 어느 쪽에 속해 있는지에 대해 의구심을 품게 된다. 다음과 같은 경우, 어느새 우리도 미시가 되었음을 느낀다.

* 한쪽에는 대학생이, 다른 쪽엔 불혹을 바라보는 이가 앉아 있는데 그 두 사람 모두와 대화가 꽤 잘 통한다.
* 모교 캠퍼스에서 열린 동창회에서 친구들과 신나는 한 때를 보내지만, 지나가는 후배들이 나누는 '나잇살 먹을 만큼 처먹은 인간들'에 대한 대화가 다름 아닌 자기 얘기란 사실에 그만 소스라치고 만다.
* 데이트 중인 남자가 언제쯤 청혼을 해올까 궁금하면서도 때로는 혹시 진짜로 청혼을 받는다면 이 사람과 결혼까지 가고 마는 것인가 하는 생각에 낯선 두려움이 덜컥 밀려오기도 한다.
* 인터넷에서 신용/담보 대출, 소득 공제, 생명 보험 등을 열심히 검색 중인 나. 그러나 10분 후면 어느새 오락에 열중하고 있는 자신을 발견한다.

* 예전엔 나와는 전혀 무관한 줄 알았던 정맥류나 관절염 같은 성인
  병들이 이젠 모두 현실이 되었고, 같은 연령대 사람들이 이미 이런
  병들에 시달리기 시작했다.

* 언제부터인가 부모님이 더 이상 잔소리를 하지 않으시는데, 이게
  나름 시원하면서도 한편으로는 왠지 좀 섭섭하기도 하다.

* 집에서 기르던 애완동물이 내 나이 마흔 줄까진 함께하리란 생각을
  막연히 해왔는데, 따져보면 이제 그리 먼 훗날 일만은 아니다.

* 부모, 형제, 친구들의 얼굴에서 처음으로 나이의 흔적이 또렷이 드
  러나기 시작한다.

* 내가 고등학교 다닐 때 겨우 막 세상 빛을 보기 시작했던 핏덩이(!)
  들이 벌써 운전을 한답시고 돌아다니는 모습이 낯설다.

* 결혼식–동창회–결혼식–동창회가 주기적으로 반복되는 가운데
  어떤 때는 그것이 마티니를 한잔 들이킬 신나는 기회로, 또 어떤 때
  는 추억에 잠기거나 나이 먹는 일을 서글프게 감상하는 시간으로도
  느껴진다.

* 프로 운동 선수들이 조카처럼 보이기 시작하지만, 기회만 된다면
  눈 한 번도 깜빡 않고 당장 그 조카들 중 하나와 데이트를 즐길 수
  있다.

* 렌터카 회사에 갔더니 '일행 분들이 모두 20세가 넘느냐' 는 질문
  대신 '아기용 카 시트가 필요하시냐' 고 묻기 시작한다.

* 설문조사 때 이제는 '25~29세' 혹은 '30~34세' 의 연령대 란에 체크

할 나이란 사실을 깨닫고는 "대체 이 범주의 기준은 뭐냐"며 괜한
심술을 부리기 시작한다.

* 어렸을 때 즐겨 듣던 음악들이 이제는 라디오의 〈추억의 팝송〉 코
너에 소개되기 시작한 반면, MTV가 최고의 방송 네트워크라 생각
하기도 한다.

* 어렸을 때 가지고 놀던 장난감들이 이제는 빈티지 상품을 파는 가
게에서나 눈에 띄곤 하지만, 주말이면 친구들을 불러내 새로 나온
보드 게임에 열중하기도 한다.

* 예전에는 성숙해 보이고자 '긁으면 3센티'의 짙은 메이크업에 도전
하곤 했지만, 지금은 조금이라도 더 어려 보이기 위해 '한 듯 안 한
듯' 옅은 화장으로 승부한다.

* 샤워 한 번 할라치면 각종 노화방지 크림들에 젤, 로션 등을 수 십
개씩 갖다 써야 할 나이지만, 샤워커튼 안에 있는 누군가에게 몰래
다가가 찬물을 확 뿌리고 도망치는 일은 지금도 재미있기만 하다.

* 난생 처음으로 여동생과 인생에 대한 진중한 대화를 나눠보지만,
아직도 예전처럼 그 애가 하는 말을 앵무새처럼 그대로 따라 하며
놀리는 장난만은 여전히 즐겁다.

미시 시기를 겪는 여자들은 대부분 '영원히 20대에 머무르고픈 마
음'과 '진정한 성인만이 가질 수 있는 멋진 미래와 직업, 가족 등에 대
한 기대감'의 중간쯤에서 갈팡질팡한다. 이제 그녀는 마치 인생이 자신

에게 "빨리 어른이 돼라"며 계속해서 다그치는 듯한 느낌을 지울 수가 없다. 하여 어떤 때는 그로 인해 두려움도 느끼지만 반면 거기에 전혀 신경을 쓰지 않을 때도 있고 심지어는 어른이 된다는 것에 대해 일종의 흥분마저 느낄 때도 있다. 결국 늙은이라기엔 아직 너무 젊고, 또 어리다고 하기엔 이미 들 만큼 나이가 든 현재의 불완전한 상태가 '미시' 시기 한가운데로 그녀를 밀어넣고 있는 것이다.

미시들이 겪는 시행착오들

미시 시기를 지나는 여자들은 '인생에 대한 모든 계획과 준비를 조만간 다 끝내 놓아야만 한다'는 모종의 불안감에 시달린다. 직장 동료의 아기 돌잔치에 참석한 그녀는 자신도 아이를 원하기는 하는지, 또 아이를 낳는다면 인생은 어떻게 달라질지, 무엇보다도 함께 아기를 낳아 키우고 싶은 진정한 '반쪽'을 만나게 되기는 할지 등에 대해 고민하기 시작한다. 사람들이 정착이니 안정에 관한 이야기를 나눌라치면 그녀는 이 복잡한 도시에 남는 게 좋을지 아니면 다른 곳으로 이사를 가는 편이 좋을지 또 생각한다. '이렇게 반짝거리는 걸 입기엔 내 나이가 좀 과한가?', '칼슘 보충을 위해 아이스크림을 더 먹어줘야 하는 게 맞을까, 아님 살 때문이라도 끊는 편이 옳을까?' 하는 등의 복잡다단한 문제들에 대해, 미시들은 결코 질문을 멈출 수가 없다.

한편, 이러는 와중에 그녀는 어른이 된다는 사실을 인생의 단순하고도 자연스러운 하나의 단계로 인정하고 받아들이기도 한다. 학교 졸업과 동시에 그녀는 마치 모든 걸 다 가진 듯 느낀다. 학교 정문을 걸어 나와 어느새 내 아파트와 보일러를 가진, 진정한 어른의 대열에 합류해버린 것이다. 사실 모든 과정이 그렇게 단순하게 진행된 건 아니지만, 지금껏 지나온 모든 시기들을 되돌아보면서 그때의 자기 모습을 떠올리며 웃음지을 수가 있다.

순진한 '사회 초년생'으로서, 갓 들어선 '사회'에서 계급 서열상 가장 낮은 위치를 차지한 그녀는 스스로 헤쳐나가야 할 수많은 문제와 장애물들을 앞에 두고 있는 어린 아이와도 같은 존재였다. 항상 은행 잔고가 달랑거리는 위태로운 때를 거치며 그녀는 '빈털터리 공주'로서의 삶도 경험하게 된다. 그 후 '워커홀릭' 모드에 돌입하여 성공을 위해 피나는 노력을 아끼지 않던 그녀는, 어느 정도 자신감을 되찾은 후 다시 '파티걸'로서 신나는 삶을 추구하기도 한다. 그러다가 어느 날 자신의 반쪽이라 생각되는 남자를 만나 '카멜레온'으로의 변신을 꾀하는 그녀. 더불어 이런 시기들의 어느 즈음, 그녀는 다시 '몸짱-워너비'로 거듭나 헬스장에서 열심히 '몸 만들기'에 돌입할 수도 있다. 또 자신의 미래와 정체성에 대해 혼란을 느끼는 '위기의 여자' 시기에 잠시 빠져들기도 하고 말이다. 훗날, 모든 고통을 떨치고 분연히 일어난 후엔 '세상의 중심에서 독립을 외치는' 자립심 강한 여자로 거듭나기도 한다. 그렇지만 모든 일에 있어 무조건적, 절대적으로 자기 스스로에게만 의존하려는 성향 역시 100% 옳은 일이라고는 할 수 없다. 왜냐하면 결국 그녀 역시도 아직 온갖 질문들과 고민, 두려움 속에 둘러싸인 채 자신의 삶 속에 다른 이들을 필요로 하는, 어린아이와도 같은 불완전한 존재이기 때문이다. 이제 그녀도 스스로를 완벽한 '여자'라 부르기엔 2%부족하다는 사실을 깨닫는다. 적어도 흔히 말하는 '철저한 책임감을 지닌 자신감 넘치는 성인 여자'란 의미의 여자를 지칭할 때는 말이다. 그런 반면, 소녀 또는 아가씨란 그에 비해 걱정 근심이 덜한, 편안하고 때묻지 않은 위치이다. 어쨌거나 그녀는 아직 소녀와 어른, 그 어느 쪽에도 속하지 않는다. 아니, 적어도 '항상' 그렇지는 않다. '으윽, 그럼 난 대체 뭐란 말이지?' 결국 그녀는 자문하게 되고 만다. 이 시기에 그녀는 언젠가는 자신도 진짜 '어른'이 될 수 있을지에 대해 고민하다가 문득 이런 생각을 하기도 한다. '그래, 사실 난 벌써 어른이 되었는데 미처 그걸 깨닫지 못한 걸지도 몰라' 삶의 곳곳에서 어른이 되었음을 알려주는 변화의 신호들을 감지하기 시작한 것이다. 친구나 젊은 직장 동료들이 벌써 가정을 꾸리기 시작하고, 그녀 얼굴엔 어느새 조금씩 세월의 흔적이 묻어나며, 사무실의 어린 직원들은 내가 몇 년 전에 했던 것과 비슷한 일들을 답습하는 등등. 그러나 정작 그녀 자신은 아직도 스스로가 어리게만 느껴진다. '나이대로 행동하라'는 말의 뜻을 여전히 파악하지 못하고 헤매고 있다.

이런 식의 혼란스러운 '연령—행동양식 동일시 프로젝트'는 여자들마다 각기 다른 시기에 일어난다. 25세에 첫 아이를 본 어떤 이는 '미시'의 시기를 남들보다 일찍 경험하게 되지만, 어떤 이는 서른 줄에 접어들면서나 그녀의 언니/여동생이 결혼을 할 때, 혹은 부모님이 오랫동안 살았던 정든 집을 팔 때를 즈음해서야 그 시기를 맞이하게도 된다는 뜻이다. 어쨌거나 그런 일이 생길 때마다 '나이 들어가는 인생의 과정'에 있어 자신이 대체 지금 어느 위치에 서 있는 건지에 대해 스스로 혼란스러워한다. 더불어 이런 혼란은 스스로의 마음속에 수많은 질문들을 던지게 만든다. 그중에는 재미난 질문들도, 혹은 진지한 질문들도 있지만 중요한 건 그것들 모두가 '미시' 시기의 전형이란 사실이다.

그렇다면 우리 모두가 직면하는 그 질문들이란 어떤 것들인가? 그리고, 모두에게 똑같이 들어맞는 단 하나의 정답이란 게 과연 존재하는 것일까? 미시 시기에 놓인 여자라면 누구나 다음과 같은 질문들에 맞서 고군분투하게 될 것이다!

헤어 딜레마

난 깜찍하게 올려 묶는 포니테일 형이 좋지만 사실 짧게 친 헤어스타일의 여자들을 보면 그렇게 세련되어 보일 수가 없다. 그렇담 나도 그에 맞춰 머릴 잘라야 할런지. 짧으면 좀 어려 보이려나? 이 나이에 긴 머리는 주책 맞은 마귀할멈 같아 보일까? 이모들이 한소리로 주장하길, "자고로 여자란 '일정한 나이'가 지나면 긴 머리는 피하는 게 상책이다" 그렇지만 TV 속 어떤 연예인들은 마흔다섯의 나이에도 긴 머리가 환상적으로 잘 어울리기만 하다. '각 연령대마다 그에 '알맞은' 특정한 헤어 스타일이란 게 따로 존재하는 것일까?'

몸 딜레마

나도 한때는 아무 걱정 없이 피자 한 판을 깨끗이 비우곤 했다. '사실 헬스클럽이란 게 그래서 존재하는 거 아니겠어?' 스스로를 위안하면서 말이다. 그렇지만 최근 들어선 어쩐지 몸이 이런 음식들을 예전만큼 잘 받아들이지 못하는 것만 같다. '요즘 운동을 안 해서 그런가, 아님 몸 속 신진대사가 벌써 느려지기 시작한 건가? 아직까지 정크푸드 정도는 괜찮겠지? 이 기회에 파스타는 끊어야 할까?' 엄마는 '불량식품을 그렇게 먹어대다간 언젠간 크게 후회할 날이 올 것'이라며 잔소릴 해댄다. '엄만 그저 날 들볶지 못해 저러는 걸까, 아님 맨날 군것질을 즐기는 이 생활을 계속하다간 정말 큰일이라도 나려나?'

패션 딜레마

회사에서 입고 들 깔끔한 정장이나 멋진 가죽 백 쇼핑을 즐겨 하는 나. 그런데 늘상 차림을 보면 항상 창고세일 때 산 탱크톱이랑 미니스커트, 그리고 핑크색 스트랩 샌들 수준을 벗어나지 못한다. 그럼 또다시 고민하기 시작한다. '이 옷을 입으면 젊어 보이려고 완전히 발악하는 것처럼 보이려나' 때론 고민 끝에 살짝 분노도 치민다. '아니, 옷 하나 걸칠 때마다 꼭 이런 것까지 생각해야만 해? 내 나이 여자들은 싸잡아 통일해서 입어야만 하는 특정한 유니폼이라도 있다는 거야, 뭐야?'

"나이에 맞게 행동해!" 딜레마

나이가 들수록 그에 걸맞은 책임감을 가져야 한다는 정도는 물론 기본이다. 그렇지만 아직도 물을 내뿜는 스프링쿨러를 보면 그 속을 맨발로 뛰어다니거나, 술 몇 잔이 들어간 후엔 마구 유치한 장난을 치고 싶어지는 건 어쩌란 말인가. 사무실에선 예전처럼 의자 위에 편안히 발을 올려두고, 심각한 회의 도중에 갑자기 농담을 툭 던지고만 싶은 충동은 또 어쩌고. '다들 적당한 선을 지키고 살라는데, 도대체 그 적당이라는 기준이 뭐야? '나이답게 행동하라' 는 건 정확히 무슨 뜻이냐고!' 그저 마냥 헷갈릴 뿐이다.

재정적 딜레마

아빠가 말하길 사람은 모름지기 매달 월급의 10% 이상은 꼬박꼬박 저축하며 살아야 한단다. 반면 엄마의 조언은 "현재를 살아갈 줄 알아야 해. 지금의 네 모습을 즐겨야지"라는 말씀. 매일 퇴임사스러운(!) 말을 반복해대는 회사 부장은 "모든 것은 너무도 빨리 흘러가버린다"고 주장한다. 이런 충고의 홍수 속에 난 또다시 고민에 빠진다. 지금 하는 일을 때려치고 돈을 더 많이 준다는 일을 택할까, 아님 안정된 현 직장에 그저 열심히 다니는 게 옳을까? 지금 내 위치에서 미래를 위한 준비는 대체 어느 정도 되어 있어야 하는 거지?

정착의 딜레마

어떤 날은 사랑스러운 두 아이와 아담한 내 집, 미니 밴 등을 상상하며 흐뭇한 표정을 짓다가도, 또 다른 날이면 단지 그런 생각만으로도 그만 소름이 쫙 끼치고 만다. 이 문제에 대한 진짜 내 마음이 어떤 건지는 나 자신도 잘 모르겠지만, 어쨌든 이런 생각을 완전히 끊기 어려운 것만은 사실이다. '결혼을 하거나 아이를 갖기에 가장 적당한 시기란 대체 언제일까? 앞으로 얼마나 더 기다려야 하는 거지?'

이러한 질문들은 계속해서 머릿속을 빙빙 돌며 우리를 거의 미치기 직전까지 가게 만든다. 그렇지만 한 걸음 뒤로 물러나 자신이 속한 세계를 보다 객관적으로 바라보면, 세상의 여자들이란 각기 다른 삶의 길들을 선택하므로 연령대에 따른 '미시 딜레마' 에 어떤 단 하나의 정답만이 존재하는 건 아니란 사실을 깨닫게 될 것이다. 자신에게 알맞은 답이란 본디 내 친구나 언니, 여동생, 동료의 그것과는 본질적으로 다를 수 밖에 없는 법이므로, 남들 하는 대로 따라가는 괜한 바보 짓은 버리고 자신만의 방식을 택하는 편이 옳다. 아직 이른지 적합한 시기인지, 바보 같은 일인지 성숙한 행동인지에 대해선 각자가 판단하며 있는 그대로의 내 모습을 인정한다면, 스스로에게 최선이란 과연 어떤 길인지에 대해 가장 자신 있는 선택을 내릴 수 있을 것이다.

성가신 질문들

때로는 사람들이 별 생각 없이 던지는 질문들로 인해 우리는 '미시' 시기의 딜레마들에 대해 스트레스를 받기도 한다. 그것들이 현재 처한 이 어중간한 상태를 자꾸만 우리에게 상기시키기 때문이다. 다음과 같은 때, 우리는 이렇게 외치고만 싶어진다. "미시는 괴로워!"

* "예전처럼 좀 밝은 옷을 입지 그러니? 그땐 그게 참 예뻤는데" 엄마가 이런 말을 던질 때마다 속으론 이런 생각이 든다. "내 나이 열일곱엔 물론 그런 옷이 잘 어울렸겠지. 그렇지만 서른을 훌쩍 넘긴 지금은 피해야 할 영순위가 바로 내 거대한 엉덩이에 시선을 집중시킬 화사한 꽃무늬 미니스커트라는 거, 정말 모르세요?"

* "결혼 계획은 어떻게 되어가니? 결혼식이야말로 네 인생 최고의 날인데!" 고모의 발언에 난 마음속으로 외친다. "고모, 영화에서 보면 결혼식은 항상 제일 끝에 나오잖아. 영화 초반부터 결혼하는 사람은 아무도 없다구. 그렇담 이 결혼이라는 이벤트 후에 내 인생은 그냥 종 친다는 뜻 아니야? 그리고 고모 말대로 그게 내 인생 최고의 날이라면, 그 후에 오는 60년 세월은 다 어쩌라는 거야?"

* "휴가를 그렇게 길게 쓰면 못 쓴다. 그래서 남는 게 대체 뭐라니" 아빠 이렇게 말씀하시지만 내 생각은 이렇다. "아빠, 첫째로 전 이번 휴가 때 태닝으로 얻은 갈색 피부가 엄청 만족스럽구요. 둘째, 아빠 말대로 했다간 전 지금도 엄마가 20년 전 소풍 때 싸준 도시락 가방을 그대로 들고 다녀야 할 판이라구요. 그러니 제 돈은 그냥 제 방식대로 쓰게 해주세요, 네?"

스스로 내린 판단이나 책임감의 수준에 대해 주변의 친한 사람들마저 의구심을 표할 때면, 자신이 더 어른스러워져야 하는지 아님 그 반대인지 마구 헷갈리게 된다. 그러나 결국 정답을 얻게 되는 건 외부가 아닌 바로 내부의 소리로부터다. 잠시 동안만 마음의 목소리에 깊이 귀 기울여본다면 내게 있어 가장 최선의 길이란 어떤 것인지 곧 명확히 드러난다.

약혼, 결혼, 그리고 아기 탄생(오 마이 갓!)

대부분의 미시들은 스스로를 위한 최선의 길을 찾는 데 꽤 능한 편이다. 머리 모양 때문에 너무 어려 보이진 않는지 또 스타일 때문에 지나치게 노숙해 보이진 않을지 이것저것 고민도 많지만, 결국엔 제 마음속에서 이런 의구심들을 쓸어내고 자신만의 방식대로 밀어붙이게 만들어줄 내면의 힘을 발견하게 된다는 뜻이다. 그러나 이따금씩은 아주 작은 틈을 비집고 들어온 다른 사람들의 의견이나 압력이 그녀를 새로운 고민 속으로 떠밀기도 한다.

인생의 수많은 딜레마들 중 미시들에게 있어 특히나 격려와 위로를 필요로 하는 걸 하나 꼽으라 한다면 그건 다름아닌 '정착' 에 관한 딜레마일 것이다. 약혼을 하고, 결혼식을 올리고, 아이를 갖는다는 것은 젊은이에서 진짜 어른이 되어가는 과정을 크게 마무리 짓는 이벤트들이라 할 수 있다. 그런 까닭에 이런 '행사' 들 중 하나를 치르게 되었을 때,

혹은 아무것도 치르지 못하고 있는 상태일 때, 우리의 미시들은 금방이라도 미쳐버릴 지경에 이르고 만다. 그녀들을 가장 못 견디게 만드는 건 물론 '내 나이의 다른 여자들이 거치고 있는 단계들을 과연 지금 나도 잘 따라가고 있는 걸까' 하는 부분이고 말이다.

'정착'에 관한 강박적 불안

앞으로 결혼 계획이 있건 없건, 또 현재 결혼을 했건 안 했건 간에 상관없이, 일생을 살면서 우리는 이에 관련된 수없이 많은 질문과 두려움을 겪는다. 어떤 이들은 남편과 아이들이 생긴다는 상상만으로도 몸서리를 치지만, 반대로 평생 남편이나 아이가 없으면 어떡하나 괴로워할 누군가도 분명 존재하는 법이니까. 일단 미시들의 마음을 뒤흔들곤 하는 다음의 생각들을 함께 공유해보자. 내가 현재 어떤 상황에 처해 있건, 하늘 아래 결코 혼자만의 고민은 아니리니!

언젠가는 내게 꼭 맞는 남자를 만나게 되긴 할까?

매일 밤 수많은 이들의 옷깃을 스쳐 지나지만 그중 마음에 드는 남자를 찾기란 거의 하늘에 별 따기이고, 혹 누군가를 만난다 해도 그와 평생을 함께하는 내 모습은 왠지 그림이 잘 그려지질 않는다. 온라인 채팅, 미팅, 소개팅뿐 아니라 막판에는 결혼정보회사에까지 손을 뻗어보지만 결국엔 내가 먼저 지쳐 떨어진다. '대체 내 천생연분은 지금 어디서 헤매고 있는 거지? 죽기 전에 한번 만나볼 수 있기는 한 거야?'

지금 만나는 이 남자가 진정한 내 반쪽이긴 한 걸까?

막 시작한 연애질이지만 남자도 꽤 마음에 드는 편이다. 어느 정도 유머감각도 있고, 우리 가족들과도 잘 어울리며, 취향도 비슷한 것 같다. 하여, 어떨 땐 그와 평생을 함께하는 내 모습을 상상해보기도 하고, 또 어떤 날엔 진정 자신이 매일 이 남자와 함께 아침을 맞이할 생각이 있는지에 대한 의구심이 뭉게뭉게 일기도 한다. 그렇지만 그 와중에 '만일 이 남자가 날 원하지 않는다면?' 하는 두려움이 스멀스멀 이는 것 역시 부정할 수 없다. 가끔 그와 다투게 될라치면 이런 생각도 든다. '이건 혹 애초부터 잘못된 만남이라는 신호가 아닐까? 훨씬 더 괜찮은 남자가 있을 수도 있잖아? 이 인간이 진짜 내 인연인지, 대체 그걸 어떻게 알 수 있지?'

그가 영영 프러포즈를 하지 않는다면 어쩌지?

어쩌다 보니 그가 정말 좋아져서 이젠 결혼까지도 생각하게 되었다. 당장이라도 청혼을 해온다면 까짓 거 튕기지 않고 기꺼이 'YES'로 화답해주리라. 그러나 몇 주가 지나고 몇 달이 흘러도 그는 어쩐 일인지 내 앞에 무릎을 꿇지 않는다. '대체 어쩌자는 거지? 만약 이러다 영영 청혼을 안 해온다면?' 생각하다 보니 점점 더 괘씸하다. '아니, 퇴짜를 놓아도 내가 놓는 거지, 감히 자기가 어떻게 이럴 수 있어? 이놈, 반지는 대체 어디다 팔아먹은 거야? 마음 변하기 전에 얼른 해치워버리자고!'

그래, 그럼 그가 내 천생연분이라고 치자. 그런데도
왜 이리 결혼이 두렵기만 한 거지?

마침내 그가 프러포즈를 해왔고, 몇 주 내내 난 흥분에 들뜬 상태다. 그때, 엄마가 갑자기 혼인 신고에 대한 이야기를 꺼낸다. 신고라, 거 참 공식적일세. 그 다음, 곧바로 밀려들기 시작하는 건 다름아닌 결혼식을 위한 수많은 준비 작업들에다 작성해야 할 각종 서류들, 거기다 각종 웨딩 잡지에서 본 허례허식들, 추가해야 할 손님 명단들을 들고 찾아오는 예비 시댁 식구들에 목소리 큰 친척 어른들까지……. 게다가 건강진단서를 떼는 건 물론 이상한 법적 절차에 서명까지 해야 한다고? 한순간, 결혼이란 것 자체가 무시무시한 괴물처럼 느껴진다. 무엇보다도 남은 생 전부를 이 남자 하나만 오롯이 바라보고 살아야 한다니……. 백 번 주의를 줘도 TV 리모컨 하나 잘 간수 못하고 매번 소파 뒤로 빠뜨려 결국엔 큰 싸움을 일으키고 마는 이런 남자랑 말이다! 아, 갑자기 확 죽고 싶어질 만큼 모든 게 두려워진다. 뭐, 한편으론 신나고 들뜨는 면도 솔직히 전혀 없진 않지만.

아이가 생기리란 생각만 하면 왜 자다가도
벌떡 일어나게 되는 걸까?

엄마고, 고모고, 이모고, 할머니고, 아무튼 정상적으로 맥박이 뛰는 주변 여자란 여자들은 모두 한결같이 떡두꺼비 같은 왕자 또는 토끼 같은 공주는 대체 언제쯤 볼 수 있냐며 집요하게 추궁해댄다. "남자친구부터 생기고 나면 그때 얘기해요" 대충 둘러대고 말지만, 살아 숨쉬는 작은 생명체를, 그것도 네 발 달린 동물도 아닌 '진짜 인간'을 돌봐야 한다는 상상만으로도 숨이 턱 막힐 지경이다. 하여 생각은 '방긋 웃는 귀여운 아기'와 '내 생활을 모두 앗아 가는 사악한 아기'의 모습 사이를 시계추처럼 오락가락한다.

　출장 차 오른 비행기 안에선 꼬마 하나가 자꾸 내 자리로 기어오른다. 첫 30초 정도는 '고놈 참 귀엽네'란 생각도 들었지만, 금세 '창문을 깨서 강제로 확 스카이다이빙이라도 시켜버려?' 하는 무시무시한 상상마저 하게 된다. 그러면서 슬그머니 고개를 드는 이런 생각들…….

'이 정도 나이를 먹고도 아이가 싫다니, 내게 뭔가 문제가 있는 건가? 언제쯤 그런 마음의 준비가 되려나? 거기에도 어떤 적정한 타이밍이란 게 존재하는 걸까?'

아이가 생기지 않으리란(!) 생각만 하면 왜 자다가도
벌떡 일어나게 되는 걸까?

조카와 놀아주고 있는 모습을 본 사람들은 당연히 내가 아이의 엄마일 거라 생각한다. 하긴, 이제 시집을 족히 두 번은 갔을 나이니 그렇게 오해할 만도 하지(생각해보니 지금 나이는 울 엄마가 날 가졌을 때보다 벌써 다섯 살이나 많지 않은가!). 그때 문득 이런 생각이 뇌리를 스친다. '나도 언젠가는 내 아이를 갖고 싶어. 그런데 임신이 불가능하다거나, 뭐 그런 일은 설마 없겠지?' 이제껏 살아오면서 어떻게든 임신만은 피하고자 그리 안달복달해왔건만, 지금에 와선 혹여 임신이 안 되면 어쩌나 두려워하다니, 삶이란 참으로 아이러니한 것이다.

미시 시기의 여자들은 인생의 이 과도기적 시기를 헤쳐나가는 가운데 이런 많은 질문과 문제들을 마주하게 된다. 하지만 어떤 단계에 들어섰건, 일단 마음을 편하게 갖고 그 상황에서 한 발자국 뒤로 물러나보자. 보다 객관적인 시각으로 자신의 삶을 들여다보면 미시 시기의 이러한 문제들에 대처해나갈 새로운 자신감이 샘솟을 테니.

나만의 자신감을 한껏 드높이며

혼란스러운 이 시기를 현명하게 헤쳐나가기 위해 아래의 세 가지 원칙을 마음에 새겨두도록 하자. 이 자신감의 원칙들은 비록 다른 사람들이 나와 다른 선택이나 결정을 내리고 있을 때에도 내 자신이 진정 원하는 바에 집중하며 안정감을 느낄 수 있도록 도와줄 것이다.

원칙1: 남한테 맞는다고 해서 꼭 나한테도 알맞은 것이란 보
      장은 없다

거듭 말하지만, 미시 시기의 여자들이 반드시 기억해야 할 것은 바로 다른 이들이 내린 선택이라고 해서 그것이 내게도 적용되어 반드시 날 행복하게 만들 올바른 결정은 아니라는 점, 반대로 나의 선택 역시 남들에게 꼭 들어맞지 않을 수도 있다는 점이다. 친구에게 있어선 현재의

자기 삶이 완벽할지도 몰라도 만일 그녀의 삶을 대신 살게 된다면 지금쯤 난 머리를 쥐어뜯고 있을지도 모를 일이다. 사람들은 모름지기 각기 다른 필요와 욕구를 지니는 법이다. 그러니 그저 결혼이 하고 싶다고 해서 나와 맞지도 않은 남자에게 정착해버리려 하지 말라. 마찬가지로, 친구들이 아직 전부 미혼인 데다 부모님도 '아직 때가 이르다'고 말리신다 해서 끔찍이 사랑하는 애인과의 새 출발을 일부러 뒤로 미룰 필요도 없다. 언젠가 마지막 결정을 내려야 할 사람은 다름아닌 바로 나 자신일 뿐. 미시의 단계를 겪는 가운데 자신의 선택을 믿고 따르는 것만이 스스로를 행복하게 만드는 길임을, 머지않아 깨닫게 될 것이다.

원칙2: 내 삶에 딱 알맞은 계획이 존재한다는 믿음을 가져라

종교적이든 정신적이든 혹은 철학적이든, 사실 뭐라고 불러도 상관없지만 어쨌든 미시들은 삶에 있어 단지 내 힘만으로는 좌지우지할 수 없는 어떤 특별한 부분들이 존재함을 인정해야만 한다. 세상에는 각자의 삶에 맞는 특별한 계획들이 세워져 있으며, 우리가 해야 할 일이란 원하는 방향으로 계속해서 움직여 나가는 일뿐이다. 그 나머지는 앞서 말한 '어떤 막강한 힘'에 달려 있는 것이니 말이다. 일이 순리대로 잘 풀려나갈 것이란 생각, 이 세상에서 내가 배우고 가도록 정해져 있는 교훈들을 결국엔 제대로 다 익히게 되리란 믿음, 그리하여 만일 내 스스로가 선한 인간이고 최선을 다하기만 한다면 언젠가는 이 세상에서 내가 서기로 운명지어진 그 자리에 반드시 서게 될 거란 신념을 결코 버리지 말라.

원칙3: 기도하라, 그러나 쉼 없이 노를 저어라

일이 모두 잘 풀려나가 결국엔 최선의 결과를 낳게 될 거란 신념을 가지되, 그저 뒤로 물러나 앉은 채 모든 일이 자기에게 일어나주길 바라기만 해선 안 된다. 내 삶에 변화를 가져올 힘이란 바로 내 안에 존재하는 것이니까. 현재의 관계나 겉모습, 그리고 지금 나아가고 있는 방향이 만족스럽지 못하다면 현재의 나이에 상관없이 보다 능동적으로 변화를 추구하자. 미시 시기에 겪게 되는 여러 도전과제들로 인해 때론 괴롭기도 하지만, 언젠가는 그것들을 넘어서서 스스로 옳은 결정을 내리고 인생을 개척해나가도록 도와줄 궁극적인 힘을 지니게 될 것이다.

미시에게 있어 스스로에 대한 책임감이란, 쉽게 말해 '다른 이들이 그들의 삶에서 내리는 선택과 결정을 그대로 따를 필요는 없다' 는 사실을 기억하는 일이다. 머리를 짧게 치고 싶을 땐 그렇게 하고, 원한다면 서른다섯 번째 생일에도 반짝이 의상을 자신 있게 걸치며 모든 일을 스스로의 페이스에 맞춰 해나가는 거다. 미시는 자신감 넘치는 멋진 여자이므로 남들의 시선에 지나치게 신경 쓸 필요가 없다. 물론 그런다고 "뺨에다 볼터치 좀 해라. 너무 희멀겋게 보이잖니. 그리고 그렇게 가슴이 깊이 파인 옷이 웬 말이라니, 그 나이에?" 하는 엄마의 잔소리까지

원천봉쇄할 수는 없으리라. 그렇지만 생활 속에서 어떤 사회적 통념이나 남들의 기대치가 아닌 '내 스스로의 필요성'에 중점을 맞춰 나간다면, 우리의 미시들은 연령과 상관없이 제 삶의 중심에 우뚝 선 채 모든 걸 스스로의 힘으로 진두지휘해나갈 수 있을 것이다.

아가씨와 아줌마의 장점만을 모아, 모아

미시 시기는 우리로 하여금 수많은 도전에 대한 혹독한 값을 치르게도 만들지만, 반면 이때를 돌아보며 축복할 만한 이유 또한 그만큼 다양하다. 여자의 삶에 있어 이 시기만큼 우스꽝스럽고 미성숙한 일들에 마음껏 도전해볼 수 있는 특권을 부여 받는 때가 또 어디 있으랴! 그것도 인생의 그 어느 때보다도 한결 풍부한 경제력과 책임감을 동시에 갖춘 상태니 말이다. 고로 이 시기는 양쪽 세계의 좋은 점들을 고루 만끽해볼 수 있는 축복 받은 시간으로 해석될 수 있다.

미시에겐 자유가 있다

미시는 수중에 적지 않은 돈과 함께 언제라도 휴가를 낼 정도의 여유 있는 연륜을 지녔지만, 반면 언제든 필(!) 받는 즉시 책임감에 별달리 구애 받지 않은 채 훌쩍 알프스로 여행을 떠날 수 있을 만큼 충분한 젊음의 소유자이기도 하다. 직장에서도 이미 그 능력을 한껏 인정 받은 그녀이기에 평소 남들 앞에서 쓸데없는 전시 행정에 힘쓸 필요도 없다. 이렇듯 안정된 상황 속에서 주어진 삶을 즐기기에, 미시들은 완벽한 자유를 느낄 수 있다.

미시에겐 숨은 지혜가 있다

미시는 멋모르던 시절에 저질렀던 우스꽝스럽고 이상한 짓들을 기분 좋게 웃어넘길 수 있는, 필요한 만큼의 너른 시야와 안목을 지닌다. 그녀는 남자친구의 일방적인 이별 통보가 인생의 끝이 아니란 사실을 잘 안다. 자기 피부가 팽팽하던 예전 열일곱 시절과 언제나 같진 않으리란 사실도, 아무리 말라빠진 여자들의 몸에도 언젠가는 결국 보기 싫은 셀룰라이트가 덕지덕지 붙게 된다는 진실도 너무나 잘 알고 있는 그녀. 미시들은 단지 나이 때문에, 또 여자라는 이유로 경험하게 되는 갖가지 문제들이 특별히 자기 삶에만 편중되어 있는 게 아니란 사실을 벌써 오래 전에 깨달았다. 친구들, 지인들, 심지어 연예인이나 유명 인사들까지도 많은 문제와 장애요소들을 매일같이 겪고 있다는 사실을 목도하면서, 그들 역시 나와 똑같이 고통 받는 인간이라는 사실에 때론 마음의 위로를 얻기도 한다.

미시에겐 다양한 얼굴이 있다

영화배우로 친다면 미시는 젊은 역과 나이 든 역할 모두를 훌륭히 소화해내는 천의 얼굴을 가진 여인이라 할 수 있다. 어느 날 저녁엔 타이트한 셔츠로 젊은 감각을 뽐내다가도, 다음 날이면 깔끔한 정장으로 우아한 미를 한껏 발산하는 그녀. 뭔가 면피의 필요성을 느낄 때면 미시들은 상사나 부모님, 심지어 애인 앞에서 "제가 아직 세상을 잘 몰라서……" 하는 식의 순도 높은 청순미(?)를 요령껏 펼쳐 보인다. 반면, 승진이나 봉급 인상을 요구할 때면 자신의 성숙하고 월등한 면모를 충분히 드러내 활용할 줄도 안다. 조카들을 돌봐주어야 할 때면 자신이 지닌 아이 같은 요소들을 적절히 끌어내 그들과 동화된 채 즐거운 시간을 보내지만, 친척 어른이 그 방 안으로 들어오는 순간, 최근의 정치적인 사안들과 시장 상황에 대한 진중한 대화로 곧장 빠져들 수도 있다. 이렇듯 젊고 신선한 아이디어로 연륜 있는 중역진들을 설득시킬 수도 있지만, 동시에 업무를 성공적으로 이끌 만한 경험과 노련미도 갖춘 것이 바로 우리의 미시인 것이다.

미시에겐 경험이 있다

이 미시들은 디자인에서부터 시작해 인부들을 고용해 건물을 올리는 일까지 집 한 채를 뚝딱 지어낼 능력이 있다. 여자들이 좋아할 만한 멋진 핸드백에 대한 아이디어를 내놓을 수 있을 뿐아니라 그것을 시장에 내놓아 팔리게 할 노하우도 지니고 있다. 더 이상 주변부에 멀뚱히 선 채 모든 것을 방관만 하진 않겠다는 강한 의지를 보이기 시작한 그녀는, 이제 삶의 실천가이자 어엿한 참여자로서 어린 시절 꿈꿔왔던 모든 계획들을 현실로 옮길 수 있게 되었다.

이 지점에 이르게 되면 미시들은 아무 근심 걱정 없던 시절들이 거의 다 지나가버리고 있음을 더 이상 슬퍼하지 않는다. 다가오는 문제들을 해결할 만한 금전적인 여유와 시간, 그리고 풍부한 경험이 있기에, 오히려 예전 그 어느 때보다도 훨씬 더 걱정 없는 편안한 마음을 가질 수 있기 때문이다. 아이와도 같은 천진난만함과 에너지, 새로운 것에 대한 기대감을 지닌 동시에 성숙한 경험과 지혜마저 갖춘 우리의 미시, 그녀가 대체 무엇을 두려워하리오!

나이가 들면서 더 낫거나 더 나쁘게 변해가는 것이 아니라
그저 점점 더 우리 자신에 가까워져 갈 뿐이다.
메이 벡커(May L, Becker, 미국 언론인/문학 평론가)

젊음의 샘

어느 연령대이든, 나이가 들었다고 해서 예전 아이 시절에 즐겨 했던 재미있고 흥미진진한 기억들을 놓아버리는 우는 범하지 말자. 적어도 한 달에 한 번쯤은 일상의 활력소가 되어줄 다음과 같은 일들에 도전해보자.

* 뭔가를 그리고, 색깔을 칠해 멋진 그림을 그려보자. 항상 창조적인 마인드를 잃지 않도록 도와줄 뿐 아니라, 조심만 한다면 지겨운 회의실에서 시간을 죽이는 데 이보다 좋은 것도 없을 것이다.

* 껌을 씹을 때 입으로 풍선을 불어보자. 이는 기차 안에서 누군가 추근댈 때 그들을 쫓아내는 방법으로도 꽤 유용하다.

* 객관적인 눈으로 옷장을 들여다본 다음, 칙칙하다 싶으면 거기다 색깔을 좀 입혀보자. 매일 동료들과 비슷한 칙칙한 복장으로 일관하는 건 너무 밋밋하고 재미없지 않은가!

* 할로윈에는 재미난 코스튬을 한껏 즐겨보자. 회사에 가면을 쓰고 나타난다 해도 아무에게도 '미쳤다'며 손가락질 받지 않고 함께 웃을 수 있는 유일한 기회니까.

* 화가 날 땐 사랑하는 사람을 살짝 한 번 꼬집어주자(물론 너무 세게는 말고!). 두 사람 사이의 긴장을 완화시키고 새로운 대화의 물꼬를 트는 데 도움이 될 것이다.

* 누군가 듣기 싫은 별명으로 날 불러댈 때면 어린 시절 그랬던 것처럼 귀를 꽉 막으며 "반사!"를 신나게 외쳐주자.

* 남자친구에게 "어, 너 머리에 이 있다!"고 장난을 쳐보자(혹시 진짜 있을지도 모르니 상황파악 잘 할 것!).

어느 날 문득 그녀는 이런 생각을 하기 시작할 것이다. '흠, 어느덧 나도 완전한 어른에 가까워졌군. 하지만 예전에 상상했던 것만큼 그리 나쁘지만은 않은걸?' 더불어, 어른이 되었다고 해서 어린 시절 신나게 저질렀던 그 모든 철없는 행동들에 꼭 안녕을 고해야만 하는 건 아니라는 사실도 깨닫게 된다. 사실 어른이 된다는 건 철없는 젊음과 안정된 연륜의 가장 좋은 면만을 모아 결합시키는 법을 배워감과 동시에 이따금씩 원할 때마다 내면에 숨어 있는 어린아이의 면모를 빛나게 만드는, 그런 과정이니까. 그러므로 어떤 특정한 연령대를 넘어섰다고 해서 일부러 색색의 크레용들을 손에서 놓거나 여러 재미난 이벤트들을 멀리할 필요는 없다. 모든 일을 자신만의 방식으로 풀어가되, 나이를 기준으로 움직일 필요는 없다는 의미다. 젊음과 연륜 모두가 내 안에서 사이 좋게 공존하는 가운데, 그 자신감과 에너지를 원천으로 앞을 향해 힘차게 나아가는 것이다.

미시들이 들려주는 리얼 토크

"난 맨날 모든 게 완벽한지 둘러보며 몸 치장을 하는 데 시간을 낭비하곤 했어. 남들이 날 어떻게 생각할지에만 온통 신경이 집중됐거든. 남들의 시선은 사실 중요한 게 아니란 걸, 또 그렇게 열심히 꾸미고 치장을 했어도 내 모습은 그다지 달라 보이진 않았다는 걸 이제서야 깨닫게 됐어."

"요즘 난 사람들에게 줄 선물을 평소에 미리미리 사두기 때문에 누군가의 생일이나 휴일이 다가와도 시간에 쫓겨 쇼핑할 일이 없게 됐어. 사실 이건 우리 엄마의 오래된 습관이었던 터라 아, 나도 이제 늙어간다는 신호구나 하는 생각이 들기도 했지. 그렇지만 이제 와서 깨달은 건데, 그건 엄마가 늙어서가 아니라 그저 더 현명해진 것뿐이었어. 어쨌든 간에 평소 선물거리를 미리 사두는 건 정말 실용적인 습관임에 틀림없는 것 같아."

"요즘 들어 '정착'이라는 단어가 자꾸만 마음에 와 닿지 뭐야. 하지만 그럼에도 불구하고 확신이 안 서는 남자랑은 정말 딱 두세 번만 만나고 나면 여생은커녕 같이 밥 먹는 것조차 부담스럽게 느껴지지 않겠니? 그래서 앞으로 얼마간만이라도 내 삶에서 정착이란 단어는 잠시 접어두기로 결정했어."

"난 아무리 나이를 먹어도 사람들이 직장에 와서 하는 몇몇 웃긴 짓거리들을 찾아내는 일만큼은 질리지도 않고 여전히 재미있기만 하더라! 어떤 면에 있어선 이젠 나도 어른이지만, 회의 때 동료 직원들이 심각한 얼굴들을 하고 앉아 있는 모습은 생각만 해도 그냥 막 웃겨 죽겠거든. 크크크."

"명절 같은 때, 이상하게 난 내 것보다 우리 조카들이 받은 선물들을 가지고 노는 게 훨씬 더 재미있더라구. 나이가 몇 살이건 간에 장난감을 가지고 논다는 건 나름 쿨한 일인 것 같아."

"난 남자친구랑 싸우기만 하면 꼭 혀를 쏙 내밀며 '메롱' 하는 버릇이 있어. 우리 오빠랑 다년간 전쟁하고 자라오면서 얻은 자연스러운 리액션이랄까. 아무튼 중요한 건 이게 나름 잘 먹힌단 말이지! 울 남자친구는 내가 메롱댈 때마다 항상 픽 웃어버리고, 그럼 난 내가 원하는 바를 얻게 된다 이거지. 음하하하."

진정한 나 the true you

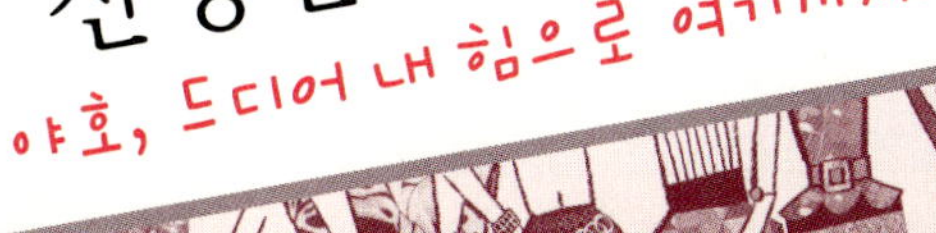

처음으로 스스로에게 냉소를 흘리는 그날,
비로소 우리는 어른이 된다.

에델 베리모어(Ethel Barrymore, 미국 여배우)

철부지 10대에서 20대, 30대에 이르기까지의 시기는 길고도 험난하지만, 반면 참으로 즐겁고 흥미진진하기도 하다. 한 해 한 해 보내며 우리는 '진정한 나의 모습은 무엇인가', '우리는 무엇을 위해 존재하며 어떤 모습을 하고 있는가' 하는 문제에 대해 고민하는 가운데, 자신에게 주어지는 여러 가지 각기 다른 역할들을 수행해간다. 새로운 도시, 이런저런 일자리, 남자, 친구들을 만나고 경험하면서 과연 삶에서 우리가 진정으로 원하는 건 무엇인지, 또 무엇이 우리를 행복하게 하는지에 대해 차츰 배워가는 것이다. 그 길을 걷는 동안 우리는 수많은 도전에 직면하게 되며 그와 더불어 마음속을 진지하게 들여다볼 몇 번의 기회와 맞닥뜨리게 된다.

그중 얼마 동안 우리는 '사회 초년생'으로서, 또 '빈털터리 공주',

‘워커홀릭’ 으로서 사회에 적합한 인간형으로 거듭나기 위해 코피를 쏟아가며 열심히 일을 한다. 뭐든 ‘제대로 한번’ 해내고 말겠다는 열의에 불타는 우리는 부모님과 고용주를 만족시키고 우리를 둘러싼 주변 세계와 쉽게 동화해갈 수 있기를 간절히 원하는 것이다. 그러나 한편 우리의 내면에서는 내가 좋아하는 일을 하고, 내가 사랑하는 남자를 만나며, 내게 꼭 어울리도록 정해진 삶을 사는 등, ‘모든 걸 내 방식대로’ 할 수 있는 인생을 살고픈 욕구 또한 간절하다. 그리하여 우리는 ‘파티걸’ 이 되어 새로운 이벤트들에 도전하고, ‘카멜레온’ 으로의 변신을 꾀해 다양한 남자들을 만나보며, ‘위기의 여자’ 시기를 거치며 직업이나 생활을 이리저리 바꾸어보다가, 결국엔 세상의 중심에서 독립을 외치는 자립심 강한 ‘독립녀’ 로 거듭나게 되기도 한다. 그러는 동안 우리는 궁극적으로, 어떻게 하면 남들을 만족시킬 수 있을까 하는 것보다는 ‘내 스스로를 행복하게 만드는 일’ 에 주력하는 법을 배운다. 즉, 스스로 판단하고 결정하는 데 있어 조금씩 천천히 자신감을 키워가는 것이다. 다시 말해 이는 각자가 자기 내면의 소리를 믿고 그에 귀를 기울여가면 세상 모든 일을 스스로 해결해나갈 수 있음을 깨닫기 시작하는 것이다.

사는 동안 스스로를 평가하며 성장해가는 이런 과정에 끝이란 없는 것이지만, 그래도 서른 몇 살쯤에 이르러서는 우리는 자신의 모습에 대해 훨씬 더 안정된 감정을 느낄 수가 있다. 하지만 서른다섯을 먹은 지금에도 아직 그런 안정감을 가지지 못했다는 이유로 괜스레 놀라거나 자책할 필요는 없다. 갓 스물에 벌써 그런 시기가 찾아오는 이들이 있

는가 하면, 그보다 훨씬 오랜 시간이 걸리는 사람들도 있기 마련이다. 결
국 중요한 건 각 단계가 찾아오는 시기가 아니라, 그런 과정이 우리들 모
두에게 '똑.같.이' 적용된다는 사실이다. 경험을 통해 우리는 스스로의
강점과 약점, 윤리와 가치, 그리고 자신을 자신답게 만드는 모든 요소들
(그중엔 멋지고 '뽀대나는' 것도, 또 때론 약하고 '모양 빠지는' 것들도
있지만)에 대해 조금씩 더 알아가게 된다. 그리하여 비로소 이런 일련의
과정을 통해 그 어느 때보다도 큰 자신감을 갖고 일어선 우리들은 보다
큰 열정을 가지고 남은 생을 살아갈 준비를 할 수가 있는 것이다.

우리는 사물을 있는 그대로가 아닌 우리의 생각대로 바라본다.
아나이스 닌(Anais Nin, 미국 여자 작가/에로티즘 문학의 선구자)

'진정한 나'에 한걸음 더 다가서며

어느 날 잠에서 깨어나 스트레칭을 하다가 문득 아침 해를 바라보며
"오, 세상에. 지금 진정한 나 자신을 발견한 것 같아!" 라고 외치게 되는
사람은 거의 없다. '진정한 나'에 도달하는 일이란 일종의 점진적인 여
행과도 같다. 자신감과 자아 발견에 있어 이런 새로운 단계에 도달했다
는 사실은, 대개 인생의 초반부에 겪었던 상황들을 또다시 직면하게 되
기 전까지는 깨닫기 어려운 법이다. 이런 상황에는 어떻게 대처해야 할
지 이제는 잘 알고 있으므로 예전처럼 완전히 뒤흔들리고 마는 일도 없
다. 대처해야 할 문제가 생기면 오히려 이런 생각이 든다. '어머, 그러

고 보니 내 나이 스물두 살 때도 이와 비슷한 일이 있었지……. 그땐 정말 내 인생은 이제 끝장이구나 생각했었는데' 즉, 여유와 안정감과 통제력을 찾은 것이다. 그간 삶에서 수많은 경험을 해왔기에 이젠 어떤 역경이 닥치더라도 전보다 침착하고 자신감 있게 대처해나갈 수 있다.

다음과 같은 상황이 발생했을 때 예전의 나는 과연 어떻게 행동했는지 한번 생각해보자. 인생에서 스스로에게 보다 만족하는 단계에까지 올라섰다면 이제 똑같은 상황에서도 전보다 훨씬 더 성숙한 관점과 태도를 견지할 수 있을 것이다.

상황 1: 지난 겨울 옷들을 정리하다 코트 주머니에서 뜻밖의 20달러를 발견하다

사회 초년생 가는 길을 확실히 몰라 그 돈으로 택시를 잡아 탄다.

빈털터리 공주 마트로 달려가 오늘만 반짝 세일하는 쌀을 산다.

워커홀릭 회의 때 쓸 멋진 가죽 바인더를 구입한다.

파티걸 같은 테이블에 앉은 사람들에게 마티니를 한 잔씩 돌린다.

몸짱-워너비 지방의 흡수를 방지하는 영양 보조제를 구매한다.

카멜레온 남자친구에게 있는 스포티한 명품 샌들과 똑같은 짝퉁(!)을 구입한다.

위기의 여자 초콜릿 아이스크림을 큰 통으로 하나 사가지고 와선, 블라인드를 모두 내린 다음, 와락 달려들어 퍼먹기 시작한다.

독립녀 미리 짜둔 주식 포트폴리오에 알맞게 현명한 곳에 투자한다.

미시 〈오즈의 마법사〉, 〈찰리와 초콜릿 공장〉처럼 좋아하는 각종 영화들을 보관해둘 수납 상자를 마련한다.

'진정한 나'를 찾은 여자라면, 그 돈으로 무엇을 했는지 정확히 기억할 순 없다 해도 뭔가 의미 있는 일에 사용했을 거란 사실만은 확신할 수 있다. 어느 단계를 넘어선 후에는 예전처럼 자신이 행하는 모든 움직임에 대해 일일이 생각하고 스스로를 평가하는 일 따위는 멈추게 된다. 즉, 이제 시기 적절한 소비를 하고, 여러 곳을 두루 돌아다니며, 보다 자유롭고 자신감에 찬 진정한 여자로서 스스로에게 주어진 삶을 풍족히 누리는 것이다.

상황 2: 애인 또는 남편이 나를 화나게 하다

사회 초년생 새로운 남자들을 만날 기대에 들뜬 채 그와는 미련 없이 헤어진다.

빈털터리 공주 옷 가게에 가서 그의 신용카드로 확 긁어버린다.

워커홀릭 현재의 집중상태를 깨는 일 따위는 원치 않으므로 그냥 용서하고 넘어간다.

파티걸 밤새도록 춤추며 기분이 풀릴 때까지 파티를 즐기다, 기회가 되면 뉴페이스의 핸드폰 번호도 잽싸게 딴다.

몸짱-워너비 분을 삭히기 위해 일주일 내내 헬스장에서 몸을 불사른다.

카멜레온 내 잘못을 깊이 반성하고 그와의 관계를 지속하기 위해 더 큰 희생과 노력을 아끼지 않는다.

위기의 여자 한 달 동안 침대 밖을 벗어나지 않는다.

독립녀 당장 그를 차버린다. 지금 그의 짜증을 받아줄 만한 시간 따위는 없
으니까.

미시 그간 그에게 지나치게 잘해줬던 건 아닐까 곰곰이 돌이켜본다.

'진정한 나'라면 현재 지닌 문제점에 관해 애인 또는 남편과 열린 마
음으로 지혜로운 대화를 나눌 수 있을 것이다(그리고 나선 자기 뜻을 더
욱 명확히 전달하기 위해 그의 엉덩이를 몇 차례 힘껏 차주게 될지도!).

상황 3: 감기에 걸려 재채기와 콧물이 끊이질 않는다

사회 초년생 뭘 어떻게 할지 쩔쩔 매다 일단 엄마에게 앓는 소리를 한다.

빈털터리 공주 세일 때 대량으로 구매한 싸구려 닭고기 수프 하나를 뜯어
먹고는 그저 빨리 낫기만을 기도한다.

워커홀릭 약사의 지시에 맞춰 감기약을 제때 복용한 후, 다음 날 아침엔 언
제나처럼 어김없이 정시 출근을 한다.

파티걸 4일 내내 밤늦게까지 술을 마셔대느라 상황을 더욱 악화시킨다.(사
실 기침약 안에도 알코올 성분이 든 건 똑같잖아, 안 그래?)

몸짱-워너비 당분을 희석시키고 칼로리를 줄이기 위해 오렌지 주스에 물
을 타서 들이킨다.

카멜레온 소금물로 입을 헹군다. 왜? 남친이 그렇게 하랬으니까.

위기의 여자 심각한 암이나 뇌종양의 초기 증세가 확실하다며 곧장 패닉

상태에 빠진다.

독립녀 주위의 동정 따위를 사고 싶지 않아 그냥 혼자서 끙끙 앓고 만다.

미시 회사에선 말없이 일하며 어른스럽게 행동하지만, 남자친구에게는 엄살을 부린다.

'진정한 나'라면 며칠간 병가를 내고 따뜻한 수프와 달콤한 초콜릿으로 영양 보충을 하는 가운데 감기약도 꼬박꼬박 챙겨 먹는 '현명한 휴식'을 취할 것이다. 고등학교 때 이후 매해 겪어온 까닭에 환절기 때만 되면 꼭 감기에 걸린다는 사실 또한 잘 알고 있으므로, 그 시기에는 더더욱 몸 관리를 잘하여 다시금 활기찬 삶을 지속시켜나간다.

> 인생에서 항상 좋은 일들만 생긴다면 결코 용감해질 수 없을 것이다.
> 매리 타일러 무어(Mary Tyler Moore, 미국 영화배우)

'진정한 나'의 단계에 이른 여자는 5년이나 10년 전이었다면 자신을 미치게 만들었을지도 모를 문제나 장애물들을 보다 손쉽게 풀고 극복해간다. 그간 거쳐온 인생의 여러 시기들을 통해 무슨 일이든 처리할 수 있다는 강한 자신감을 얻었기 때문이다. 걱정 근심 거리들이란 앞으로도 끊임없이 생겨나리라는 사실을 알고 있지만, 그래도 지난 젊은 시절을 통해 얻은 값진 지혜와 경험이라는 든든한 백그라운드(!)를 지닌 그녀이기에 다가올 시간들을 맞이하는 마음은 그 어느 때보다도 가볍기만 하다.

실용 만점의 교훈들

당연한 말인지도 모르지만 인생이란 서른다섯 살에 끝나버리는 게 아니므로, 20대에 겪었던 파란만장하고 드라마틱한 사건들이 모두 헛되지는 않다. 오히려 다가올 일들을 잘 대비하도록 만들어주는, 삶이 주는 작은 배려라고나 할까? 아무튼 잠시 과거로 돌아가, 지난 날의 경험들과 거기서 얻은 교훈들에 대해 한번 생각해보자. 허풍 떠는 남자랑은 연애하지 말 것, 바깥 날씨가 꽁꽁 얼어붙었을 땐 늦게까지 야근하지 않기, 친구들이 실종 신고를 낼지도 모르니 석 달 이상은 잠수타지 말 것 등등 지금껏 습득한 인생의 진리들을 모두 떠올려보는 거다. 일단 우리 몸에 자연스럽게 흡수되기 시작했다면 미래의 언젠가는 그 교훈들을 제대로 써먹을 수 있을 것이다.

'진정한 나'는 스스로에 대한 자신감으로 가득 차 있다. 모든 걸 완벽하게 해낸다거나 거창한 인생의 해답을 가지고 있어서가 아니라, 과거 수많은 시기들을 거치며 그로부터 많은 것을 배워왔기 때문이다. 새로운 상황에 직면하게 될 때마다 그것들을 바탕으로 그 시기들을 헤쳐나갈 수 있다. 과거에서 얻은 방대한 양의 교훈과 지혜들은 때론 신나고 재미있는, 때로는 의미 있고 진지한 구석에 이르기까지 인생의 전반을 모두 아우르는 힘을 지닌다. 그러므로 현 시점에서 지난 각 시기에서 익힌 '그럴 만한 가치가 있는' 교훈들을 다시 한번 상기해보며, 앞으로 인생을 헤쳐나가는 데 있어 이를 버팀목으로 활용할 수 있도록 하자.

사회 초년생

사회 초년생에게는 대신 다듬어지지 않은 열정이 있다. 세상 위에 우뚝 서겠노라며 큰 포부를 펼치기 시작할 때 그녀는 이 능력이 얼마나 힘 있는 것인지를 비로소 배우게 된다. 그녀의 빛나는 재치와 열의는 친근하지 않은 영역에서도 스스로를 살아남게 만들어줄 뿐 아니라 새로운 책임감과 흥미진진한 기회로 가득 찬 세계를 누빌 수 있게 해준다.

인생의 어떤 시기를 지나고 있든, 이런 자유로운 열정은 어떠한 상황에서도 당당히 대처할 수 있도록 만들어준다. 그러므로 항상 꿈꿔왔던 옷가게를 열 때나 다시 학교로 돌아가 박사 학위를 밟고자 할 때 혹은 새로운 도시로 떠나고자 할 때, 벌써 한 차례 어려운 시절을 거쳐온 바 있는 우리는 과거를 떠올리며 다시 한번, 그러나 이번에는 더욱 성공적으로 멋진 새 출발을 해낼 수 있는 것이다.

> 우리가 바깥에서 찾고자 하는 기적은 사실 우리 안에 있다.
>
> 에릭 버터워스(Eric Butterworth, 캐나다 작가/신학자/철학자)

빈털터리 공주

마지막 동전 하나까지 저금통에 쑤셔 넣고 어떻게 하면 한 푼이라도 더 모아볼까 고민하며 매일 수지를 맞추느라 바쁘기만 한 우리의 빈털터리 공주들. 하지만 이 가난한 시기는 그녀들에게 소중한 돈을 현명하게 쓰는 법을 가르쳐줄 뿐 아니라 돈으로는 살 수 없는 인생의 작고도 소중한 것들에 감사하는 마음을 가지도록 만들어준다.

　그렇게 궁핍하고도 어려운 시기를 겪은 덕에 우리는 이제 공원 안을 한가로이 거니는 일이라든지 멋진 황혼녘, 그리고 손에서 떼기 힘든 재미있는 책 등과 같은 단순하고 소소한 것들에도 고마움을 느낄 수가 있다. 또한 허리띠를 졸라 매며 절약하는 생활을 체험해봤기에 비로소 향이 좋은 한 잔의 커피, 새 원피스 한 벌, 그리고 환상적인 여행을 마음껏, 보다 풍부하게 즐길 수 있는 것이다. 그것도 그 모든 것들을 '당연한 듯' 여기는 법이 없이. 그러므로 어떤 시기를 겪게 되든, 우리 일부분은 여전히 빈털터리였던 옛 시절을 기억하며 스스로에게 주어진 행운과 축복에 항상 감사하는 마음으로 살게 될 것이다.

젊음이란
말하자면 가정된 성격과 위장으로 채워진 시간이라 할 수 있다.
즉, 참되게 거짓된 시기인 것이다.
V. S. 프리쳇(V. S. Pritchett, 영국 소설가)

워커홀릭

　일벌레 그녀가 원하는 것은 오직 일을 완벽하게 해내는 것뿐, 제대로 끝나지 않은 일 앞에서 멈추는 법이란 없다. 그녀는 거의 미치기 일보 직전에 이를 정도로 일에 지나치게 집중하며 스스로를 몰아붙인다. 그중 다행인 것은, 그런 정신 나간(!) 시기를 두어 차례만 겪고 나면 곧

'평생을 일만 하며 살 수는 없다' 는 진리를 깨닫게 된다는 사실이다.

그러한 일 중독의 시기를 한바탕 치르고 난 다음에야 비로소 우리는 때때로 휴가를 떠나고, 안정을 취하며, 편안한 마음상태를 갖는다는 것이 얼마나 중요한 일인지를 깨닫는다. 그렇게 함으로서 나와 내 몸의 건강에 대한 존중을 표할 수 있고 또 그런 후에야 남들 역시 나를 진정으로 존중할 수 있게 되니까 말이다. 언제나 내 몸을 돌보는 일을 최우선으로 여기도록 하자. 지칠 때면 하루 월차를 내어 잠을 푹 자고, 다른 동료들 역시 그렇게 하도록 독려하자. 하루쯤은 공원 안 나무그늘 아래 길게 드러누운 채 정신없는 일상에서 벗어난 시간을 갖자. 시간이 지날수록 스스로에게 필요한 것을 먼저 돌보는 것이 그 어떤 거창한 프로젝트보다도 훨씬 더 중요하다는 사실을 알게 될 것이다.

파티걸

파티걸은 매일 밤 친구들과 어울리며 주어진 인생을 충분히 즐기며 살아간다. 그녀는 여러 종류의 사람들과 더불어 재미있게 노는 법을 배우고, 사는 동안 영원히 써먹을(!) 만한 사회 문화적 소양을 배양시켜간다.

밤늦게까지 신나게 '달리던' 그 나날들로부터 얼마나 오랜 시간이 흘렀건, 가족 모임을 계획하고 생일 파티를 준비하며 여자 친구들끼리의 신나는 칵테일의 밤을 구상하는 등 지금도 여전히 예전의 즐거움을 맛볼 수 있다. 그런 빛나는 파티걸 정신은 사라지는 법이 없고, 파티 여왕의 자리를 지키고자 물집이 생기도록 이리저리 뛰어다녔던 우스꽝스러운 추억들 또한 결코 닳아 없어지는 게 아니니까.

몸짱 - 워너비

몸짱-워너비는 운동계의 여왕이라 할 수 있다. 마치 성스러운 종교 의식을 행하듯 매일 헬스장으로 향하고, 정크푸드를 자제하며, 건강식과 영양 관련 정보를 맹신한다. 이런 시기는 삶에서 몇 주 또는 몇 달 정도 지속되지만, 결국 언젠가는 평생을 피트니스 마니아로서 살 수만은 없다는 사실을 깨닫는다.

그리하여 우리는 자기 몸의 형태와 사이즈를 있는 그대로 받아들이는 법을 배우고, 보다 건강하고 균형 잡힌 생활 습관을 유지하기로 결심한다. 자신은 결코 슈퍼우먼이 아님을, 그리고 행복해지기 위해서 꼭 소머즈나 원더우먼이 될 필요는 없단 걸 이해하게 되는 것이다.

카멜레온

카멜레온 시기의 그녀는 현재 연애 중인 그 남자를 너무도 사랑하는 나머지 그와 똑같이 되고자 하는 노력마저 기울인다. 그가 하이킹이나 산악자전거 타기를 좋아하면 똑같은 걸 좋아하고, 그가 서퍼 복장을 하고 나타나면 그녀 역시 곧장 서퍼가 되어버린다. 그러나 다행히도 그 남자가 되어 살아가는 삶은 결코 그녀에게 최선이 아니라는 점, 그리고 그것이 그와의 관계에서도 좋게 작용하지 못한다는 점을 깨닫기까진 그리 오랜 시간이 걸리진 않는다.

다시 그 시절로 돌아가 그와 비슷한 일을 벌인다 해도, 이제 우리는 자기 스스로를 잃어버리는 우는 범하지 않을 수 있다. 새로운 남자가 내 삶 속으로 걸어 들어올 때 이제는 가장 중요한 '나' 를 잃지 않은 채 그와의 사이에서 벌어지는 사소한 문제들과 어떻게 타협해갈지에 대해 충분히 알고 있기 때문이다. 있는 그대로의 나의 모습에 감사할 줄 아는 남자와 함께 하는 동안, 우리는 그와의 동행을 한껏 즐기면서도 그 관계 속에서 '나의 행복' 을 우선시하는 데 주저함이 없는 자신의 새로운 모습을 발견하게 될 것이다.

위기의 여자

위기에 직면한 여자는 집 안 블라인드를 모두 내린 채 침대 속에 숨어 얼마간 세상과 등지고 지내려는 경향을 보인다. 자신의 인생은 꼬일 대로 꼬인 듯하고, 무엇을 해야 행복할 수 있을지 도무지 깜깜하게만 느껴지기 때문이다. 그러다 결국 그녀는 인생에서 어떤 길을 택해야 할지를 알아내기 위해 투쟁하는 건 이 세상에 나 혼자만이 아님을 깨닫고, 다시 새로운 열정을 가지고 앞으로 나아가게 된다.

시간이 흐르면서 그녀는 이런 자기반성 및 자아성찰의 시간들이 정상적인 삶의 일부분이라는 사실과 더불어 그 누구도 세상의 모든 해답을 전부 얻을 수는 없다는 진리를 보다 편안한 마음으로 받아들인다. 세상엔 내가 선택해야만 할 일과 택하지 못하는 길이 분명히 존재하지만, 가장 중요한 것은 이제 어떤 상황에서도 스스로를 신뢰할 수 있게 되었다는 점이다. 주어진 재능을 갈고 닦으며 매일 최선의 노력을 다해 간다면, 거기엔 결코 '잘못된 선택' 이란 존재치 않는다.

독립녀

자립을 울부짖는 독립녀는 세상 꼭대기 위에 오른 듯한 기분을 맛본다. 강인하고 자신감 넘치는 그녀는 솔로로서의 삶을 행복하게 영위한다. 혼자서 거닐거나 여행하기를 좋아하며 자신만의 목표를 달성하고 말리라 다짐하는 그녀. 얼마간의 시간이 흐른 후, 우리는 비로소 친구와 가족들로부터 떨어진 채 홀로 무인도에서 살아갈 수만은 없다는 사실을 깨닫는다. 이 시기를 지나면서 그녀는 혼자 보내는 시간들도 사랑하는 이들과 함께하는 시간만큼이나 소중하다는 사실을 알게 된다. 그러나 때로는 그들이 내미는 도움의 손길을 붙잡아 그들 또한 내 세계의 일부가 되도록 하는 일 역시 그 못지 않게 중요하다는 사실도 함께 깨닫게 될 것이다. 점차 그녀는 스스로의 힘으로 일어서는 것과 내 인생의 중요한 사람들과 관계 지으며 사는 삶 사이의 균형을 찾아가는 것이다.

미시

미시는 아줌마와 아가씨, 성인여자와 소녀 사이의 어딘가에 갇혀버린 듯한 느낌을 받는다. 머리를 깡총 올려 묶어도 좋은지 아님 짧은 단발이 나을지, 의자에 발을 올려 놓아도 괜찮은지 아니면 숙녀처럼 다리를 꼬고 앉아야 할지 매번 고민에 빠지고 마는 그녀.

그런데 '미시'가 가지는 가장 훌륭한 장점이란 사실 성인 여자와 소녀 사이에서 꼭 어떠한 선택을 내리지 않아도 된다는 데 있다! 그녀는 동시에 성인이기도, 또 소녀이기도 하므로 연령대에 상관없이 내면에 자리한 아이 같은 면모 역시 똑같이 끌어안을 수 있으니까 말이다.

이렇듯 인생에서 만나게 되는 각각의 시기들은 어느 하나랄 것도 없이 모두 중요하다. 그 시기가 마음에 들든 안 들든, 그 기간이 좀 더 오래 지속되길 소원하든 빨리 끝나길 기다리며 안달이 났든, 어쨌든 우리는 이 각각의 시기에서 소중한 지식과 추억을 배우고 얻었으며 이는 죽을 때까지 우리와 함께하게 될 것이다. 사회 초년생의 패기와 파티걸의 재치는 내 안에 머물며 언제까지나 나와 함께할 것이란 뜻이다. 결국 이러한 요소들은 스스로를 실질적인 모습의 나로, 내가 원하는 모습의 나로, 내 마음속의 이상형인 '진정한 나'로 만들어줄 것이다.

더 커다란 하나의 전체로

"각 부분들의 합보다 하나의 전체가 더 위대하다"라는 속담은 '진정한 나'를 나타내는 데 있어 더없이 좋은 표현이기도 하다. 각각의 시기는 그 시기만의 고유한 실용적 교훈을 주지만, 그 모든 시기들을 아우르는 하나의 큰 과정(성장하고, 변화하고, 각기 다른 역할을 맡아보고, 수많은 경험들을 체험하는 등)은 우리에게 특정한 몇몇 시기를 통해서만은 얻기 힘든 한층 더 큰 지혜와 안목을 제공해주니까 말이다. 자기 인생에 대해 큰 힘을 발휘하게 하는 것이 바로 이 성장과 변화의 과정이다. 우리는 자신도 알지 못했던 내 모습들을 부분부분 알아가게 되고, 각기 다른 상황과 사람들에 대처하는 방법을 배워가며, 오직 이러한 변화의 여정을 통해서만 습득할 수 있는 넓은 안목을 얻게 된다.

균형의 교훈

우린 이미 파티걸의 아슬아슬한 순간도 맛보았고, 빈털터리 공주의 투철한 절약 정신을 배웠으며, 독립녀로서 나만의 세상도 경험했을 뿐 아니라 몸짱-워너비가 되어 헬스 마니아로서의 격렬한 운동의 시기를 거치기도 했다. 각 시기마다 우리는 극한을 경험했고 또한 그때마다 보다 '균형 잡힌 라이프 스타일' 로 다시금 되돌아오는 길을 찾아내곤 했다. '진정한 나' 를 찾을 즈음 우리는 각각의 시기에서 얻은 정체성의 흔적들이 우리의 내면 어딘가에 여전히 남아 있음을 인지하게 되지만, 그것들이 내 안에서 서로서로 균형을 이루는 그때 우리는 비로소 가장 큰 행복을 경험한다. 사람이 몇 달씩 계속해서 하루에 8마일씩을 꼬박 달리고 후식에는 손도 안 대면서 살아갈 수는 없는 것과 마찬가지로 일주일 내내 새벽녘까지 춤만 추고 칵테일을 마셔댈 수만도 없는 법이다. 보다 균형 잡힌 생활 습관이야말로 오히려 유지하기도 쉽고 우리가 지닌 모든 훌륭한 부분들이 각기 가장 밝은 빛을 내며 반짝이도록 도와준다.

변화의 교훈

인생의 서로 다른 시기에 머무는 동안 우리는 그 특정 시기가 영원히 계속될 거라 생각하지만, 그러다 종국에는 변화란 피할 수 없는 거란 사실에 직면한다. 우리를 둘러싼 주변 환경은 언제나 변화한다. 주변의 사람들도, 심지어는 우리가 삶에서 원하는 것조차도 시시각각 달라진다.

오늘 이 시각 내가 원하는 것이 지금부터 5년 후 원하게 될 것과 같으란 법은 없으며, 이는 또한 작년 오늘 내가 원했던 것과도 틀림없이 다를 것이다. 이런 변화의 교훈은 어려운 시간을 떠올릴 때는 적잖은 안정감을 주고, 예전 좋았던 시절을 생각할 때는 나름의 향수에 젖게 만들어줄 것이다. 그러나 우리는 각 시기를 소중히 여기는 가운데 오늘을 부여잡으며 또 내일을 향해 힘차게 나아가기로 한다.

희망과 인내의 교훈

어떤 시기에서든 갖가지 문제와 장애물에 부딪히곤 했지만, 결국 우리는 그것들을 뛰어넘어 보다 강인하고 탄력성을 지닌 여자로 거듭났다. 그리하여 어떤 일에든 깔끔하게 대처해낼 수 있다는 자신감마저 얻게 되었다. 전 애인과의 결별 후 다시는 멋진 남자를 만나지 못할 거라 생각했지만 결국엔 그걸 극복해냈으며, 하는 일에 결코 적응하지 못하리라 좌절했지만 결국엔 승진까지 하지 않았는가. 진정한 나를 찾은 후, 우리는 근심걱정만으로는 아무것도 해결할 수 없다는 사실을 깨닫는다. 어려운 시기가 다가오면 적극적인 액션을 취하며 저돌적으로 헤쳐나가는 법을 배운 것이다. 예전의 장애물들을 그런 식으로 극복해왔기에, 이제 우리는 '또 할 수 있다'는 자신감에 불탄다.

낙관적 안목의 교훈

자신이 지닌 각기 다른 수많은 모습들의 경험을 통해 우리는 스스로의 단점과 약점에 대해 웃어넘기는 법을 배운다. 특이한 뱅 헤어, 한때 집착했던 가죽에 대한 페티시즘, 빨갛고 파랗게 물들였던 머리 염색 등, 과거 자기가 행했던 웃기고 괴상한 짓(!)들을 유쾌하게 추억하는 법을 말이다. 우리는 당시 내가 얼마나 순진했었는지를 미소로서 기억하며(물론 낯 뜨거운 부분도 없진 않겠지만) 그간 이만큼 발전해왔음을 마음껏 기뻐할 수 있다. 항상 인생의 모든 해답을 알고 있을 순 없다는 것, 그래서 때로는 남들의 도움도 필요하다는 사실을 깨달았기에 우리는 이제 자기 자신과 인생이 주는 갖가지 기행(!)에 대해서도 마음 편히 웃어볼 수가 있다. 왜, 그건 모두 우리가 숨쉬는 이 삶의 일부분들이기 때문에!

✖ '내'가 아닌 '우리' '진정한 나'를 찾은 우리는 그간 스스로의 삶을 충분히 분류해 왔기에 이제는 남들에게 더 집중할 수 있게 되었다. 그것이 일이든, 아니면 남편, 아이들, 혹은 친구가 되었든 간에 여분의 시간과 에너지가 충분한 우리는 이제 그들에게 우리의 애정을 베풀 수가 있다. 지난 인생의 각 시기들을 통해 배워왔던 교훈들을 그들에게도 전달해 가르치도록 힘쓰는 가운데, 나만의 독특한 개성이 최대한 빛을 발하도록 노력하라.

기억할 만한 인생의 순간들

* 내 인생의 커다란 챕터 하나를 접으면서도 그를 막을 만한 어떤 수
  도 없어 보였던 대학 졸업식.

* 엄청 두렵긴 했지만 어쨌든 열정을 가지고 일을 시작할 준비가 되어
  있던 첫 직장 첫 출근길.

* 새로운 인생에 정착한 얼마 후 새삼 부모님의 얼굴을 보며, 그분들이
  변한 건지 아니면 내가 변한 것인지에 대해 심각히 고민했던 순간.

* 25세 생일을 맞으며 이제 내 젊음도 다 저물었다고 생각했던 일.

* 26세 생일을 맞으며 혹 내 젊음은 지금부터 시작되는 게 아닐까 기
  대했던 일.

* 과연 내가 이 커다란 책임감을 다 떠안을 수 있을까, 아니면 그저 자
  리가 사람을 만드는 것일까를 두고 심각히 고민했던 첫 승진 날.

* 졸업 10주년 기념 고교 동창회 초대장을 받아 들던 날.

* 옛 남자친구의 결혼 소식에 혹 그와 헤어진 게 내 인생의 커다란 실
  수는 아니었나 자책하며 혼란스러웠던 순간.

* 예비 시댁식구들과 처음으로 상견례를 하며 하나하나 우리 가족들
  과 비교하며 쳐다보던 그 순간.

* 면허증을 갱신하며 현재 사진을 옛날 사진과 비교하던 때.

* 세월이 정말 눈 깜짝할 새라는 걸 실감했던 여동생의 결혼식.

* 모두가 내 졸업식에 참석했던 일이 정말 엊그제같이만 느껴졌던 사
  촌동생의 고등학교 졸업식 날.

살다 보면 세월이 정말 화살보다도 빠르게 지나간다는 걸 실감하게 된다. 그러면서 '그때 ~했었더라면……' 하는 후회가 이따금씩 고개를 들기도 하고 말이다. 그러나 다음 순간, 우리는 그간 이뤄왔던 모든 일들과 함께 '이만큼 발전한 나는 얼마나 행운아인지'를 연발케 만들었기에 그 기억이 더욱 생생하기만 한 삶의 그 모든 순간들을 떠올리게 된다. 이러한 기억들이야말로 바로 우리 젊은 날의 정수일 뿐아니라, 그것들을 깨닫고 그를 향해 한껏 웃으며 그를 축복하게 될 때야 우리는 비로소 아무런 후회 없이 삶의 다음 단계로 나아갈 수 있다.

언제나 스스로에게 진실한 나

스스로에 대한 신념을 가지고, 지금의 모습이야말로 원래 예정되었던 그대로의 나임을 굳게 믿자. 지난 과거엔 힘든 일들이 숱하게 많았지만, 즐거웠던 날도 그만큼 많지 않았던가. 가끔 다른 여자들을 바라보며 왠지 그들의 삶은 참 쉽고 편해 보인다는 생각을 하기도 했을 것이다. 그들 역시 나를 바라보며 똑같은 생각을 하곤 했다. 어쨌거나 결국, 우리는 모두 비슷비슷한 수많은 상황들에 함께 직면하고 공유했었던 게다. 그리고 그 상황들을 해결하기 위해 최선을 다해가는 가운데 우린 더 큰 자신감과 강인함을 얻게 되었다. 즉, 삶이 우리 앞길에 던져주는 수많은 인생 경험들을 어떻게 헤쳐나갈지에 대해 배우고 익히게 된 것이다.

너무나 재미있어서, 미친 짓 같아서, 두려워서, 또는 이상하리만치 특이했던 까닭에 우리 마음속에 깊이 각인된 삶의 순간순간들을 한번 뒤돌아보자. 지난 어려운 시간들을 어떻게 버텨냈는지, 또 어떻게 보다 나은 안목을 가지고 더 나은 출구를 통해 세상에 다시 나올 수 있었는지를 떠올려보자. 그것이 마냥 큰 기쁨이었든 혹은 힘겨운 도전이었든, 내 지난 경험들을 모두 기억하며 마음 깊이 자축해보는 거다.

기분 좋은 미래여!

많은 사람들의 잘못된 생각 중 하나가 바로 일정한 연령(예를 들어 25세나 35세, 혹은 55세 등등)에 자기 삶의 가장 좋은 시절이 각기 종지부를 찍는다고 여기는 일이다. 사실, 모든 나이는 새로운 시작을 의미한다. 일 년 단위로 된 각각의 새로운 이정표를 지날 때마다 우리는 스스로에 대해, 그리고 우리가 나아가고 있는 방향에 대해 더 많은 걸 배우게 되니까. 우리는 스스로 겪어왔던 각기 다른 시기들을 떠올리며 그때마다 우리 자신이 얼마나 순진하고, 철없고, 또 바보 같았는지를 떠올리며 미소 짓게 된다. 그리고 다음 단계로 도약하며 새로운 역할을 맡게 되면서 우리는 점점 더 모든 것을 좀 더 즐겁게 받아들일 수 있는 자신감과 지혜로 무장해간다. 서른다섯 이전에 10가지 모습의 여자로 산다고 한다면, 죽기 전까지 우리는 100가지도 넘는 다양한 모습으로의 변화를 꾀해볼 수 있을 것이다. 왜냐고? 우린 결코 배움을 멈추지 않으니까.

인생이란 결코 끝나지 않는 한 개인의 성장 과정이며, 우리는 앞서 기다리고 있는 멋진 미래에 대한 기대와 희망으로 그 여정을 계속 이끌어간다.

멋쟁이 상사인 그녀

우리는 이제 직장에서 뭔가 혁혁한 성과를 이뤄낼 만한 자신감도, 경력도 충분히 갖추었다. 맡은 일에서도 장족의 발전을 이루었고, 젊은 부하직원들에게 전수할 만한 지혜도 충분하다. 그저 단순히 나이가 많기 때문이 아니라 그 연령대에 걸맞은 연륜을 지니게 된 셈이다. 이제는 하나의 팀을 이끌고, 신상품의 개발과 런칭을 도맡아하고, 창조적인 아이디어들을 제공하며 결국 제 능력에 걸맞은 (전망, 위치 모두 뛰어난) 멋진 사무실도 얻는다. 이 모두 지난 시간 동안 열심히 일해온 덕이다. 이제 노력만 하는 일벌이 아닌, 진정한 '여왕벌'로 거듭나는 것이다.

현명한 아내인 그녀

우리는 삶에서 '바로 이 남자!'라 생각되는 그와 행복한 관계를 엮어가고 있다. 그가 곁에 있다는 사실이 그저 좋기만 하고, 주변상황도 무척 안정적이다. 그러다 그의 청혼을 받아들여 결혼에 이르기도 한다. 두 사람이 함께 결혼 계획을 짜고, 혼인서약을 하고, 이제 달콤한 신혼

여행에서 무사히 돌아온 후에는 드디어 본격적인 ‘결혼생활’ 에 돌입하게 된다. 바야흐로 둘의 관계에 있어 최고의 순간이면서도 동시에 가장 도전적인 순간이기도 한 시기다. 결혼생활이란 것이 항상 완벽할 수만은 없다는 걸 알지만, 나에겐 그에게 훌륭한 삶의 동반자가 되어줄 수 있는 지혜와 인내심이 있다. 그에게 “낚싯대나 다른 플라스틱 제품들은 절대 TV 위에 놓지 않는다” 라든지 “포테이토칩이나 살사 소스, 피자는 좋은 저녁거리가 아니다” 등의 소소하지만 인생에서 중요한 것들에 대한 조언을 해줄 수 있다. 그 역시 내가 원하고 필요로 하는 사랑을 쏟아주는 좋은 친구가 되어줄 것이다. 그리하여 일흔 먹은 꼬부랑 할머니가 되었을 때에도 여전히 내 곁을 지키고 있을 그 사람과의 미래를 또렷이 그려볼 수가 있다.

‘나’ 보다는
‘우리’ 를 먼저 생각하는 엄마 같은 그녀

우리는 이제 무엇이든 마음먹은 대로 할 수 있다는 사실을 깨달았다 (물론 실제로도 그렇고). 지금 돌보고(!) 있는 상대가 자식들이건, 회사 직원들이건, 아니면 친구 혹은 남편이건, 이제 그들의 필요를 우선으로 치게 되는데……. 이상한 것은 그 일이 상당히 유쾌하고 또 즐겁게 느껴지기까지 한다는 것! 자신감 넘치고, 유능하며, 메이크업 안 한 ‘생얼’ 로도 사람들 앞에 당당히 나설 수 있지만, 사실 마놀로 블라닉의 섹시한 신제품 앞에선 아직도 여전히 다리에 힘이 풀려버리고 만다. 그러나, 그걸 제 값 다 주고 사기엔 이미 우리는 지나치게 현명한 여인!

힘이 되는 자매 같은 그녀

우리는 이제 누군가가 힘겨워할 때면 마음 놓고 기대어 울 수 있는 어깨가 되어주고 어려울 때면 사람들에게 도움의 손길을 뻗어준다. 형제자매건 친한 친구가 됐건, 그들의 말을 열심히 경청한 후 문제를 헤쳐나가는 데 도움이 될 만한 조언을 해준다. 같이 쇼핑을 가거나 술 한잔을 기울이며, 나이가 들면서 겪는 흥분이나 불안감을 함께 나누기도 한다. 또, 아이의 양육이나 부모님들, 또 각자 견뎌내야 했던 온갖 특이한 과거의 경험담을 나누며 추억을 공유하기도 한다. 이제 실제로도 또 정신적인 면으로도 우리는 서로에게 신실한 언니 또는 여동생이 되어준다.

성실한 학생인 그녀

배움에의 강렬한 욕구를 느낀 우리는 다시 학교로 돌아가, 20대에 미처 끝내지 못했던 공부를 마치거나 결국엔 박사 학위까지 따내기도 한다. 어떤 이는 이직을 위해 사방팔방으로 정보를 모으기도, 또 어떤 이는 그저 불타는 학구열을 이기지 못해 학문의 상아탑으로 푹 빠져들기도 한다. 배우기를 좋아하는 나에게 드디어 평소 흥미를 느껴오던 분야를 추구할 시간이 찾아온 것이다. 사람이란 연령대를 불문하고 배움을 계속할 수 있다는 명제에 있어, 나는 꽤 좋은 본보기가 되는 것이다.

활동적인 프리랜서인 그녀

얼마간 돈도 모았고 시간도 비교적 여유로워진 나는 이제 세계여행길에 오를 계획을 세운다. 자식들을 웬만큼 다 키운, 혹은 직장을 관둔 나는 모든 것을 뒤로 한 채 유럽 등지로 훌쩍 떠날 마음이다. 이동식 트레일러에 몸을 실은 채 대륙을 횡단하는 건 어떨까. 죽기 전에 꼭 가보고 싶은 장소들을 길게 적어둔 목록 때문만이 아니라 에너지가 충만하니까 말이다.

아직 다가오지 않은 이러한 시기들은 이미 지나간 단계들만큼이나 흥미롭고도 도전해볼 만하다. 이 시기들은 모두 자신은 물론 타인에 대해 더 잘 알고 배워가는 새로운 기회를 선사해주니까. 더불어, 이 각각의 시기는 예전 젊은 시절에 이미 경험했던 몇몇 일들에 다시 한번 도전해볼 기회 또한 제공한다. 인생을 헤쳐나가면서 왠지 모를 친숙한 상황이나 도전들에 또다시 직면하게 되지만, 과거와는 달리 이번엔 보다 깊은 안목과 기분 좋은 유머 감각으로서 그 모든 것들에 우아하게 대처할 수 있을 테니, 이 어찌 좋지 아니한가!

맺음말

인생을 살면서 여자는 진정한 자신의 모습을 발견하기 전까지 수십 가지의 역할을 맡게 된다. 어느 순간에는 사회성이 강한 자기 주장이 있는 적극적인 여자였다가, 또 어느 순간에는 유순하고 두려움 많은 인간으로 변신(!)하기도 한다. 우아한 파티 드레스를 차려입고 뭇 남성들의 시선을 끌기도 하는 반면, 깔끔한 정장 차림으로 회의를 이끌기도 한다. 이 시기들은 그녀가 앞으로는 두 번 다시 하지 않을 일들을 위해 낭비하거나 훗날이라도 절대 기억하고 싶지 않은 사람들과 데이트하는 데 쓰이는 임의적인 마구잡이 식의 시간은 아니다. 그녀는 인생 전반을 통해 각 시기의 조각들을 그러모아, 그것들 하나하나가 마지막 목표 지점인 '행복한 나'를 만들어가는 배움의 과정에 없어서는 안 될 한 부분으로서 작용하도록 할 것이다. 운명은 청춘을 살아가는 우리 여자들에게 이렇듯 복잡하고 정신없는 수만 가지 인간상들을 일부러 내던져주는 듯하지만, 그런 시기들을 재치 있게 극복하며 그로부터 많은 경험을 얻는 것이 바로 우리의 의무이기도 하다(운명이라는 무자비한 존재를 당장에 끌고 와 주리를 틀며 우리를 고문한 죄를 물을 수만 있다면 그 편이 최선이겠지만).

다 자라 어른이 된 후에도 우리는 끊임없이 배우고 변해간다. 그때도 여전히 우리는 현명한 아내, 헌신적인 어머니, 지혜로운 이모/고모, 재미난 직장 동료, 원기 왕성한 할머니 등을 비롯한 수많은 역할들을 계속해서 담당해가게 될 것이다. 인생이란 성장과 변화의 여정이지만, 이야말로 바로 삶을 흥미롭게 만드는 핵심적 요소가 아닐까.

우리는 우리가 가진 고유한 경험들을 이용해 다른 여자들이 인생을 헤쳐나가는 데 있어 크고 작은 도움을 제공할 수도 있다. 주변의 친구들, 언니와 여동생들, 동료들, 자식들과 손녀들이 각자가 처해 있는 시기를 잘 통과할 수 있도록 인내심을 발휘해야 한다. 현재 우리 자신이 이만큼의 위치에까지 왔다고 해서, 그들에게도 그 단계를 차근차근 밟지 않고 단번에 이 자리에 오기를 바라는 것은 금물이다. 우리가 할 일이란 그저 '인생의 어느 한 시기도 영원히 지속되지 않으며 변화란 두려운 것이 아니라 오히려 우리가 의지할 어떤 것' 이라는 사실을 깨닫고, 그에 깊이 안도하며, 기분 좋게 웃어버리는 것이다. 젊은 시절에 배운 교훈들을 상기하며 삶을 향해서 끝없이 전진해보자. 예전에 저지른 우스꽝스러운 일을 생각하며 한번 웃어주고, 보다 포용력 있는 눈으로 젊은 날을 돌아보며, '서른다섯 전에 만나는 10가지 얼굴의 나' 를 언제나 축하해주고 힘 있게 끌어안아주자.

난 언제나 완벽한 엔딩을 꿈꿔왔다.

그러나 오랜 세월에 걸쳐 어렵게 깨달은 것은,
세상에는 운율을 지니지 않은 시도 있고,
서론, 본론, 결론이 없는 이야기도 존재한다는 사실이다.

인생이란
아무것도 모르는 무지의 상태에서 계속해서 변화해가며
매 순간을 받아들여 그것으로 최선을 일구어내는 것.
물론, 다음 순간 무슨 일이 일어날지 전혀 모르는 가운데.

인생,
참으로 맛있는 그 모호함이여.

길다 래드너(Gilda Radner, 미국 여배우/코미디언)